教育部人文社会科学研究重大项目成果

魏晋南北朝乐府制度与歌诗研究

刘怀荣　宋亚莉　著

商务印书馆
2010年·北京

图书在版编目(CIP)数据

魏晋南北朝乐府制度与歌诗研究/刘怀荣,宋亚莉著.
北京:商务印书馆,2010
ISBN 978-7-100-06680-8

I.魏… II.①刘…②宋… III.乐府诗—文学研究—中国—魏晋南北朝时期 IV.I207.226

中国版本图书馆 CIP 数据核字(2010)第 030903 号

所有权利保留。
未经许可,不得以任何方式使用。

本书得到教育部哲学社会科学研究重大项目资助
首都师范大学"211 工程"项目资助
教育部"新世纪优秀人才支持计划"资助

WÈIJÌN NÁNBĚICHÁO YUÈFǓ ZHÌDÙ YǓ GĒSHĪ YÁNJIŪ
魏晋南北朝乐府制度与歌诗研究
刘怀荣　宋亚莉　著

商 务 印 书 馆 出 版
(北京王府井大街36号　邮政编码 100710)
商 务 印 书 馆 发 行
北京瑞古冠中印刷厂印刷
ISBN 978-7-100-06680-8

2010年8月第1版　　开本 787×960　1/16
2010年8月北京第1次印刷　印张 21
定价:37.00 元

总　序

在中国古代,诗与歌(包括舞)一直是联系在一起的。中国现存的远古歌谣,无论是《吴越春秋》中记载的《弹歌》,还是《尚书大传》中记载的《击壤歌》,莫不是发自于人口的歌唱。《吕氏春秋》还生动地记载了古代音乐歌舞的表演情况:"昔葛天氏之乐,三人操牛尾,投足以歌八阕:一曰载民,二曰玄鸟,三曰遂草木,四曰奋五谷,五曰敬天常,六曰达帝功,七曰依地德,八曰总万物之极。"正因为如此,中国古代人很早就由此入手展开了关于艺术起源等问题的探讨。《毛诗序》曰:"诗者,志之所之也,在心为志,发言为诗。情动于中而形于言,言之不足,故嗟叹之,嗟叹之不足,故永歌之,永歌之不足,不知手之舞之、足之蹈之也。"《礼记·乐记》则曰:"凡音之起,由人心生也。人心之动,物使之然也。感于物而动,故形于声。声相应,故生变;变成方,谓之音。比音而乐之,及干戚羽旄,谓之乐。"在中国古人看来,诗与歌(包括舞)本是一对孪生兄弟,它们起源于人类的内心受到外物的感动,由此而形成美妙的声音,有时候还要配以身形的舞蹈,这就是"乐"。

无论中国古代这种艺术起源观是否在世界上具有普遍性,我们都不可否认它里面包含有部分的真理并且有相当的科学性与深刻性。这种艺术起源观在中华民族的文明开化初期就已经形成,并对艺术的发展产生了至为深远的影响。其中特别应该引起我们注意的,就是这种艺术起源观认为"乐"虽然发自于人类的内心,但是却根源于人心受外物的感动。人类在"乐"当中之所以会表现出喜怒哀乐等不同的情绪,则是因为受他所生活的那个社会的影响,正所谓"声音之道,与政通矣","故治世之音安以乐,其政和。乱世之音怨以怒,其政乖。亡国之音哀以思,其民困"。[1]

---

[1] 这段话首见于《礼记·乐记》,又见于《毛诗序》,相似的观点在《吕氏春秋·适音》等著作中也有相当多的表述。

正因为如此,所以古人很早就对"乐"表现出高度的重视,高度评价它在社会教化中的伟大功能:"故正得失,动天地,感鬼神,莫近于诗。"并由此而把它视为圣人教化百姓的最佳途径:"先王以是经夫妇,成孝敬,厚人伦,美教化,移风俗。"(《毛诗序》)"是故先王之制礼乐也,非以极口腹耳目之欲也,将以教民平好恶而反人道之正也。"(《礼记·乐记》)也正因为如此,中国古代很早就有了"先王制礼作乐"的说法,乐官制度很早就成为中国古代国家政治制度中的重要组成部分。

从现存文献记载来看,这个制礼作乐的"先王",我们可以一直上溯到传说中的虞舜。《尚书·舜典》中有一段虞舜任命夔为乐官掌管音乐的记载:"帝曰:'夔!命汝典乐,教胄子。直而温,宽而栗,刚而无虐,简而无傲。诗言志,歌永言,声依永,律和声。八音克谐,无相夺伦,神人以和。'夔曰:'於!予击石拊石,百兽率舞。'"虽然这段话是否真的出自于舜与夔之口,今人多有疑问,因为当下史学界一般都认为《尚书·舜典》有可能是春秋甚至战国时期才根据传闻编辑而成的。但是,无论是史学界对上古史的研究还是现代考古学的成果都表明,这些历史传闻并非是空穴来风,它说明中国古代很早已经开始乐官制度建设,起码在殷商时期乐官制度就已经非常发达了。[①] 到了周代,更把它与"礼"联系在一起,建立了完善的国家礼乐文化体系,并把它看成是实行国家教化的重要机构。中国现存最早的诗歌总集《诗经》本来就是一部乐歌总集,它很可能就是由周王朝的乐官编辑而成的。这说明,中国的国家礼乐制度从上古三代时候开始,就在诗歌音乐发展中起到了重要的作用。因此,如果要研究中国诗歌史的发展,我们就必须关注中国古代国家礼乐制度对它的影响。

汉魏六朝至唐代是国家礼乐制度建设对中国古代诗歌产生影响的一个重要阶段。这不仅因为从秦汉开始,中国古代社会从先秦时期的封建领主制社会走向封建地主制社会,开启了一直到清末的中国封建官僚政

[①] 具体论述参见本成果第一部《汉代乐府制度与歌诗研究》第一章中的有关论述,此处从略。

治制度,①而且还因为从汉代开始,封建国家的礼乐文化制度发生了重大改变。以汉武帝立乐府为标志的汉代乐官制度建设,对汉代以后的中国古代诗歌发展产生了重要影响。在班固的《汉书·艺文志·诗赋略》里,第一次明确地把"不歌而诵"的"赋"与可以配乐演唱的"歌诗"分成两种不同的文学门类,从此以后,"歌诗"也就因其"可以歌唱"这一特点成为中国诗歌史中一个特殊的体裁样式而被后世关注。这些"可以歌唱"的"歌诗",又因为与汉代以来的国家乐官制度的关系而被人们冠以另一个名称"乐府诗",这一方面说明"歌诗"或"乐府诗"在汉魏以后中国诗歌发展史上的特殊地位,另一方面也说明它与汉魏以来国家乐官制度之间存在的紧密关系。因此,研究汉魏六朝乐府制度与歌诗艺术之间的关系,对于我们认识这一特殊的诗歌史现象,进而弄清中国诗歌发展的规律,都有着重要的学术意义。

其实,关于音乐与歌诗的关系,自上个世纪以来,学人已经有过不少的探讨。这期间,自然以朱谦之的《中国音乐文学史》最有代表性。该书不仅详细讨论了中国文学与音乐的关系,还分诗乐、楚声、乐府、唐代歌诗、宋代歌词、剧曲几个大的方面对中国音乐文学的发展脉络以及各自特点进行了粗线条的描述。在该书之前,还有陈钟凡的长篇序言,把中国的音乐文学分为古乐时期(周诗与楚辞)、变乐时期(自汉乐府至宋词)、今乐时期(元曲至清代花部)。② 应该说,这是中国近代以来第一部系统论述音乐文学的著作,有开创之功。但是,面对着如此复杂的中国诗歌与音乐的关系,此书的论述稍显粗略。此后的探讨则主要围绕着以下四个方面展开:第一是把乐府诗文本单独作为研究的对象,探讨其发展过程,如萧涤非的《汉魏六朝乐府文学史》、罗根泽《乐府文学史》、王易《乐府通论》、

---

① 封建地主制政治制度的开启,自然应该从秦代算起。但是秦王朝是个短命的朝代,实际上中国古代封建地主制政治制度的真正完善过程还是从汉代开始。故此人们一方面常用"秦汉制度"来说明这两个朝代在政治制度上的关系,另一方面又习惯于用"汉魏六朝"这样的提法来说明汉代在开创新时代新格局方面的地位。从文学史的角度来讲,秦代留下来的东西更少,真正开启中国中古文学新格局的时代更应该是汉代。

② 朱谦之:《中国音乐文学史》,商务印书馆1935年版。

杨生枝《乐府诗史》等著作均是如此;第二是从文献学的角度对这些歌诗艺术的文献传承与演变等问题进行比较系统的梳理,任半塘的巨著《唐声诗》、《唐戏弄》可为代表;第三是对汉魏六朝乐府制度的沿革进行比较系统的研究,兼及对乐府诗某类诗题发展的讨论,王运熙的《乐府诗述论》是这方面最重要的著作;第四是对汉魏六朝音乐问题的研究,比较典型的是梁启超、黄侃、朱自清、逯钦立、曹道衡等学者对清商三调曲的讨论,以及杨荫浏、黄翔鹏的相关音乐学研究。这些前辈学者,无不为我们的研究开辟了道路。此外,还有一些学者就乐府诗当中的一些重要现象进行讨论,例如余冠英指出了汉乐府歌词中有拼凑与分割的现象,齐天举对"艳歌"这种体式在汉代乐府诗中的演变过程进行了分析,潘啸龙指出汉乐府具有的娱乐化特征,钱志熙就汉魏乐府中的音乐与诗之间的关系进行的探讨等等,均有发前人所未发之处。[①] 但就总体情况而言,历来就汉魏六朝歌诗与音乐问题的探讨,多采取孤立研究的方式,研究音乐者很少讨论歌诗文本,研究歌诗文本者很少探讨其与音乐演唱之间的关系,研究汉魏六朝乐府制度者,也很少讨论这些制度对歌诗的生成与发展到底产生了哪些影响。总而言之,以往学者们对于汉魏六朝歌诗的研究,或者仅仅局限于音乐文献学方面的考察与叙述,不涉及文学艺术本身,或者把歌诗仅仅当成是一般的文学作品,因而在研究方法上也把它们等同于案头写作和只供诵读的文人诗,只从一般的社会背景、诗人的生平思想等角度切入来进行传统的纯文本研究。因为囿于这样的模式,所以,即便是学者们从音乐与制度方面进行了相关的研究,这些研究成果也很难被吸纳到对歌诗文本的文学研究中来。比较典型的例子是对汉魏清商三调的音乐研究,学者们虽然经过比较详细的考证,但是清商三调到底对现存的汉乐府相和歌诗的主题表现和文体形式产生了哪些影响,学者们还是没有一个明确的认识。之所以如此,是因为以往的这种认知模式明显地忽略了歌诗艺术不同于一般诗歌艺术的特点,即它作为精神产品所具备的消费特征和娱乐功能,因而没有抓住研究对象的艺术本质。所以,从传统的意识形

[①] 关于以上诸人的学术著作的引用与评析,参见本成果后面各部分的相关论述,此不赘。

态理论的认知模式转向艺术生产理论的认知模式，并进而把音乐文献学研究方面的重要成果吸纳进来，在这里就显得特别重要，如此我们才能更好地把握汉魏六朝乃至唐代歌诗艺术的本质，从而对其生成、发展及其艺术特质等作出更加合乎实际的解释。从艺术生产的理论视角来看，歌诗艺术的生产过程是非常复杂的，它不仅要受到音乐发展整体水平，包括乐器的制作、乐工的能力等多方面的制约，还必须有歌唱艺人的投入；不仅离不开乐府官署的组织协调、民间艺人的精诚合作，更离不开从历代王室到贵族，乃至民间广大的消费者的参与。在整个过程中，歌诗作者的文本写作只是一个小小的环节，它在很大程度上要受制于其他环节。因此，以往只重视作者和文本，把歌诗完全等同于诗歌的研究方式，显然将歌诗本身的丰富性和复杂性人为地简单化了。

正是有鉴于此，本课题组从艺术生产的角度入手，首先把"歌诗"当作一个独立的研究领域而对其进行发生学方面的研究，其最终成果《中国古代歌诗研究——从〈诗经〉到元曲的艺术生产史》，系统探讨了以《诗经》、楚辞、乐府诗、唐宋词和元曲为代表的中国古代歌诗的发生机制，社会各阶层的精神消费需要对中国古代歌诗艺术发展的影响；作为精神生产者的歌诗艺术家、为艺术生产服务的歌诗演唱组织、社会机构等在中国古代歌诗发展中的地位、作用和贡献；作为满足精神消费需要的歌诗的一系列艺术特征；它的演唱、传播对一个时代的精神文明提高或一个民族文化精神塑造的巨大作用等问题，以及由此而形成的艺术生产规律，从而对中国古代歌诗的艺术本质及其生产与消费特征进行了一次比较系统的开创性的论证。

我们申报的教育部人文社会科学重点研究基地重大项目《汉魏六朝乐府机构沿革与乐府诗关系研究》，正是对这一研究的继续。其目的就是要把这种研究引向更为深入更为具体的层面，全面认识汉魏六朝乐府机构的产生、发展及其在各个朝代的鼎革关系，并通过对各朝代乐府机构的设立过程、基本职能、表演的歌舞艺术种类、歌诗的演奏情况以及历代文献记载中所保存的汉魏六朝乐府机构相关内容的索隐钩沉，揭示汉魏六朝歌诗与乐府机构的多方面联系，进而对汉魏六朝歌诗的艺术形态给予新的解释，并深入到文学文本之中，阐释其在中国文学史上的独特价值与意义。

　　根据汉唐乐府机构的沿革与歌诗的发展实际,我们又把本课题分成两汉、魏晋南北朝与唐代三个阶段分别进行研讨。从艺术生产史的角度来讲,两汉是中国音乐与歌诗发展一个重要转折阶段,以汉武帝扩充乐府的规模与职能为标志,中国古代的歌诗与音乐基本完成了从先秦到两汉,亦即从上古到中古的转变。从音乐的形态来讲,先秦时代占据主导地位的是周代雅乐,而从汉代以后是由俗乐新声占据主导地位,这恰如陈钟凡所说,这是中国音乐从古乐时期发展到变乐时期;从歌诗的角度来讲,先秦时代是以《诗经》体与楚辞体为主的时代,而汉代以后则是杂言诗与五七言诗为主的时代;从艺术审美的趋向来讲,先秦时代是一个以追求教化为主的雅正审美观时代,而两汉则是一个以追求娱乐为主的世俗审美观时代。正是在这种情况下,才出现了两汉歌舞艺术的盛况,寄食式的歌诗艺术生产与特权式消费开始突破先秦的贵族等级制,卖艺式的歌诗艺术生产与平民化的艺术消费也得到了空前的发展。这种艺术生产与消费发展的最直接成果,则是各种新的歌诗艺术形态的产生。从汉初的《安世房中歌》到汉武帝时代的《郊祀歌》十九章,从汉初流行的宫廷楚歌到西汉中期以后的鼓吹铙歌,再到以相和诸调为代表的新兴的汉代歌诗艺术,各种类型的歌诗虽然在汉代社会中承担着不同的艺术功能,也出自于不同阶层的人之手,但是它们在总体上却体现着汉代歌诗艺术共同的特点,共同奠定了中国中古时代歌诗的艺术形式,并体现了共同的时代新风与审美时尚。遵照历史与逻辑相统一的原则,我们对两汉乐府制度与歌诗关系的研究也分成三个部分:第一编重点讨论汉乐府制度的建立与歌诗艺术生产的基本情况,第二编是从艺术生产的角度对两汉歌诗的产生发展的分类研究,第三编则重点讨论两汉歌诗的文化功能与艺术特征、艺术结构与语言形式,从而概括两汉歌诗的艺术成就与历史地位。这其中尤以第二编为重点。正是通过这种分类研究,我们才会看到,两汉国家乐府制度的建立及其艺术生产的方式,是如何推动了两汉各类新型音乐的产生,推动了汉代歌诗中各种文体类别的形成、各种主题类型的出现和歌诗语言形态的新变,才会看到它在中国诗歌史上的独特历史地位。

　　与两汉社会不同,魏晋南北朝在国家乐府制度方面没有新的开创性建设，但是在歌诗艺术生产方面却有了更大的发展，留下来的相关史料也更多，给了我们更大的研究空间。同时，由于自魏晋以后，文人们越来越成为五七言诗歌的创作主体，学术界把研究的重点放在了这一时期文人诗歌创作的研究上，而对于这个时期的歌诗艺术生产与消费的关注远远不够。因此，本课题的魏晋六朝部分则直接从学术界长期忽略的文学艺术的生产与消费的视角入手，以魏晋南北朝歌诗为个案，立足于歌诗艺术的表演性和消费性特征研究，通过全面考察正史、笔记、文学总集和别集等各种典籍，致力于勾勒魏晋南北朝歌诗艺术发展原貌，紧紧抓住歌诗艺术表演、娱乐、消费的特点，以考论结合的方式，探究歌诗与音乐、舞蹈、说唱文学等多种艺术形式之间的深层联系，对魏晋南北朝歌诗表演性特点，及其对歌诗的语言、形式、审美特征及其他艺术门类的影响，作出初步的梳理和探讨。鉴于这种情况，我们把魏晋南北朝乐府制度与歌诗关系的研究也同样分为三个部分，上编"魏晋南北朝乐府制度沿革与歌诗生产"，主要探讨魏晋南北朝乐府官署的发展演变及其对歌诗的影响，并梳理各种史料，对魏晋南北朝歌诗的表演、消费情况尽可能作出复原性的描述；中编"魏晋南北朝歌诗艺术生产的个案考察"，主要研究与歌诗相关的音乐史上的几个问题，如西邸交游、齐梁士风对歌诗的推动，梁武帝制礼作乐与歌诗之关系，魏晋南北朝的葬礼与挽歌，社会经济的发展对歌诗的影响等；而下编"艺术生产与歌诗艺术成就的重新审视"，则从文本出发，对歌诗艺术特点的形成原因进行了研究：通过对邺下后期公宴雅集的考察来探讨其与建安歌诗的关系，从西晋故事体、代言体歌诗的产生、创作背景与表演要求看它对清商曲辞的制约，从鼓吹乐的南传考察它对梁陈文人创作的影响，从哀挽活动看挽歌的艺术特征的形成。由此我们可以看到，魏晋南北朝并没有进入一个单纯的文人徒诗写作时代，国家的音乐制度与歌诗生产对这个时代的诗歌内容与形式、艺术表达方式等仍然存在着巨大的影响。可以这样说，没有魏晋南北朝歌诗艺术的丰富实践，就没有这个时代文人诗歌的空前发展。该书向读者展示的，是魏晋南北朝诗歌发展中不被人们关注的另一面。

中国古代的乐府制度，到唐代又呈现新的发展，同时唐代也是中国古代诗歌发展的高峰，这二者之间也存在着必然的联系。作为汉魏六朝乐府制度与歌诗之关系论题的延伸,我们对唐代乐府制度与歌诗的关系也顺势进行梳理,以见出中国古代歌诗的历史传承与发展。学术界关于唐代乐府制度的重要研究成果不多,日本学者岸边成雄的《唐代音乐史的研究》被视为代表性著作。但是仔细研读我们就会发现,该书对与唐代乐府制度相关的一些重要问题尚认识不清。唐代朝廷的乐府机构主要有太常寺、梨园、教坊三个部分,我们也以此为基点对唐代乐府制度及其与唐代诗歌的关系进行描述和论证。我们不仅对太常寺乐官的职能进行了详细研究,澄清了许多模糊认识,而且第一次对唐代乐工身份、法律地位和实际的社会地位、服役方式等问题进行了考察。在对太常寺管理的音乐进行研究的基础上,首次全面考察了唐代礼仪乐舞使用情况,纠正了岸边成雄多部乐的设置为"保存俗乐"之说的失误,并以大量新材料证明在唐代尚存在太常卿采诗和风俗使采诗两种形式的采诗活动。梨园也是唐代重要的乐府机构,我们首次详细描述了梨园从产生到消亡的过程,对梨园法曲一一溯源,并对法曲的性质提出新见,认为法曲不是一种单独的音乐形式,也不是以某种音乐为主融合其他音乐形式而形成的一种新乐,它只是多种音乐形式的集合体。教坊在唐代音乐机构中占有重要地位,我们首次详细描述了教坊的兴衰过程,教坊乐工的来源、身份、社会地位和经济来源、社会地位的两面性,教坊乐曲的性质及其在中晚唐的流传与巨大影响等。同时,在全面描述唐代乐府制度的基础上,我们就唐代乐府制度与唐代诗歌的关系问题进行了初步探讨,得出一些新的结论,如唐代郊庙歌辞虽然在形式上总体复古,但其创作明显受到唐代诗歌创作风气的影响,对唐代七言律诗的定型与成熟有一定促进;唐代存在两种形式的采诗制度;唐代的献乐和献诗表现出不同的文学性;梨园和教坊所演唱的歌词部分来源于诗人的作品,这在一定程度上鼓励了诗人的诗歌创作,并对诗歌创作产生了影响;教坊曲和唐代诗歌互相影响,教坊曲的流行对词体的最终确立起了关键作用等等。总之,通过这部分的研究,我们不但对唐代的乐府制度作了更为明确的剖析,而且清楚地认识到它与唐代歌诗发展之间的复杂关系。作为本课题的一部分,它同样具有重要价值。

下面简要说一下本课题的研究过程。本项目自2002年12月被批准以来,经过了五年多的时间,至2007年底始告完成,2008年春由教育部批准结项。本项目的研究难度很大。要圆满地完成本项目,不仅需要阅读大量的原始文献,钩稽索隐,了解学术动态,同时还要随时进行理论学习与思考。之所以如此,是因为本项目并不仅仅是文献的搜集与整理,还包含着研究方法论的更新与理论的创造。按原计划,本项目主要分成两部分来进行,第一部分是研究两汉乐府制度与歌诗关系,第二部分是研究魏晋六朝乐府制度与歌诗关系,两部分的负责人分别是赵敏俐与刘怀荣教授。但是作为汉魏六朝乐府制度的延伸的唐代乐府制度,与歌诗的关系也是一个重要的问题,所以在实际研究过程中我们又进行了适当扩充,增加了唐代乐府制度与歌诗研究作为第三部分,由左汉林博士负责。每一部分都有相对的独立性,分开来可以成为三部独立的学术著作,合在一起又构成一个比较完整的体系。在研究的过程中,由赵敏俐教授总负责,三部分撰写人互相联系、互相讨论,根据各自的研究对象而拟定不同的结构。

　　中国古代乐府制度与歌诗的关系是一个大问题,也是一个亟待拓展和研究的题目,本课题立足于汉魏六朝并兼及唐代,对这个问题的探讨才刚刚展开。即便这样,通过我们的研究也可以看出,以此为切入点,不仅可以更好地对中国古代诗歌史上的重要问题——歌诗(可歌或者可舞的诗)的产生、发展及其艺术特征有一个系统的认识,还会深刻地影响我们对整个中国古代诗歌史的把握。当然,受能力所限,我们研究中还存在着许多不足,错误缺点在所难免,在此恳请专家学者给以教正。

赵敏俐

2008 年 12 月

目 录

导 论 ……………………………………………………………… 1

上编　魏晋南北朝乐府制度沿革与歌诗生产

第一章　三国及西晋乐府官署的演变与清商乐的早期发展 ………… 7
　　第一节　曹魏及吴、蜀乐府官署的演变 ……………………… 8
　　第二节　西晋乐府官署的演变 ………………………………… 11
第二章　东晋南朝乐府官署的简化与清商乐的新变 ……………… 14
　　第一节　东晋乐府官署的简化 ………………………………… 14
　　第二节　南朝乐府官署的演变 ………………………………… 16
第三章　北朝及隋代乐府官署的变革与胡乐的流行 ……………… 20
　　第一节　北朝及隋代乐府官署的变革 ………………………… 20
　　第二节　胡乐的流行 …………………………………………… 25
　　第三节　清乐与胡乐由各领风骚到融合汇流 ………………… 28
第四章　曹魏及西晋的歌诗生产与消费 …………………………… 32
　　第一节　朝廷礼仪中的歌诗创作与表演——以西晋元会礼为例 … 33
　　第二节　帝王对歌诗的爱好与歌诗创作 ……………………… 35
　　第三节　贵族阶层的歌诗消费 ………………………………… 38
　　第四节　文人的音乐修养和歌舞活动 ………………………… 42
　　第五节　歌舞艺人在歌诗传播中的贡献 ……………………… 45
　　第六节　民间歌诗的发展 ……………………………………… 47
第五章　东晋南朝的歌诗生产与消费 ……………………………… 49
　　第一节　帝王的歌诗活动 ……………………………………… 50
　　第二节　王公贵族的歌诗活动 ………………………………… 54
　　第三节　士人的音乐修养与歌诗 ……………………………… 60

第四节　艺人的歌舞技艺与民间歌诗活动……………………… 64

第六章　北魏的歌诗生产与消费……………………………………… 67
　　　第一节　北魏帝王的赋诗和歌诗活动…………………………… 68
　　　第二节　宗室子弟和士人的歌诗创作…………………………… 70
　　　第三节　北魏诸王的歌诗活动…………………………………… 73
　　　第四节　艺人的歌舞技艺和歌诗表演…………………………… 75

第七章　北齐、北周及隋代的歌诗生产与消费……………………… 77
　　　第一节　北齐至隋帝王的歌诗活动与胡乐……………………… 77
　　　第二节　北齐至隋贵族与士人的歌诗活动与胡乐……………… 79
　　　第三节　北齐至隋的民间歌诗…………………………………… 82
　　　第四节　北齐至隋的歌舞艺人与胡乐…………………………… 84

小结……………………………………………………………………… 87

中编　魏晋南北朝歌诗艺术生产的个案考察

第八章　西邸交游、齐梁士风与梁武帝对歌诗的推动……………… 91
　　　第一节　西邸交游与梁武帝学养的形成………………………… 91
　　　第二节　齐梁士人博学能文的风尚……………………………… 97
　　　第三节　声酒之好、宴会赋诗与梁武帝的文人政策…………… 107
　　　第四节　梁武帝的歌诗创作及对梁代文人歌诗的影响………… 116

第九章　梁武帝制礼作乐与歌诗之关系……………………………… 129
　　　第一节　齐代的礼学热与梁武帝的礼学修养…………………… 130
　　　第二节　齐代议礼、制礼活动与梁武帝制礼的盛举…………… 135
　　　第三节　梁武帝制礼作乐与歌诗之关系………………………… 138

第十章　葬礼、挽郎与挽歌创作……………………………………… 157
　　　第一节　葬礼中的挽歌…………………………………………… 157
　　　第二节　葬礼挽歌的表演与挽郎………………………………… 170
　　　第三节　挽歌的创作……………………………………………… 182

第十一章　魏晋南北朝社会经济的发展与歌诗创作………………… 189
　　　第一节　曹魏和西晋时期社会经济的发展对歌诗的影响……… 190
　　　第二节　东晋南朝时期的社会经济对歌诗的促进……………… 193

第三节　北魏迁洛后的社会经济与歌诗的兴盛 …………… 196
小结 ……………………………………………………………… 200

下编　艺术生产与歌诗艺术成就的重新审视

第十二章　邺下后期的公宴雅集与建安歌诗之关系 ………… 205
　　第一节　邺下后期的宴集活动 ………………………………… 206
　　第二节　邺下后期宴集活动在诗文中的反映 ………………… 208
　　第三节　公宴雅集对建安歌诗和诗歌的影响 ………………… 212
　　第四节　宴集活动与建安风骨的形成 ………………………… 217
第十三章　西晋故事体、代言体歌诗的特点及其与后代说唱
　　文学的关系 ……………………………………………… 223
　　第一节　汉代演述故事的歌诗和俗赋 ………………………… 224
　　第二节　西晋故事体歌诗的特点 ……………………………… 227
　　第三节　西晋故事体歌诗与后代说唱文学之关系 …………… 233
　　第四节　代言体歌诗的表演性及其与戏曲关系的推测 ……… 241
第十四章　创作背景与表演要求对清商曲辞的制约 …………… 243
　　第一节　南方民歌的产生背景与清商新声的早期形态 ……… 244
　　第二节　南方情歌的歌唱特点及对清商新声的影响 ………… 246
　　第三节　清商新声的音乐体制对清商曲辞的影响 …………… 252
第十五章　鼓吹乐的南传及对南朝文人创作的影响 …………… 258
　　第一节　鼓吹乐与横吹乐 ……………………………………… 259
　　第二节　北方鼓吹乐与横吹乐在南方的传播 ………………… 264
　　第三节　鼓吹乐和横吹乐的表演效果 ………………………… 270
　　第四节　鼓吹乐和横吹乐对南朝文人创作的影响 …………… 277
第十六章　哀挽活动与挽歌的艺术特征 …………………………… 283
　　第一节　哀挽活动与挽歌 ……………………………………… 283
　　第二节　丧葬风俗与挽歌 ……………………………………… 293
　　第三节　哀挽活动与葬礼挽歌的艺术特征 …………………… 296
　　第四节　哀挽活动与非葬礼文人挽歌的艺术特征 …………… 301
小结 ……………………………………………………………… 309

结语:魏晋南北朝歌诗研究的理论意义和价值 …………………… 311
主要参考书目 …………………………………………………………… 314
后记 ……………………………………………………………………… 318

导 论

歌诗本指配合乐曲演唱的歌词,与我们平时所说的诗歌不尽相同。这一名称早在班固《汉书·艺文志》中就已经出现,唐宋词兴起之前,它使用的频率还是比较高的。但近代以来,由于曲谱失传等多方面的原因,学术研究逐渐忽略了"歌诗"这一独特的门类,对于历史上曾是歌诗的作品,学者们大多把它们混同于一般的诗歌,只进行文本和作者研究,这种做法使歌诗作为表演艺术的特点日渐湮没。

在这一大背景下,魏晋南北朝的歌诗研究自然也不能例外。纵观近百年来的研究,只有少数学者从不同角度对魏晋南北朝歌诗进行过探讨,其间学者们多使用"乐府"或"乐府诗"这两个名称,而很少直接使用"歌诗"这个称呼,故专门的论著并不多,就其研究内容而言,主要包括如下几个方面:

一是探讨魏晋南北朝歌诗的发展演变史。可以萧涤非先生《汉魏六朝乐府文学史》(人民文学出版社,1998年)为代表,此外,罗根泽《乐府文学史》(东方出版社,1996年)、王易《乐府通论》(上海书店,1992年)、杨生枝《乐府诗史》(青海人民出版社,1985年)等著作中,也对魏晋南北朝乐府诗发展史有所涉及。

二是在研究后代歌诗和表演艺术时,论及魏晋南北朝歌诗的某些问题。可以任半塘先生为代表。任先生在其巨著《唐声诗》(上海古籍出版社,1982年)、《唐戏弄》(上海古籍出版社,1984年)中,对唐代的声诗(歌诗)和戏曲进行了深入细致的研究,并对它们的发生源头作了尽可能的探究,不少地方追溯到魏晋南北朝时期,对我们的研究具有重要的借鉴意义。另如吴相洲先生的《唐代歌诗与诗歌》(北京大学出版社,2000年)、《唐诗创作与歌诗传唱关系研究》(北京大学出版社,2004年),直接使用了"歌诗"这一概念,书中虽未直接论到魏晋南北朝歌诗,但论述的很多问题与之关系密切。

三是研究魏晋南北朝歌诗的某些具体问题。诸如乐府制度的沿革、各种不同乐府诗的特点、同一乐府诗题的发展演变等，可以王运熙先生为代表，他早年出版的《六朝乐府与民歌》(上海文艺联合出版社，1955年)、《乐府诗论丛》(古典文学出版社，1958年)，及后来以这两部书为主，另增加"乐府诗再论"(包括13篇论文)出版的《乐府诗述论》(上海古籍出版社，1996年)，以及后来又增订出版的《乐府诗述论》(上海古籍出版社，2006年)，至今仍是这方面最重要的参考书。

四是从表演艺术的角度，考察魏晋南北朝歌诗表演盛况，研究歌诗的音乐性、表演性及其对艺术特征和对当时诗歌创作、后代说唱文学，乃至中国诗学的影响等。早期的研究可以梁启超、黄侃、朱自清、曹道衡等学者对清商三调曲的讨论，以及杨荫浏、黄翔鹏的相关研究为代表。近来则以赵敏俐等《中国古代歌诗研究——从〈诗经〉到元曲的艺术生产史》(北京大学出版社，2005年)最具代表性，该书作者们还发表了一系列的专题研究论文。

上述四方面的研究成果，第一方面是以诗歌研究的方法来研究歌诗，第二方面只是涉及魏晋南北朝歌诗，严格地说，后两个方面的成果才是以魏晋南北朝歌诗为研究对象的，但类似的研究成果至今也并不多见。因此，无论从填补魏晋南北朝歌诗研究的某些空白来说，还是从开辟新的研究领域来说，以上学者们的研究都是有重要的学术意义的。不仅为下一步的研究工作打下了良好的基础，也解决了一些关键性的问题。但是从对魏晋南北朝歌诗进行系统、深入研究的目标来看，需要研究的问题还很多。

我们认为以往只重视文本和作者的研究方法，明显地忽略了歌诗艺术的另一个本质特征，即它作为精神产品所具备的消费特征和娱乐功能，这使我们长期以来有关歌诗的研究，在很大程度上是不完整的、残缺的。从文学生产的理论视角来看，歌诗艺术的生产过程是非常复杂的，它不仅要受到音乐发展整体水平，包括乐器的制作、乐工的能力等多方面的制约，还必须有歌唱艺人的投入；不仅离不开乐府官署的组织协调、民间艺人的精诚合作，更离不开从历代王室到贵族，乃至民间广大的消费者的参与。在整个过程中,歌诗作者的文本写作只是其中一个小小的环节,它在很大程度上要受制于其他环节。因此,以往只重视作者和文本,把歌诗完全等同于诗歌的研究方式,显然将歌诗本身的丰富复杂性人为地简单化了。

鉴于此,本书尝试从被学术界长期忽略的文学艺术娱乐消费的视角入手,以魏晋南北朝歌诗为个案,立足于歌诗艺术的表演性和消费性特征,通过全面考察正史、笔记、文学总集和别集等各种典籍中记载的有关魏晋南北朝歌诗及其表演、消费的情况,致力于勾勒魏晋南北朝歌诗艺术发展、消费的原貌,研究表演性对歌诗的文学特征及对后代说唱文学的影响等,揭开被学术界长期忽略的歌诗艺术的面貌的一角,开辟一个新的研究领域。

在方法上,本书力求改变以往把歌诗研究混同于诗歌研究的做法,紧紧抓住歌诗艺术表演、娱乐、消费的特点,以考论结合的方式,探究歌诗与音乐、舞蹈、说唱文学等多种艺术形态之间的深层联系,在对各种艺术进行综合研究的前提下,对魏晋南北朝歌诗表演性特点,及其对歌诗的语言、形式、审美特征,以及其他艺术门类的影响,作出初步的梳理和探讨。

全书分为三编,上编"魏晋南北朝乐府制度沿革与歌诗生产",主要探讨魏晋南北朝乐府官署的发展演变及其对歌诗的影响,并爬梳各种史料,对魏晋南北朝歌诗的表演、消费情况进行尽可能的还原;中编"魏晋南北朝歌诗艺术生产的个案考察",主要研究对歌诗有直接影响的相关音乐问题,并就南朝皇族在倡扬和改造清商乐中发挥的作用略作探讨;下编"艺术生产与歌诗艺术成就的重新审视",则从歌诗文本出发,在艺术生产的理论前提下对魏晋南北朝时期歌诗的艺术特点,及歌诗与说唱文学的关系进行重新思考。

由于在音乐方面基本上是门外汉,也由于我们自身水平所限,书中的尝试肯定有诸多的不足,如承方家指教,不胜感谢。

上编

魏晋南北朝乐府制度沿革与歌诗生产

第一章　三国及西晋乐府官署的演变与清商乐的早期发展[①]

本章提要：汉末大乱，乐人多避难荆州。以杜夔为代表的一批乐工曾受刘表之命，为汉献帝合雅乐。这批音乐人才后来成为曹魏新建乐府的中坚。魏代乐府官署基本承袭东汉旧制，分为太乐和黄门鼓吹两部分，其中最大的变化是将清商乐从鼓吹乐中独立出来，设立了清商专署。这对魏晋南北朝清商乐的发展，有着非常重要的意义。从典籍记载来看，当时的蜀汉和东吴也应有乐官和相应的管理机构。西晋统一后，乐府机构基本沿袭曹魏，也自然地将吴、蜀两国的乐府机构吸纳其中。其主要变化是前代直属少府的鼓吹署改隶太常，与太乐并列，这促进了鼓吹曲的雅化，成为日后太乐、鼓吹合二为一的滥觞。吴、蜀女乐的加入，则使西晋清商乐队伍迅速壮大。西晋时期荀勖的乐律改革，以及以荀勖为首的一批善乐之士对清商乐所作的系统整理，则加速了清商乐雅化的进程，对此后的清商乐产生了深远的影响，这一切构成了南朝清商乐迅速发展的必要前提。

曹魏乐府官署在继承东汉旧制的基础上，有一个最大的变化，就是设立了清商专署。这对魏晋南北朝清商乐的发展，有着非常重要的意义。西晋乐府机构基本沿袭曹魏，也自然地将吴、蜀两国的乐府机构吸纳其中。西晋时期荀勖的乐律改革，以及以荀勖为首的一批善乐之士对清商乐所作的系统整理，则加速了清商乐雅化的进程，对此后的清商乐产生了深远的影响。这是西晋乐府官署的最大成就。

---

　　① 本章参考了王运熙先生《汉魏两晋南北朝乐府官署沿革考略》的有关论述。参见王运熙：《乐府诗述论》，上海古籍出版社2006年版，第185—191页。

第一节　曹魏及吴、蜀乐府官署的演变

《宋书·乐志一》说"汉末大乱,众乐沦缺",《晋书·乐志上》也说"汉自东京大乱,绝无金石之乐,乐章亡缺,不可复知"。当时的乐府几近于消亡,由于西南一带较为安定,以雅乐郎杜夔为代表的一批乐工陆续来此避乱,荆州牧刘表曾令杜夔与精通音乐的孟曜为汉献帝合雅乐。《三国志》卷二十九《杜夔传》称"乐备,表欲庭观之",说明这项工作在刘表在世时就已经完成。虽然史书中缺乏明确的记载,但"合雅乐"并非一二人所能完成。因此,当时荆州必然聚集并培养了一批音乐人才。《杜夔传》又说:"后(刘)表子琮降太祖,太祖以夔为军谋祭酒,参太乐事,因令创制雅乐。……夔总统研精,远考诸经,近采故事,教习讲肄,备作乐器,绍复先代古乐,皆自夔始也。"显然以杜夔为首的这批音乐人才及其创制雅乐的工作,不仅为曹魏时期乐府官署的重建和歌诗艺术的发展奠定了良好的基础,而且在中古音乐和歌诗的发展中也具有承上启下的作用。

曹魏建立前后,杜夔曾做过太乐令、协律都尉。①《晋书》卷二十四《职官志》也说:"太常,有博士、协律校尉员,……协律校尉,汉协律都尉之职也,魏杜夔为之。"又《宋书》卷三十九《百官志上》曰:"太乐令,一人;丞一人。掌凡诸乐事。周时为大司乐。汉西京曰太乐令,汉东京曰大予乐令。魏复为太乐令。"关于魏复为太乐令一事,《宋书》卷十九《乐志一》载之详明:

> 明帝太和初,诏曰:"礼乐之作,所以类物表庸而不忘其本也。凡音乐以舞为主,自黄帝《云门》以下,至于周《大武》,皆太庙舞名也。然

---

① 《三国志》卷二十九《魏书·杜夔传》称杜夔"黄初中,为太乐令、协律都尉",但接下来又说,杜夔与柴玉因铸钟事"更相白于太祖"。这一记载至少有两个问题:其一,曹操卒于建安二十五年,夔、玉相争而白于太祖一事,只能在黄初之前,或者本传中"黄初中"的记载有误;其二,太乐令至明帝太和初始由东汉太予乐令复旧,黄初中不当称太乐令。此处当是未加细辨。可能杜夔在曹操在世时即负责太乐事("参太乐事"),曹魏建立后正式由军谋祭酒转为太予乐令,而陈寿径称为太乐令。[晋]陈寿:《三国志》,岳麓书社1990年版,第645页。

则其所司之官,皆曰太乐,所以总领诸物,不可以一物名。武皇帝庙乐未称,其议定庙乐及舞,舞者所执,缀兆之制,声哥(歌)之诗,务令祥备。乐官自如故为太乐。"太乐,汉旧名,后汉依谶改太予乐官,至是改复旧。

又据繁钦《与魏文帝笺》"顷诸鼓吹,广求异妓。……及与黄门鼓吹温胡,迭唱迭和"一段话,可知,魏代乐府官署基本上是按照东汉旧制,分为太乐和黄门鼓吹两部分。此外,清商乐在这一时期发展较快,而曹操、曹丕以及曹睿均是清商乐的爱好者和提倡者,①因此,魏代清商乐从鼓吹乐中独立出来,设立了清商专署。关于清商署设立的确切时间虽不可考,但魏代对清商乐的重视则可追溯至曹操。《宋书》卷十九《乐志一》引王僧虔论清商三调曰:"又今之《清商》,实由铜雀,魏氏三祖,风流可怀。"又《资治通鉴》卷一三四《宋纪》升明二年(478)胡注也说:"魏太祖起铜爵台于邺,自作乐府,被于管弦。后遂置清商令以掌之,属光禄勋。"都将曹操设立铜雀台作为清商乐兴盛的一个标志。今人据此认定清商署是曹丕即位后设立的。② 又据《三国志·魏书·齐王芳纪》裴注引《魏书》记载,清商署也设有清商令、清商丞等职,又说齐王"每见九亲妇女有美色,或留以付清商"。③ 可知清商署应是女乐专署。而《三国志·魏书·明帝纪》裴注引《魏略》曰:"自贵人以下至尚保,及给掖庭洒扫,习伎歌者,各有千数。"可见,明帝时女伎人数之众,这些女伎应当就是清商署的成员。明帝死后,曹爽"私取先帝(明帝)才人七、八人,及将吏、师工、鼓吹、良家子女三十三人,皆以为伎乐。诈作诏书,发才人五十七人送邺台,使先帝婕妤教习为伎"(《三国志》卷九《曹爽传》)。邺台即铜雀台,它与清商乐的关系于此可

---

① 曹操不仅生前"倡优在侧,常以日达夕"(《三国志·魏书·武帝纪》裴注引《曹瞒传》,[晋]陈寿:《三国志》,第43页),而且临死还下遗令曰:"吾婢妾与伎人皆勤苦,使着铜雀台,善待之。……月旦十五日,自朝至午,辄向帐中作伎乐。"《全三国文》,卷三,[清]严可均编:《全上古三代秦汉三国六朝文》,中华书局1958年版,第1068页。本专著引用古代文章未注明出处者,文字均依《全上古三代秦汉三国六朝文》。
② 参见修海林:《古乐的沉浮》,山东文艺出版社1997年版,第61页。
③ 《晋书》卷二《景帝纪》也提到清商令令狐景和清商丞庞熙,[唐]房玄龄等:《晋书》,中华书局1974年版,第27页、第28页。

见一斑。从历史的发展来看,曹魏时期设立的清商署对日后的歌诗艺术生产无疑具有重大意义和深远影响。

吴、蜀两国流传下来的乐府歌诗太少(蜀汉没有作品流传下来),其乐府机构也不可详考,但从零星的史料记载来看,吴、蜀也应当设有乐府机构,只不过不如曹魏乐府那样兴盛。关于蜀汉的情况,萧涤非先生虽有"蜀汉无乐府"①的论断,但事实上蜀汉应当是有乐府官署的,只是没有歌诗作品流传罢了。《三国志》记载:

> (先主)既斩(杨)怀、(高)沛,还向成都,所过辄克。于涪大会,置酒作乐。(《三国志》卷三十七《蜀书·庞统传》)
>
> 又封与(孟)达忿争不和,封寻夺达鼓吹。达既惧罪,又忿恚封,遂表辞先主,率所领降魏。(《三国志》卷三十九《蜀书·刘封传》)
>
> 车服饮食,号为侈靡,侍婢数十,皆能为声乐,又悉教诵读《鲁灵光殿赋》。(《三国志》卷三十九《蜀书·刘琰传》)
>
> 后主立太子,以周为仆,转家令。时后主颇出游观,增广声乐。周上疏谏曰:"……愿省减乐官、后宫所增造,但奉修先帝所施,下为子孙节俭之教。"(《三国志》卷四十二《蜀书·谯周传》)

从上引四条材料来看,蜀汉不仅在东宫设有乐官,而且军中及将帅个人也配有鼓吹乐人,甚至像刘琰这样的官员还培养了一批"能为声乐"的侍婢,由此推断,朝廷也应有乐官和相应的管理机构。

关于孙吴乐府歌诗,现存有韦昭所作《吴铙歌》十二曲,《三国志·吴书》也多次提到吴有鼓吹曲,对此萧涤非先生已有详细的论述,②笔者在此只想补充几条材料,以进一步说明这一问题。一是《吴书·诸葛恪传》说孙权拜诸葛恪为抚越将军,领丹阳太守,拜毕,"命恪备威仪,作鼓吹,导引归家"。二是《吴书·周瑜传》裴松之注引《江表传》曰:"(孙)策又给瑜鼓吹……瑜曰:'吾虽不及夔、旷,闻弦赏音,足知雅曲也。'"三是《吴书·

---

① 萧涤非:《汉魏六朝乐府文学史》,人民文学出版社1998年版,第161页。
② 萧涤非:《汉魏六朝乐府文学史》,第161—166页。

刘繇太史慈士燮传》称"燮兄弟并为列郡,雄长一州,偏在万里,威尊无上,出入鸣钟磬,备具威仪,笳箫鼓吹,车骑满途"。四是《吴书·孙和传》称孙皓即位后,追谥其父孙和为文皇帝,改葬明陵,后又于京师立寝堂,东迎神于明陵,"七日三祭,倡伎昼夜娱乐"。对孙皓祭父事,宋人何承天已经作过辨析。《宋书·乐志》曰:

何承天曰:"世咸传吴朝无雅乐。案孙皓迎父丧明陵,唯云倡伎昼夜不息,则无金石可知矣。"承天曰:"或云今之《神弦》,孙氏以为宗庙登歌也。"史臣案陆机《孙权诔》"《肆夏》在庙,《云翘》承□",机不容虚设此言。又韦昭孙休世上《鼓吹铙歌》十二曲表曰:"当付乐官善歌者习歌。"然则吴朝非无乐官,善歌者乃能以歌辞被丝管,宁容止以《神弦》为庙乐而已乎?

因此,孙吴有乐府官署也是没有疑问的。

第二节　西晋乐府官署的演变

西晋统一后,乐府机构基本沿袭了曹魏制度。《晋书》卷十二《乐志上》说:"武皇帝采汉魏之遗范,览景文之垂则,鼎鼐维新,前音不改。"又说:"及武帝受命之初,百度草创。泰始二年,诏郊祀明堂礼乐权用魏仪,遵周室肇称殷礼之义,但改乐章而已。"由《晋书·职官志》的记载可知,西晋乐府机构的设置在遵循曹魏旧制的同时,又稍有变化。清商署仍属光禄勋,"光禄勋,统……黄门、掖庭、清商、华林园、暴室等令",而前代直属少府的黄门鼓吹到西晋时期则改隶太常:"太常,有博士、协律校尉员,又统太学诸博士、祭酒及太史、太庙、太乐、鼓吹、陵等令。"(均见《晋书》卷二十四《职官志》)[1]其中,鼓吹署改隶太常乃是鼓吹曲雅化的必然结果。因

---

[1] [唐]房玄龄等:《晋书》卷四《惠帝纪》记载,永兴元年,张方劫帝幸长安,"方逼帝升车,左右中黄门鼓吹十二人步从,唯中书监卢志侍侧"。也说明西晋设有黄门鼓吹署。第103页。

为曹魏以后的鼓吹曲已经改变了汉代采用民间歌谣的做法，而多为文人创作，因此，它与太乐所掌的雅乐已没有多少区别。西晋乐府机构的这一变化，发展到后来便是太乐、鼓吹合二为一。

从清商乐的发展来说，这一时期值得注意的是，西晋统一后作为战利品被收编的吴地女乐使清商乐队伍迅速壮大起来。《晋书·武帝纪》载，太康二年（281）三月"诏选孙皓妓妾五千人入宫"。《晋书·后妃传·胡贵嫔传》也说："时帝多内宠，平吴之后复纳孙皓宫人数千，自此掖庭殆将万人。"从前引《职官志》的记载可知，掖庭、清商均属光禄勋，而《太平御览》卷一四五引《晋武帝起居注》则有"武帝出清商、掖庭诏云：今出清商、掖庭及诸才人奴女保林以下二百七十人还家"，[①]两处均将清商、掖庭并列。又从《晋书·宣帝纪》"（正始）九年（248）春三月，黄门张当私出掖庭才人石英等十一人，与曹爽为伎人"的记载可知，"掖庭才人"本身即是伎人。因此，"掖庭令"属下的"才人"与清商署的女乐都应是因乐舞伎艺被选入宫中的。《武帝纪》又称"平吴之后，天下又安。遂怠于政术，耽于游宴"，女乐本是"游宴"的点缀之一，出于"游宴"的需求，孙皓宫人也必然有一部分被选入清商署。故清商署的人数虽不至像掖庭那样庞大，但也应是相当可观的。太康七年（286）出清商、掖庭女子的诏令，也从另一方面说明了这些机构人员的过剩。事实上，不仅在灭吴之后，在灭蜀之后也应有相当数量的女乐被补充到了清商署中。虽然这一点史无明载，难以确证，但是，西晋的统一使割据时期三国的乐府机构和乐官又合而为一却是可以肯定的。

同时，晋武帝又让荀顗负责雅乐的修订，《晋书》卷三十九《荀顗传》曰："（武帝）时以《正德》、《大豫》雅颂未合，命顗定乐。事未终，以泰始十年（274）薨。"荀顗死后，又任用荀勖掌管乐事。荀勖"既掌乐事，又修律吕，并行于世"（《晋书·荀勖传》）。他不仅在前代乐律的基础上制定了新律笛，还以笛为"诸弦歌"的标准（《宋书·律历志》），对清商曲进行了重新整理。《宋书》卷十一《律历志上》曰："晋泰始十年，中书监荀勖，中书令张

[①] 这一史实又见于《晋书》卷三《武帝纪》太康七年十二月，"出后宫才人、妓女以下二百七十人归于家"。[唐]房玄龄等：《晋书》，第77页。

华……令郝生鼓筝,宋同吹笛,以为《杂引》、《相和》诸曲。"《宋书·乐志三》也说:"相和,汉旧歌也。本十七曲,朱生、宋识、列和等复合之为十三曲。"又说:"清商三调歌诗,荀勖撰旧词施用者:平调五曲,清调六曲,瑟调八曲。"宋人郭茂倩也称荀勖掌管乐事时对相和十三曲"采旧辞施用于世,谓之清商三调歌诗"(《乐府诗集》卷二十六)。当时荀勖手下聚集了一批著名的音乐人才,《宋书·律历志》中提到的就有协律中郎将列和、太乐郎刘秀、邓昊、王艳、魏邵,乐工郝生、宋同、鲁基、种整、朱夏等。《宋书·乐志一》也说:"魏晋之世,有孙氏善弘旧曲,宋识善击节倡和,陈左善清歌,列和善吹笛,郝索善弹筝,朱生善琵琶,尤发新声。"这些音乐家在荀勖的领导下,对清商乐进行了全面的整理,使清商乐在魏氏三祖的基础上进一步雅化,从而获得了较大的发展。荀勖去世后,朝廷"又令荀藩(荀勖子)终父勖之志,铸钟凿磬,以备郊庙朝享礼乐"①。西晋王朝所做的这些工作,对南朝清商乐的发达无疑有重要的影响。

---

① [唐]房玄龄等:《晋书》,卷三十五《裴頠传》,第 1042 页。《晋书》卷三十九《荀勖传》也说:"(子藩)元康中,为黄门侍郎,受诏成父所治钟磬。"第 1158 页。

第二章　东晋南朝乐府官署的
简化与清商乐的新变

本章提要：永嘉之乱，乐工与乐器多为刘聪、石勒所得。故东晋百年间，乐府官署的设置始终因陋就简，开始仅有鼓吹署，后"省太乐并鼓吹"，最后取消鼓吹署而保留太乐，鼓吹乐和清商乐都改由太乐管理，清商乐的地位进一步得到提高。而雅乐和鼓吹乐发展的停滞，客观上为清商乐的发展提供了巨大的空间。宋、齐、梁、陈四朝的乐府官署，与东晋一脉相承而略有变化。宋、齐两代不仅乐府官制相同，而且许多具体做法也是基本一致的，其雅乐、俗乐均由太乐掌管。梁代建国后，梁武帝对礼乐进行了全面的整顿，因此梁代乐府官署向魏及西晋回归，走的是复古之路。梁代将隶属太乐的鼓吹改为与太乐并列，并在太乐下另设清商署，置清商丞。陈代乐府官署基本沿袭梁代。南朝时期的清商新声不仅在实际生活及朝廷礼乐活动中占据了极其重要的位置，而且对文士创作的影响也更加显著。

　　永嘉之乱，中原文化受到了极大的破坏，音乐人才凋零殆尽。刘宋以后，朝代更替频繁，典章制度多承袭前代，故东晋及宋、齐、梁、陈五朝之乐府机构均趋于简化。与此同时，清商新声则在这一时期逐渐取得了正统的地位，受到人们的普遍喜爱。

第一节　东晋乐府官署的简化

　　关于东晋时期乐府官署的情况，史书记载较为简略。《晋书·律历志》说："永嘉之乱，中朝典章，咸没于石勒。及元帝南迁，皇度草昧，礼容乐器，扫地皆尽，虽稍加采掇，而多所沦胥，终于恭、安，竟不能备。"《晋书》卷二十三《乐志下》也说："永嘉之乱，海内分崩，伶官乐器，皆没于刘、石。"

依此,自西晋灭亡,伶官乐器为刘聪、石勒所得,东晋一代乐府制度始终不甚完备。据《宋书·乐志一》,东晋初年,"以无雅乐器及伶人,省太乐并鼓吹令。是后颇得登歌、食举之乐,犹有未备。明帝太宁末,又诏阮孚等增益之。成帝咸和中,乃复置太乐官,鸠集遗逸,而尚未有金石也"。又说:"晋氏之乱也,乐人悉没于戎虏,及胡亡,邺下乐人,颇有来者。谢尚时为尚书仆射,因之以具钟磬。太元中,破苻坚,又获乐工杨蜀等,闲练旧乐,于是四箱金石始备焉。"据此可知,东晋初年乐器与乐工并缺,因而"省太乐并鼓吹",至成帝年间(325—342),才"复置太乐官",但到了哀帝年间(362—365),"又省鼓吹而存太乐",①说明东晋建国五十年之后音乐人才仍然缺乏。另上引"及胡亡"以下一段文字,在《晋书·乐志下》中有更详细的叙说:

> 及慕容儁平冉闵,兵戈之际,而邺下乐人亦颇有来者。永和十一年(355),谢尚镇寿阳,于是采拾乐人,以备太乐,并制石磬,雅乐始颇具。而王猛平邺,慕容氏所得乐声又入关右。太元中,破苻坚,又获其乐工杨蜀等,闲习旧乐,于是四箱金石始备焉。乃使曹毗、王珣等增造宗庙歌诗,然郊祀遂不设乐。

其中所说"慕容儁平冉闵",取邺城,事在晋永和八年(352),这一次"邺下乐人"从北方而来无疑是谢尚重建雅乐的一个必要前提,也为哀帝年间"省鼓吹而存太乐"做好了准备。② 而"王猛平邺"事在晋太和五年(370),

---

① [唐]李隆基撰,李林甫注:《大唐六典》,卷十四"鼓吹署"条,中华书局1983年据北京大学图书馆、南京博物院及北京图书馆藏南宋刻本影印本。

② 《晋书》卷七十九《谢尚传》载,安西将军庾翼镇武昌时,谢尚"尝与翼射,翼曰:'卿若破的,当以鼓吹相赏。'尚应声中之,翼即以其副鼓吹给之"。[唐]房玄龄等:《晋书》,第2070页。考《晋书·庾翼传》,庾翼镇武昌,是在其兄庾亮去世后。据《晋书·庾亮传》,庾亮卒于成帝咸康六年(340)。《谢尚传》又称,谢尚于建元二年(344)即已调任江州刺史。则庾翼以鼓吹赏谢尚事只能在咸康六年至建元二年之间。这为我们透露了成帝重建太乐以后哀帝"省鼓吹而存太乐"之前,鼓吹乐发展的一点消息。另《宋书》卷十九《乐志一》也提到了此事及东晋初年临川太守谢摛战死后"追赠长水校尉,葬给鼓吹"一事,认为"魏晋世给鼓吹甚轻,牙门督将五校,悉有鼓吹","今(指沈约生活的齐梁时期)则甚重矣"。[梁]沈约:《宋书》,中华书局1974年版,第559页。

"破苻坚"事在晋太元八年(383)。由此不难看出,东晋一代乐府人才始终处于匮乏状态,雅乐的建设直到太元八年杨蜀等第二批邺下乐工到来之后,才初具规模,但郊祀所需乐曲还是无法演奏。而此时距东晋建国已经近七十年,距刘裕代晋也只有三十多年了。因此,与汉魏西晋相比,东晋百年间,乐府官署的设置始终是十分简陋的,由只有鼓吹署,到太乐、鼓吹短暂的并存,再到取消鼓吹署而保留太乐构成了其基本的发展轨迹。据王运熙先生考证,这一时期的清商曲很有可能也归太乐掌管了。① 乐府官署机构的简化也会相应地影响到歌诗的创作。

东晋雅乐的严重萎缩,造成了乐府官署的合并或者说简化。其结果不仅使在西晋就已改隶太常的鼓吹乐进一步归入太乐,而且使原属光禄勋的清商俗乐也改由太乐管理,从而使清商乐的地位再次得到提高。另一方面,雅乐和鼓吹乐发展的相对不足,客观上为清商乐的发展提供了巨大的空间。具体来说,北方清商乐被带到南方以后,原为民间徒歌的吴声、西曲开始被之管弦,逐渐取代了清商旧曲,成为朝野喜爱的新声。

第二节　南朝乐府官署的演变

刘宋以来直至陈代,乐府官署和歌诗生产皆与东晋一脉相承。一方面保留了东晋乐府以太乐为主要机构、并由太乐兼管清商乐的特点,另一方面清商乐进一步发展成为风靡一时、倾动朝野的清商新声。

关于前者,史书记载非常简略,《宋书》卷三十九《百官志上》曰:"太常……太乐令一人,丞一人,掌凡诸乐事。"《南齐书》卷十六《百官志》也说:"太常……太乐令一人,丞一人。"二书及《唐六典》均未提到宋、齐两代

---

① 《宋书》卷十九《乐志一》有"《鞞舞》,故二八,桓玄将即真,太乐遣众伎"的记载,[梁]沈约:《宋书》,第552页。这说明"鞞舞"归太乐管理。王运熙先生认为,"鞞舞在汉魏与相和歌同隶黄门鼓吹,现在改隶太乐,由此推测,大约这时清商曲已由太乐兼掌了"。王运熙:《乐府诗述论》,第188页。

有鼓吹、清商等令、丞,而宋、齐两代的《乐志》中都有太乐令乐事活动的记载。《宋书》卷十九《乐志一》曰:"宋文帝元嘉九年(462),太乐令钟宗之更调金石。"《南齐书》卷十一《乐志》有:"永明六年(488)……太乐令郑义泰案孙兴公赋造天台山伎,作莓苔石桥道士扪翠屏之状,寻又省焉。"如果再结合《宋书》中太乐"掌凡诸乐事"的话,可知宋、齐两代的雅乐、俗乐都是由太乐掌管的。① 而《隋书》卷十三《音乐志上》云:"陈初,武帝诏求宋、齐故事。太常卿周弘让奏曰:'齐氏承宋,咸用元徽旧式,宗祀朝飨,奏乐俱同,唯北郊之礼,颇有增益。'"又云:"初宋、齐代,祀天地,祭宗庙,准汉祠太一后土,尽用宫悬。"又云:"鼓吹,宋、齐并用汉曲,又充庭用十六曲。"可知,宋、齐两代不仅乐府官制相同,而且在许多具体做法上也是基本一致的。

关于清商乐进一步发展,大受欢迎的情况史书多有记载。《南齐书》卷四十六《萧慧基传》说:"自宋大明以来,声伎所尚,多郑卫淫俗,雅乐正声,鲜有好者。"《南齐书》卷二十八《崔祖思传》则称,宋(后)废帝元徽年间(473—476),不算"后堂杂伎",太乐雅、郑乐工,还多达一千余人。大明、元徽距宋建国分别只有三十年和五十年的时间,可见宋代俗乐发展速度之快。此外,《宋书》卷四十一《后妃传》称:"太宗留心后房,拟外百官,备位置内职。"其所设后宫官职中,有五品官"清商帅,置人无定数"。可见,宋代除将清商并入太乐外,在后宫中还有这样特殊的官制。这反映出当时宫廷中对清商乐的喜爱,说明清商专署的取消并没有使清商乐的发展受到影响。《南史》卷四十二《豫章文献王嶷传》记载,齐武帝"后宫万余人,宫内不容,太乐、景第、暴室皆满,犹以为未足"。而朝野之间更是流风广播,俗乐新声极其繁荣,以至于"家竞新哇,人尚谣俗","朝廷礼乐多违

---

① 《南齐书》卷二十八《崔祖思传》:"太乐雅、郑,元徽(宋后废帝年号)时校试,千有余人。"说明宋代太乐兼管雅、郑。[梁]萧子显:《南齐书》,中华书局1972年版,第519页。《南齐书》卷七《东昏侯纪》:"下扬、徐二州桥桁塘埭丁,计功为直,敛取现钱,供太乐主衣杂费。"第104页。《旧唐书》卷二十九《音乐志二》:"《估客乐》,齐武帝之制也。……使太乐令刘瑶教习。"东昏侯喜俗乐,《估客乐》属清商曲,此二条为齐代太乐兼管俗乐之证。[后晋]刘昫等:《旧唐书》,中华书局1975年版,第1066页。

正典,民间竞造新声杂曲"。①

梁、陈两代的乐府官署稍有变化。《隋书》卷八《音乐志上》曰:"梁氏之初,乐缘齐旧。"《隋书》卷二十六《百官志上》也说"梁武受命之初,官班多同宋、齐之旧",又说:"诸卿,梁初犹依宋、齐,皆无卿名。天监七年(508),以太常为太常卿……统太乐、鼓吹等令丞……又置协律校尉、总章校尉监,掌故乐正之属,以掌乐事。太乐又有清商署丞。"由此可知,梁代乐府官署又有新的变化,一是鼓吹由隶属太乐改为与太乐并列,二是在太乐下另设清商署,并置清商丞。这一变化体现出向魏及西晋乐府官制回归的趋向,它与梁武帝弘扬古乐的追求是分不开的。梁武帝即位的天监元年(502),即下了一道向百官访求古乐的诏书:

夫声音之道,与政通矣,所以移风易俗,明辨贵贱。而《韶》、《护》之称空传,《咸》、《英》之实靡托,魏晋以来,陵替滋甚。遂使雅郑混淆,钟石斯谬,天人缺九变之节,朝宴失四悬之仪。朕昧旦坐朝,思求厥旨,而旧事匪存,未获厘正,瘝瘝有怀,所为叹息。卿等学术通明,可陈其所见。(《隋书》卷十三《音乐志上》)

《隋书》卷十三《音乐志上》载,天监元年(502),梁武帝就恢复古乐的问题"诏访百僚",沈约向武帝提议:"宜选诸生,分令寻讨经史百家,凡乐事无大小,皆别纂录。乃委一旧学,撰为乐书,以起千载绝文,以定大梁之乐。"当时上书"对乐者七十八家,咸多引流略,浩荡其词,皆言乐之宜改,不言改乐之法"。精通音乐的梁武帝"遂自制定礼乐"。故《隋书》卷十三《音乐志上》曰:"梁武帝本自诸生,博通前载,未及下车,意先风雅,爰诏凡百,各陈所闻。帝又自纠摘前违,裁成一代。"

因此,有梁一代不仅乐府机关的设置在宋、齐基础上有所变革,其雅乐建设也多以汉魏古乐为准绳,正统气味较浓,与宋、齐两代不尽相同。由于梁武帝在礼乐方面颇有建树,因此有陈一代对梁代礼乐制度继承多而变化少。《隋书·百官志上》曰:"陈承梁,皆循其制官。"《隋书·音乐志

---

① [梁]萧子显:《南齐书》,卷三十三《王僧虔传》,第594页、第595页。

上》也说:"是时(陈初)并用梁乐,唯改七室舞辞。"又说:"至太建元年(569)定三朝之乐,采梁故事……其鼓吹杂伎,取晋、宋之旧,微更附益。"

不仅雅乐有所发展,清商乐在梁代也同样有新的发展。如果说晋、宋、齐三代是"吴声、西曲的产生和发展的时期,是清商新声的繁荣时期。……梁、陈、隋三代,可说是清商新声的转变时期"[1]。从《乐府诗集》所录《清商曲辞》来看,《吴声歌》、《西曲歌》、《神弦曲》三类中多晋、宋、齐之作,这些作品大多由民间徒歌发展而成,或明显地受到民歌的影响。《江南弄》、《上云乐》、《雅歌》三类则为梁代或梁以后文士所作。《古今乐录》曰:"梁天监十一年(512)冬,武帝改《西曲》,制《江南上云乐》十四曲,《江南弄》七曲。"(《乐府诗集》卷五十引)又说:"《上云乐》七曲,梁武帝制,以代《西曲》。"(《乐府诗集》卷五十一引)由梁武帝君臣以及陈代陈后主君臣所改制的清商新声,大多"辞典而音雅"(《旧唐书·音乐志》),与晋、宋、齐时期清商曲的清新自然大不相同。这标志着清商新声的雅化,或者说清商新声中民间歌诗对文士创作影响的进一步加深。

总之,东晋以来,因永嘉之乱造成的乐工凋零、雅乐人才严重缺失的现实,长期未能得到改变,受此局限,东晋以后五朝的乐府机构不得不简化。同时,数百年间雅乐的发展虽仅堪维持,但清商新声却是蒸蒸日上,不仅被纳入太乐,客观上取得了与雅乐相同的地位,而且在实际生活中也在民间娱乐乃至朝廷礼乐活动中占据了极其重要的位置,大有取雅乐而代之之势。正是在这样的大背景下,南朝歌诗的生产获得了空前的发展。

---

[1] 王运熙:《乐府诗述论》,第215页。

第三章 北朝及隋代乐府官署的变革与胡乐的流行

本章提要：永嘉之乱到北魏统一北方的一百二十多年，史称五胡乱华时期。其间西晋的"伶官乐器"七易其主，由于战乱不断，王朝更替过于频繁，北方十六国大多无暇顾及乐事。魏道武帝（太祖）拓跋珪迁都平城（今山西大同）后，乐府建设拉开了序幕，但并未得到应有的重视。直到魏孝文帝太和（477—499）中，北魏乐府的建设才有了起色。《魏书·乐志》虽称元魏乐府"如汉晋之旧"，但实际的乐府官署却只有太乐，与宋、齐两代基本一致。北齐乐府官署，在太乐之外，又增加了鼓吹署。北周依周制改创官制，乐府机构称大司乐，后改为乐部。这在整个魏晋南北朝都是比较特殊的。隋代乐府官署恢复了汉魏之旧貌，设太乐、清商、鼓吹等署，均归太常掌管。在北魏、北齐、北周三朝，胡乐广为流传，得到了迅速的发展。隋代形成的《九部乐》，则是北朝约二百年间胡、汉音乐深度融合的结果。

北朝乐府官署的设置基本仿效南朝而略有变化，隋代乐府官署的设置则与魏和西晋基本一致。自北魏起，在向传统回归的表象下，乐府歌诗在音乐上明显受到胡乐的影响，形成了胡汉融合的特征。

第一节 北朝及隋代乐府官署的变革

永嘉之乱后，晋室南渡，整个北方长期处于混乱状态。从公元318年起到439年北魏统一，北方大地上存在时间稍长的国家就有十六个之多，史称五胡乱华时期。这一百余年间，政权更迭过于频繁，这些小王朝根本无暇顾及乐府官署的建设。而西晋旧有的伶官乐器，在战乱中被不断地从一个小国家转移到另一个小国家。如上节所述,在慕容儁平冉闵及东晋破苻坚时,曾有部分乐工南逃或被俘,成为东晋乐府官署中的成员。但更多的乐工和乐器还是留在了北方,成为北朝乐府发展的前提条件之一。《魏书》卷一百九《乐志》曰:

> 永嘉以下,海内分崩,伶官乐器,皆为刘聪、石勒所获,慕容儁平冉闵,遂得之①。王猛平邺,入于关右。苻坚既败,长安纷扰,慕容永之东也,礼乐器用多归长子,及垂平永,并入中山。自始祖内和魏晋,二代更致音伎;穆帝为代王,愍帝又进以乐物;金石之器虽有未周,而弦管具矣。逮太祖定中山,获其乐县,既初拨乱,未遑创改,因时所行而用之。世历分崩,颇有遗失。

这一段话,对西晋"伶官乐器"的转移作了较为清楚的说明。为了更好地了解五胡乱华时期西晋雅乐的存亡去向,我们有必要对上引一段文字作一点简要的疏解:公元 311 年,汉主刘聪攻破洛阳,西晋之"伶官乐器"尽入于汉。公元 319 年汉帝刘曜改国号为赵,史称前赵。公元 329 年,前赵为石勒所建的后赵所灭,这些"伶官乐器"又为后赵所得。公元 350 年,冉闵灭后赵,改国号为魏。但魏只存在了三年,就在公元 352 年为前燕慕容儁所灭。公元 370 年,前秦王猛灭前燕。前秦建都长安,因此西晋之"伶官乐器"又"入于关右"。公元 383 年,前秦苻坚在淝水之战中败于东晋,公元 384 年慕容垂叛前秦建燕,史称后燕。慕容泓乘乱占据华阴建西燕,386 年,西燕慕容永,东据长子,称帝,故"礼乐器用多归长子"。公元 394年,后燕慕容垂破长子,杀慕容永,西晋之"伶官乐器","并入中山",至公元 397 年,魏道武帝(太祖)拓跋珪破中山,又为北魏所得。在这近百年的辗转交接中,西晋"伶官乐器"七易其主,其中以隶属于后赵的时间最长,但也只有 24 年。由于王朝更替过于频繁,且几乎年年都有战乱,各个小王朝根本没有时间静下心来去过问乐府之事,加上战乱中乐器的遗失、乐

---

① "得"原作"克",此据唐长儒点校本《魏书》改。[北齐]魏收:《魏书》,卷一百九《乐志》,中华书局 1974 年版,第 2827 页。

工的死亡和流失及缺乏新的音乐人才培养的保障条件等原因,伶官乐器的日益减少是可想而知的。这是这一时期西晋"伶官乐器"转移的大致情况,也是我们讨论北朝乐府官署和歌诗生产的一个重要的前提。

虽然史称北魏得到西晋伶官乐器后,"不知采用,皆委弃之"①,但是从史书记载来看,北魏的宫廷音乐建设却正是从此开始的。在破中山的第二年,即魏道武帝天兴元年(398)正月,"徙山东六州吏民及徒何、高丽杂夷三十六署,百工伎巧十余万口,以充京师"②。七月,拓跋珪迁都平城(今山西大同)"始营宫室,建宗庙,立社稷",同年十一月,又"诏尚书吏部郎中邓渊典官制,立爵品,定律吕,协音乐"。③ 将音乐制度的建设正式纳入了议事日程。从后燕获得的这些"百工伎巧"中无疑包括一批有较高修养的"伶官",这构成了元魏乐府起步的必备条件。天兴四年(401)也有"命乐师入学习舞"的记载,至天兴六年(403),乐府机构已初具规模。《魏书·乐志》曰:"六年冬,诏太乐、总章、鼓吹增修杂伎,造五兵、角抵、麒麟……跳丸、五案以备百戏。大飨设之于殿庭,如汉晋之旧也。"可知,元魏乐府的建设是以汉、晋乐府为效仿对象。由于典籍记载过于简略,对它具体的设置已很难说清。从天兴六年冬的诏令可以看出,它早期的官署设置也应是"如汉晋之旧",包含太乐、鼓吹及专司舞人的总章,但是在其他相关记载中,我们却只能找到有关太乐的材料。《魏书》对魏代乐府官署的记载之所以前后不一,恐怕是因为在设置乐府之初,虽然有仿照汉、晋官制建立太乐、鼓吹两个乐署的计划,但饱经乱离之后,当时乐工和乐器的实际情况远远不能满足这两个乐署的需求。因此,天兴六年诏书所说很有可能有名而无实。《魏书·乐志》称:"高宗、显祖无所改作。诸帝意在经营,不以声律为务,古乐音制,罕复传习,旧工更尽,声曲多亡。"又称太和(477—499)初,"于时卒无洞晓声律者,乐部不能立,其事弥缺"。

---

① [唐]魏征等:《隋书》,卷十四《音乐志中》,中华书局1973年版,第313页。
② 《魏书》卷二《太祖纪》"三十六署"之"署"原作"万",此据唐长孺点校本《魏书》改。[北齐]魏收:《魏书》,第47页。徙百工伎巧事又见《魏书》卷一百一十《食货志》,第2849页、第2850页。
③ [北齐]魏收:《魏书》,卷二《太祖纪》,第33页。

据此,自天兴年间(398—404)建立乐府官署后,经明元帝、太武帝、文成帝、献文帝四朝六十余年的发展,北魏乐府不仅没有多大起色,甚至还出现"旧工更尽,声曲多亡"的倒退现象。更为重要的是太和十五年(491)以前,《魏书》中凡涉及乐官的地方,皆称为"伶官"、"乐官"或"司乐"等,而没有与前代乐官相一致的官职称谓,这进一步说明了天兴六年的诏书的确未能落实。

直到孝文帝太和(477—499)中,北魏乐府的建设才出现了新的变化。《魏书》卷七《高祖纪》记载"太和十一年(487)春,诏定乐章,非雅者除之"。《魏书·官氏志》曰:"孝文帝太和十五年(491)十二月,置太乐少卿官。"又说:"太和中,高祖诏群僚议定百官,著于令。"其中提到的乐官有:协律中郎(从四品下)、协律郎(从五品上)、太乐祭酒(从五品中)、太乐博士(六品下)、太乐典录(从七品下)等,说明北魏实际设置的乐府官署只有太乐,而与天兴六年诏书所载不同。这除了受乐器和乐工的限制外,受宋、齐乐府官署的影响无疑是一个不可忽视的重要原因。从《魏书》及《宋书》、《齐书》诸帝纪可知,北魏从太武帝至孝文帝的七十余年间,南北虽时有干戈,但与宋、齐两国的使节往来一直没有中断过,交往频繁时每年都会互派使者。从前文的论述可知,当时宋、齐乐府都是承东晋传统由太乐兼管雅乐和俗乐。从文化包括音乐的发展水平来看,北魏远远落后于宋、齐。因此,北魏乐府官署的设置舍弃西晋而改为向宋、齐学习就是非常自然的。但北魏乐府官制至世宗宣武帝初,又有变化,此后便以为永制。这次改革中,孝文帝时所设立的乐官只保留了协律郎一职,并从从五品上降为八品下,同时,还设立了太乐令一职。

又《魏书·乐志》曰:"初,高祖讨淮、汉,世宗定寿春,收其声伎。江左所传中原旧曲,《明君》、《圣主》、《公莫》、《白鸠》之属,及江南吴歌、荆楚四声,总谓清商。至于殿庭飨宴兼奏之。"这些清商乐,应当也像宋、齐乐府一样隶属于太乐。因此,北魏乐府官署的设置与宋、齐两代基本上是一致的。

北齐乐府官署,在太乐之外,又增加了鼓吹署。《隋书·百官志中》曰:"后齐制官,多循后魏……太常属官有协律郎二人,掌监调律吕音乐。统太乐署令丞,掌诸乐及行礼节奏等事。鼓吹署令丞,掌百戏、鼓吹乐人等事。太乐兼领清商部丞,掌清商音乐等事。鼓吹兼领黄户局丞,掌供乐人衣服。"北齐乐府官制的变化，很明显是对梁、陈两代加以效仿的结果。北齐建国(550)时当梁末(简文帝元年)，一方面，梁代在宫廷音乐方面的改革早已完成；另一方面，北魏宫廷音乐经过多年的建设，在乐器和音乐人才两方面均已能够满足乐府官署扩展的需要，或者说具备了向梁、陈学习的能力。

  北周乐府官署与此前各代又有所不同。《周书》卷二《周文帝纪下》曰："魏恭帝三年(556)，春正月丁丑，初行《周礼》，建六官。……初，太祖以汉魏官繁，思革前弊。大统中，乃命苏绰、卢辩依周制改创其事，寻亦置六卿官，然为撰次未成，众务犹归台阁。至是始毕，乃命行之。"但到周武帝保定四年(564)五月，"改礼部为司宗，大司礼为礼部，大司乐为乐部。"（《周书·周武帝纪上》）对周代乐府官制名称及前后变化，《通典》的记载较为详细："后周有大司乐，掌成均之法。后改为乐部，有上士、中士。"（《通典》卷二十五）又记周代乐官品第曰："正五命春官大司乐中大夫。正四命春官小司乐下大夫。正三命春官小司乐上士。正二命春官乐师、乐胥、司歌、司钟磬、司鼓、司吹、司舞、龠章、掌散乐、典夷乐、典庸器中士。正一命春官乐胥、司歌、司钟磬、司鼓、司吹、司舞、龠章、掌散乐、典夷乐、典庸器下士。"据《周书》所载，周太祖建六官后，长孙绍远曾任大司乐（《周书》卷二十六《长孙绍远传》），斛斯征曾任司乐中大夫（《周书》卷二十六《斛斯征传》）；而周武帝改革之后，唐令则在"大象中，官至乐部下大夫"（《周书》卷三十二《唐瑾传》）。在整个魏晋南北朝，北周的乐府官制是比较特殊的。

  隋代统一天下后，南北方音乐文化汇为一体。乐府官署也恢复了汉魏之旧貌，《隋书·音乐志下》曰："开皇九年(589)平陈，获宋、齐旧乐，诏于太常置清商署以管之。求陈太乐令蔡子元、于普明等，复居其职。"《隋书·百官志下》也说："(隋)太常寺有协律郎二人，统太乐、清商、鼓吹等署。各置令一人，太乐加至二人，丞一人，太乐、鼓吹各至二人。太乐署、清商署，各有乐师员，太乐八人，清商二人。鼓吹署有哄师二人。……(炀帝)改乐师为乐正，置十人。罢衣冠、清商二署。"关于隋炀帝罢清商署一事，王运熙先生已据《新唐书》、《唐六典》等书唐代并清商鼓吹为一署，及炀帝改太乐、清商乐师为乐正并"加置十人"的记载力辨其非，指出："是炀帝不特不废清商署，且加置乐师。其所作《泛龙舟》曲,《通典》、《旧唐书》俱列入清乐。这样看来,《隋书·百官志》之说,恐不足据。"①《旧唐书·音乐志》则称"(清乐)武太后时,犹有六十三曲……自长安以后,朝廷不重古曲",因此,清商乐中能合于管弦的,只有《明君》、《杨伴》等八曲。而据葛晓音先生的考证,"清乐在宫廷被冷落,主要还是开元后期至天宝年间"。"清乐作为一个独立的乐种,虽然衰落,但至唐末尚未消亡,也没有全部被燕乐所吸收。"②这也从另一侧面说明了《隋书·百官志》炀帝罢清商署的记载是不可轻信的。

第二节 胡乐的流行

北朝乐府官署的设置基本仿效南朝,隋代乐府官署的设置又与魏和西晋基本一致,而乐府官制经过南北朝近三百年的变化仿佛完成了一个轮回,又回到了原来的起点上。其实,这一切都是似是而非的,在乐府官制基本相同的表面现象下,北朝与南朝、隋代与魏晋(西晋)在音乐特征以及歌诗生产等方面均有着重大的差异。而胡乐的影响是造成这种差异的主要原因。

《魏书·乐志》称道武帝初的情况是:"备列宫悬正乐,兼奏燕、赵、秦、吴之音,五方殊俗之曲。四时飨会亦用焉。凡乐者乐其所自生,礼不忘其本,掖庭中歌《真人代歌》,上叙祖宗开基所由,下及君臣废兴之迹,凡一百五十章,昏晨歌之,时与丝竹合奏。郊庙宴飨亦用之。"《隋书·音乐志中》也说:"魏氏来自云朔,肇有诸华,乐操土风,未移其俗。"并说北魏天兴(398—400)初所用庙乐"杂以《簸逻回歌》"。这是北魏初期雅乐兼用胡乐之证。《旧唐书·音乐志二》说得更为明确:"后魏乐府始有北歌,即《魏史》所谓《真人代歌》是也。"这些北歌,"周、隋世,与西凉乐杂奏。今存者五十三章,其名目可解者六章:《慕容可汗》、《吐谷浑》、《部落稽》、《钜鹿公主》、《白净王太子》、《企喻》也。其不解者,咸多可汗之辞。按今大角,此

---

① 参见王运熙:《乐府诗述论》,第191页。
② 参见葛晓音:《诗国高潮与盛唐文化》,北京大学出版社1998年版,第137页、第148页。

即后魏世所谓《簸逻回》者是也,其曲亦多可汗之辞"。《魏书·乐志》又说:"后通西域①,又以悦般国鼓舞设于乐署。"可见,北魏初期乐府中胡乐占有很大的比重,而且这种状况直至魏末也没有多大的改变。

孝文帝是一位"垂新雅古,务正音声"的君主,然而太和(477—499)初,"方乐之制及四夷歌舞,稍增列于太乐"。到了太和七年(483)秋,中书监高允的奏书中还在指责乐府歌词"随时歌谣,不准古旧、辨雅郑也"。甚至在太和十五年(491)、十六年(492)的诏书中,孝文帝一边责令乐官"不得仍令滥吹也",一边为"司乐失治定之雅音,习不典之繁曲"而"愧感兼怀"。②

从《魏书·乐志》可以知,从孝文帝之世直至孝明帝初年,雅乐的建设一直处于讨论和尝试阶段,至孝明帝熙平二年(517),又被元匡等"奏停之"。孝明帝正光(520—524)中,安丰王元延明受诏监修金石,但"天下多难,终无制造",只有元延明与其弟子信都芳所撰的《乐说》保留下来。庄帝末,尔朱荣入洛,"军人焚烧乐署,钟石管弦,略无存者"。《魏书》卷八十二《祖莹传》称,朝廷又命"(祖)莹与录尚书事长孙稚、侍中元孚典造金石雅乐,三载乃就"。但这一次所造雅乐也是"戎华兼采"③,而且"名多谬舛,莫识所由,随其淫正而取之"④。由于雅乐建设始终不尽人意,因此,在北魏年间,胡乐就获得了迅猛的发展。隋大业年间所定的九部乐中,《西凉》、《龟兹》、《疏勒》、《安国》、《高丽》五部均经由北魏发展而来。《隋书·音乐志》叙其始末曰:

> 《西凉》者,起苻氏之末,吕光、沮渠蒙逊等,据有凉州,变龟兹声为之,号为秦汉伎。魏太武既平河西得之,谓之《西凉乐》。至魏、周之际,遂谓之《国伎》……今曲项琵琶、竖头箜篌之徒,并出自西域,非华夏旧器。《杨泽新声》、《神白马》之类,生于胡戎。胡戎歌非汉魏遗曲,故其乐器声调,悉与书史不同。

---

① 据《魏书》卷一百二《西域传》,北魏通西域在太武帝太延(435—439)中。
② 以上引自[北齐]魏收:《魏书》,卷一百九《乐志》,第2828页、第2829页。
③ [唐]魏征等:《隋书》,卷十四《音乐志中》,第313页。
④ [北齐]魏收:《魏书》,卷一百九《乐志》,第2843页。

《龟兹》者,起自吕光灭龟兹,因得其声。吕氏亡,其乐分散,后魏平中原,复获之。

《疏勒》、《安国》、《高丽》,并起自后魏平冯氏,及通西域,因得其伎。后渐繁会其声,以别于太乐。

这些来自胡地的新声,在北魏之后的北齐、北周也都很受重视。北齐初年,祖珽"因采魏安丰王延明及信都芳等所著《乐说》,而定正声。始具宫悬之器,仍杂西凉之曲,乐名《广成》,而舞不立号,所谓'洛阳旧乐'者也"(《隋书·音乐志中》)。而所谓"洛阳旧乐",实际上仍是"戎华兼采",《隋书·百官志中》记载了北齐乐官制度的一项特殊规定:"中书省管司王言及司进御之音乐。监、令各一人,侍郎四人。并司伶官西凉部直长、伶官西凉四部、伶官龟兹四部、伶官清商部直长、伶官清商四部。"其中的西凉乐、龟兹乐都是胡乐。事实上,胡乐在北齐的发展从某种程度上讲也的确超过了北魏时期。北齐的几代君主几乎都喜欢胡乐,尤其是北齐后主高纬更是一位胡乐的酷爱者。《隋书·音乐志》曰:"杂乐有西凉鼙舞、清乐、龟兹等。然吹笛、弹琵琶、五弦及歌舞之伎,自文襄以来,皆所爱好。至河清,传习尤盛。后主唯赏胡戎乐,耽爱无已。于是繁手淫声,争新哀怨。故曹妙达、安未弱、安马驹之徒,至有封开府者,遂服簪缨而为伶人之事。后主亦自能度曲,亲执乐器,阅玩无倦,倚弦而歌。别采新声,为《无愁曲》,音韵窈窕,极于哀思,使胡儿阉官之辈,齐唱和之,曲终乐阕,莫不殒涕。虽行幸道路,或时马上奏之,乐往哀来,竟以亡国。"

《北齐书》卷八《后主纪》也说后主"盛为无愁之曲,帝自弹胡琵琶而唱之,侍和之者以百数。人间谓之无愁天子。……诸宫奴婢、阉人、商人、胡户、杂户、歌舞人、见鬼人滥得富贵者将万数。庶姓封王者百数,不复可纪"。《北齐书》卷五十《恩幸传》也说:"又有史丑多之徒胡小儿等数十,咸能舞工歌,亦至仪同开府、封王。……其以音乐致大官者:沈过儿官至开府仪同,王长通年十四五,便假节通州刺史。"北齐后主因爱好胡乐而对"能舞工歌"者大肆封赏,这在中国历史上恐怕也是绝无仅有的。北齐自文宣帝至幼主共历六帝,享国28年,后主实际在位13年,这无疑为胡乐的发展提供了很大的空间。

周代承魏、齐之后,对胡乐也非常重视。《隋书·音乐志中》曰:"(周)太祖辅(西)魏之时,高昌款附,乃得其伎,教习以备飨宴之礼……其后武帝娉皇后于北狄,得其所获康国、龟兹乐,更杂以高昌之旧,并于大司乐习焉。采用其声,被于钟石,取《周官》制以陈之。"《旧唐书·音乐志二》也说:"周武帝娉房女为后,西域诸国来媵,于是龟兹、疏勒、安国、康国之乐,大聚长安。胡儿令羯人白智通教习,颇杂以新声。张重华时,天竺重译贡乐伎,后其国王子为沙门来游,又传其方音。宋世有高丽、百济伎乐。魏平冯跋,亦得之而未具。周师灭齐,二国献其乐。"可见,周代不仅直接以胡乐用于朝廷典礼,而且所用胡乐种类也更为繁多。

总的来说,北魏、北齐、北周三朝,是胡乐大发展的时期。这与传统雅乐的衰微和统治者及百姓的爱好自然分不开,也无疑是中国音乐史和歌诗艺术生产史上的大事。但是,传统的观点对这种现象却多有讥讽。隋代建国之初,牛弘上书云:"其后魏洛阳之曲,据《魏史》云:'太武平赫连昌所得',更无明证。后周所用者,皆是新造,杂有边裔之声。戎音乱华,皆不可用。请悉停之。"①颜之推的上书中也有"今太常雅乐,并用胡声"②的话。而《旧唐书》卷二十八《音乐志一》则说:"元魏、宇文,代雄朔漠,地不传于清乐,人各习其旧风。虽得两京工胥,亦置四厢金奏,殊非入耳之玩,空有作乐之名。"唐初祖孝孙上书也称:"陈、梁旧乐,杂用吴、楚之音;周、齐旧乐,多涉胡戎之伎。"③这些正统人士的指责,恰好从另一个侧面说明了胡乐在北魏、北齐和北周三朝占有独特的地位。

第三节 清乐与胡乐由各领风骚到融合汇流

经过北朝约二百年间的发展,胡乐在中原地区广为流传。但真正把它们归入宫廷音乐,给予进一步重视,则是隋代的事。隋文帝开皇(581—600)初年,"置《七部乐》,一曰《国伎》,二曰《清商伎》,三曰《高丽伎》,四曰

---

① [唐]魏征等:《隋书》,卷十五《音乐志下》,第351页。
② [唐]魏征等:《隋书》,卷十四《音乐志中》,第345页。
③ [后晋]刘昫等:《旧唐书》,卷二十八《音乐志一》,第1041页。

《天竺伎》,五曰《安国伎》,六曰《龟兹伎》,七曰《文康伎》。又杂有疏勒、扶南、百济、突厥、新罗、倭国等伎。"[1]其中的《国伎》[2]与《龟兹伎》都是少数民族音乐,《高丽伎》、《天竺伎》和《安国伎》则均为外国音乐。《七部乐》中实际上只有《清商伎》和《文康伎》是汉族原有的音乐。到了隋炀帝大业(605—616)中,又在原有《七部乐》的基础上增加了《疏勒》和《康国》两部,形成了《九部乐》,在各部的名称上,去掉了《七部乐》中的"伎"字,又改《国伎》为《西凉》,改《文康伎》为《礼毕》。

如果把隋代《九部乐》至唐代的发展也考虑在内,我们可以对魏晋南北朝歌诗发展的历史走向有一个更为清晰的认识。关于这个问题,目前流行的各种音乐史著作,多以为隋代《九部乐》在唐高祖即位后被改造为唐代的《九部乐》,而对唐代《九部乐》的构成,各家又有不同的看法,或以为是削去《礼毕》而增加《燕乐》,或以为除此以外,还有削去《天竺》而易之以《扶南》的变化。[3] 这种观点与史料的记载其实并不相符。据杜佑《通典·乐典》:"燕乐,武德初,未暇改作。每燕享,因隋旧制,奏九部乐。至贞观十六年(642)十一月,宴百僚,奏十部。先是,伐高昌,收其乐,付太常。至是增为十部伎……贞观中,景云见,河水清。协律郎张文收采古雁天马之义,制《景云河清歌》,名曰《燕乐》,奏之管弦,为诸乐之首。"考《旧唐书·张文收传》,张文收制《景云河清歌》在贞观十四年(640),因此,唐代并不存在新的《九部乐》。[4] 唐初只是沿用隋代《九部乐》,到了唐太宗

---

[1] [唐]魏征等:《隋书》,卷十五《音乐志下》,第 376 页、第 377 页。

[2] 据《隋书·音乐志下》,《国伎》即《西凉乐》,又称秦汉伎,是汉族音乐与龟兹乐相互融合而形成的一种新音乐。[唐]魏征等:《隋书》,第 378 页。

[3] 参见杨荫浏:《中国古代音乐史稿》,人民音乐出版社 1981 年版,第 215 页;冯文慈:《中外音乐交流史》,湖南教育出版社 1999 年版,第 55 页。

[4] 诸书之误当来自《新唐书》卷二十一《礼乐志十一》的含混记载,其中有云:"燕乐。高祖即位,仍隋制设九部乐。"以下罗列了《燕乐》和除《礼毕》以外隋代九部乐的其他八部乐。接着又说:"隋乐每奏九部乐终,辄奏《文康乐》,一曰《礼毕》。太宗时,命削去之,其后遂亡。及平高昌,收其乐。……自是初有十部乐。"这段话本身就自相矛盾,因为《礼毕》至太宗时才削去,如《燕乐》在高祖时即已纳入乐部,则当时就应是十部乐,而不必等到贞观十六年始称自是初有十部乐。[宋]欧阳修、宋祁:《新唐书》,中华书局 1975 年版,第 469—471 页。

贞观十六年(642),才增加《燕乐》和《高昌乐》,并去掉《礼毕》而形成了唐代的《十部乐》,详见下表。

表3—1 《七部乐》、《九部乐》与《十部乐》对照表

设立时间	隋开皇初	隋大业中(605—618)	唐贞观十六年(642)	最初传入中国的年代	史料依据
细目			燕乐		《旧唐书》卷八十五《张文收传》
	清商伎	清商	清商		
	国伎	西凉	西凉	后凉大安元年(386)	《隋书·音乐志下》
	龟兹伎	龟兹	龟兹	前秦建元二十年(384)	同上
	高丽伎	高丽	高丽	北魏,436	同上
	安国伎	安国	安国	北魏,436	同上
		疏勒	疏勒	北魏,436	同上
	天竺伎	天竺	天竺	前凉永乐年间(346—353)	同上
		康国	康国	北周天和三年(568)	同上及《周书·武帝纪》
	文康伎	礼毕			
			高昌	西魏时期(535—556)	《隋书·音乐志下》、《周书·文帝纪》
总称	七部伎	九部乐	十部乐		

从上表可知,到了唐代的《十部乐》中,连原来传自南朝的《礼毕》也被削去。而新增加的《高昌乐》本是胡乐,就是张文收所造的《燕乐》,也已经与胡乐有了千丝万缕的联系。据《旧唐书·音乐志二》记载,燕乐所用乐器有玉磬、笙、筝、箫、笛、卧箜篌、琵琶、五弦琵琶、筚篥、铜钹等,其中后五种均为胡乐乐器,只不过有的传入中原比较早而已,如箜篌和琵琶。五弦琵琶以下的三种,则大约是自北魏以来随龟兹乐、天竺乐等外来音乐一起传入的。① 因此,燕乐实际上是中外音乐融合的产物。这也就是说,唐代《十部乐》比隋代《九部乐》更多地受到了胡乐的影响。

如果将魏晋南北朝音乐的发展,放在从汉武帝立乐府到唐太宗设立

---

① 参见冯文慈:《中外音乐交流史》,第19页、第35页、第65页、第66页。

《十部乐》这样一个漫长的历史过程中来考察,我们可以清楚地看到:在这七百余年间,中国音乐和歌诗的发展实际上可以分作三个阶段四种形态。第一个阶段从汉代到西晋,这是相和曲盛行的时代,这一时期的歌诗主要是郭茂倩《乐府诗集》所录"相和歌辞"。第二阶段即南北朝时期,在南朝流行的是清商曲,其歌诗主要是郭茂倩《乐府诗集》所录"清商曲辞";在北朝流行的则是胡曲,其传世的歌诗主要是郭茂倩《乐府诗集》所录"梁鼓角横吹曲辞"。同时南朝对胡曲,北朝对清商曲都有所吸收。第三个阶段可从隋代算起,这是胡乐与清商乐相互融合,胡乐进一步发展,而清商乐进一步衰落的时期。对于魏晋南北朝的音乐和歌诗生产来说,隋代是一个汇总期;但对于隋唐音乐和歌诗生产而言,这仅仅是开始。由胡曲的兴盛而带来的歌诗生产盛况,到了唐代才充分地表现出来。因此,从相和曲到清商曲再到胡曲,既是魏晋南北朝音乐发展的基本线索,也构成了魏晋南北朝歌诗生产的历史正源。

第四章　曹魏及西晋的歌诗生产与消费

本章提要：以往对魏晋文学的研究，更注重的是这一阶段五言诗的成就，而对当时歌诗艺术的发展很少有人作过专门的论述。曹魏及西晋前期，社会相对安定，经济全面复苏，这一方面为礼乐的重建奠定了基础，另一方面也成为君主、贵族们歌舞娱乐消费需求增长的前提。从西晋元会礼不难发现，礼乐活动需要大量的音乐歌舞人才，也需要稳定的歌诗创作队伍。因此，礼乐重建对歌诗的影响实在不可低估。魏之三祖重视歌诗的娱乐性，不仅对歌诗艺术非常痴迷，而且都是歌诗创作的高手。晋宣帝、晋怀帝也都能创作歌诗，晋武帝"耽于游宴"，宫女近万人，其中从事歌诗声乐表演的人员，其数量必然是庞大的。帝王的声色消费，一方面被王公贵族们普遍效仿，从而形成一个巨大的歌诗消费群体，另一方面也为作为生产者和表演者的文人和艺人们提供了新的生存途径，有力地推动着文人和艺人们的歌诗创作和表演活动。民间歌诗则为他们的艺术创造提供了源头活水。这一切使歌诗艺术的发展呈现出空前繁荣的景象，并为南北朝歌诗的发展奠定了坚实的基础。

魏晋南北朝的歌诗生产与消费由于受到诸如社会风尚、地域文化、自身发展规律等要素的制约，在不同的历史时期又呈现出不同的特点。大致而言，曹魏及西晋、东晋南朝、北魏迁洛后、北齐北周及隋代构成了歌诗发展的四个自然阶段，其中曹魏及西晋时期虽然也产生了不少民间歌诗，但占主导地位的仍是文人歌诗。本章拟从宫廷、帝王、贵族、文人和民间等几个方面，对这一阶段歌诗生产与消费的实际状况进行初步的探讨。由于我们在前几章中已经对历代乐府机构及雅乐建设的基本情况作了简单的论述，因此，本章及以下几章主要以满足娱乐、享受需求的歌诗生产和消费为论述对象，只在必要时兼及雅乐的生产与消费。

第一节 朝廷礼仪中的歌诗创作与表演
——以西晋元会礼为例

曹魏及西晋前期经济的全面复苏,为歌诗的发展带来了新的生机。虽然"八王之乱"和"永嘉之乱"很快就将短暂的太平敲打得粉碎,歌诗的创作也随之跌入低谷,但这之前歌诗艺术生产与消费的兴盛依然是值得一提的。

同两汉时期一样,宫廷与贵族的歌诗消费依然占据着主导性的地位,朝廷礼乐的需求和帝王、贵族们的喜好成为促进歌诗发展的最直接的动力。早在建安后期,杜夔等人就受命创制雅乐,经过多方努力,终于绍复先代古乐。由于史籍所载较为简略,曹魏时期朝廷礼仪活动的详细情况我们已很难考知,但西晋礼乐制度基本上是在曹魏基础上改制而成,东晋和宋、齐与之相去不远。① 因此,从西晋礼仪的特点不仅可推知曹魏礼仪,亦可窥见宋、齐礼仪之一斑。当然封建朝廷的礼乐制度涉及许多方面,我们不可能一一讨论,在此只想以西晋改定的元会礼为例,对朝廷礼仪与歌诗生产的关系作一点分析。西晋的元会礼在《宋书》及《晋书》中有很详细的记载。今将《宋书》卷十四《礼志一》所载略引如下:

> 先正月一日,守官宿设王公卿校便坐于端门外,大乐鼓吹又宿设四厢乐及牛马帷幙于殿前。夜漏未尽十刻,群臣集到,庭燎起火。……漏尽,侍中奏:"外办。"皇帝出,钟鼓作,百官皆拜伏。太常导皇帝升御座,钟鼓止,百官起。

接下来是朝廷百官依次朝贺,然后,音乐、歌舞活动才陆续登场:

> 太乐令跪请奏雅乐,以次作乐。乘黄令乃出车,皇帝罢入,百官

---

① 《宋书》卷十四《礼志一》曰:"江左更随事立位,大体亦无异也。宋有天下,多仍旧仪,所损益可知矣。"[梁]沈约:《宋书》,第344页。

皆坐。昼漏上水六刻，诸蛮夷胡客以次入，皆再拜讫，坐。御入三刻，又出。钟鼓作。谒者仆射跪奏："请群臣上。"谒者引王公至二千石上殿，千石、六百石停本位。谒者引王诣尊酌寿酒，跪授侍中。侍中跪置御座前。王还自酌，置位前。谒者跪奏："蕃王臣某等奉觞再拜，上千万岁寿。"侍中曰："觞已上。"百官伏称万岁，四厢乐作，百官再拜。已饮，又再拜。谒者引诸王等还本位。陛者传就席，群臣皆跪诺。侍中、中书令、尚书令各于殿上上寿酒，登歌乐升，太官令又行御酒。御酒升阶，太官令跪授侍郎，侍郎跪进御座前。乃行百官酒。太乐令跪奏："奏登歌。"三终乃降。太官令跪请御饭到陛，群臣皆起。太官令持羹跪授司徒；持饭跪授大司农；尚食持案并授侍郎，侍郎跪进御座前。群臣就席，太乐令跪奏："食。举乐。"太官行百官饭案遍。食毕，太乐令跪奏："请进舞。"舞以次作。鼓吹令又前跪奏："请以次进众伎。"乃召诸郡计吏前，授敕戒于阶下。宴乐毕，谒者一人跪奏："请罢退。"钟鼓作，群臣北面再拜出。

《晋书》卷二十一《礼志下》在"群臣北面再拜出"后又有"然则，夜漏未尽七刻谓之晨贺。昼漏上三刻更出，百官奉寿酒，谓之昼会。别置女乐三十人于黄帐外，奏房中之歌"一段话。合而观之，西晋元会仪式中所奏雅乐有四厢乐、登歌乐、食举乐、宴乐、房中乐等。而《宋书》及《晋书》的《乐志》载有张华、傅玄、荀勖、成公绥等人创作的《正旦大会行礼歌》、《正旦大会王公上寿酒歌》、《食举乐东西厢歌》、《四厢乐歌》等歌诗，及《正德舞歌》、《大豫舞歌》等舞曲歌诗，可知这些雅乐和舞蹈都是配有歌词的。

元会礼不始于西晋，但"上代聘享之礼，虽颇见经传，然首尾不全"（《宋书》卷十四《礼志一》），《宋书》的记载实为现存最早、最完备的有关元会礼的文字记录。而元会礼仅仅是繁复的朝廷礼仪中的一项，此外如祭祀天地祖先、宴乐群臣等等，均少不了相应的歌诗。在郭茂倩《乐府诗集》中，与上述礼仪对应的有"燕射歌辞"、"舞曲歌辞"、"郊庙歌辞"、"鼓吹曲辞"等，这些歌诗是应朝廷礼仪需求而创作的，几乎历代都有。晋初礼乐建设的成绩是有目共睹的，元会礼的完备只是当时礼乐完备的一个缩影，朝廷礼乐活动对歌诗生产的影响，从上述元会礼的情况也可见一斑。关

于元会礼仪中的歌舞活动,曹植《正会诗》和傅玄《元日朝会赋》均有详细的描写:

> 初岁元祚,吉日惟良。乃为嘉会,燕此高堂。尊卑列叙,典而有章。衣裳鲜洁,黼黻玄黄。清酤盈爵,中坐腾光。珍膳杂沓,充溢圆方。笙磬既设,筝瑟俱张。悲歌厉响,咀嚼清商。俯视文轩,仰瞻华梁。愿保兹善,千载为常。欢笑尽娱,乐哉未央。皇室荣贵,寿若东王。(曹植《正会诗》)①

> 仰二皇之文象,咏帝德乎上系。考夏后之遗训,综殷周之典制。采秦汉之旧仪,定元正之嘉会。……阊阖辟,天门开。坐太极之正殿,严嵯峨以崔嵬。嘉广庭之敞丽,美升云之玉阶,□□□□□,乘羽盖之葳蕤。相者从容,俟次而入。济济洋洋,肃肃习习。就位重列,面席而立。胪人齐列,宾礼九重,群后德让,海外来同。束帛戋戋,羔雁邕邕。献贽奉璋,人肃其容。六钟隐其骇奋,鼓吹作乎云中。……是时天子盛服晨兴,坐武帐,凭玉几,正南面以听朝,平权衡乎砥矢。群司百辟,井阵纳觞。皇恩下降,休气上翔,礼毕飨宴,进止有章。六乐递奏,磬管铿锵,渊渊鼓钟,嘒嘒笙簧。搏拊琴瑟,以咏先皇,雅歌内畅,颂声外扬。(均见傅玄《元日朝会赋》)

从中可以看出,元会礼中除演奏各种雅乐外,还有雅歌和清商乐的演唱。由于朝廷礼仪繁多,且总是在不断地重复,因此,礼乐活动必然需要大量的歌诗创作和音乐歌舞人才。这在客观上无疑有效地促进了歌诗艺术的发展。

第二节 帝王对歌诗的爱好与歌诗创作

朝廷礼乐体系中的音乐主要是雅乐,与之相对应的歌诗也多是一本正经的雅歌诗,帝王和王公贵族们对这类歌诗的重视,多是出于外在的政

---

① 本书中引文着重号均为作者所加。以下不另注。

治目的,他们真正喜欢的其实是娱乐性更强的歌诗作品。曹魏和西晋的帝王中,不仅有歌诗的爱好者,也有歌诗创作的行家,而曹魏三祖无疑又是其中的代表。

史称曹操"为人佻易无威重,好音乐,倡优在侧,常以日达夕"①。其夫人卞氏,"本倡家"②,又说曹操"御军三十年,手不舍书,昼则讲武策,夜则思经传,登高必赋,及造新诗,被之管弦,皆成乐章"③。《晋书》卷二十三《乐志下》也说:"但歌,四曲,出自汉世。无弦节,作伎最先唱,一人唱,三人和,魏武帝尤好之。"曹操对歌诗音乐的这种沉迷在他所留的《遗令》中也表露无遗:"吾婢妾与伎人皆勤苦,使着铜雀台,善待之。于台堂上安六尺床,施穗帐,朝晡上脯糒之属,月旦十五日,自朝至午,辄向帐中作伎乐。"(《全三国文》,卷三《魏文三》)真可谓至死不渝。

曹丕对歌诗艺术的爱好也丝毫不减乃父,他即皇帝位之后,设立清商署,重用擅长新声的左延年、柴玉等人,并命乐府机关"广求异妓",先后招揽了不少歌诗演唱的奇才。④《晋书》卷二十《礼志中》说:"魏武以正月崩,魏文以其年七月设妓乐百戏,是则魏不以丧废乐。(晋)武帝以来,国有大丧,辄废乐终三年。惠帝太安元年(302),太子丧未除,及元会亦废乐。"曹魏与西晋在"国有大丧"时的不同做法,固然与两朝的礼制有关,但曹丕作为开国君主,朝廷礼仪的制定在很大程度上可以反映他个人的爱好。

魏明帝曹叡的声色之欲比其父祖更是有过之而无不及,史载他"自初即位,便淫奢极欲,多占幼女,或夺士妻"⑤,青龙三年(235)又大治洛阳宫,"于列殿之北,立八坊,诸才人以次序处其中,贵人夫人以上,转南附焉,其秩石拟百官之数。帝常游宴在内,乃选女子知书可付信者六人,以

---

① [晋]陈寿:《三国志》,卷一《魏书·武帝纪》裴注引《曹瞒传》,第43页。
② [晋]陈寿:《三国志》,卷五《魏书·后妃传》,第126页。
③ [晋]陈寿:《三国志》,卷一《魏书·武帝纪》裴注引《魏书》,第43页。
④ 参见[三国]曹丕:《答繁钦书》,《全三国文》,卷七,[清]严可均编:《全上古三代秦汉三国六朝文》,第1088页;[三国]繁钦:《与魏文帝笺》,[梁]萧统编,[唐]李善注:《文选》,卷四十,上海古籍出版社1986年版,第1821页、第1822页。
⑤ [唐]房玄龄等:《晋书》,卷二十七《五行志上》,第813页。

为女尚书,使典省外奏事,处当画可,自贵人以下至尚保,及给掖庭洒扫,习伎歌者,各有千数"①。明帝还将原为一部的《相和》歌"分为二,更递夜宿"②。

曹魏的三位君主不仅对歌诗艺术有着同样的痴迷,而且他们都是歌诗创作的高手,其作品不仅数量多,而且大多都曾被之管弦,因此往往有不同的名称。今依《乐府诗集》将三祖所作歌诗略述于下。

魏武帝有:《气出唱》、《精列》、《度关山》、《薤露》、《蒿里》、《对酒》、《陌上桑》(驾虹霓)、《短歌行》(对酒)、《短歌行》(周西)、《苦寒行》(北上)、《塘上行》、《秋胡行》(晨上)、《秋胡行》(愿登)、《善哉行》(古公)、《善哉行》(自惜)、《步出夏门行》(碣石)、《却东西门行》(鸿雁),共16首,前15首见于《宋书·乐志三》。

文帝有:《十五》、《陌上桑》(弃故乡)、《短歌行》(仰瞻)、《燕歌行》(秋风)、《燕歌行》(别日)、《煌煌京洛行》(园桃)、《折杨柳行》(西山)、《善哉行》(朝日)、《善哉行》(上山)、《善哉行》(朝游)、《善哉行》(有美)、《丹霞蔽日行》、《秋胡行》(尧任舜禹)、《秋胡行》(朝与佳人期)、《秋胡行》(泛泛绿池)、《饮马长城窟行》、《上留田行》、《大墙上蒿行》、《艳歌何尝行》、《月重轮行》(三辰垂光),共20首,前10首见于《宋书·乐志三》。

明帝有:《苦寒行》(悠悠)、《善哉行》(我祖)、《善哉行》(赫赫)、《步出夏门行》(夏门)、《棹歌行》(王者布大化)、《长歌行》、《短歌行》(翩翩)、《燕歌行》(白日)、《月重轮行》(天地无穷),共9首,前5首见于《宋书·乐志三》。

对于曹魏三祖的歌诗,刘勰评曰:"至于魏之三祖,气爽才丽,宰割辞调,音靡节平。观其北上众引,秋风列篇,或述酣宴,或伤羁戍,志不出于滔荡,辞不离于哀思,虽三调之正声,实韶夏之郑曲也。"③所谓"韶夏之郑曲",盖讥其词俗而不雅。萧涤非先生曾据鲍勋谏文帝游猎并与刘晔论乐与猎之优劣而被黜事,指出"观此,则知文帝之视乐府,实与田猎游戏之事

---

① [晋]陈寿:《三国志》,卷三《魏书·明帝纪》裴注引《魏略》,第85页。
② [梁]沈约:《宋书》,卷二十一《乐志三》,第603页。
③ 周振甫:《文心雕龙今译》,中华书局1986年版,第69页。

无异"①。其实,魏之三祖对乐府歌诗的态度是基本一致的,换言之,他们看重的主要是歌诗的娱乐性,而不是如鲍勋所言上通神明、下和人理的伦理教化功能。这种新的歌乐观是很有代表性的,曹魏、西晋以及此后歌诗生产与消费的兴盛都与此有关。

西晋的几位帝王,在歌诗创作方面虽与曹魏三祖不可同日而语,但晋宣帝司马懿亦有歌诗存世。《晋书·宣帝纪》曰:

> 景初二年(238),帅牛金、胡遵等步骑四万发自京都。车驾送出西明门。诏弟孚、子师送过温,赐以谷帛牛酒,敕郡守典农以下皆往会焉。见父老故旧,宴饮累日。帝叹息,怅然有感,为歌曰:"天地开辟,日月重光。遭遇际会,毕力遐方。将扫群秽,还过故乡。肃清万里,总齐八荒。告成归老,待罪舞阳。"

与宣帝首尾呼应,西晋末年的晋怀帝也能"制乐府歌"②。至于晋武帝司马炎虽无歌诗传世,但他对声色的追求却实在是惊人的,史称泰始十年(274)"采择良家子女,露面入殿,帝亲简阅,务在姿色,不访德行,有蔽匿者以不敬论,搢绅愁怨,天下非之"。平吴后,又"收吴姬五千,纳之后宫"③。《晋书》卷三十一《胡贵嫔传》也称:"时帝多内宠,平吴之后复纳孙皓宫人数千,自此掖庭殆将万人。而并宠者甚众,帝莫知所适,常乘羊车,恣其所之,至便宴寝。"太康年间,天下乂安,武帝"耽于游宴"④,这上万名宫女,有多少人从事声乐歌舞表演不得而知,但可以肯定,其数量必然是非常庞大的。

第三节 贵族阶层的歌诗消费

皇室声色消费的需求为王公贵族们做出了绝好的榜样,他们不仅会

---

① 萧涤非:《汉魏六朝乐府文学史》,第123页。
② 参见[唐]房玄龄等:《晋书》,卷一百二《刘聪传》,第2660页。
③ [唐]房玄龄等:《晋书》,卷二十七《五行志上》,第814页。
④ [唐]房玄龄等:《晋书》,卷三《武帝纪》,第80页。

很快地成为更大的一个歌诗消费群体,而且在某些方面还会比帝王有过之而无不及。另一方面,这也为作为生产者和表演者的文人和艺人们提供了新的生存途径。在这样的条件下,歌诗的生产与消费必然会繁荣起来。不过曹魏和西晋两个阶段又有明显的差异。曹魏承汉末大乱之后,百废待兴,当时屯田开垦的土地悉为公田,出生寒族的曹操奉行的又是抑制豪族、厉行节俭的政策,曹植之妻竟因衣绣违制而被赐死①,可见当时制度之严。同时,朝中当政者也多出身寒族,新的贵族尚未形成,东汉以来豪强大族的奢靡之风暂时被压了下去。西晋统治者司马氏却正是东汉以来豪强大族的总代表,他们依靠豪族的力量夺取了政权,旧族大家一变而为新朝的新贵族,而经过自建安中后期以来近半个世纪的休养生息,经济得到了全面的恢复,再加上占田法的实施,旧有的豪族势力和奢靡之风获得了变本加厉的发展。因此,王公贵族的歌诗声乐活动在曹魏时期还比较少见,到了西晋时期却已是非常频繁的了。

魏明帝时的驸马都尉游楚,就是一位"不学问,而性好游遨音乐。乃畜歌者,琵琶、筝、箫,每行来将以自随。所在樗蒲、投壶,欢欣自娱"②的人物。明帝的顾命大臣曹爽,也是一位热衷歌舞声色享受的人物,他将明帝才人和良家子女作为自己的乐伎,并让明帝婕妤教习③,史书记载,他家中还聘有乐伎教师④。此外,吴质《许昌宫赋》、曹植《七启》、刘劭《赵都赋》、孙资《景福殿赋》等文学作品中都描写了各种大型歌舞活动,其中应当不乏贵族私家生活的影子。但是,王公贵族追求歌舞声色却是在西晋太康年间才发展为社会风尚的。《晋书》卷二十八《五行志中》曰:"武帝初,何曾薄太官御膳,自取私食,子劭又过之,而王恺又过劭。王恺、羊琇之俦,盛致声色,穷珍极丽。至元康中,夸恣成俗,转相高尚,石崇之侈,遂兼王、何,而俪人主矣。"《晋书》列传中对这四位豪贵代表的奢靡生活有更为详细的记载:

---

① 参见[晋]陈寿:《三国志》,卷十二《魏书·崔琰传》引《世语》,第300页。
② [晋]陈寿:《三国志》,卷十五《魏书·张既传》裴注引《魏略》,第384页。
③ [晋]陈寿:《三国志》,卷九《魏书·曹爽传》,第231页。
④ 参见[唐]房玄龄等:《晋书》,卷三十八《宣五王传·梁王肜传》,第1127页。

自少及长，无声乐嬖幸之好……然性奢豪，务在华侈。帷帐车服，穷极绮丽，厨膳滋味，过于王者。每燕见，不食太官所设，帝辄命取其食。蒸饼上不坼作十字不食。食日万钱，犹曰无下箸处。……（子何劭）骄奢简贵，亦有父风。衣裘服玩，新故巨积。食必尽四方珍异，一日之供以钱二万为限。（《晋书》卷三十三《何曾传》）

财产丰积，室宇宏丽。后房百数，皆曳纨绣，珥金翠。丝竹尽当时之选，庖膳穷水陆之珍。与贵戚王恺、羊琇之徒以奢靡相尚。（《晋书》卷三十三《石苞传附石崇传》）

琇性豪侈，费用无复齐限，而屑炭和作兽形以温酒，洛下豪贵咸竞效之。又喜游燕，以夜续昼，中外五亲无男女之别，时人讥之。（《晋书》卷九十三《外戚传·羊琇传》）

恺既世族国戚，性复豪侈，用赤石脂泥壁。（《晋书》卷九十三《外戚传·王恺传》）

在他们的奢侈生活中女伎当然是不可缺少的点缀品，《晋书》卷九十八《王敦传》曰："时王恺、石崇以豪侈相尚，恺尝置酒，敦与导俱在坐，有女伎吹笛小失声韵，恺便驱杀之，一坐改容，敦神色自若。他日，又造恺，恺使美人行酒，以客饮不尽，辄杀之。"石崇的女伎绿珠"美而艳，善吹笛"[1]，今存石崇《王明君》歌诗，即是为绿珠配舞所作的新歌。《乐府诗集》引《古今乐录》曰："《明君》歌舞者，晋太康中季伦所作也。"《旧唐书·乐志》也说："晋石崇妓绿珠善舞，以此曲教之，而自制新歌。"为了争夺绿珠，孙秀竟然诬杀石崇，并尽杀石氏一门，连同石崇之友欧阳健、潘岳等都未能幸免。而当时刘舆与王俊也有争夺"有音伎"的王延爱妾荆氏的丑闻[2]，平吴功臣王浚，晚年也"玉食锦服，纵奢侈以自逸"[3]。权臣贾谧更是"负其骄宠，奢侈逾度，室宇崇僭，器服珍丽，歌僮舞女，选极一时。开阁延宾，海

---

[1] ［唐］房玄龄等：《晋书》，卷三十三《石苞传附石崇传》，第 1008 页。
[2] ［唐］房玄龄等：《晋书》，卷六十二《刘舆传》，第 1692 页。
[3] ［唐］房玄龄等：《晋书》，卷四十二《王浚传》，第 1216 页。

内辐凑,贵游豪戚及浮竞之徒,莫不尽礼事之"①。而司马亮母、武帝伏妃"尝有小疾,祓于洛水,亮兄弟三人侍从,并持节鼓吹,震耀洛滨。武帝登陵云台望见,曰:'伏妃可谓富贵矣'"②。

与建安时期相比,西晋权贵豪族的奢靡之风已成为社会化的风尚,并明显带有暴发户式的企图对外物极度占有和享用的心理。女伎在他们的眼中已被完全地物化,本是极为风雅的歌诗声乐活动在这里也带上了血腥味。但不可否认的是这种畸形的声色消费方式也同样对歌诗艺术的生产具有正面的促进作用,西晋时期非常兴盛的舞曲歌辞,尤其是杂舞歌辞,就是在这种畸形的歌舞艺术消费的催发下绽放出的一枝艺术之花。萧涤非先生曰:"舞之有辞,虽不始于晋,而舞辞之盛,则确始于晋。"③其时的舞曲歌辞又分为雅舞和杂舞两类,前者用于郊庙朝飨,多歌功颂德之辞;后者用于宴会,多行乐之辞。《乐府诗集》卷五十三曰:"杂舞者,《公莫》、《巴渝》、《盘舞》、《鞞舞》、《铎舞》、《拂舞》、《白纻》之类是也。始皆出自方俗,后寖陈于殿庭。盖自周有缦乐散乐,秦汉因之增广,宴会所奏,率非雅舞。汉、魏以后,并以鞞、铎、巾、拂四舞,用自宴飨。"可见,晋代舞曲歌辞与宴会的兴盛是有直接关系的。今存西晋舞曲歌辞有傅玄《鞞舞歌》五首、无名氏《杯盘舞歌》一首、采用旧歌的《拂舞歌》五首④、无名氏《白纻舞歌》三首。其中,《白纻舞歌》三首对歌舞场面的描写最为生动:

> 轻躯徐起何洋洋,高举两手白鹄翔。宛若龙转乍低昂,凝停善睐客仪光。如推若引留且行,随世而变诚无方。舞以尽神安可忘,晋世方昌乐未央。质如轻云色如银,爱之遗谁赠佳人。制以为袍馀作巾,袍以光躯巾拂尘。丽服在御会嘉宾,醪醴盈樽美且淳。清歌徐舞降祇神,四座欢乐胡可陈。

---

① [唐]房玄龄等:《晋书》,卷四十《贾充传附贾谧传》,第1173页。
② [唐]房玄龄等:《晋书》,卷五十九《汝南王司马亮传》,第1591页。
③ 萧涤非:《汉魏六朝乐府文学史》,第168页。
④ 萧涤非以为《白鸠》、《济济》、《独渌》"三篇皆西晋之词"。参见萧涤非:《汉魏六朝乐府文学史》,第172页。

双袂齐举鸾凤翔,罗裾飘飘昭仪光。趋步生姿进流芳,鸣弦清歌及三阳。人生世间如电过,乐时每少苦日多。幸及良辰耀春华,齐倡献舞赵女歌。羲和驰景逝不停,春露未晞严霜零。百草凋索花落英,蟋蟀吟牖寒蝉鸣。百年之命忽若倾,早知迅速秉烛行。东造扶桑游紫庭,西至昆仑戏曾城。

阳春白日风花香,趋步明玉舞瑶珰。声发金石媚笙簧,罗袿徐转红袖扬。清歌流响绕凤梁,如矜若思凝且翔。转眄遗精艳辉光,将流将引双雁行。欢来何晚意何长,明君御世永歌昌。

以往的论者更看重这三首舞歌的七言体式,这自然是对的,但是从歌诗生产和消费的角度来看,它所透露给我们的至少还有如下的一些信息:其一,世俗享乐的舞蹈在实际生活中已经占据了相当的地位,并与"人生世间如电过,乐时每少苦日多"的及时行乐思想紧紧结合在一起,成为贵族阶层享受人生的时尚选择;其二,贵族王公们的审美需求必然会对歌舞艺人的表演提出更高的要求,由于舞与歌不再各自独立表演,也不是简单地配合,舞者需以其低昂步趋表现歌词中深层的情感内涵,歌者则需以歌词传达出舞者的飘飘曼妙的姿态和内在体验,这对歌舞技艺的促进是更为直接的;其三,也是最为重要的一点,因舞需配歌,故歌诗创作者对舞蹈的欣赏、品味必须更加细腻,才能把握其精髓,再现其神韵。这既开辟了歌诗创作的新天地,也反过来促进了歌舞审美的雅化。使歌诗与歌舞艺术同时得到发展。

第四节　文人的音乐修养和歌舞活动

当然,在具备客观的物质条件的基础上,文人在歌诗生产中无疑占据着主导性的地位。举凡文人的音乐修养、歌舞审美情趣和歌诗写作水平等等,都可以看作是影响歌诗生产和消费活动的重要因素。从这一角度来考察魏及西晋歌诗发展,首先值得注意的是建安时期曹氏父子与他们周围的一批文人频繁而富于生气的雅集聚会,在这种聚会上,文人们不仅是歌诗艺术的消费者,有时还是创作者。在歌诗艺术的发展史上,这种歌诗艺术创作与消费趋于合一的现象并不多见。它是歌诗生产与消费繁荣的一大标志,对此我们将在后文进行专门的讨论。本节主要对本阶段一般文人的情况作一些分析。

文人阶层音乐修养的普遍提高,在东汉时期就表现得非常明显了。魏晋以来,随着玄学的兴起,音乐也被作为体现文士们玄远风度的重要手段之一,更加受到文人们的重视。如嵇康"常修养性服食之事,弹琴咏诗,自足于怀","将刑东市,……索琴弹之,曰:'昔袁孝尼尝从吾学《广陵散》,吾每靳固之,《广陵散》于今绝矣!'"① 阮籍"嗜酒能啸,善弹琴。当其得意,忽忘形骸","尝于苏门山遇孙登,与商略终古及栖神导气之术,登皆不应,籍因长啸而退。至半岭,闻有声若鸾凤之音,响乎岩谷,乃登之啸也。"② 甚至在司马昭坐席也"箕踞啸歌,酣放自若"③。其侄子阮咸"妙解音律,善弹琵琶。虽处世不交人事,惟共亲知弦歌酣宴而已。……荀勖每与咸论音律,自以为远不及也,疾之,出补始平太守"。阮咸子阮瞻"善弹琴,人闻其能,多往求听,不问贵贱长幼,皆为弹之。神气冲和,而不知向人所在。内兄潘岳每令鼓琴,终日达夜,无忤色。由是识者叹其恬澹,不可荣辱矣"④。谢鲲"通简有高识,不修威仪,好《老》《易》,能歌,善鼓琴……太傅东海王越闻其名,辟为掾,任达不拘,寻坐家僮取官稿除名。于时名士王玄、阮修之徒,并以鲲初登宰府,便至黜辱,为之叹恨。鲲闻之,方清歌鼓琴,不以屑意,莫不服其远畅,而恬于荣辱。邻家高氏女有美色,鲲尝挑之,女投梭,折其两齿。时人为之语曰:'任达不已,幼舆折齿。'鲲闻之,敖然长啸曰:'犹不废我啸歌。'"⑤ 曹志"虽累郡职,不以政事为意,昼则游猎,夜诵《诗》《书》,以声色自娱,当时见者未能审其量也"⑥。

---

① [唐]房玄龄等:《晋书》,卷四十九《嵇康传》,第 1374 页。
② [唐]房玄龄等:《晋书》,卷四十九《阮籍传》,第 1362 页。
③ 余嘉锡:《世说新语笺疏》,中华书局 1983 年版,第 766 页。
④ 以上引自[唐]房玄龄等:《晋书》,卷四十九《阮籍传附阮咸传》、《阮籍传附阮瞻传》,第 1362 页、第 1363 页。
⑤ [唐]房玄龄等:《晋书》,卷四十九《谢鲲传》,第 1377 页。
⑥ [唐]房玄龄等:《晋书》,卷五十《曹志传》,第 1389 页、第 1390 页。

张亢"才藻不逮二昆,亦有属缀,又解音乐伎术"①。《晋书》卷九十八《王敦传》载:"武帝尝召时贤共言伎艺之事,人人皆有所说,惟敦都无所关,意色殊恶。自言知击鼓,因振袖扬枹,音节谐韵,神气自得,旁若无人,举坐叹其雄爽。"可见,当时士人"妙解音律"、博通伎艺的情况是非常普遍的。这既构成了歌诗生产的必要前提,也未尝不可以看作是魏晋歌诗繁荣的标志。

由于文人音乐技艺普遍得到提高,因此,在他们的日常生活和精神生活中歌舞音乐均占据着重要的地位。《世说新语》第二十三《任诞》曰:

> 贺司空(循)入洛赴命,为太孙舍人,经吴阊门,在船中弹琴。张季鹰(翰)本不相识,先在金阊亭,闻弦甚清,下船就贺,因共语,便大相知说。问贺:"卿欲何之?"贺曰:"入洛赴命,正尔进路。"张曰:"吾亦有事北京,因路寄载。"便与贺同发。初不告家,家追问,乃知。

《晋书》卷五十五《潘岳传》引潘岳《闲居赋》曰:

> 于是席长筵,列孙子。柳垂荫,车结轨,陆摘紫房,水挂赪鲤,或宴于林,或禊于汜。昆弟斑白,儿童稚齿,称万寿以献觞,咸一惧而一喜。寿觞举,慈颜和,浮杯乐饮,丝竹骈罗,顿足起舞,抗音高歌,人生安乐,孰知其它。

从上引两段文字可以看出,歌舞音乐活动不仅已成为文人相知的绝好媒介,也是文人家庭日常娱乐的重要方式。而对歌舞音乐的喜爱和参与歌舞音乐活动的频繁,也直接影响到文士们的创作实践,曹魏及西晋时期的文人为我们留下了大量歌咏乐器、乐事及论乐的作品。如孙该《琵琶赋》,杜挚《笳赋》,阮籍《乐论》,嵇康《声无哀乐论》、《琴赋》,傅玄《琴赋》、《琵琶赋》、《筝赋》,张载《鞞舞赋》,潘岳《笙赋》,夏侯淳《笙赋》,夏侯湛《鞞舞赋》、《夜听笳赋》,成公绥《啸赋》、《琴赋》、《琵琶赋》等等,从另一个侧面体

---

① [唐]房玄龄等:《晋书》,卷五十五《张亢传》,第1524页。

现了当时歌舞音乐活动的兴盛。

第五节 歌舞艺人在歌诗传播中的贡献

　　文人创作的歌诗,还必须有专业歌舞艺人的表演才能成为完整的艺术,进入到消费市场中。专业歌舞艺人在古代地位低微,因此史传中很少记载他们的事迹。据相关史料,曹魏时期,魏武帝曹操特别喜欢四曲的但歌,而宋容华善唱此歌,"清彻好声"为"当时之特妙"①。同时还有一位李坚,本是汉灵帝西园鼓吹,擅长鼙舞,曹操曾下书把他召至邺都,但李坚当时已七十余岁,恐怕已很难表演,不过他将自己的技艺传授给年轻的舞师倒是完全可能的。曹植曾依前曲新作《鼙舞歌》五首,并自称"不敢充之黄门,近以成下国之陋乐焉"②。又有杜夔,本汉灵帝雅乐郎,"丝竹八音,靡所不能,惟歌舞非所长",后往依刘表。曹操破荆州,受命制雅乐。与杜夔同时的艺人,还有"善咏雅乐"的邓静、尹齐,"能歌宗庙郊祀之曲"的歌师尹胡,"晓知先代诸舞"的舞师冯肃、服养,他们在杜夔的领导下,共同完成了"绍复先代古乐"的工作。杜夔的弟子邵登、张泰、桑馥等三人均做过太乐丞,陈颃做过司律中郎将。同时的艺人还有精通音乐的左骕、史妠、謇姐等人,③还有长于舞蹈的绛树、善于清歌的宋腊。④

　　曹丕代汉以后,柴玉、左延年、温胡等人又以长于新声被宠,⑤而爱奇尚新的曹丕又下令让黄门鼓吹署广求异伎,先后访得善歌舞的守宫王孙世之女孙琐和都尉薛访车子两位艺术奇才。年仅十四岁的薛访车子,"能喉啭引声,与笳同音",繁钦称其歌唱"潜气内转,哀音外激,大不抗越,细

---

　　① 以上引自[唐]房玄龄等:《晋书》,卷二十三《乐志下》,第716页。
　　② [三国]曹植:《鼙舞歌序》,[唐]房玄龄等:《晋书》,卷二十三《乐志下》,第710页。
　　③ 以上见[晋]陈寿:《三国志》,卷二十九《魏书·方伎传》,第645页。
　　④ [三国]曹丕:《答繁钦书》,《全三国文》,卷七,[清]严可均编:《全上古三代秦汉三国六朝文》,第1088页。
　　⑤ [唐]房玄龄等:《晋书》,卷二十二《乐志上》,第679页。

不幽散,声悲旧箎,曲美常均。……遗声抑扬,不可胜穷,优游转化,馀弄未尽;暨其清激悲吟,杂以怨慕,咏北狄之遐征,奏胡马之长思,凄入肝脾,哀感顽艳。……同坐仰叹,观者俯听,莫不泫泣殒涕,悲怀慷慨"①。孙琐只有十五岁,但她的歌舞技艺却是非常高超的:"振袂徐进,扬蛾微眺,芳声清激,逸足横集,众倡腾游,群宾失席。然后修容饰妆,改曲变度,激清角,扬白雪,接孤声,赴危节。于是商风振条,春鹰度吟,飞雾成霜。斯可谓声协钟石,气应风律,网罗《韶》《濩》,囊括郑卫者也。"②这是曹丕在欣赏了她的表演后写下的一段评语,以曹丕的艺术修养和欣赏经验,如果她的技艺不是达到了出神入化的地步,恐怕很难得到这样的称赞。

西晋初年,荀勖受命重订雅乐,在他的周围也聚集了一批精通歌舞音乐的专业艺人,其中郭夏、宋识曾造《正德》、《大豫》舞。《晋书》卷二十三《乐志下》说:"相和,汉旧歌也,丝竹更相和,执节者歌。本一部,魏明帝分为二,更递夜宿。本十七曲,朱生、宋识、列和等复合之为十三曲。"又说:"魏晋之世,有孙氏善弘旧曲,宋识善击节唱和,陈左善清歌,列和善吹笛,郝索善弹筝,朱生善琵琶,尤发新声。故傅玄著书曰:'人若钦所闻而忽所见,不亦惑乎?设此六人生于上世,越今古而无俪,何但夔牙同契哉!'案此说,则自兹以后,皆孙朱等之遗则也。"可知,这一批艺人皆是当时一流的音乐艺术家,他们在对歌舞音乐艺术进行全面总结的基础上,又进行了创新,对整个魏晋南北朝歌诗艺术产生了深远的影响。

此外,前述王延爱妾荆氏,石崇宠妾绿珠均是当时文人权贵府中的歌舞艺人。石崇宠妾中还有一位翾风,与绿珠一样不仅歌舞技艺出众,而且还能诗。③ 可以肯定地说,在当时像荆氏、绿珠这样生活于贵族和文人府

---

① [三国]繁钦:《与魏文帝笺》,[梁]萧统编,[唐]李善注:《文选》,卷四十,第1821页、第1822页。

② [三国]曹丕:《答繁钦书》,《全三国文》,卷七,[清]严可均编:《全上古三代秦汉三国六朝文》,第1088页。

③ 逯钦立辑校:《先秦汉魏晋南北朝诗》《晋诗》卷四录有绿珠《懊侬歌》、翾风《怨诗》,王运熙先生以为,《懊侬歌》"当为石崇所作,在被诸管弦时绿珠参加了工作"。见王运熙:《乐府诗述论》,第90—100页。本专著引用先秦汉魏晋南北朝诗,凡不注出处者均依逯钦立辑校:《先秦汉魏晋南北朝诗》,中华书局1983年版。

第中的歌舞艺人,其数量一定是很多的。如果说杜夔、朱生及宋识等高水平的艺术家是雅乐建设的主体,荆氏、绿珠等艺人则构成了推动俗乐发展的生力军。

第六节 民间歌诗的发展

民间歌诗是文人和艺人歌诗艺术活动的源头活水。曹魏及西晋时期,还保留着汉代以来的传统,地方官有惠政者,百姓皆歌其功德。如王祥为徐州别驾,州界清静,政化大行。时人歌之曰:"海沂之康,实赖王祥。邦国不空,别驾之功。"①杜预镇荆州时,兴办教育,开通水道,整治良田,百姓歌之曰:"后世无叛由杜翁,孰识智名与勇功。"②太康年间,束晳为邑人祈雨有验,百姓歌之曰:"束先生,通神明,请天三日甘雨零。我黍以育,我稷以生。何以畴之?报束长生。"③永嘉之乱后,祖逖在北方爱人下士,躬自俭约,劝督农桑,甚得民心,百姓歌之曰:"幸哉遗黎免俘虏,三辰既朗遇慈父,玄酒忘劳甘瓠脯,何以咏恩歌且舞。"④山简镇襄阳时,优游卒岁,唯酒是耽。亦有童儿歌曰:"山公出何许,往至高阳池。日夕倒载归,酩酊无所知。时时能骑马,倒着白接䍦。举鞭问葛疆:何如并州儿?"⑤这些歌诗,反映的是百姓的心声,在民间流传甚广,从一个侧面显示了当时民间歌诗的活跃。

在江南水乡则有船歌,张协《七命》曰:"尔乃浮三翼,戏中汜,潜鳃骇,惊翰起,沈丝结,飞矰理,挂归翻于赤霄之表,出华鳞于紫潭之里。然后纵棹随风,弭楫乘波,吹孤竹,抚云和,川客唱淮南之曲,榜人奏《采菱》之歌。歌曰:'乘鹢舟兮为水嬉,临芳洲兮拔灵芝。'乐以忘戚,游以卒时,穷夜为日,毕岁为期。"其中所述"淮南之曲"、"《采菱》之歌"皆歌于船上。又《晋

---

① [唐]房玄龄等:《晋书》,卷三十三《王祥传》,第988页。
② [唐]房玄龄等:《晋书》,卷三十四《杜预传》,第1031页。
③ [唐]房玄龄等:《晋书》,卷五十一《束晳传》,第1247页。
④ [唐]房玄龄等:《晋书》,卷六十二《祖逖传》,第1696页、第1697页。
⑤ [唐]房玄龄等:《晋书》,卷四十三《山涛传附山简传》,第1229页、第1230页。

书》卷九十四《隐逸传·夏统传》载,会稽人夏统到洛阳为他母亲买药,适逢上巳节,洛水岸边人山人海,夏统应太尉贾充之邀,为众人表演了南方船歌《慕歌》、《河女》和《小海唱》,本传中以极其夸张的语言为我们描述了吴地船歌独特的艺术魅力:

> 统于是以足叩船,引声喉啭,清激慷慨,大风应至,含水嗽天,云雨响集,叱咤欢呼,雷电昼冥,集气长啸,沙尘烟起。王公已下皆恐,止之乃已。诸人顾相谓曰:"若不游洛水,安见是人!听《慕歌》之声,便仿佛见大禹之容。闻《河女》之音,不觉涕泪交流,即谓伯姬高行在目前也。聆《小海》之唱,谓子胥、屈平立吾左右矣。"

可见,吴地船歌是感染力非常强的。永嘉之乱后乐府伶人多至荆州一带避难,①为南北音乐歌诗的交融碰撞提供了一个特殊的机会。因此,东晋以后,南方民歌(包括船歌)在北方音乐的滋养下获得了飞速的发展,形成了影响数百年的吴声、西曲歌。

总之,曹魏和西晋时期虽太平的时日较短,但歌诗艺术却在汉末大乱之后取得了可观的新成绩,而且在雅乐和俗乐两方面均为永嘉之乱以后南、北歌诗的发展奠定了基础。

---

① 《晋书》卷四十三《山涛传附山简传》:"时乐府伶人避难,多奔沔汉。宴会之日,僚佐或劝奏之。简曰:'社稷倾覆,不能匡救,有晋之罪人也,何作乐之有!'"[唐]房玄龄等:《晋书》,第1230页。《晋书》卷六十六《刘弘传》:"时总章太乐伶人,避乱多至荆州,或劝可作乐者。"第1766页。

第五章　东晋南朝的歌诗生产与消费

本章提要：以往研究东晋南朝歌诗艺术的学者，更多地侧重于对歌诗文本的解读，对歌诗创作、表演和消费的情况则明显重视不够。就历史发展的实际来看，从东晋孝武帝开始，宋、齐、梁、陈的四代君主，均不乏沉迷声色者，其中尤以齐东昏侯萧宝卷、陈后主陈叔宝最为突出。所不同的是，东晋一朝，正统派人士对伎乐的反对始终没有停息。而刘宋以来直到陈代，歌舞伎乐的享受逐渐成为从王室、贵族到文士们的必备精神享受和消费需求。这为当时民间的歌诗提供了广阔的市场，并促使文人和歌舞艺人在充分吸收民间歌诗鲜活生命力的基础上，又进行全新的创造，从而极大地活跃了娱乐市场，使歌诗艺术的发展出现了空前繁荣的局面，并对唐以后歌诗与诗歌的发展产生了非常重要的影响，成为后来歌诗与诗歌发展的重要的艺术渊源。

萧涤非先生认为，晋室南渡至隋统一数百年间的歌诗发展，可分为以民间歌谣为主和以文人拟作为主的前后两个时期，"前期相当于晋（东晋）、宋、齐，后期相当于梁陈"[①]。而《旧唐书》卷二十九《音乐志二》曰："永嘉之乱，五都沦覆，遗声旧制，散落江左。宋、梁之间，南朝文物，号为最盛；人谣国俗，亦世有新声。"[②]这说明东晋与宋以后音乐也不尽相同，这是符合历史事实的。我们认为南朝歌诗艺术的发展从总体上可分为东晋、宋齐、梁陈三个时期。除萧涤非先生指出的东晋、宋、齐以民间歌谣为主，梁、陈以文人拟作为主的差别外，东晋与南朝音乐观念也是有差别的，这主要表现在东晋乃至刘宋前期受正统观念的影响，南方的民间歌诗基

---

① 萧涤非：《汉魏六朝乐府文学史》，第179页。
② ［后晋］刘昫等：《旧唐书》，卷二十九《音乐志二》，第1062页。

本上还没有为上层社会所接受,正式场合中民间歌诗表演还受到指责。因此,民间歌诗的消费领域还很有限,也没有对文人的歌诗创作产生实质性的影响。这与永嘉之乱对歌诗艺术的摧残和东晋政治的特殊性是分不开的。

第一节　帝王的歌诗活动

如前所述,东晋乐府人才始终处于匮乏状态,东晋雅乐的建设直到太元八年(383)杨蜀等第二批邺下乐工到来之后,才初具规模,但郊祀需奏乐曲缺乏的问题还是无法解决。更为重要的是,东晋一百余年间,王权软弱,内乱不已。渡江之初,艰难草创,不遑逸乐。继而王敦"擅窃国命"、"逼迁龟鼎"①,桓温"废主以立威,杀人以逞欲"②;苏峻叛于前,"陷宫城"、"侵逼六宫"③,桓玄反于后,"称兵内侮"、"奄倾晋祚"④。而诸帝或享祚太短,如康帝在位仅2年,明帝在位仅4年,哀帝在位仅5年,末年又服食中毒,不识万机;或冲幼继位,形同虚设,如成帝、穆帝;或遭遇强臣,难以自保,如海西公、简文帝、安帝、恭帝。11位帝王中,只有孝武帝"威权已出",享国较长,其时外则有淝水大捷,内则桓温已死而贤相谢安当政,国泰民安,堪称东晋最为太平的时期。

与此相应,东晋王室及贵族王公们的歌诗消费活动也明显地集中在这一时期。但史籍中对东晋帝王歌诗消费活动的记载很少。《晋书》卷六十五《王导传》曰:"导简素寡欲,仓无储谷,衣不重帛。帝(成帝)知之,给布万匹,以供私费。导有羸疾,不堪朝会,帝幸其府,纵酒作乐,后令舆车入殿,其见敬如此。"成帝是一位甚有"恭俭之德"的君主,他以"作乐"表达对王导这位东晋第一功臣的敬重,态度是极其严肃的,从中可以看出,歌舞活动在当时的上层社会还并不普遍。

---

① [唐]房玄龄等:《晋书》,卷九十八《王敦传》,第2568页。
② [唐]房玄龄等:《晋书》,卷九十八《桓温传》,第2581页。
③ [唐]房玄龄等:《晋书》,卷一百《苏峻传》,第2629页。
④ [唐]房玄龄等:《晋书》,卷九十九《桓玄传》,第2606页。

在东晋诸帝中,孝武帝对声色的喜好是独一无二的。史称:"安德陈太后,讳归女,松滋浔阳人也。父广,以倡进,仕至平昌太守。后以美色能歌弹,入宫为淑媛,生安、恭二帝。"①这位陈太后,即是孝武帝的妃子,在门阀制全盛期的东晋,一位倡家女子能够被接纳为帝王妃,本身就足以说明孝武帝对声色的迷恋程度。《魏书》卷九十六《司马昌明传》曰:"初,昌明(孝武帝字)耽于酒色,末年,殆为长夜之饮,……以嬖姬张氏为贵人,宠冠后宫,威行阃内。于时年几三十,昌明妙列伎乐,陪侍嫔少,乃笑而戏之曰:'汝以年当废,吾已属诸姝少矣。'张氏潜怒,昌明不觉而戏逾甚。……至暮,昌明沉醉卧,张氏遂令其婢蒙之以被,既觉而惧,货左右云以魇死。"②这位孝武帝的声色活动在东晋诸帝中已是非常出格的了,但是比起他的后来者们,他只不过是一个小巫而已。

　　东晋南朝的开国君主,都曾有过艰难的创业史。故东晋元帝、宋武帝、齐高帝、梁武帝及陈武帝等开国君主大都有节俭的美德。③但是,从西晋起养成的奢靡之风并没有因永嘉之乱而消歇,而是在整个南朝呈现出不断扩展、愈演愈烈的趋势。因此,宋以后几个朝代的帝王,声色歌舞享乐活动远远超过晋孝武帝者大有人在。宋代少帝刘义符"善骑射,解音律",即位不久即因"穷凶极悖"而被废,就在被废的前一日,还"于华林园为列肆,亲自酤卖。又开渎聚土,以象破冈埭,与左右引船唱呼,以为欢乐"。由皇太后所下的诏书中列其罪行曰:"大行在殡,宇内哀惶,幸灾肆于悖词,喜容表于在戚。至乃征召乐府,鸠集伶官,优倡管弦,靡不备奏,珍羞甘膳,有加平日。采择媵御,产子就宫,铿然无怍,丑声四达。及懿后崩背,重加天罚,亲与左右执绋歌呼,推排梓宫,抃掌笑谑,殿省备闻。"④后废帝刘昱,也是"酣歌垆肆,宵游忘反","淫费无度,帑藏空竭"。⑤

---

　　① [唐]房玄龄等:《晋书》,卷三十二《后妃传》,第983页。
　　② [北齐]魏收:《魏书》,卷九十六《司马昌明传》,第2104页;参见[唐]房玄龄等:《晋书》,卷九《孝武帝纪》,第242页。
　　③ 参见五朝史书诸帝本传。
　　④ 以上引自[梁]沈约:《宋书》,卷四《少帝纪》,第65页。
　　⑤ [梁]沈约:《宋书》,卷九《后废帝纪》,第187页、第188页。

齐代的郁林王萧昭业,在其父齐武帝萧赜去世后,"大敛始毕,乃悉呼武帝诸伎,备奏众乐,诸伎虽畏威从事,莫不哽咽流涕。……及武帝梓宫下渚,帝于端门内奉辞,蒨辌车未出端门,便称疾还内。裁入阁,即于内奏胡伎,鞞铎之声,震响内外"①。齐东昏侯萧宝卷的歌舞声色活动不仅花样繁多,而且他自己也颇有音乐表演的天才:

> 永元三年(501),二月……始内横吹五部于殿内,昼夜奏之。
> 自江祏、始安王遥光等诛后,无所忌惮,日夜于后堂戏马,鼓噪为乐。合夕,便击金鼓吹角,令左右数百人叫,杂以羌胡横吹诸伎。
> 陈显达卒,渐出游走。不欲令人见之,驱斥百姓,唯置空宅而已。……巷陌县幔为高障,置人防守,谓之"屏除"。高障之内,设部伍羽仪,复有数部,皆奏鼓吹羌胡伎,鼓角横吹。
> 都下酒租,皆折输金,以供杂用。犹不能足,下扬、南徐二州桥桁塘埭丁计功为直,敛取见钱,供太乐主衣杂费。由是所在塘渎,悉皆隳废。
> 是夜,帝在含德殿,吹笙歌作《女儿子》,卧未熟,闻兵入,趋出北户,欲还后宫。清曜阁已闭,阉人禁防黄泰平刀伤其膝,仆地,顾曰:"奴反邪!"直后张齐斩首,送萧衍。(均见《南史》卷五《齐本纪下·东昏侯纪》)

与上述几位昏君相比,陈后主在歌舞声色的享受方面毫不逊色,而且他还是歌诗创作的行家里手。《陈书》卷七《张贵妃传》曰:

> 后主自居临春阁,张贵妃居结绮阁,龚、孔二贵嫔居望仙阁,并复道交相往来。又有王、李二美人、张、薛二淑媛、袁昭仪、何婕妤、江修容等七人,并有宠,递代以游其上。以官人有文学者袁大舍等为女学士。后主每引宾客对张贵妃等游宴,则使诸贵人及女学士与狎客共

---

① [唐]李延寿:《南史》,卷五《齐本纪下·郁林王纪》,中华书局1975年版,第136页。

赋新诗,互相赠答,采其尤艳丽者以为曲词,被以新声,选宫人有容色者以千百数,令习而歌之,分部迭进,持以相乐。其曲有《玉树后庭花》、《临春乐》等,大指所归,皆美张贵妃、孔贵嫔之容色也。

《旧唐书》卷二十九《音乐志》也说:

  《春江花月夜》、《玉树后庭花》、《堂堂》,并陈后主所作。叔宝常与宫中女学士及朝臣相和为诗,太乐令何胥又善于文咏,采其尤艳丽者以为此曲。

  陈后主君臣同时充当了歌诗艺术的创作、配乐、演唱和欣赏者,这虽然受到历代史家严厉的指责,但在歌诗艺术的发展史上却是非常引人瞩目的。当然这一时期并不是只有这些昏君才沉迷于歌舞声色,其实宋以来的其他帝王也大多对歌舞音乐有着特殊的爱好。如宋文帝刘义隆,也是一位新声的爱好者,他听说范晔"善弹琵琶,能为新声",很想听范晔弹奏,"屡讽以微旨,晔伪若不晓,终不肯为上弹。上尝宴饮欢适,谓晔曰:'我欲歌,卿可弹。'晔乃奉旨。上歌既毕,晔亦止弦。"[①]这一段记载,既显示了范晔的孤傲,也向我们透露出宋文帝对新声的爱好。为了听臣下的演奏,他竟然不惜以君主之尊向艺术之美低头,这实在是歌诗艺术史上的一段佳话。宋明帝为了得到大臣到㧑的歌伎,甚至不惜明目张胆地诬陷逼夺。[②] 而齐武帝萧赜对于声色的占有则已到了极端贪婪的地步,《南史》卷四十二《豫章文献王萧嶷传》曰:"是时奢侈,后宫万余人,宫内不容,太乐、景第、暴室皆满,犹以为未足。"他还作了《估客乐》,"使太乐令刘瑶教习"[③],可见萧齐时王宫中歌诗艺术的消费与东晋时已不可同日而语。

  梁代的几位君主稍有不同,梁武帝本人不好声色,在位时间又长,受

---

① [梁]沈约:《宋书》,卷六十九《范晔传》,第1820页。
② 参见[梁]萧子显:《南齐书》,卷三十七《到㧑传》,第647页。
③ [后晋]刘昫等:《旧唐书》,卷二十九《音乐志二》,第1066页。

他的影响,他的几个儿子也基本上能够远离声色。① 但他们都是歌诗创作的高手,都有不少歌诗作品传世,而且梁武帝本人并不禁止臣下的声色享受,有时他还以女乐赏赐大臣②,对王公贵族们的声色歌舞活动也并不加以限制。此外,不好声色的梁武帝对佛教情有独钟,不仅三次舍身同泰寺,而且作有《善哉》、《大乐》、《大欢》、《天道》等十篇歌诗,将美妙的音乐献给佛主,每有法会则演奏。③ 他所作的《江南弄》等歌诗也是学习民歌的代表性作品,对当时及后代歌诗发展均产生了较大的影响。

第二节　王公贵族的歌诗活动

由于历朝的帝王倡导于上,南朝自东晋以来,王公贵族们歌舞声色享受的欲望总是在不断地膨胀着,他们的歌舞声色活动有时候甚至超过了皇帝,使得南朝的歌诗艺术呈现出独特的繁荣景象。

东晋孝武帝之前歌诗的发展虽不及后来繁荣,但王公贵族们平时也有歌舞娱乐活动。早在太宁四年(328)明帝驾崩时,尚书梅陶就因在国丧期间私奏女伎,"家庭侈靡,声妓纷葩,丝竹之音,流闻衢路",而遭到御史中丞钟雅的弹劾,④说明平时奏女乐者更多。而东晋的大功臣王导,也是歌舞声乐的爱好者。《晋书》卷七十九《谢尚传》曰:"(尚)善音乐,博综众艺","司徒王导深器之,……辟为掾,袭父爵咸亭侯。始到府通谒,导以其有胜会,谓曰:'闻君能作鸲鹆舞,一坐倾想,宁有此理不?'尚曰:'佳。'便着衣帻而舞,导令坐者抚掌击节,尚俯仰在中,旁若无人,其率诣如此。"王

---

① 《梁书》卷三《武帝本纪》:"不饮酒,不听音声,非宗庙祭祀、大会飨宴及诸法事,未尝作乐。"[唐]姚思廉:《梁书》,中华书局1973年版,第97页。《南史》卷五十三《萧统传》:"出宫二十余年,不畜音声。未薨少时,敕赐太乐女伎一部,略非所好。"[唐]李延寿:《南史》,第1310页。《梁书》卷五《元帝本纪》:"世祖性不好声色,颇有高名。"第136页。

② 《南史》卷六十《徐勉传》曰:"普通末,武帝自算择后宫《吴声》、《西曲》女妓各一部,并华少赉勉,因此颇好声酒。"[唐]李延寿:《南史》,第1485页。

③ 参见[唐]魏征等:《隋书》,卷十三《音乐志上》,第305页。

④ [唐]房玄龄等:《晋书》,卷七十《钟雅传》,第1877页、第1878页。

导卒于咸康五年(339),此事自当在此之前。又《隋书》卷十五《音乐志下》曰:"《礼毕》者,本出自晋太尉庾亮家。亮卒,其伎追思亮,因假为其面,执翳以舞,象其容,取其谥以号之,谓之为《文康乐》。"庾亮卒于咸康六年(340),生前也养有家伎。但这一时期,甚至直到孝武帝年间,正统派人士对伎乐的反对始终没有停息。《晋书》卷七十七《蔡谟传》曰:"谟性方雅。丞相王导作女伎,施设床席。谟先在坐,不悦而去,导亦不止之。"《晋书》卷八十四《王恭传》也说:"道子尝集朝士,置酒于东府,尚书令谢石因醉为委巷之歌,恭正色曰:'居端右之重,集藩王之第,而肆淫声,欲令群下何所取则!'石深衔之。"但是正统的观念和说教毕竟无法阻挡感性的欲望之流。至太元年间(376—396),孝武帝与会稽王道子标领风尚于上,宰相谢安推波助澜于下,声色享受之风终于弥漫开来。《晋书》卷六十四《会稽王道子传》曰:"于时孝武帝不亲万机,但与道子酣歌为务,姆姆尼僧,尤为亲昵,并窃弄其权。……太元以后,为长夜之宴,蓬首昏目,政事多阙。"《晋书》卷七十九《谢安传》也说:"安虽放情丘壑,然每游赏,必以妓女从。""性好音乐,自弟万丧,十年不听音乐。及登台辅,期丧不废乐。王坦之书喻之,不从,衣冠效之,遂以成俗。"

由于桓玄之乱和随之而来的晋宋易代,孝武帝君臣所领导的新风尚在当时并没有真正形成气候。从宋以后王公贵族们的歌舞声色活动来看,谢安们的所作所为只不过是一个序曲罢了。宋、齐、梁、陈四朝,朝代更换频繁,许多权臣都历仕数朝,他们并不因改朝换代而改变生活习尚,因此在歌舞声色的享受方面,传统从来没有中断过,后来居上者倒是大有人在。宋南郡王刘义宣"多蓄嫔媵,后房千余,尼媪数百……崇饰绮丽,费用殷广"①。权臣沈攸之"富贵拟于王者。夜中诸厢廊然烛达旦,后房服珠玉者数百人,皆一时绝貌"②。宋代的阮佃夫"宅舍园池,诸王邸第莫及。妓女数十,艺貌冠绝当时,金玉锦绣之饰,宫掖不逮也。每制一衣,造一物,京邑莫不法效焉。于宅内开渎,东出十许里,塘岸整洁,泛轻舟,奏

---

① [梁]沈约:《宋书》,卷六十八《武二王传》,第1799页。
② [唐]李延寿:《南史》,卷三十七《沈攸之传》,第966页。

女乐。……虽晋世王、石，不能过也"①。徐湛之"善于尺牍，音辞流畅。贵戚豪家，产业甚厚。室宇园池，贵游莫及。伎乐之妙，冠绝一时"②。有的官员声伎享受甚至超过了帝王，因而引起了君主的嫉恨，也给自己招来了杀身之祸。如《宋书》卷六十五《杜骥传》载，骥第五子杜幼文"所莅贪横，家累千金，女伎数十人，丝竹昼夜不绝……帝（宋后废帝）微行夜出，辄在幼文门墙之间，听其管弦，积久转不能平，于是自率宿卫兵诛幼文、勃、超之等"③。《南齐书》卷三十七《到㧑传》也说："㧑资籍豪富，厚自奉养，宅宇山池京师第一，妓妾姿艺，皆穷上品。才调流赡，善纳交游，庖厨丰腆，多致宾客。爱妓陈玉珠，明帝遣求，不与，逼夺之，㧑颇怨望。帝令有司诬奏㧑罪，付廷尉，将杀之。㧑入狱，数宿须鬓皆白。免死，系尚方，夺封与弟贲。"④可见这些官僚所拥有的伎乐资源之丰富和他们对声色的痴迷。

齐代的豫章文献王萧嶷后房"千余人"⑤。张瓌"居室豪富，伎妾盈房"⑥，另一位宗室萧毅"性奢豪，好弓马，为高宗所疑忌。王晏事败，并陷诛之。遣军围宅，毅时会宾客奏伎，闻变，索刀未得，收人突进，挟持毅入与母别，出便杀之"⑦。虽然朝廷对蓄养家妓有一定限制，如齐永明六年（488），就曾下令"位未登黄门郎，不得畜女妓"⑧，但这并不是一种永久性的制度，而且对于位至黄门郎以上的官员蓄伎没有规定。事实上，女乐在当时已成为豪贵们不可缺少的一种奢侈品。《南齐书》卷四十一《张融传》说"融有孝义，忌月三旬不听乐"，"忌月三旬不听乐"成为有孝义的一大标志，正说明能这样做的人已很少。还有的人用女乐来行贿⑨。所

---

① ［梁］沈约：《宋书》，卷九十四《阮佃夫传》，第2314页。
② ［梁］沈约：《宋书》，卷七十一《徐湛之传》，第1844页。
③ ［梁］沈约：《宋书》，卷六十五《杜骥传》，第1722页。
④ ［梁］萧子显：《南齐书》，卷三十七《到㧑传》，第647页。
⑤ ［唐］李延寿：《南史》，卷四十二《豫章文献王萧嶷传》，第1064页。
⑥ ［梁］萧子显：《南齐书》，卷二十四《张瓌传》，第454页。
⑦ ［梁］萧子显：《南齐书》，卷三十八《萧景先传》，第664页。
⑧ ［梁］萧子显：《南齐书》，卷四十二《王晏传》，第744页。
⑨ ［梁］萧子显：《南齐书》，卷四十六《陆慧晓传》，第806页。

有这些女乐所演奏的当然都是郑卫之声,而且从这时期的历史记载中,已几乎找不到像蔡谟、王恭那样的正统人士了。

到了梁代,沉迷歌舞声色的风气在家族和社会的传统基础上继续发展,官员们你方唱罢我登场,争相在享乐的舞台上一展自己的风采。刘宋权臣徐湛之之玄孙徐君蒨,就堪称发扬家族传统的佼佼者:"善弦歌,为梁湘东王镇西谘议参军。颇好声色,侍妾数十,皆佩金翠,曳罗绮,服玩悉以金银。饮酒数升便醉,而闭门尽日酣歌。每遇欢谑,则饮至斗。有时载伎肆意游行,荆楚山川,靡不毕践。朋从游好,莫得见之。时襄阳鱼弘亦以豪侈称,于是府中谣曰:'北路鱼,南路徐。'"①与徐君蒨齐名的鱼弘"侍妾百余人,不胜金翠,服玩车马,皆穷一时之惊绝"。其服玩更胜一筹,而且其贪欲也更为骇人,他自称"我为郡有四尽:水中鱼鳖尽,山中獐鹿尽,田中米谷尽,村里人庶尽。丈夫生如轻尘栖弱草,白驹之过隙。人生但欢乐,富贵在何时"。② 当时远近闻名的还有夏侯亶、夏侯夔兄弟,夏侯亶"晚年颇好音乐,有妓妾十数人。并无被服姿容。每有客,常隔帘奏之,时谓帘为夏侯妓衣"。其弟夏侯夔"性奢豪,后房伎妾曳罗绮饰金翠者百数。爱好人士,不以贵位自高,文武宾客常满坐,时亦以称之"。所不同的是夏侯兄弟作地方官皆"有恩惠于乡里",③与大贪官鱼弘恰成鲜明的对照。但这正好说明了当时无论贪官还是循吏,声色的享受都已成为其生活的重要组成部分。梁代的另一位官员曹景宗,史称其"好内,妓妾至数百,穷极锦绣"④。但是,上述诸人声色歌舞的规模和档次与另外两位"名流"相比,则又不免要贻笑方家:

(梁武帝之弟萧宏)纵恣不悛,奢侈过度,修第拟于帝宫,后庭数百千人,皆极天下之选。所幸江无畏,服玩侔于齐东昏潘妃,宝屦直千万。好食鲭鱼头,常日进三百,其它珍膳盈溢,后房食之不尽,弃诸

---

① [唐]李延寿:《南史》,卷十五《徐湛之传附徐君蒨传》,第441页。
② 以上引自[唐]李延寿:《南史》,卷五十五《鱼弘传》,第1362页。
③ 以上引自[唐]李延寿:《南史》,卷五十五《夏侯详传》,第1361页、第1362页。
④ [唐]李延寿:《南史》,卷五十五《曹景宗传》,第1064页。

道路。……宏性爱钱,百万一聚,黄榜标之,千万一库,悬一紫标,如此三十余间。帝与佗卿屈指计见钱三亿余万,余屋贮布绢丝绵漆蜜纻蜡朱沙黄屑杂货,但见满库,不知多少。……宏性好内乐酒,沉湎声色,侍女千人,皆极绮丽。(《南史》卷五十一《萧宏传》)

  侃性豪侈,善音律,自造《采莲》、《棹歌》两曲,甚有新致。姬妾侍列,穷极奢靡。有弹筝人陆太喜,着鹿角爪七寸。舞人张净琬,腰围一尺六寸,时人咸推能掌中舞。又有孙荆玉,能反腰贴地,衔得席上玉簪。敕赉歌人王娥儿,东宫亦赉歌者屈偶儿,并妙尽奇曲,一时无对。初赴衡州,于两舻艒起三间通梁水斋,饰以珠玉,加之锦缋,盛设帷屏,陈列女乐,乘潮解缆,临波置酒,缘塘傍水,观者填咽。大同中,魏使阳斐,与侃在北尝同学,有诏令侃延斐同宴。宾客三百余人,器皆金玉杂宝,奏三部女乐,至夕,侍婢百余人,俱执金花烛。侃不能饮酒,而好宾客交游,终日献酬,同其醉醒。(《梁书》卷三十九《羊侃传》)

一个家庭拥有这样大规模的歌诗表演队伍和人数众多、技艺高超的歌舞名角,不仅在梁代,就是在整个中国歌诗艺术发展史上恐怕也不多见。史家早已指出,梁武帝为法"急于黎庶,缓于权贵"[1],勤于政事、自称节俭的梁武帝,却纵容他的权臣们变成了南朝最奢靡、最腐朽的一群寄生虫。裴子野《宋略·乐志叙》论宋以来的乐舞曰:"乱俗先之以怨怒,亡国从之以哀思。优杂子女,荡目淫心,充庭广奏,则以鱼龙靡慢为瑰玮;会同飨觐,则以吴趋楚舞为妖妍。纤罗雾縠侈其衣,疏金镂玉砥其器。在上班赐宠臣,群下亦从而风靡。王侯将相,歌伎填室;鸿商富贾,舞女成群。竞相夸大,互有争夺,如恐不及,莫为禁令,伤风败俗,莫不在此。"[2]贺琛给梁武帝的上书中也曾一针见血地指出:"又歌姬舞女,本有品制,二八之赐,良待和戎。今畜妓之夫,无有等秩,虽复庶贱微人,皆盛姬姜,务在贪

---

① [唐]魏征等:《隋书》,卷二十五《刑法志》,第701页。
② 《全梁文》,卷五十三,[清]严可均编:《全上古三代秦汉三国六朝文》,第3265页。

污,争饰罗绮。故为吏牧民者,竞为剥削,虽致赀巨亿,罢归之日,不支数年,便已消散。盖由宴醑所费,既破数家之产;歌谣之具,必俟千金之资。所费事等丘山,为欢止在俄顷。……其余淫佚,着之凡百,习以成俗,日见滋甚,欲使人守廉隅,吏尚清白,安可得邪?"结果,武帝大怒,贺琛也不敢复有指斥。① 梁简文帝《六根忏文》则说:"闻胜法善音,昏然欲睡;听郑卫淫靡,耸身侧耳。知胜善之事,乐之者稀;淫靡之声,欣之者众。"②

　　文献的记载表明,南朝歌诗艺术的发展至梁代已达到了最高峰,进入南朝末代即陈代以后,明显呈现出衰落的趋势。这当然有多方面的原因,但南朝士族在梁末几乎被全部消灭,南方蛮族在陈代应时而起,纷纷登上政治舞台,成为陈朝的政治中坚,则是其中最重要的一个原因。③ 南方蛮族还未来得及培养起对歌舞音乐的普遍兴趣。除陈后主之外,陈朝贵族的歌舞声色享受远逊于梁以前几个朝代的王公贵族。但流风所及,酷好此道者并非完全绝迹。如孙玚为吴郡吴人,章昭达为吴兴武康人,他们对歌舞声色的痴迷丝毫不减北来士族。《陈书》卷二十五《孙玚传》说他"事亲以孝闻,于诸弟甚笃睦。性通泰,有财物散之亲友。其自居处,颇失于奢豪,庭院穿筑,极林泉之致,歌钟舞女,当世罕俦,宾客填门,轩盖不绝。及出镇郢州,乃合十余船为大舫,于中立亭池,植荷芰,每良辰美景,宾僚并集,泛长江而置酒,亦一时之胜赏焉"。《陈书》卷十一《章昭达传》也说:"每饮会,必盛设女伎杂乐,备尽羌胡之声,音律姿容,并一时之妙,虽临对寇敌,旗鼓相望,弗之废也。"但陈代类似的情形毕竟少多了,值得注意的是,陈代往往以女乐赏赐将军,如《陈书》卷十三《鲁悉达传》曰:"(王)琳授悉达镇北将军,高祖亦遣赵知礼授征西将军、江州刺史,各送鼓吹女乐,悉达两受之。……悉达虽仗气任侠,不以富贵骄人,雅好词赋,招礼才贤,与

---

① [唐]姚思廉:《梁书》,卷三十八《贺琛传》,第544—546页。
② 《全梁文》,卷十四,[清]严可均编:《全上古三代秦汉三国六朝文》,第3032页。
③ 参见万绳楠整理:《陈寅恪魏晋南北朝史讲演录》,第十二篇《梁陈时期士族的没落与南方蛮族的兴起》,黄山书社2000年版,第193—214页。

之赏会。"《陈书》卷九《吴明彻传》也说:"(太建)五年,诏加侍中、都督征讨诸军事,仍赐女乐一部。"这说明南方蛮族对音乐的爱好也在与日俱增,只不过陈朝立国为时太短,此风无暇复炽罢了。

第三节 士人的音乐修养与歌诗

东晋南朝士人的音乐歌舞修养也是很高的。如东晋的纪瞻"性静默,少交游,好读书,或手自抄写,凡所著述,诗赋笺表数十篇。兼解音乐,殆尽其妙"[①]。谢尚善音乐,长于鸲鹆舞[②],桓伊"善音乐,尽一时之妙,为江左第一。有蔡邕柯亭笛,常自吹之"[③]。袁山松"善音乐。旧歌有《行路难》曲,辞颇疏质,山松好之,乃文其辞句,婉其节制,每因酣醉纵歌之。听者莫不流涕。初羊昙善唱乐,桓伊能挽歌,及山松《行路难》继之,时人谓之'三绝'"[④]。当时的士人还常常通过音乐或歌诗来表达内在的深情,《晋书》卷六十八《顾荣传》曰:"荣素好琴,及卒,家人常置琴于灵座。吴郡张翰哭之恸,既而上床鼓琴数曲,抚琴而叹曰:'顾彦先复能赏此不?'因又恸哭,不吊丧主而去。"《晋书》卷八十《王羲之传》也称其子王徽之"雅性放诞,好声色","献之卒,徽之奔丧不哭,直上灵床坐,取献之琴弹之,久而不调,叹曰:'呜呼子敬,人琴俱亡!'因顿绝。先有背疾,遂溃裂,月余亦卒"。又《世说新语》卷二十三《任诞》曰:"桓子野(伊)每闻清歌,辄唤:'奈何!'谢公闻之,曰:'子野可谓一往有深情。'"可见,当时人将音乐歌诗作为真情最直接的表露。身为武夫的王敦也常在酒后咏唱魏武帝乐府歌诗:"老骥伏枥,志在千里。烈士暮年,壮心不已。"[⑤]戴逵"少博学,好谈论,善属文,能鼓琴,工书画,其余巧艺靡不毕综"。其兄戴

---

① [唐]房玄龄等:《晋书》,卷六十八《纪瞻传》,第1877页、第1878页。
② 参见[唐]房玄龄等:《晋书》,卷七十九《谢尚传》,第2069页;余嘉锡:《世说新语笺疏》,第748页。
③ [唐]房玄龄等:《晋书》,卷八十一《桓伊传》,第2118页。
④ [唐]房玄龄等:《晋书》,卷八十三《袁山松传》,第2169页。
⑤ [唐]房玄龄等:《晋书》,卷九十八《王敦传》,第2557页。

述也善于鼓琴。① 最有趣的是陶渊明,史书记载:"性不解音,而畜素琴一张,弦徽不具,每朋酒之会,则抚而和之,曰:'但识琴中趣,何劳弦上声。'"②

宋以后,通晓音乐之士尤多。宋代的范晔"善为文章,能隶书,晓音律……善弹琵琶,能为新声"③,张永"涉猎书史,能为文章,善隶书,晓音律,骑射杂艺,触类兼善"④。萧思话"好书史,善弹琴,能骑射"⑤。谢庄曾作《舞马歌》,宋孝武帝曾"令乐府歌之"⑥。"宋庙歌辞,(王)韶之所制也。"⑦释宝月不仅"善音律",而且工诗。⑧ 此外,宋代的知音善歌的士人还有王懿、刘敬宣、毛修之、钱泰、周伯齐等,⑨齐代的临川献王萧映"善骑射,解声律,工左右书左右射,应接宾客,风韵韶美","第二子子游……好音乐,解丝竹杂艺"。⑩萧慧基"解音律,尤好魏三祖曲及《相和歌》,每奏辄赏悦不能已"⑪。何涧曾为文惠太子作《杨畔歌》。⑫ 齐初的一批大臣几乎各有所擅,《南齐书》卷二十三《王俭传》曰:"上(齐高帝)曲宴群臣数人,各使效伎艺。褚渊弹琵琶,王僧虔弹琴,沈文季歌《子夜》,张敬儿舞,王敬则拍张。"又《南齐书》卷四十四《沈文季传》曰:"后豫章王北宅后堂集会,

---

① [唐]房玄龄等:《晋书》,卷九十四《隐逸传·戴逵传》,第 2457 页。
② [唐]房玄龄等:《晋书》,卷九十四《隐逸传·陶潜传》,第 2463 页。
③ [梁]沈约:《宋书》,卷六十九《范晔传》,第 1819 页、第 1820 页。
④ [梁]沈约:《宋书》,卷五十三《张永传》,第 1511 页。
⑤ [梁]沈约:《宋书》,卷七十八《萧思话传》,第 2011 页。
⑥ [唐]李延寿:《南史》,卷二十《谢庄传》,第 556 页。
⑦ [唐]李延寿:《南史》,卷二十四《王韶之传》,第 662 页。
⑧ 《南齐书》卷十一《乐志》:"《永平乐歌》者,竟陵王子良与诸文士造奏之。人为十曲。道人释宝月辞颇美,上常被之管弦,而不列于乐官也。"[梁]萧子显:《南齐书》,第 196 页。《旧唐书》卷二十九《音乐志二》:"《估客乐》,齐武帝(萧赜)之制也。布衣时常游樊、邓,追忆往事而作。歌曰:'昔经樊、邓役,阻潮梅根渚。感忆追往事,意满情不叙。'使太乐令刘瑶教习,百日无成。或启释宝月善音律,帝使宝月奏之,便就。"[后晋]刘昫等:《旧唐书》,第 1066 页。
⑨ 参见[梁]沈约:《宋书》,卷四十六《王懿传》、卷四十七《刘敬宣传》、卷四十八《毛修之传》;[唐]李延寿:《南史》,卷三十五《庾仲文传》。
⑩ [梁]萧子显:《南齐书》,卷三十五《高祖十二王传·临川献王萧映传》,第 622 页、第 623 页。
⑪ [梁]萧子显:《南齐书》,卷四十六《萧慧基传》,第 811 页。
⑫ 参见[唐]李延寿:《南史》,卷二十六《袁廓之传》,第 709 页。

文季与渊并善琵琶,酒阑,渊取乐器,为《明君曲》。文季便下席大唱曰:'沈文季不能作伎儿。'豫章王嶷又解之曰:'此故当不损仲容之德。'渊颜色无异,曲终而止。"则沈文季不仅能歌,而且"善琵琶",上述几位都是齐代的开国功臣,他们几乎都具备音乐歌舞方面的才能,显然不是巧合,而足可以说明宋齐时期士人歌舞音乐修养普遍较高。

梁陈时期,长于歌诗音乐者也不乏其人,柳恽"善琴,尝以今声转弃古法,乃著《清调论》,具有条流"①。梁武帝次子萧综,降于魏,"在魏不得志,尝作《听钟鸣》、《悲落叶》以申其志,当时莫不悲之"②。羊侃"性豪侈,善音律,自造《采莲》、《棹歌》两曲,甚有新致"③。杜子伟曾作"孔子、颜子登歌词","伶人传习,以为故事"。④ 王冲"晓音乐,习歌舞,善与人交,贵游之中,声名藉甚"⑤。沈不害,陈天嘉年间曾受命"制三朝乐歌八首,合二十八曲,行之乐府"⑥。

作为歌诗生产的主体,知音乐善歌舞的士人群体同时也是王公贵族文酒雅集的贵宾。东晋以来,建安文人雅集的传统就始终没有中断过。东晋的谢安就是一位爱好举办文酒之会的人物,他常常与中外子侄或朝中士人雅集,每次集会花费甚大,寒士车胤由于"善于赏会"而为谢安所欣赏,"当时每有盛坐而胤不在,皆云:'无车公不乐。'谢安游集之日,辄开筵待之"。⑦ 宋代的徐湛之在任南兖州刺史时,在广陵城原有的基础上,"更起风亭、月观、吹台、琴室,果竹繁茂,花药成行。招集文士,尽游玩之适"⑧。齐代的竟陵王萧子良,更是一位礼贤下士的王子,他"倾意宾客,天下才学皆游集焉。善立胜事,夏月客至,为设瓜饮及甘果,著之文教。

---

① [唐]姚思廉:《梁书》,卷二十一《柳恽传》,第332页。
② [唐]李延寿:《南史》,卷五十三《萧综传》,第1318页。
③ [唐]姚思廉:《梁书》,卷三十九《羊侃传》,第561页。
④ [唐]姚思廉:《陈书》,卷三十四《杜子伟传》,中华书局1972年版,第454页。
⑤ [唐]姚思廉:《陈书》,卷十七《王冲传》,第236页。
⑥ [唐]姚思廉:《陈书》,卷三十三《沈不害传》,第447页。
⑦ 参见[唐]房玄龄等:《晋书》,卷七十九《谢安传》、卷八十三《车胤传》,第2075页、第2177页。
⑧ [唐]李延寿:《南史》,卷十五《徐湛之传》,第437页。

士子文章及朝贵辞翰,皆发教撰录"①。他的西邸文士,除著名的"竟陵八友"之外,"(王)僧孺与太学生虞羲、丘国宾、萧文琰、丘令楷、江洪、刘孝孙并以善辞藻游焉。而僧孺与高平徐寅俱为学林"②。梁代诸王中,更是有多位以好士著称,在他们周围聚集了一大批能文之士。

于时东宫有书几三万卷,名才并集,文学之盛,晋、宋以来未之有也。性爱山水,于玄圃穿筑,更立亭馆,与朝士名素者游其中。(《南史》卷五十三《萧统传》)

初,太宗(简文帝萧纲)在藩,雅好文章士,时肩吾与东海徐摛,吴郡陆杲,彭城刘遵、刘孝仪,仪弟孝威,同被赏接。及居东宫,又开文德省,置学士,肩吾子信、摛子陵、吴郡张长公、北地傅弘、东海鲍至等充其选。(《梁书》卷四十九《庾肩吾传》)

时诸王并下士,建安、安成二王尤好人物,世以二安重士,方之"四豪"。秀精意学术,搜集经记,招学士平原刘孝标,使撰《类苑》,书未及毕,而已行于世。(《南史》卷五十二《安成王萧秀传》)

伟性端雅,持轨度。少好学,笃诚通恕。趋贤重士,常如弗及,由是四方游士、当时知名者莫不毕至。疾亟丧明,便不复出。齐世青溪宫改为芳林苑,天监初,赐伟为第。又加穿筑,果木珍奇,穷极雕靡,有侔造化。立游客省,寒暑得宜,冬有笼炉,夏设饮扇,每与宾客游其中,命从事中郎萧子范为之记。梁蕃邸之盛无过焉。(《南史》卷五十二《建安王萧伟传》)

(萧恭)性尚华侈,广营第宅,重斋步阁,模写宫殿。尤好宾友,酣宴终辰,坐客满筵,言谈不倦。时元帝居蕃,颇事声誉,勤心著述,纴酒未尝妄进。恭每从容谓曰:"下官历观时人,多有不好欢兴,乃仰眠床上,看屋梁而著书,千秋万岁,谁传此者。劳神苦思,竟不成名。岂如临清风,对朗月,登山泛水,肆意酣歌也。"(《南史》卷五十二《萧恭传》)

---

① [梁]萧子显:《南齐书》,卷四十《武帝十七王传·竟陵文宣王子良传》,第694页。
② [唐]李延寿:《南史》,卷五十九《王僧孺传》,第1460页。

虽然萧氏诸王好尚不尽相同,有像萧统这样不喜欢女乐,二十余年不畜音声者,也有像萧恭这样公然宣扬以"肆意酣歌"为乐者,但是,正如前文所述,梁代歌舞娱乐的风气已达到了南朝时期的顶峰,萧氏诸王和聚集于他们身边的文士们在雅集活动中又怎能少了歌诗创作和表演的传统节目呢?至少大多数的雅集活动是这样的。陈代的歌诗活动虽因北来士族的覆灭而大不如前,但文士们的诗酒活动却并未完全消歇。《陈书》卷二十五《孙玚传》称孙玚"歌钟舞女,当世罕俦,宾客填门,轩盖不绝。及出镇郢州,乃合十余船为大舫,于中立亭池,植荷芰,每良辰美景,宾僚并集,泛长江而置酒,亦一时之胜赏焉。常于山斋设讲肆,集玄儒之士,冬夏资奉,为学者所称"。《陈书》卷八《侯安都传》也说:"安都工隶书,能鼓琴,涉猎书传,为五言诗,亦颇清靡……自平王琳后,安都勋庸转大,又自以功安社稷,渐用骄矜,数招聚文武之士,或射驭驰骋,或命以诗赋,第其高下,以差次赏赐之。文士则褚玠、马枢、阴铿、张正见、徐伯阳、刘删、祖孙登,武士则萧摩诃、裴子烈等,并为之宾客,斋内动至千人。"其规模之大,可谓丝毫不减前贤。

第四节 艺人的歌舞技艺与民间歌诗活动

东晋南朝时期从王室、贵族到文士们的歌舞声色消费与生产活动也同样培养了一批杰出的歌舞音乐艺人。他们多是歌伎或贵族姬妾,著名的有东晋的碧玉,《乐府诗集》有无名氏《碧玉歌》五首,其中"碧玉小家女,不敢攀贵德。感郎千金意,惭无倾城色"、"碧玉破瓜时,相为情颠倒。感郎不羞郎,回身就郎抱"两首又见于《玉台新咏》卷十,题为《情人碧玉歌》,孙绰作。据王运熙先生考证,碧玉当为东晋汝南王司马义之妾,因长于歌舞,为司马义所宠幸。[①] 碧玉的歌舞才能在后世也常被诗人们提起,并把她与绿珠、绛树并列,如谢朓《赠王主簿》曰:"清吹要碧玉,调弦命绿珠。"徐陵《杂曲》也有:"碧玉宫妓自翩妍,绛树新声最可怜。"又有谢芳姿,为晋中书令王珉之嫂的婢女,以善歌著称。王珉卒于东晋太元十三年(388),

---

① 王运熙:《乐府诗述论》,第69—73页。

《宋书》卷十九《乐志一》曰:"《团扇歌》者,晋中书令王珉与嫂婢有情,爱好甚笃,嫂捶挞婢过苦,婢素善歌,而珉好捉白团扇,故制此歌。"又《乐府诗集》卷四十五引《古今乐录》曰:"《团扇郎歌》者,晋中书令王珉,捉白团扇与嫂婢谢芳姿有爱,情好甚笃。嫂捶挞婢过苦,王东亭闻而止之。芳姿素善歌,嫂令歌一曲,当赦之。应声歌曰:'白团扇,辛苦五流连,是郎眼所见。'珉闻,更问之:'汝歌何遗?'芳姿即改云:'白团扇,憔悴非昔容,羞与郎相见。'后人因而歌之。"又有民间歌女莫愁,亦以善歌著称。《乐府诗集》引《古今乐录》曰:"《莫愁乐》者,本石城乐妓,而有此歌。石城西有女子名莫愁,善歌谣,且《在(当为石——著者注)城乐》中有'妾莫愁'声,因名此歌也。"又《旧唐书·音乐志》曰:"《莫愁乐》,出于《石城乐》。石城有女子名莫愁,善歌谣。"又有梁武帝宫人王金珠,《乐府诗集》载有其歌诗十余首,但这些歌诗在《玉台新咏》中又多题梁武帝作,当是由梁武帝作歌词,再由王金珠完成配乐的工作。因此王金珠必定是一位精通音乐的宫女。此外,史籍著录的这一时期的歌舞艺人还有不少,如前文提到的宋齐时到拗爱伎陈玉珠及梁代羊侃的一批有特殊才能的女伎。值得注意的是,因清商新声多由女性演唱,故艺人也以女性居多。

东晋南朝时期的民间歌诗是极其发达的,《南齐书》卷四十六《萧慧基传》曰:"自宋大明以来,声伎所尚,多郑卫淫俗,雅乐正声,鲜有好者。"所谓"郑卫淫俗",实即清商新声。上文所述各阶层的歌诗消费实际上主要以清商新声为主,正如我们在前面所指出的,东晋、宋、齐三朝,民间歌诗极为盛行,齐、梁以后民间歌诗进而影响到文人创作。《宋书》卷九十二《良吏传》曾记宋初三十余年风俗曰:"凡百户之乡,有市之邑,歌谣舞蹈,触处成群,盖宋世之极盛也。"又《南齐书》卷五十三《良政传》也说齐永明年间(483—493),"百姓无鸡鸣犬吠之警,都邑之盛,士女富逸,歌声舞节,袨服华妆,桃花绿水之间,秋月春风之下,盖以百数"。而保存在《乐府诗集》中的大量晋、宋、齐民间歌诗及梁、陈文人歌诗,均可与我们上文所论东晋南朝歌诗生产与消费的基本情况相印证。对于现存歌诗作品,我们将在后面作专门的讨论,此处不拟展开。

综上所述,东晋南朝时期民间歌诗以其鲜活的生命力点缀了腐化奢靡的士族生活，占据着主要的娱乐市场，同时也在中国歌诗艺术发展史上显示出独特的魅力，对当时的文人歌诗及诗歌创作起到了直接的促进作用，并成为后来歌诗与诗歌发展的重要的艺术源泉。

第六章 北魏的歌诗生产与消费

本章提要:鲜卑族本有自己的歌舞传统,孝文帝的汉化新政,在增强国力的同时,也加快了歌诗生产与消费的进程。从史籍可知,文明太后与孝文帝都能诗,常在宴飨朝臣时举行大型的歌舞表演和赋诗活动。这在客观上对歌诗的繁荣起到了积极的推进作用。迁洛以后,由于孝文帝的大力提倡,在世宗、肃宗时期,北魏宗室子弟中涌现出一批有诗才、解音律的新秀。与此相应,北魏士人中出现了一大批精通音乐的人才。精通音乐不仅成为士人才能的标志,也成为朝廷选拔人才的重要标准。而集巨额财富与政治特权于一身的北魏宗室诸王,既是引领歌诗艺术消费风气的人物,也为佛寺法会的女乐表演和文士诗酒雅集等歌诗活动提供了强有力的经济支持,使歌诗活动增添了平民化和文人化的色彩。一批出身于诸王女伎的优秀歌诗表演艺术家,或在史籍中留下了姓名,或有作品传世,为歌诗的发展作出了特殊的贡献。北魏歌诗艺术的发展与其汉化历程基本同步,并明显地受到胡乐的影响。北魏歌诗是胡汉文化交融的艺术典范,传世作品虽少,在中国歌诗艺术发展史上却占有独特的地位。

如前所述,北魏在迁洛之后,已经具备了初级的乐府机构、适合歌诗生产的大都市、一批特殊的歌诗消费者等歌诗发展的重要条件,再加上胡乐的滋养,北魏歌诗艺术开始进入了它的繁荣期。鉴于诗歌创作水平的普遍提高与歌诗艺术生产之间的密切关系,我们在探讨北魏歌诗生产与消费时,也将兼及当时的一些赋诗活动,尤其将对鲜卑贵族的赋诗才能和有多人参加的大型的赋诗活动给予充分关注。北魏可考的歌诗生产与消费活动主要集中在迁洛后的几十年,迁洛之前相对较少,且因使用的多是鲜卑语,即如前引《旧唐书·乐志》所说"多可汗之辞",不可解,所以基本上没有作品流传下来。北魏的歌诗主要保存在《乐府诗集》中的《梁鼓角横吹曲》中,而产生于十六国至北魏时期,出自羌、氐、鲜卑等北方少数民族的歌诗之所以能流传下来,首先是因为北魏迁洛后乐府机关将它们翻译成了汉语歌词。因此,尽管这些作品中只有少数可以确定是北魏迁洛后创作的歌诗,但这些歌诗仍然不失为北魏迁洛后歌诗生产繁荣最直接的证据。对此,王运熙先生已有详细论述。① 我们在此主要参照史籍并适当结合传世歌诗,对北魏迁洛前后的赋诗活动及歌诗生产与消费活动作初步的考察。

第一节 北魏帝王的赋诗和歌诗活动

鲜卑族本有自己的歌舞传统②,而文明太后、孝文帝又都能诗③,因此,从太和年间起,他们常在宴飨朝臣时举行大型的歌舞活动。如太和十一年(487)冬至,"高祖、文明太后大飨群官,高祖亲舞于太后前,群臣皆舞。高祖乃歌,仍率群臣再拜上寿"④。这次活动以舞为主,还有时则是歌、舞并重,如太和十三年(489)"太后曾与高祖幸灵泉池,燕群臣及藩国使人、诸方渠帅,各令为其方舞。高祖帅群臣上寿,太后欣然作歌,帝亦和歌,遂命群臣歌言其志,于是和歌者九十人"⑤。像这样有朝廷文武及"藩国使人"、"诸方渠帅"近百人和歌的大型歌舞活动,可以从一个侧面展示

---

① 参见王运熙:《梁鼓角横吹曲杂谈》一文,《乐府诗述论》,第514—522页。

② 如《魏书》卷十五《拓跋仪传》载:"世祖(太武帝拓跋焘)之初育也,太祖(道武帝拓跋珪)喜,夜召仪入。……告以世祖生,仪起拜而歌舞,遂令饮申旦。"拓跋仪显然是用歌舞来表达他对拓跋珪的祝贺和他自己的欢快情绪。[北齐]魏收:《魏书》,第371页。

③ 《魏书》卷十三《文成文明皇后冯氏传》:"太后以高祖富于春秋,乃作《劝戒歌》三百余章。"[北齐]魏收:《魏书》,第329页。卷十四《元丕传》:"太后亲造《劝戒歌辞》以赐群官。"第358页。《隋书》卷十三《音乐志上》:"孝文颇为诗歌,以勖在位。谣俗流传,布诸音律。"[唐]魏征等:《隋书》,第286页。

④ 《魏书》卷五十四《高闾传》将此事系于"伐议蠕蠕"之后,[北齐]魏收:《魏书》,第1203页。据《高祖本纪》,"大议北伐"在太和十一年(487)八月,故知《高闾传》中所谓"是年冬至"即太和十一年。第162页。

⑤ [北齐]魏收:《魏书》,卷十三《文成文明皇后冯氏传》,第329页。另《魏书》卷七《高祖纪下》称太和十三年(489)七月"幸灵泉池,与群臣御龙舟,赋诗而罢"。第165页。

出北魏歌诗艺术发展的水平,可惜这些歌诗都没有保存下来。保存比较完整的是关于太和十九年(495)孝文帝君臣间的一次歌诗创作活动的记载,《魏书》卷五十六《郑道昭传》载:

> 从征沔汉,高祖飨侍臣于悬瓠方丈竹堂,道昭与兄懿俱侍坐焉。乐作酒酣,高祖乃歌曰:"白日光天无不曜,江左一隅独未照。"彭城王勰续歌曰:"愿从圣明兮登衡会,万国驰诚混江外。"郑懿歌曰:"云雷大振兮天门辟,率土来宾一正历。"邢峦歌曰:"舜舞干戚兮天下归,文德远被莫不思。"道昭歌曰:"皇风一鼓兮九地匝,戴日依天清六合。"高祖又歌曰:"遵彼汝坟兮昔化贞,未若今日道风明。"宋弁歌曰:"文王政教兮晖江沼,宁如大化光四表。"①

灵太后和孝明帝时期也有值得一提的大型歌舞活动,《魏书》卷十三《宣武灵皇后胡氏传》曰:"太后与肃宗(孝明帝)幸华林园,宴群臣于都亭曲水,令王公以下歌赋七言诗。太后诗曰:'化光造物含气贞',帝诗曰:'恭己无为赖慈英',王公以下赐帛有差。"这一次歌诗活动当在肃宗初年②,距太和十九年孝文帝君臣的唱和已有二十余年。由于史籍语焉不详,我们难以窥见其全貌。而灵太后被幽禁之后,肃宗君臣还有过一次特别的聚会:"正光二年(521)三月,肃宗朝灵太后于西林园,文武侍坐,酒酣迭舞。次至康生,康生乃为力士舞,及于折旋,每顾视太后,举手、蹈足、瞋目、顿首为杀缚之势。太后解其意而不敢言。"(《魏书》卷七十三《奚康生传》)此次聚会,虽也有文武大臣"迭舞",但气氛是极其沉闷的。对于奚康

---

① 据《魏书》卷七《高祖纪下》此事在太和十九年。[北齐]魏收:《魏书》,第 176 页。

② 灵太后本传中此段文字在太后父胡国珍去世之前,据《魏书》卷八十三《外戚传·胡国珍》,胡氏死于神龟元年(518)四月。参见[北齐]魏收:《魏书》,第 1834 页。另据《魏书》卷九《肃宗本纪》,灵太后于正光元年(520)被幽于北宫,至孝昌元年(525)始再次临朝,此后几年里,母子失和,叛乱迭起,肃宗崩于武泰元年(528)二月。故此次歌诗活动当在肃宗熙平年间(516—517)。参见[北齐]魏收:《魏书》,第 230 页、第 240—248 页。

生以舞达意的举动,被拘的灵太后虽"解其意而不敢言",这意味着艺术创造所必需的自由环境已经成为历史。如果说太和十九年的活动是朝廷歌诗创作活动达到全盛期的一个标志的话,那么,这两次的歌舞活动则是北魏由朝廷发起的歌诗创作活动的尾声。

由君主主持、参与的还有大型的赋诗活动。这类活动多见于孝文帝朝。

> 时诏延四庙之子,下逮玄孙之胄,申宗宴于皇信堂,不以爵秩为列,悉序昭穆为次,用家人之礼。高祖曰:"行礼已毕,欲令宗室各言其志,可率赋诗。"特令澄为七言连韵,与高祖往复赌赛,遂至极欢,际夜乃罢。
>
> 高祖至北邙,遂幸洪池,命澄侍升龙舟,因赋诗以序怀。
>
> 后从征至悬瓠,以笃疾还京。驾幸之汝坟,赋诗而别。车驾还洛,引见王公侍臣于清徽堂。……即命黄门侍郎崔光、郭祚,通直郎邢峦、崔休等赋诗言志。(均见《魏书》卷十九中《任城王元澄传》)
>
> (迁洛后,桢)出为镇北大将军、相州刺史。高祖饯于华林都亭。诏曰:"……今者之集,虽曰分歧,实为曲宴,并可赋诗申意。射者可以观德,不能赋诗者,可听射也。当使武士弯弓,文人下笔。"(《魏书》卷十九下《南安王元桢传》)

上述赋诗活动,除第一例在迁洛之前外,其余三例均在迁洛之后。从活动范围来说,既有皇帝与宗室同赋,也有与朝臣同赋。表明当时朝臣和宗室中有赋诗能力者已经相当多。赋诗与歌诗创作虽不完全相同,但赋诗活动的频繁,为歌诗大量出现提供了条件。

第二节 宗室子弟和士人的歌诗创作

北魏歌诗生产繁荣的另一个标志是,宗室子弟歌诗和诗歌创作才能在太和以后的几十年里得到了普遍的提高。迁洛以后,由于孝文帝的大力提倡,在世宗、肃宗时期,北魏宗室子弟中涌现出一批有诗才、解音律的新秀。如元英"性识聪敏,博闻强记,便弓马,解吹笛,微晓医术。高祖时为平北将军"(《魏书》卷十九下《南安王元桢传附子元英传》);元睿"轻忽荣利,爱玩琴书"(《魏书》卷二十一上《高阳王元雍传》);元顺"下帏读书,笃志爱古。……好饮酒,解鼓琴,能长吟永叹,托咏虚室"(《魏书》卷十九中《任城王元澄传附子顺传》);元寿兴"世宗(宣武帝)初,为徐州刺史",后为王显所诬,临刑"自作《墓志铭》曰:'洛阳男子,姓元名景,有道无时,其年不永'"(《魏书》卷十五《元寿兴传》);元晖"颇爱文学"(《魏书》卷十五《元晖传》);元孚精通音律,"永安末,乐器残缺",由他主持校正后,"于时缙绅之士,咸往观听,靡不咨嗟叹服而返。太傅、录尚书长孙承业妙解声律,特复称善"(《魏书》卷十八《元孚传》);元彧"少与从兄安丰王延明、中山王熙并以宗室博古文学齐名,时人莫能定其优劣。……彧姿制闲裕,吐发流靡,琅琊王诵有名人也,见之未尝不心醉忘疲。……奏郊庙歌辞,时称其美"(《魏书》卷十八《临淮王元谭传附元彧传》)。元熙在刘腾、元叉囚禁灵太后时起兵被杀,"临刑为五言诗示其僚吏曰:'义实动君子,主辱死忠臣。何以明是节,解将七尺身。'与知友别曰:'平生方寸心,殷勤属知己。从今一销化,悲伤无极已。'……始熙之镇邺也,知友才学之士袁翻、李琰、李神隽、王诵兄弟、裴敬宪等咸饯于河梁,赋诗告别",死前又与知故书曰:"……昔李斯忆上蔡黄犬,陆机想华亭鹤唳,岂不以恍惚无际,一去不还者乎?今欲对秋月,临春风,藉芳草,荫花树,广招名胜,赋诗洛滨,其可得乎?"(《魏书》卷十九下《南安王元桢传附孙元熙传》)还有元延明,孝明帝正光中受诏监修金石,与其弟子信都芳撰有《乐说》。(《魏书》卷十八《临淮王谭传附元孚传》)

这些能诗精乐的宗室才俊绝大多数活动于宣武、孝明两朝,其中又以元彧、元熙、元孚、元延明最为有名。他们的出现,既是迁洛后汉化革新的实绩之一,也对北魏歌诗的繁荣起了积极的推动作用。北魏宗室中涌现出这么一批歌诗、音乐人才绝不可能是一种孤立的文化现象。

与此相应,孝文帝以后,尤其是宣武、孝明两朝,北魏士人中产生了一大批音乐人才。他们有的精通且爱好音乐,如高允"性好音乐,每至伶人弦歌鼓舞,常击节称善"(《魏书》卷四十八《高允传》);源怀"雅善音律,虽在白首,至宴居之暇,常自操丝竹"(《魏书》卷四十一《源贺传附子源怀传》);谷士恢"少好琴书,初为世宗挽郎,除朝奉请"(《魏书》卷三十三《谷浑传附谷士恢传》);郦道约"朴质迟钝,颇爱琴书"(《魏书》卷四十二《郦范传附子郦道约传》);裴询"美仪貌,多艺能,音律博弈,咸所开解"(《魏书》卷四十五《裴骏传附孙裴询传》);柳远"性粗疏无拘检,时人或谓之'柳癫'。好弹琴,耽酒,时有文咏。为肃宗挽郎",从弟柳谐"善鼓琴,以新声手势,京师士子翕然从学。除著作郎。建义初,于河阴遇害,时年二十六"(《魏书》卷七十一《裴叔业传附柳远传》);李苗"解鼓琴,好文咏,尺牍之敏,当世罕及"(《魏书》卷七十一《李苗传》)。而从《洛阳伽蓝记》卷三王肃南来后"单身素服,不听音乐,时人以此称之"的记载可知,"听音乐"实为当时的一种时髦。有的士人则以声色自娱,如李元护"妾妓十余,声色自纵"(《魏书》卷七十一《李元护传》);夏侯道迁"于京城之西,水次之地,大起园池,殖列蔬果,延致秀彦,时往游适,妓妾十余,常自娱兴"(《魏书》卷七十一《夏侯道迁传》);薛裔"性豪爽,盛营园宅,宾客声伎,以恣嬉游"(《魏书》卷四十二《薛辩传附薛裔传》);高聪"耽于声色,……(晚年)停废于家,断绝人事,唯修营园果,以声色自娱"(《魏书》卷六十八《高聪传》)。甚至有人贪恋声色,可以置千户侯于不顾,据《魏书》卷五十五《刘芳传附刘思祖传》记载,刘思祖立了战功之后,"尚书论功拟封千户侯。思祖有二婢,美姿容,善歌舞,侍中元晖求之不得,事遂停寝"。于此也可看出,那位"爱好文学"的北魏宗室元晖也是一位声色沉迷者。还有一些士人则因精通音乐而得到朝廷的重用,如刘文晔,高祖时"深见待遇,拜协律中郎"(《魏书》卷四十三《刘休宾传附子刘文晔传》),高闾、刘芳、公孙崇等人也因音乐方面的才能受到朝廷的重用。

音乐在古代常与等级和地位相联系,这在北魏也不例外。早在太和革新之前,诸王纳室时朝廷就有"乐部给伎"的惯例,高允谏高宗文成帝书曰:

> 前朝之世,屡发明诏,禁诸婚娶不得作乐,及葬送之日,歌谣、鼓舞、杀牲、烧葬,一切禁断。虽条旨久颁,而俗不革变。……《礼》云:嫁女之家,三日不熄烛;娶妇之家,三日不举乐。今诸王纳室,皆乐部给伎以嬉戏,而独禁细民,不得作乐,此一异也。……夫飨者,……乐

非雅声则不奏,物非正色则不列。今之大会,内外相混,酒醉喧讼,罔有仪式。又俳优鄙艺,污辱视听。朝廷积习以为美,而责风俗之清纯,此五异也。(《魏书》卷四十八《高允传》)

从高允上书中可以知道,北魏曾禁止百姓婚丧礼仪中"作乐"、"歌谣"、"鼓舞"等活动,这正说明歌谣、鼓舞在民间是非常盛行的,由于"独禁细民"而不禁诸王,当然不可能改变这种风俗。但是却反映出诸王与百姓待遇的差别。洛阳大市"调音"、"乐律"二里,"里内之人,丝竹讴歌,天下之妙伎出焉",反映出歌诗艺术在民间的兴旺。而朝廷大会,也同样有"俳优鄙艺",歌诗应是其中的重要节目。这种朝野对"歌谣"、"鼓舞"的一致爱好,并不是迁洛以后才开始出现的。《魏书》卷四十八《高允传》载,早在太和三年(479),文明太后和孝文帝就曾下诏,"令乐部丝竹十人,五日一诣允,以娱其志",以此表达对"性好音乐"的高允的褒奖。而王睿的例子更为典型,《魏书》卷九十三《恩幸传·王睿传》曰:"太和二年(478),高祖及文明太后率百僚与诸方客临虎圈,有逸虎登门阁道,几至御座。左右侍御皆惊靡,睿独执戟御之,虎乃退去,故亲任转重。……四年,迁尚书令,进爵中山王,……(死后)京都文士为作哀诗及诔者百余人。……又诏褒睿,图其捍虎状于诸殿,命高允为之赞。京都士女称睿美,造新声而弦歌之,名曰《中山王乐》。诏班乐府,合乐奏之。"王睿因为保护太后、皇帝有功,不仅生前受到重用,死后也得到了事迹被写成歌诗歌唱并被乐府合奏的殊荣。歌诗、声乐在此成了特殊的奖品。迁洛后,在音乐人才大量涌现、音乐爱好广泛普及和朝廷大力提倡的背景下,喜好"歌谣"、"鼓舞"更进一步发展为一种普遍的社会风气。歌诗艺术的消费得到更强烈、更全面的刺激,并反过来对歌诗生产起到了积极的推动作用。

第三节 北魏诸王的歌诗活动

北魏王朝在迁洛之前,国力已经处于上升阶段。《魏书》卷一百一十《食货志》说到太和十一年(487)的情况,称"时承平日久,府藏盈积"。又说:"神龟、正光之际,府藏盈溢。"《魏书》卷十九中《任城王元澄传附子顺传》也说"于时四方无事，国富民康，豪贵子弟，率以朋游为乐"，而元顺"下帷读书，笃志爱古"。据本传，神龟二年（519），元顺二十五岁，他"下帷读书"当在此前若干年，即世宗永平、延昌间。可知，从太和十一年前后到正光时近四十年间，是北魏历史上最为太平强盛的时代。

歌诗艺术消费同其他物质消费一样，在经过太和年间的积累之后，至世宗、肃宗两朝开始进入高峰期。穷奢极欲的腐化风气在社会上很快蔓延开来，而集巨额财富与政治特权于一身的北魏宗室诸王则自然地成了这承平岁月里最惬意的享受者。在歌诗艺术的消费方面，他们也是当仁不让、标领风气的人物。在汉化过程中日益提高的对声色之美的欣赏能力和兴趣，在他们那里迅速地由一种高雅的修养膨胀扭曲为无边欲望。于是，繁华似锦的洛阳城里，一批特殊的歌诗消费者如雨后春笋般登上了历史舞台。沉迷声色成为他们生活中极为醒目的一部分，如元志，"肃宗初，兼廷尉卿，后除扬州刺史……寻为雍州刺史，晚年耽好声伎，在扬州日，侍侧将百人，器服珍丽，冠于一时。及在雍州，逾尚华侈，聚敛无极，声名遂损"（《魏书》卷十四《元志传》）。元祥生活也极其腐化，"珍丽充盈，声色侈纵，建饰第宇，开起山池，所费巨万矣"（《魏书》卷二十一上《北海王元祥传》）。元谧甚至在母丧期间，仍不废"听音声饮戏"（《魏书》卷二十一上《赵郡王元干传附子元谧传》）。乐浪王元忠则对"歌衣舞服"情有独钟，喜欢"着红罗襦，绣作领，碧绸袴，锦为缘"（《魏书》卷十九上《乐浪王忠传》）。他们对声色的需求于此可见一斑。

诸王之中，又以咸阳王元禧、高阳王元雍和河间王元琛最为豪奢，如咸阳王元禧，"性骄奢，贪淫财色，姬妾数十，意尚不已，衣被绣绮，车乘鲜丽，犹远有简聘，以恣其情。由是昧求货贿，奴婢千数，田业盐铁遍于远近，臣吏僮隶，相继经营"（《魏书》卷二十一上《咸阳王元禧传》）。他们的歌诗消费的水平也是其他诸王望尘莫及的。如高阳王元雍，"童仆六千，伎女五百，隋珠照日，罗衣从风。自汉、晋以来，诸王豪侈未之有也。出则鸣驺御道，文物成行，铙吹响发，箛声哀转；入则歌姬舞女，击筑吹笙，丝管迭奏，连宵尽日"（《洛阳伽蓝记》卷三）。《魏书》卷二十一上《高阳王元雍传》记载："元妃卢氏薨后，更纳博陵崔显妹，甚有色宠……延昌以后，多幸妓侍，近百许人，而疏弃崔氏，别房幽禁……灵太后许赐女妓，未及送之,雍遣其阉竖丁鹅自至宫内,料简四口,冒以还第。"其对女伎的贪求于此可见一斑。河间王元琛"最为豪首,常与高阳争衡。……伎女三百人,尽皆国色"。他们对声色之美的占有,达到了空前的地步,元琛常与西晋的石崇相比,自称:"不恨我不见石崇,恨石崇不见我!"而章武王元融在参观了元琛的女乐珍宝之后,发现元琛财产女乐比自己还多,竟气得"还家卧三日不起"(均见《洛阳伽蓝记》卷四)。

北魏歌诗表演的重要途径是佛寺法会表演。迁洛以后诸帝、诸王多崇信佛教,洛阳佛寺最多时达到一千三百六十七所。这些佛寺多为皇帝、诸王和朝廷权贵所立,每逢法会常有女乐表演。如景乐寺为清河王元怿所立,"至于六斋,常设女乐,歌声绕梁,舞袖徐转,丝管嘹亮,谐妙入神"。昭仪尼寺,为一批宦官所立,"伎乐之盛,与刘腾(长秋寺)相比"。宗圣寺,"妙伎杂乐,亚于刘腾,城东士女多来此寺观看也"。景明寺,宣武帝所立,每当法会,"梵乐法音,聒动天地。百戏腾骧,所在骈比"。宣忠寺,宦官王桃汤所立,"至于六斋,常击鼓歌舞也"。(均见《洛阳伽蓝记》各寺条)由于百姓也可以观看,因此佛寺是更具平民化色彩的一个歌诗艺术表演场所,在这里举行的歌诗表演,其社会效应无疑是更大的。

北魏诸王有时也与文人才士举行诗酒雅集,如清河王元怿喜欢宾客,府佐臣僚多海内才子,每举行文人酒会时,"珍馐具设,琴筑并奏,芳醴盈罍,佳宾满席"(《洛阳伽蓝记》卷四)。京兆王元愉"好文章,颇著诗赋。时引才人宋世景、李神俊、祖莹、邢晏、王遵业、张始均等共申宴喜,招四方儒学宾客严怀真等数十人,馆而礼之。所得谷帛,率多散施"(《魏书》卷二十二《京兆王元愉传》)。这种宴集中,参与者既是"琴筑并奏"的欣赏者,同时也往往赋诗著文乃至歌舞尽兴,充当歌诗的生产者或表演者,兼具歌诗生产者和消费者的双重角色。因此,这一类活动对于歌诗创作和消费都具有直接的推动作用。

第四节 艺人的歌舞技艺和歌诗表演

北魏还有一批优秀的歌诗艺术家,在史籍中留下了姓名或有作品传世。他们多为诸王的女伎,如元禧被赐死之后,其宫人作歌曰:"可怜咸阳王,奈何作事误。金床玉几不能眠,夜蹋霜与露。洛水湛湛弥岸长,行人那得渡。"这首歌"流至江表,北人在南者,虽富贵,弦管奏之,莫不洒泣"。(《魏书》卷二十一上《咸阳王元禧传》)可见这首歌诗感人之深。元琛的女伎中有一位名叫朝云的女子,"善吹箎,能为《团扇歌》及《陇上》声。琛为秦州刺史,诸羌外叛,屡讨之不降。琛令朝云假为贫妪,吹箎而乞。诸羌闻之,悉皆流涕。迭相谓曰:'何为弃坟井,在山谷为寇也?'即相率而降。秦民语曰:'快马健儿,不如老妪吹箎'"(《洛阳伽蓝记》卷四)。元雍乐人中有"徐月华,善弹箜篌,能为《明妃出塞》之歌,闻者莫不动容。永安中,与卫将军原士康为侧室,宅近青阳门。徐鼓箜篌而歌,哀声入云,行路听者,俄而成市"。又有"修容能为《绿水歌》,艳姿善为《火凤舞》"(均见《洛阳伽蓝记》卷三)。《乐府诗集》中还收有《高阳王乐人歌》二首(《乐府诗集》卷二十五)。这一时期还有著名民间音乐家田僧超,善于吹笳,"能为《壮士吟》、《项羽吟》",追随征西将军崔延伯,常于阵前吹奏,"甲胄之士莫不踊跃"(《洛阳伽蓝记》卷四)。这些歌诗艺术家代表了当时歌诗艺术所能达到的最高水平。

总之,北魏歌诗艺术虽与胡乐有着很深的渊源关系,但其发展与兴盛过程与北魏汉化的历程基本一致,因此它可以看作是汉化的直接成果之一。正是孝文帝的汉化新政促成了北魏歌诗艺术生产与消费的繁荣。北魏歌诗也是少数民族与汉族文化交融的艺术典范,虽然传世作品较少,但它在中国歌诗艺术发展史上还是占有一席之地的。

第七章 北齐、北周及隋代的歌诗生产与消费

本章提要：北齐、北周及隋代的君主大多爱好并擅长歌舞音乐。上有齐后主、周宣帝、隋炀帝这样的"名"君，下有一大批沉溺于声色享受的大臣，他们都对歌诗表演有着普遍而高涨的消费需求。与此相应，一大批精通音律、能歌善舞、长于歌诗创作的士人，则以歌诗创作者和消费者的双重身份，为歌诗艺术的繁荣作出了更为重要的贡献，直接促进了歌诗艺术的全面发展。民间的歌舞百戏活动也呈现出空前兴盛的局面。一批歌舞艺人受到了大众的普遍欢迎。胡乐更是以其强劲的活力左右着歌诗艺术消费市场。入隋以后，南北艺人共同完成了华夏正声和少数民族之乐的融汇，开创出歌诗艺术发展的新局面，不仅使歌诗艺术的创作与消费呈现出前所未有的盛况，也构成了唐代歌诗发展兴盛的一个新起点。

如前文所述，北魏、北齐、北周至隋代是胡乐大发展的时期。北魏末年的六镇之乱本是对孝文帝汉化政策的一大反动，北齐的创建者高欢又是借六镇军人而取得的政权，故北齐以来胡化的倾向尤为明显。因此，胡乐在歌诗艺术的发展中占有非常重要的地位。

第一节 北齐至隋帝王的歌诗活动与胡乐

高欢虽为汉人，但"累世北边，故习其俗，遂同鲜卑"[①]，他所喜欢的也是胡乐。《北齐书》卷二《齐神武纪下》曰："是时西魏言神武中弩，神武闻之，乃勉坐见诸贵，使斛律金作《敕勒歌》，神武自和之，哀感流涕。"齐文宣

---

① [唐]李百药：《北齐书》，卷一《齐神武纪上》，中华书局1972年版，第1页。

帝高洋在其末年甚至"躬自鼓舞,歌讴不息,从旦通宵,以夜继昼"①。武成帝曾"于后园使珽弹琵琶,和士开胡舞,各赏物百段"②。又在其母亲娄太后去世后,仍"置酒作乐"③。齐后主高纬更是一位"甘酒嗜音"④的歌诗爱好者,他不仅自己能弹胡琵琶,而且其宠姬冯小怜也"能弹琵琶,尤工歌舞。后主惑之,拜为淑妃。选彩女数千,为之羽从,一女之饰,动费千金"⑤。

北周武帝也是一位胡乐爱好者,他以康国、龟兹及高昌等外来音乐"教习以备飨宴之礼"⑥。又曾"在云阳,宴齐君臣,自弹胡琵琶,命孝珩吹笛。辞曰:'亡国之音,不足听也。'固命之,举笛裁至口,泪下呜咽,武帝乃止"⑦。后宴梁主萧岿,"及酒酣,高祖(武帝)又命琵琶自弹之。仍谓岿曰:'当为梁主尽欢。'岿乃起,请舞。高祖曰:'梁主乃能为朕舞乎?'岿曰:'陛下既亲抚五弦,臣何敢不同百兽。'高祖大悦,赐杂缯万段、良马数十匹,并赐齐后主妓妾,及常所乘五百里骏马以遗之"⑧。

周宣帝更是一位纵情作乐的昏君,《周书》卷七《周宣帝纪》说他:"嗣位之初,方逞其欲。大行在殡,曾无戚容,即阅视先帝宫人,逼为淫乱。才及逾年,便恣声乐,采择天下子女,以充后宫。……散乐杂戏鱼龙烂漫之伎,常在目前。好令京城少年为妇人服饰,入殿歌舞,与后宫观之,以为喜乐。"《隋书》卷二十二《五行上》也说:"周宣帝与宫人夜中连臂蹋蹀而歌曰:'自知身命促,把烛夜行游。'帝即位三年而崩。"《隋书》卷十四《音乐志中》曰:"宣帝晨出夜还,恒陈鼓吹。尝幸同州,自应门至赤岸,数十里间,鼓乐俱作。祈雨仲山还,令京城士女于衢巷奏乐以迎之。公私顿敝,以至

---

① [唐]李百药:《北齐书》,卷四《齐文宣帝纪》,第 67 页、第 68 页。
② [唐]李百药:《北齐书》,卷三十九《祖珽传》,第 516 页。
③ [唐]李百药:《北齐书》,卷九《神武娄后传》,第 124 页。
④ [唐]李百药:《北齐书》,卷八《齐后主高纬纪》史臣论,第 145 页、第 146 页。
⑤ [唐]魏征等:《隋书》,卷二十三《五行志下》,第 657 页。
⑥ [唐]魏征等:《隋书》,卷十四《音乐志中》,第 342 页。
⑦ [唐]李百药:《北齐书》,卷十一《文襄六王传》,第 116 页。
⑧ [唐]令狐德棻等:《周书》,卷四十八《萧岿传》,中华书局 1971 年版,第 864 页、第 865 页。

于亡。"

隋高祖杨坚"龙潜时,颇好音乐,常倚琵琶,作歌二首,名曰《地厚》、《天高》,托言夫妻之义。因即取之为房内曲。命妇人并登歌上寿并用之。职在宫内,女人教习之"①。隋炀帝虽不解音律,对声色却有特殊的嗜好,史书记载:"大制艳篇,辞极淫绮。令乐正白明达造新声,创《万岁乐》、《藏钩乐》、《七夕相逢乐》、《投壶乐》、《舞席同心髻》、《玉女行觞》、《神仙留客》、《掷砖续命》、《斗鸡子》、《斗百草》、《泛龙舟》、《还旧宫》、《长乐花》及《十二时》等曲,掩抑摧藏,哀音断绝。帝悦之无已,谓幸臣曰:'多弹曲者,如人多读书。读书多则能撰书,弹曲多即能造曲。此理之然也。'"②幸臣裴蕴"揣知帝意,奏括天下周、齐、梁、陈乐家子弟,皆为乐户。其六品已下,至于民庶,有善音乐及倡优百戏者,皆直太常。是后异技淫声咸萃乐府,皆置博士弟子,递相教传,增益乐人至三万余"③。至"大业二年(606),突厥染干来朝,炀帝欲夸之,总追四方散乐,大集东都"。各种歌舞杂技的表演,"千变万化,旷古莫俦。染干大骇之","自是皆于太常教习。每岁正月,万国来朝,留至十五日,于端门外,建国门内,绵亘八里,列为戏场。百官起棚夹路,从昏达旦,以纵观之。""六年(610),诸夷大献方物。突厥启民以下,皆国主亲来朝贺。乃于天津街盛陈百戏,自海内凡有奇伎,无不总萃。崇侈器玩,盛饰衣服,皆用珠翠金银,锦罽绨绣。其营费巨亿万。关西以安德王雄总之,东都以齐王暕总之,金石匏革之声,闻数十里外。弹弦摘管以上,一万八千人。大列炬火,光烛天地,百戏之盛,振古无比。自是每年以为常焉。"④歌舞百戏娱乐活动在隋炀帝时可谓达到了空前的地步。

第二节 北齐至隋贵族与士人的歌诗活动与胡乐

北齐至隋的三代君主所欣赏的歌舞音乐中,胡乐占有很大的比例。

---

① [唐]魏征等:《隋书》,卷十五《音乐志下》,第354页。
② [唐]魏征等:《隋书》,卷十五《音乐志下》,第379页。
③ [唐]魏征等:《隋书》,卷六十七《裴蕴传》,第1574页、第1575页。
④ 以上引自[唐]魏征等:《隋书》,卷十五《音乐志下》,第381页。

在三朝贵族、文士们的娱乐活动中也是如此。

北齐的高岳"性华侈,尤悦酒色,歌姬舞女,陈鼎击钟,诸王皆不及也"①。高元海曾"入林虑山,经二年,绝弃人事",但"志不能固,启求归。征复本任,便纵酒肆情,广纳姬侍"②。高归彦"少质朴,后更改节,放纵好声色,朝夕酣歌"③。周代的于谨,因平梁之功,赏"奴婢一千口,及梁之宝物,并金石丝竹乐一部,别封新野郡公,邑二千户……又令司乐作《常山公平梁歌》十首,使工人歌之"④。薛元信"家素富,僮仆数百人……仗气豪侈,每食方丈,坐客恒满,弦歌不绝"⑤。隋秦孝王杨俊生活奢靡,"盛治宫室,穷极侈丽。……又为水殿,香涂粉壁,玉砌金阶。梁柱楣栋之间,周以明镜,间以宝珠,极荣饰之美。每与宾客妓女弦歌于其上"⑥。李孝贞"每暇日,辄引宾客弦歌对酒,终日为欢"⑦。这三个王朝虽然都只有二三十年的历史,但王公贵族们的歌舞声色活动并未因王朝的短命而受到丝毫的影响。

《北齐书》卷四十七《酷吏传·宋游道传》曰:"后除司州中从事。时将还邺,会霖雨,行旅拥于河桥。游道于幕下朝夕宴歌,行者曰:'何时节,作此声也,固大痴。'游道应曰:'何时节而不作此声也?亦大痴。'"宋道游的话实际反映了当时贵族们比较普遍的一种心理,"朝夕宴歌"已成为他们生活中非常重要、不论何时节均不可缺少一部分。《隋书》卷五十二《韩僧寿传》则曰:"大业五年(609),从幸太原。有京兆人达奚通妾王氏,能清歌,朝臣多相会观之,僧寿亦豫焉,坐是除名。"又《隋书》卷五十九《齐王杨暕传》也说:"又京兆人达奚通有妾王氏善歌,贵游宴聚,多或要致,于是展转亦出入王家。"可见,这位善歌的王氏在当时是如何深受欢迎,不仅一大批朝臣为她的"清歌"所吸引,而且就连像杨暕这样的皇室也不能例外。

---

① [唐]李百药:《北齐书》,卷十三《高岳传》,第176页。
② [唐]李百药:《北齐书》,卷十四《高思宗传附子元海传》,第183页。
③ [唐]李百药:《北齐书》,卷十四《高归彦传》,第186页。
④ [唐]令狐德棻等:《周书》,卷十五《于谨传》,第248页。
⑤ [唐]令狐德棻等:《周书》,卷三十五《薛善传》,第623页。
⑥ [唐]魏征等:《隋书》,卷四十五《秦孝王杨俊传》,第1240页。
⑦ [唐]魏征等:《隋书》,卷五十七《李孝贞传》,第1405页。

卢思道《劳生论》中则谈到一类人时说:"或有艺能,不耻不仁,不畏不义,靡愧友朋,莫惭妻子。外呈厚貌,内蕴百心,繇是则纡青佩紫,牧州典郡,冠帻劫人,厚自封殖。妍歌妙舞,列鼎撞钟,耳倦丝桐,口饫珍旨。虽素论以为非,而时宰之不责,末俗蚩蚩,如此之敝。"①这正是北齐以来那些只知享受的官员的写照,所谓上有所好,下必甚焉。其时,上则有齐后主、周宣帝、隋炀帝这样的"名"君,下则有上述一大批沉溺于声色享受的大臣,社会上层对歌诗艺术的普遍热衷于此可见一斑。

自北齐以来,精通音律的士人也有不少。李元忠"粗览史书及阴阳数术,解鼓筝⋯⋯虽居要任,初不以物务干怀,唯以声酒自娱",其子李搔"少聪敏,有才艺,音律博弈之属,多所通解。曾采诸声,别造一器,号曰八弦,时人称其思理"。②郑述祖"能鼓琴,自造《龙吟十弄》,云尝梦人弹琴,寤而写得。当时以为绝妙。所在好为山池,松竹交植。盛馔以待宾客,将迎不倦"③。祖珽"自解弹琵琶,能为新曲,招城市年少歌舞为娱,游集诸倡家。与陈元康、穆子容、任胄、元士亮等为声色之游⋯⋯天性聪明,事无难学,凡诸伎艺,莫不措怀,文章之外,又善音律,解四夷语及阴阳占候,医药之术尤是所长"。"弟孝隐,亦有文学,早知名。词章虽不逮兄,亦机警有辩,兼解音律。"④尔朱文略"聪明俊爽,多所通习。世宗尝令章永兴于马上弹胡琵琶,奏十馀曲,试使文略写之,遂得其八。⋯⋯初,高祖遗令恕文略十死,恃此益横,多所凌忽。平秦王有七百里马,文略敌以好婢,赌而取之。明日,平秦致请,文略杀马及婢,以二银器盛婢头马肉而遗之。平秦王诉之于文宣,系于京畿狱。文略弹琵琶,吹横笛,谣咏,倦极便卧唱挽歌"⑤。魏收"好声乐,善胡舞。文宣末,数于东山与诸优为猕猴与狗斗,帝宠狎之"⑥。独孤永业

---

① [唐]魏征等:《隋书》,卷五十七《卢思道传》,第1402页。
② [唐]李百药:《北齐书》,卷二十二《李元忠传》,第313页、第315页。
③ [唐]李百药:《北齐书》,卷二十九《郑道昭传》,第398页。
④ 以上引自[唐]李百药:《北齐书》,卷三十九《祖珽传》,第514页、第516页、第521页。
⑤ [唐]李百药:《北齐书》,卷四十八《外戚传·尔朱文略传》,第667页。
⑥ [唐]李百药:《北齐书》,卷三十七《魏收传》,第495页。

"解书计,善歌舞,甚为显祖所知"①。卢询祖"尝为赵郡王妃郑氏制挽歌词,其一篇云:'君王盛海内,伉俪尽寰中。女仪掩郑国,嫔容映赵宫。春艳桃花水,秋度桂枝风。遂使丛台夜,明月满床空'"②。陆卬"言论清远,有人伦鉴裁……齐之郊庙诸歌,多卬所制"③。"(齐)文宣帝崩,当朝文士各作挽歌十首,择其善者而用之。魏收、阳休之、祖孝征等不过得一二首,唯(卢)思道独得八首。故时人称为'八米卢郎。'"④"(李敏)美姿仪,善骑射,歌舞管弦,无不通解。开皇初,周宣帝后封乐平公主,有女娥英,妙择婚对,敕贵公子弟集弘圣宫者,日以百数。公主亲在帷中,并令自序,并试技艺。选不中者,辄引出之。至敏而合意,竟为姻媾。敏假一品羽仪,礼如尚帝之女……及进见上,上亲御琵琶,遣敏歌舞。既而大悦,谓公主曰:'李敏何官?'对曰:'一白丁耳。'上因谓敏曰:'今授汝仪同。'"⑤这些精通歌、乐、舞的士人,大多数也是朝廷官员,他们既是歌诗生产的主体,也是消费者,与那些仅能享受声色之美而缺乏创造能力的官员们相比,他们对歌诗艺术的繁荣所作的贡献当然要大得多。

第三节　北齐至隋的民间歌诗

民间对歌舞音乐的热情不减上层社会,柳彧曾因"近代以来,都邑百姓每至正月十五日,作角抵之戏,递相夸竞,至于糜费财力",而"上奏请禁绝之",其上书中有云:

> 窃见京邑,爰及外州,每以正月望夜,充街塞陌,聚戏朋游。鸣鼓聒天,燎炬照地,人戴兽面,男为女服,倡优杂技,诡状异形。以秽嫚为欢娱,用鄙亵为笑乐,内外共观,曾不相避。高棚跨路,广幕陵云,

---

① [唐]李百药:《北齐书》,卷四十一《独孤永业传》,第544页。
② [唐]李百药:《北齐书》,卷二十二《卢文伟传附孙卢询祖传》,第321页。
③ [唐]李百药:《北齐书》,卷三十五《陆卬传》,第470页。
④ [唐]魏征等:《隋书》,卷五十七《卢思道传》,第1397页。
⑤ [唐]魏征等:《隋书》,卷三十七《李敏传》,第1124页。

袨服靓妆,车马填喧。肴醑肆陈,丝竹繁会,竭赀破产,竞此一时。尽室并孥,无问贵贱,男女混杂,缁素不分。秽行因此而生,盗贼由斯而起。浸以成俗,实有由来,因循敝风,曾无先觉。非益于化,实损于民。请颁行天下,并即禁断。康哉《雅》《颂》,足美盛德之形容,鼓腹行歌,自表无为之至乐。敢有犯者,请以故违敕论。(《隋书》卷六十二《柳彧传》)

柳彧先仕于周,他所说的"近代"风俗,至少是包括周代在内的。对他提出的问题,隋文帝虽"诏可其奏",但事实上并未落实。至炀帝即位后,民间的歌舞百戏活动更是变本加厉,越发兴盛了。当然,民间歌舞百戏与我们所说的歌诗艺术并不能等同,但歌诗却是其中重要的一个组成部分。

尤其值得注意的是,隋代将华夏之声和少数民族之乐兼收并用,给南北艺人和乐工创造了交流的条件,在歌诗艺术发展史上开创了新局面,这是整个魏晋南北朝其他时期所不可比拟的。《隋书》卷十五《音乐志下》曰:"自汉至梁、陈乐工,其大数不相逾越。及周并齐,隋并陈,各得其乐工,多为编户。至六年,(炀)帝乃大括魏、齐、周、陈乐人子弟,悉配太常,并于关中为坊置之,其数益多前代。"《隋书》卷十五《音乐志下》记载:"牛弘等上书:'永嘉之后,九服崩离,燕、石、苻、姚,递据华土。此其戎乎,何必伊川之上,吾其左衽,无复微管之功。前言往式,于斯而尽。金陵建社,朝士南奔,帝则皇规,粲然更备,与内原隔绝,三百年于兹矣。伏惟明圣膺期,会昌在运。今南征所获梁、陈乐人,及晋、宋旗章,宛然俱至。曩代所不服者,今悉服之,前朝所未得者,今悉得之。'"无论是举国上下的节日狂欢,还是"何时节"均不可缺的日常娱乐活动中,隋代歌诗艺术都比前代更加丰富多彩。

北齐还保留着东汉以来的传统,流行着不少歌颂地方循吏和军中勇将的民间歌诗。如北齐兰陵武王高长恭因取得芒山大捷,"武士共歌谣之,为《兰陵王入阵曲》"[①]。对此,《旧唐书》卷二十九《音乐志二》有更详

[①] [唐]李百药:《北齐书》,卷十一《文襄六王传·兰陵武王长恭传》,第147页。

细的说明："北齐兰陵王长恭,才武而面美,常着假面以对敌。尝击周师金墉城下,勇冠三军,齐人壮之,为此舞以效其指麾击刺之容,谓之《兰陵王入阵曲》。""(来整)尤骁勇,善抚士众,讨击群盗,所向皆捷。诸贼甚惮之,为作歌曰:'长白山头百战场,十十五五把长枪,不畏官军十万众,只畏荣公第六郎。'"①又北齐郑道昭、郑述祖父子前后为光州刺史,皆有惠政,百姓歌之曰:"大郑公,小郑公,相去五十载,风教犹尚同。"②崔伯谦,"除济北太守,恩信大行,乃改鞭用熟皮为之,不忍见血,示耻而已"。百姓为之歌曰:"崔府君,能治政,易鞭鞭,布威德,民无争。"③"(裴侠)除河北郡守。侠躬履俭素,爱民如子……民歌之曰:'肥鲜不食,丁庸不取,裴公贞惠,为世规矩。'"④这些民间歌诗与南方民间歌诗形成了鲜明的对照。

第四节　北齐至隋的歌舞艺人与胡乐

北齐以来,与胡乐的盛行相一致,歌舞艺人中也有很多是胡人。尤其是北齐后主时,胡人多有因音乐才能被宠遇,甚至为朝官者。《北史》卷九十二《恩幸传序》曰:"亦有西域丑胡,龟兹杂伎,封王开府,接武比肩。"《恩幸传》中则具体记载了因音乐才能被宠并至大官的一批胡人,如曹僧奴、曹妙达父子"以能弹胡琵琶,甚被宠遇";何朱弱、史丑多等十余人"以能舞工歌及善音乐",官"至仪同开府";沈过儿,"官至开府仪同";王长通,"年十四五便假节,通州刺史"。⑤"安未弱、安马驹之徒,至有封王开府者,遂服簪缨而为伶人之事。"⑥其中又以曹僧奴父子最为著名,曹氏家族本是音乐世家,曹婆罗门及其子曹僧奴早在北魏末年就已定居中原,《旧唐书》

---

① [唐]魏征等:《隋书》,卷六十四《来护儿传附来整传》,第1516—1517页。
② [唐]李百药:《北齐书》,卷二十九《郑道昭传》,第398页。
③ 以上引自[唐]李百药:《北齐书》,卷四十六《崔伯谦传》,第398页。
④ [唐]令狐德棻等:《周书》,卷三十五《裴侠传》,第619页。
⑤ [唐]李延寿:《北史》,卷九十二《恩幸传》,中华书局1983年版,第3018页、第3055页。
⑥ [唐]魏征等:《隋书》,卷十四《音乐志中》,第331页。

卷二十九《音乐志二》曰:"后魏有曹婆罗门,受龟兹琵琶于商人,世传其业。至孙妙达,尤为北齐高洋所重,常自击胡鼓以和之。"曹僧奴之女也善弹琵琶,《北史·后妃传》曰:"乐人曹僧奴进二女,……少者弹琵琶,为昭仪。"入隋后,曹妙达仍以其音乐才能受到重用,《隋书》卷十五《音乐志下》曰:"先是高祖遣内史侍郎李元操、直内史省卢思道等,列清庙歌辞十二曲。令齐乐人曹妙达于太乐教习,以代周歌。"

北周天和三年(568),周武帝娶西突厥公主阿史那氏为皇后,"西域诸国来媵,于是龟兹、疏勒、安国、康国之乐,大聚长安。胡儿令羯人白智通教习,颇杂以新声"①。这位白智通,能做龟兹、疏勒、安国、康国等四国艺人的"教习",在音乐方面自然有出众的才能。当时随诸国艺人同来的,还有一位龟兹人苏祗婆,也出生于音乐世家,不仅"善胡琵琶",而且精通宫调理论。北周的郑译曾向他学习西域的"五旦七调"乐律理论,并"因其所捻琵琶,弦柱相饮为均,推演其声,更立七均。合成十二,以应十二律。律有七音,音立一调,故成七调十二律,合八十四调,旋转相交,尽皆和合"。至隋代时,"因作书二十余篇,以明其指。至是译以其书宣示朝廷",经过讨论,郑译的乐律理论得到了众多知音者的肯定。②

入隋以后,精通歌诗音乐的艺人更是汇集一堂,平陈后,陈太乐令蔡子元、于普明等人"复居其职",开皇年间,"时有曹妙达、王长通、李士衡、郭金乐、安进贵等,皆妙绝弦管,新声奇变,朝改暮易,持其音技,估衔公王之间,举时争相慕尚"。③ 这些艺人,除曹妙达我们在上文中已提到外,其他数人由于史籍记载过于简略,我们已很难知道他们的民族和在音乐方面的具体才能,但他们的"新声奇变"在当时既能使人们"争相慕尚",那么他们对歌诗艺术的贡献必然是很大的。隋炀帝即位后,"又诏博访知钟律歌管者,皆追之。时有曹士立、裴文通、唐罗汉、常宝金等,虽知操弄,雅郑莫分,然总付太常,详令删定"④。在当时的艺人还有王令言,"亦妙达音

---

① [后晋]刘昫等:《旧唐书》,卷二十九《音乐志二》,第1069页。
② 以上引自[唐]魏征等:《隋书》,卷十四《音乐志中》,第345—347页。
③ [唐]魏征等:《隋书》,卷十五《音乐志下》,第378页。
④ [唐]魏征等:《隋书》,卷十五《音乐志下》,第373页。

律",其子亦能"弹胡琵琶,作翻调《安公子曲》"。① 万宝常最为著名,他"修洛阳旧曲,言幼学音律,师于祖孝征,知其上代修调古乐"②。曾"撰《乐谱》六十四卷,具论八音旋相为宫之法,改弦移柱之变。为八十四调,一百四十四律,变化终于一千八百声"。《隋书》本传说:"开皇之世,有郑译、何妥、卢贲、苏夔、萧吉,并讨论坟籍,撰著乐书,皆为当世所用。至于天然识乐,不及宝常远矣。安马驹、曹妙达、王长通、郭令乐等,能造曲,为一时之妙,又习郑声,而宝常所为,皆归于雅。此辈虽公议不附宝常,然皆心服,谓以为神。"又说:"宝常声律,动应宫商之和,虽不足远拟古人,皆一时之妙也。"③还有白明达,隋炀帝时为乐正,亦善为新声,其所造新声见于《隋书·音乐志》的就有十四曲。

可见,北齐以来,不仅胡乐异常兴盛,胡汉音乐的交融所取得的成绩也是非常可观的。这在客观上大大促进了歌诗艺术的发展。尤其是入隋以后,在胡汉音乐交融的基础上,又有南北歌诗音乐的汇流。这使歌诗艺术的生产与消费呈现出前所未有的盛况。虽然,隋王朝很快就陷入一片混乱而终至亡国,但是隋代歌诗却构成了唐代歌诗发展兴盛的一个新起点。

---

① [唐]魏征等:《隋书》,卷七十八《艺术传·王令言传》,第 373 页。
② [唐]魏征等:《隋书》,卷十四《音乐志中》,第 1785 页。
③ 以上引自[唐]魏征等:《隋书》,卷七十八《万宝常传》,第 1784—1786 页。

小　结

　　以上我们讨论了魏晋南北朝时期乐府官署的演变和经济发展对歌诗的影响，并从存世史料和存世的歌诗作品两大方面入手，把魏晋南北朝歌诗的发展分为曹魏西晋、东晋南朝、北魏、北齐北周及隋代四个阶段，较为系统地考察了被以往文学史家普遍忽略的魏晋南北朝四百年间社会各阶层歌诗艺术创作、演唱和消费的盛况，对各个历史阶段歌诗艺术的发展实况作了尽可能详细的论述，基本勾勒出了魏晋南北朝歌诗艺术发展演变的轮廓。从中可以看出：

　　朝廷礼乐的需求是歌诗艺术繁荣的重要前提。汉末大乱之后，魏晋南北朝时期朝廷礼乐的变化集中体现在西晋和梁代。东晋和宋、齐，使用的是曹魏时期创制、西晋时期改造和完善的雅乐。梁代立国后，梁武帝又对这一雅乐体系进行了重新改造。至于北朝，或承汉魏旧仪，或学习南朝，变化不大。就西晋和梁代礼乐与歌诗艺术的关系而言，包括祭祀、朝会雅乐等朝廷雅乐的发展，是歌诗艺术兴盛的重要原因。

　　宫廷王室与贵族世家的歌诗消费占据着主导性的地位，因此，帝王和贵族们的喜好乃是促进歌诗发展的最直接的动力之一，这是四个历史阶段的普遍规律。从上述大量实例的分析我们看到，歌舞娱乐和歌诗艺术作为一种精神产品，在中国历史上一直被看作是重要的精神消费对象，而历朝帝王和贵族恰恰是最有能力消费这种精神产品的人。由于封建时代的文人和艺人大都依附于朝廷和贵族，他们的创作、表演并不具备自足性。而魏晋南北朝历朝的帝王、王公贵族中，都有一大批歌诗和歌舞表演的爱好者和沉迷者，正是他们的存在，为歌诗艺术的消费提供了广阔的市场，也直接促进了文人和艺人的艺术创作与创新。

　　文人是歌诗创作的主体，艺人是歌诗表演的主体，他们适应消费者的需求，共同促成了歌诗艺术繁荣的局面。从曹魏时期开始，歌舞音乐在文人们的精神生活乃至日常生活中均始终占据着重要的地位，许多文人不仅有着很高的歌舞、音乐方面的修养，也为我们留下了大量歌咏乐器、乐事及论乐的文学作品。同时，知音乐、善歌舞的文人群体也是王公贵族文酒雅集的贵宾。东晋以来，建安文人雅集的传统始终没有中断过。这种雅集对于歌诗艺术的发展的直接推动作用是绝对不可忽视的。文人创作的歌诗，还必须有专业歌舞艺人的表演才能成为完整的艺术，从而进入到消费市场中。这一时期的专业歌舞艺人多是宫女、贵族姬妾或歌伎，而且由于当时最流行的清商新声多由女性演唱，故艺人也以女性居多。这些专业艺人以她们杰出的表演才能满足了王室、贵族的歌舞娱乐需求，也使文人的创作得到了更好的传播。

　　来自西北少数民族的胡乐，以其独特的魅力对魏晋南北朝歌诗艺术的发展产生了重大的影响。在北朝，胡乐在很长的时间里占据着主导地位，并在长期与汉族传统音乐的交融汇合中形成了全新的艺术品格，进而对北朝歌诗艺术的发展产生了直接的影响。在南北文化艺术的交流中，南朝歌诗也深受胡乐影响。

中编

魏晋南北朝歌诗艺术生产的个案考察

第八章 西邸交游、齐梁士风与梁武帝对歌诗的推动

本章提要：齐代竟陵王萧子良所开之西邸，曾汇聚了以"竟陵八友"为代表的一批当时精英，活跃了学术文化氛围，有力地推进了文学的发展。梁武帝萧衍作为其中的佼佼者，他自身的成长既深受当时以博学能文为尚的时代风气的浸润，也与西邸学士间的相互切磋、交流有着不可分割的密切关系。当他成为一代开国之主，形成于西邸时代的学养，仍在很大程度上左右着他的思维方式，使他不自觉地从文士立场思考国家大政，并形成了他特有的优待文士的政策导向和喜欢游宴、重视文采学问的个人爱好。这不仅使开始于宋代的士族博学之风迅速得到普及，也在雍容衽席的赋咏与声酒奢靡的惬意中，催生了一批佐酒宴、侑杯觞，或旧曲变新声，或老调唱新辞的歌诗作品，开创了梁代歌诗的新局面，并以其勇于创造的精神沾溉后世，泽惠甚远。

如果以帝王与歌诗之关系为切入点，对魏晋南北朝歌诗的发展作一番考察，我们不难发现，在魏晋南北朝历代帝王中，无论从对文化、礼乐建设的重视及对俗乐的爱好，还是从个人留下的作品和对文人、艺人的优待与影响来看，梁武帝都堪称是一个特例。他在位近五十年，承平日久，有充足的时间关注歌诗艺术，因此他对歌诗艺术的影响，是这一历史时期其他帝王无法相比的，也足以成为我们考察魏晋南北朝歌诗的一个重要个案。

第一节 西邸交游与梁武帝学养的形成

梁武帝萧衍出于南兰陵萧氏，史书称其为"汉相国何之后也"[①]。至

[①] ［唐］姚思廉：《梁书》，卷一《武帝本纪上》，第1页。

萧整方从北方迁居"晋陵武进县之东城里"①,萧整之子萧辖即是梁皇室祖先,但其子萧副子仅为州治中,其孙萧道赐仅为南台治书,官位都比较低微。其曾孙萧顺之即梁武帝之父,为齐高帝萧道成族弟,因"参预佐命,封临湘县侯。历官侍中,卫尉,太子詹事,领军将军,丹阳尹,赠镇北将军"②。据《宋书·百官志》,太子詹事、领军将军、丹阳尹,均为三品。据此,我们可以知道两点:一是梁武帝一族在南朝远非高门望族;二是萧顺之本为武将,故萧氏与东晋以来具有深厚文化底蕴的王、谢等大族不可同日而语。但是梁武帝本人却是以文士的身份在仕途亮相的,齐武帝永明元年(483),年仅二十岁的萧衍即任侍中、尚书令王俭东阁祭酒,③大约在次年,转为司徒竟陵王子良的西阁祭酒。④ 就在本年,竟陵王开西邸,天下才学之士辐辏云集,其中的代表人物即是包括萧衍在内的"竟陵八友"。《梁书》卷一《武帝本纪上》曰:

> 竟陵王子良开西邸,招文学,高祖与沈约、谢朓、王融、萧琛、范云、任昉、陆倕等并游焉,号曰八友。⑤

既然竟陵王萧子良开西邸是以"招文学"的旗号延揽天下才士,能成为西邸学士的当然不会是庸常之辈。而萧衍能成为西邸学士中的代表人物,本身就说明了他的资质和学养均有过人之处。从典籍记载和现存作品看,"竟陵八友"在齐梁时代的文坛和学界也的确堪称是一流的人物。据刘跃进先生考证,"竟陵八友"文人集团的形成大约在永明二年(484)到永明五年(487),如以永明五年计算,沈约四十七岁、范云三十七岁、任昉二

---

① [梁]萧子显:《南齐书》,卷一《齐高帝本纪上》,第1页。
② [唐]姚思廉:《梁书》,卷一《武帝本纪上》,第1页。
③ 参见[唐]姚思廉:《梁书》,卷一《武帝本纪上》;曹道衡、刘跃进:《南北朝文学编年史》,人民文学出版社2000年版,第251页。
④ 《资治通鉴》卷一百三十六《齐纪二·永明二年》作"东阁祭酒",[宋]司马光:《资治通鉴》,中华书局1987年版,第4258页。《南齐书》卷九《礼志上》作"西阁祭酒",[梁]萧子显:《南齐书》,第124页。此从后者。
⑤ [唐]姚思廉:《梁书》,卷一《武帝本纪上》,第2页。

十八岁,谢朓、萧衍二十四岁、王融二十一岁、萧琛二十岁左右、陆倕十八岁。① 其中,除了沈约、范云、任昉年龄稍大外,其他几人都还处在出道不久,学识、修养正在形成的年龄。就萧衍个人的成长来说,由于"竟陵八友"除谢朓、陆倕外,其他人在永明二年大都已经汇集在竟陵王麾下。因此,萧衍实际上在二十一岁就进入了这个圈子,直到永明九年(491)改任随王萧子隆镇西谘议参军,才至荆州任职。这八年是他人生中非常重要的一个阶段,当时追随竟陵王的还有很多知名的文人:如永明二年(484),张融为竟陵王司徒从事中郎、司徒左西掾;孔稚珪为竟陵王司徒从事中郎;贾渊为竟陵王司徒参军;陆慧晓为竟陵王司徒从事中郎。永明三年(485),谢朓任竟陵王司徒左长史;陆慧晓升为竟陵王司徒右长史。② 还有善声沙门普智、道兴、慧忍、超胜、僧辩等,在永明年间也是竟陵王的座上客。萧衍除与"竟陵八友"中的沈约等人交游外,很可能与他们都有过交往。③ 此外,就史籍所见,王亮、谢璟、王思远、张充、陆慧晓、柳恽、刘绘、宗夬、范缜、范岫、王僧孺、孔休源、江革、虞羲、丘国宾、萧文琰、丘令楷、江洪、刘孝孙、徐夤等一大批文人也都曾经参与过西邸学士的相关活动:

> 王亮,字奉叔,琅邪临沂人,晋丞相导之六世孙也。……齐竟陵王子良开西邸,延才俊以为士林馆,使工图画其像,亮亦预焉。(《梁书》卷十六《王亮传》)

> 谢徵,字玄度,陈郡阳夏人。高祖景仁,宋尚书左仆射。祖稚,宋司徒主簿。父璟,少与从叔朓俱知名。齐竟陵王子良开西邸,招文

---

① 刘跃进:《门阀氏族与永明文学》,三联书店1996年版,第28页、第29页。
② 以上参见曹道衡、刘跃进:《南北朝文学编年史》,第254—289页,并参见[梁]萧子显:《南齐书》各人本传。据《南齐书》卷四十一《张融传》,张融约在永明八年到九年(490—491)迁司徒右长史,他有可能自永明二年(484)以来一直在竟陵王司徒府任职。
③ [梁]释慧皎撰,汤用彤校注:《高僧传》,卷十三《齐安乐寺释僧辩传》,中华书局1992年版,第503页。

学,璟亦预焉。(《梁书》卷五十《文学传·谢徵传》)①

王思远,琅邪临沂人。尚书令晏从弟也。……建元初,为长沙王后军主簿,尚书殿中郎,出补竟陵王徵北记室参军,府迁司徒,仍为录事参军。迁太子中舍人。文惠太子与竟陵王子良素好士,并蒙赏接。(《南齐书》卷四十三《王思远传》)

张充,字延符,吴郡人。父绪,齐特进、金紫光禄大夫,有名前代。……(充)后为司徒谘议参军,与琅邪王思远、同郡陆慧晓等,并为司徒竟陵王宾客。(《梁书》卷二十一《张充传》)

柳恽,字文畅,河东解人也。少有志行,好学,善尺牍。……初,宋世有嵇元荣、羊盖,并善弹琴,云传戴安道之法,恽幼从之学,特穷其妙。齐竟陵王闻而引之,以为法曹行参军,雅被赏狎。(《梁书》卷二十一《柳恽传》)

永明末,京邑人士盛为文章谈义,皆凑竟陵王西邸。绘为后进领袖,机悟多能。时张融、周颙并有言工,融音旨缓韵,颙辞致绮捷,绘之言吐,又顿挫有风气。时人为之语曰:"刘绘贴宅,别开一门。"言在二家之中也。(《南齐书》卷四十八《刘绘传》)

宗夬,字明扬,南阳涅阳人也,世居江陵。祖炳,宋时征太子庶子不就,有高名。……齐司徒竟陵王集学士于西邸,并见图画,夬亦预焉。(《梁书》卷十九《宗夬传》)

范缜,字子真,南乡舞阴人也。……永明年中,与魏氏和亲,岁通聘好,特简才学之士,以为行人。缜及从弟云、萧琛、琅邪颜幼明、河

---

① 《南史》卷十九"谢徵"作"谢微",[清]钱大昕:《廿二史考异》,卷二十六《梁书·文学传下》以为"'徵'当为'微'字之讹",凤凰出版社2008年版,第358页。

东裴昭明相继将命,皆著名邻国。于时竟陵王子良盛招宾客,缜亦预焉。(《梁书》卷四十八《儒林传·范缜传》)

范岫,字懋宾,济阳考城人也。高祖宣,晋征士。父羲,宋兖州别驾。岫早孤,事母以孝闻,与吴兴沈约俱为蔡兴宗所礼。泰始中,……(后为)齐司徒竟陵王子良记室参军。累迁太子家令。文惠太子之在东宫,沈约之徒以文才见引,岫亦预焉。(《梁书》卷二十六《范岫传》)

王僧孺,字僧孺,东海郯人也。魏卫将军肃八世孙也。……司徒竟陵王子良开西邸,招文学,僧孺与太学生虞羲、丘国宾、萧文琰、丘令楷、江洪、刘孝孙并以善辞藻游焉。而僧孺与高平徐夤俱为学林。(《南史》卷五十九《王僧孺传》)

虞羲,字士光,会稽余姚人,盛有才藻,卒于晋安王侍郎。丘国宾,吴兴人,以才志不遇,著书以讥扬雄。萧文琰,兰陵人。丘令楷,吴兴人。江洪,济阳人。竟陵王子良尝夜集学士,刻烛为诗,四韵者则刻一寸,以此为率。文琰曰:"顿烧一寸烛,而成四韵诗,何难之有?"乃与令楷、江洪等共打铜钵立韵,响灭则诗成,皆可观览。刘孝孙,彭城人。博学通敏,而仕多不遂,常叹曰:"古人或开一说而致卿相,立谈间而降白璧,书籍妄耳。"徐夤,高平人,有学行。(《南史》卷五十九《王僧孺传附虞羲等传》)

孔休源,字庆绪,会稽山阴人也。晋丹阳太守冲之八世孙。曾祖遥之,宋尚书水部郎。父佩,齐庐陵王记室参军,早卒。……琅邪王融雅相友善,乃荐之于司徒竟陵王,为西邸学士。(《梁书》卷三十六《孔休源传》)

江革,字休映,济阳考城人也。……齐中书郎王融、吏部谢朓雅相钦重。……司徒竟陵王闻其名,引为西邸学士。(《梁书》卷三十六

《江革传》)

上述诸人,王亮、谢璟是高门大族之后,王思远、张充、柳恽、刘绘、范缜、宗夬、王僧孺等人的家族,前代或当世也都曾出过名著一时的人物。如王思远为王晏从弟,而王晏在永明年间"位任亲重,朝夕进见,言论朝事,自豫章王嶷、尚书令王俭皆降意以接之"①;张充,其父张绪齐初为中书令、吏部尚书、国子祭酒;柳恽从祖柳元景,宋孝武帝大明年间曾任尚书令,其父柳世隆齐武帝永明年间任尚书令;刘绘之父刘勔为宋代名将;宗夬之祖宗炳名高一时;王僧孺之曾祖王雅,在东晋时曾任太子少傅、左仆射;范缜则是竟陵王非常敬重的当代大儒刘瓛的高足、"竟陵八友"范云从兄与萧琛外兄。但西邸学士中也有一些人到齐代时家道已经衰落,如范缜"少孤贫,……在瓛门下积年,恒芒纮布衣,徒行于路。瓛门下多车马贵游,缜在其间,聊无耻愧"②。王僧孺"家贫,常佣书以养母,写毕讽诵亦了"③。此外范岫、孔休源、江革、虞羲、丘国宾、萧文琰、丘令楷、江洪、刘孝孙、徐夤诸人,则是出自寒族的优秀士子。可见,竟陵王"开西邸,招文学",确是以"文学"为招录标准的,不论出身士族抑或寒族。当然,西邸学士还不止上述这些人,④还有些文士因各种原因未能进入西邸,如刘峻就曾"因人求为子良国职,吏部尚书徐孝嗣抑而不许"⑤,未能入选;而有"儒者宗"⑥、"关西孔子"⑦之称的沛国刘瓛,"永明初,竟陵王子良请为征北司徒记室"⑧,却被他婉言相拒,但西邸学士中的刘绘、范缜都是他的入室弟子。

---

① [梁]萧子显:《南齐书》,卷四十二《王晏传》,第 742 页。
② [唐]李延寿:《南史》,卷五十七《范云传附范缜传》,第 1420 页、第 1421 页。
③ [唐]李延寿:《南史》,卷五十九《王僧孺传》,第 1460 页。
④ 《南史》卷四十九《王谌传附王摛传》:"竟陵王子良校试诸学士,唯摛问无不对。"[唐]李延寿:《南史》,第 1213 页。《南齐书》卷四十三《何昌㝢传》:"永明元年,竟陵王子良表置文、学官,以昌㝢为竟陵王文学,以清信相得,意好甚厚。"[梁]萧子显:《南齐书》,第 762 页。
⑤ [唐]姚思廉:《梁书》,卷五十《文学传下·刘峻传》,第 701 页。
⑥ [唐]姚思廉:《梁书》,卷四十《司马褧传》,第 567 页。
⑦ [唐]姚思廉:《梁书》,卷五十《文学传下·刘峻传》,第 703 页。
⑧ [梁]萧子显:《南齐书》,卷三十九《刘瓛传》,第 678 页。

就典籍所载和现存作品看,可考的西邸学士数十人中,在永明年间(483—493)与萧衍有过密切交往的并不是很多。他与"竟陵八友"中的沈约、范云、任昉、萧琛、王融、谢朓等人过从甚密,并有唱和诗作存世。陆倕年岁较轻,入梁后也深受重用。永明九年(491)萧衍赴随王萧子隆镇西谘议参军任前,任昉、宗夬、王融等人曾为他送行,并即席赋诗,宗夬、任昉有《别萧谘议》,王融有《萧谘议西上夜集诗》,萧衍则有《答任殿中宗记室王中书别诗》。又萧琛有《别萧谘议前夜以醉乖例今昼由醒敬应教诗》,谢朓有《冬绪羁怀示萧谘议虞田曹刘江二常侍诗》,当时还是太学生的虞羲也写过《敬赠萧谘议诗》,这几首诗的写作时间也应该在萧衍任职荆州时,但萧衍集中未见和作。萧衍《直石头诗》约作于建武三年(496),谢朓有和作《和萧中庶直石头诗》。宗夬在当时只是一般的西邸学士,虞羲作为太学生可能还不是正式的西邸学士,只是参与西邸的文学活动。但如果考虑到典籍流失及萧衍身份改变后的很多忌讳,可以肯定,他与西邸学士的交往面应该比文献所见要广泛。

总之,西邸为萧衍的成长提供了一个良好的环境,使他在弱冠之后的七八年间,能够接触到当代一流的人物,并参与了当时水平较高的各种文学、宗教活动。这一切对他学养的形成,尤其是文士品格、礼学修养、佛教信仰等,产生了重要的影响,构成了他个人及梁代歌诗发展的非常重要的动力。

第二节　齐梁士人博学能文的风尚

对于萧衍来说,西邸交游仅仅是他人生的开始。但这一段生活对他日后价值观和处世方式的形成却具有非常重要的意义,不仅造就了他性格和兴趣中鲜明的文士品格,也使他在登基之后仍然表现出这种特征,进而影响到他的文人政策和文化举措。这一切对他个人及当时其他文人的歌诗创作的影响,是绝对不可忽略的。本节拟把从"竟陵八友"、"西邸学士"开始直到梁代的这段历史作为特定的时空背景,考察当时文士的文化修养和趣味风尚,并探讨在这一背景下,梁武帝对歌诗产生了怎样的推动作用。

由于齐代只有短短二十余年,作为齐代士人主流代表的"竟陵八友"

及"西邸学士",多数出生于宋代,成长于齐代,在入梁之后仍然是政治、文化和文学舞台上的中坚,他们不仅延续了齐代士人的传统,也深刻地影响了梁代士人。这是我们从"竟陵八友"及"西邸学士"出发,考察齐梁士人趣味与风尚的一个基本前提。

魏晋南北朝是一个非常特殊的年代,社会动乱频仍,但文化、学术却格外繁荣。据陈尚君的不完全统计,《新唐书·艺文志》共著录图书5242部,其中唐以前人所著为2918部,唐人所著为2324部。而唐以前的著作,绝大部分出自魏晋南北朝时期文人之手。[①] 这从一个侧面反映出当时文人好学深思、勤于著述的时代风气。从齐、梁时代的文人传记中,我们会发现一个很普遍的现象,那就是讲某位文人"博学多通"、"博学多闻"、"博学善属文"之类的记载特别多。这种现象当然并不是从齐梁时代才开始的,至少我们在《后汉书》、《晋书》等史书的人物传里,就已经能够不时地看到类似的例证。而且到了宋代,士族大家以博学能文相矜尚已经蔚然成风。文化上处于劣势的刘宋皇室,也迫切地希望提高自己的文化素养,他们多通过与士族联姻,或组织文士开展各种文学、学术活动来实现这一目的。这种以博学为尚的风气,甚至已经影响到了以博学为诗的元嘉诗风。[②] 不过,就对梁武帝和梁代歌诗的影响来说,以下两个方面的士人趣味与风尚尤其值得我们注意:

其一,"博学"、"能文"的普遍化。盛于宋代的士族博学之风,经过齐代的酝酿,到梁代逐渐达到了上至皇室,下及寒门士子,在全社会全面发展的境地。"竟陵八友"与"西邸学士"为代表的一批士人则在其中起了引领风气、推波助澜的作用。翻检史书,我们可以发现,作为当时士人的代表,他们首要的特点也是博学能文。如王融"少而神明警惠,博涉有文才"(《南齐书》卷四十七《王融传》);谢朓"少好学,有美名,文章清丽"(《南齐书》卷四十七《谢朓传》);沈约"流寓孤贫,笃志好学,昼夜不倦。母恐其以

---

① 参见陈尚君:《新唐书艺文志补》(书评),《唐研究》,第五卷,北京大学出版社1999年版,第536页。

② 参见陈桥生:《刘宋诗歌研究》,第四章《以博学相尚的元嘉诗风》,中华书局2007年版,第136—179页。

劳生疾,常遣减油灭火。而昼之所读,夜辄诵之,遂博通群籍,能属文"(《梁书》卷十三《沈约传》);范云"少机警有识,且善属文,便尺牍,下笔辄成,未尝定藁,时人每疑其宿构"(《梁书》卷十三《范云传》);任昉"幼而好学,早知名。……昉坟籍无所不见"(《梁书》卷十四《任昉传》)。他们博学能文的特点非常相似。

而其他的西邸学士,在这一点上,与"竟陵八友"几无二致。范岫"博涉多通,尤悉魏晋以来吉凶故事。约常称曰:'范公好事该博,胡广无以加。'南乡范云谓人曰:'诸君进止威仪,当问范长头。'以岫多识前代旧事也"(《梁书》卷二十六《范岫传》);王僧孺"六岁能属文,既长好学。家贫,常佣书以养母,所写既毕,讽诵亦通"(《梁书》卷三十三《王僧孺传》);柳恽"少有志行,好学,善尺牍"(《梁书》卷二十一《柳恽传》);谢徵"幼聪慧,……既长,美风采,好学善属文"(《梁书》卷五十《文学传下·谢徵传》)。诸如此类,比比皆见。

与好学、博学相对应的,是他们对藏书的爱好,沈约、任昉、王僧孺、张缅都是当时一流的大藏书家。沈约"好坟籍,聚书至二万卷,京师莫比"(《梁书》卷十三《沈约传》);任昉"家虽贫,聚书至万余卷,率多异本。昉卒后,高祖使学士贺纵共沈约勘其书目,官所无者,就昉家取之"(《梁书》卷十四《任昉传》);王僧孺"好坟籍,聚书至万余卷,率多异本,与沈约、任昉家书相埒。少笃志精力,于书无所不睹。其文丽逸,多用新事,人所未见者,世重其富"(《梁书》卷三十三《王僧孺传》);张缅"性爱坟籍,聚书至万余卷"(《梁书》卷三十四《张缅传》)。著述丰富是他们博学的另一标志,这是各种文献类和文学史著作中常常提到的,我们在此不拟细述。

如果说宋代皇族在文化上还明显地底气不足,对士族的文化修养充满了欣羡之情。那么,经过齐代的努力,到了梁代皇族,这种明显的差距已经不存在了。在宋代以来社会价值趋向发生重大转变的过程中,[①]皇

[①] 对这种变化,已有很多学者论及,如刘跃进先生说:"王、谢后人在刘宋以后转向文史领域,在政治、军事上的影响越来越小。其他如济阳江氏、汝南周氏等,晋代即属高门甲族,颇有政治势力,但在宋齐以后,其活动也更多地趋向文史领域。"尤其"耐人寻味的是,在齐梁之际,那些勇冠三军的武将后代竟也紧步王、谢后尘,相继加入到文人的行列"。刘跃进:《门阀士族与永明文学》,第62页、第63页。

族在文化上的优势终于在梁代得以确立。以梁武帝为代表的兰陵萧氏家族,在博学能文方面可谓人才辈出,令人叹为观止。武帝本人"博学多通"(《梁书》卷一《武帝本纪上》),在经学、史学、文学、佛学等多方面均达到了很高的造诣,并都留下了数量可观的著作。他还喜围棋,通阴阳卜筮,擅草隶尺牍、骑射弓马。① 他的兄弟子侄也大多具有博学能文的特点。我们将梁武帝以下萧氏三代人中博学能文者列表如下:

表 8—1 萧氏家族成员中的博学能文者简表

姓名	特点	出处
安成康王萧秀	精意术学,搜集经记,招学士平原刘孝标,使撰《类苑》,书未及毕,而已行于世。	《梁书》卷二十二《太祖五王传·安成康王萧秀传》
南平元襄王萧伟	少好学,笃诚通恕,趋贤重士,常如不及。由是四方游士,当世知名者,莫不毕至。	《梁书》卷二十二《太祖五王传·南平元襄王萧伟传》
鄱阳忠烈王萧恢	年七岁,能通《孝经》、《论语》义,发摘无所遗。既长,美风表,涉猎史籍。	《梁书》卷二十二《太祖五王传·鄱阳忠烈王萧恢传》
昭明太子萧统	读书数行并下,过目皆忆。每游宴祖道,赋诗至十数韵,或作剧韵,皆属思便成,无所点易。……素信三宝,遍览众经。	《南史》卷五十三《梁武帝诸子传·昭明太子统传》
简文帝萧纲	幼而敏睿,识悟过人,六岁便属文,……读书十行俱下。九流百氏,经目必记;篇章辞赋,操笔立成。博综儒书,善言玄理。	《梁书》卷五《简文帝纪》
元帝萧绎	既长好学,博综群书,下笔成章,出言为论,才辩敏速,冠绝一时。	《梁书》卷五《元帝纪》
邵陵携王萧纶	邵陵携王纶,字世调,高祖第六子也。少聪颖,博学善属文,尤工尺牍。	《梁书》卷二十九《高祖三王传·邵陵携王萧纶传》
豫章王萧综	豫章王综,字世谦,高祖第二子也。有才学,善属文。	《梁书》卷五十五《豫章王综传》
武陵王萧纪	武陵王纪,字世询,高祖第八子也。少勤学,有文才,属辞不好轻华,甚有骨气。	《梁书》卷五十五《武陵王纪传》

---

① [唐]姚思廉:《梁书》,卷三《武帝本纪下》,第96页。

续表

姓名	特点	出处
萧捴	梁武帝弟安成王秀之子也。……博观经史,雅好属文。	《周书》卷四十二《萧捴传》
萧机	梁武帝弟安成康王萧秀之子,"美姿容,善吐纳。家既多书,博学强记"。	《梁书》卷二十二《太祖五王传·安成康王萧秀传》
萧詧	梁武帝之孙,昭明太子统之第三子。幼而好学,善属文,尤长佛义。特为梁武帝所嘉赏。	《周书》卷四十八《萧詧传》
萧大圜	梁简文帝之子也。性好学,务于著述。撰《梁旧事》三十卷、《寓记》三卷、《士丧仪注》五卷、《要决》两卷,并文集二十卷。	《周书》卷四十二《萧大圜传》
萧吉	梁武帝兄长沙宣武王懿之孙也。博学多通,尤精阴阳算术。	《隋书》卷七十八《艺术志·萧吉传》
萧慨	梁武帝弟司空鄱阳王恢之孙,萧退之子。深沉有礼,乐善好学,攻草隶书。	《北齐书》卷三十《萧退传》

从上表不完全的统计可见,萧氏家族中博学能文者数量之多。而梁武帝、昭明太子、简文帝萧纲、元帝萧绎,即学术界所谓的"四萧",无论是在学术、文化修养还是在文学创作上,在当时都处于领袖群伦的地位。这固然与他们的政治地位分不开,但客观地讲,在学养和才能方面,他们也的确是当之无愧的。梁代皇室在与文士的文化交流和对决中,已经并不处于劣势。由此可见博学能文在上层普及化之一斑。

与以往文化为士族所垄断相比,这一时期更多的寒门士子以博学能文著称,受到社会的瞩目,有些成为统治阶层中的中坚。仅在《梁书》的《儒林传》和《文学传》中,我们就可以看到一大批博学能文的寒士。这些士人有些祖上曾有功名,但家道中衰,已是典型的孤贫寒门:

司马筠,字贞素,河内温人,晋骠骑将军谯烈王承七世孙。祖亮,宋司空从事中郎。父端,齐奉朝请。筠孤贫好学,师事沛国刘瓛,强力专精,深为瓛所器异。既长,博通经术,尤明《三礼》。(《梁书》卷四十八《儒林传·司马筠传》)

> 刘勰,字彦和,东莞莒人。祖灵真,宋司空秀之弟也。父尚,越骑校尉。勰早孤,笃志好学。家贫不婚娶,依沙门僧佑,与之居处,积十余年,遂博通经论,因区别部类,录而序之。(《梁书》卷五十《文学传下·刘勰传》)
>
> 臧严,字彦威,东莞莒人也。曾祖焘,宋左光禄。祖凝,齐尚书右丞。父棱,后军参军。……孤贫勤学,行止书卷不离于手。(《梁书》卷五十《文学传下·臧严传》)
>
> 袁峻,字孝高,陈郡阳夏人,魏郎中令涣之八世孙也。峻早孤,笃志好学,家贫无书,每从人假借,必皆抄写,自课日五十纸,纸数不登,则不休息。讷言语,工文辞。(《梁书》卷四十九《文学传上·袁峻传》)

还有些士人世代寒贱,长期生活于社会底层,但他们勤奋好学,凭借自己的学养和文学才能,终于跻身于当代名流之中,并在青史留名:

> 沈峻,字士嵩,吴兴武康人。家世农夫,至峻好学,与舅太史叔明师事宗人沈麟士门下积年。昼夜自课,时或睡寐,辄以杖自击,其笃志如此。麟士卒后,乃出都,遍游讲肆,遂博通《五经》,尤长《三礼》。(《梁书》卷四十八《儒林传·沈峻传》)
>
> 孔子祛,会稽山阴人。少孤贫好学,耕耘樵采,常怀书自随,投闲则诵读。勤苦自励,遂通经术,尤明《古文尚书》。(《梁书》卷四十八《儒林传·孔子祛传》)
>
> 吴均,字叔庠,吴兴故鄣人也。家世寒贱,至均好学有俊才。沈约尝见均文,颇相称赏。天监初,柳恽为吴兴,召补主簿,日引与赋诗。均文体清拔有古气,好事者或效之,谓为"吴均体"。(《梁书》卷四十九《文学传上·吴均传》)

上述这些士人,虽然其门第略有不同,但都可作为寒门士子的代表。这表明兴起于宋代的士族博学之风,到梁代在庶族寒门也已经产生了广泛而深入的影响。这当然与当时朝廷从仕途利禄相吸引有关,《南史》

卷四十九《刘怀珍传附刘峻传》说："梁武帝招文学之士,有高才者多被引进。"《梁书》卷五十《文学传下·何思澄传》也称:"时徐勉、周舍以才具当朝。"梁代前期范云、徐勉、周舍先后为相,他们本是博学能文的楷模,①梁武帝重文重学的政策自然能够得到较为彻底的贯彻。但是从更深的层次来看,经过上层社会长期提倡,好学能文已在社会各个阶层蔚然成风。②

其二,文士"以气类相推毂"。如果说东汉士人多以名节相互标榜,形成了所谓的"清流",魏晋士人多以玄谈相互赏识,产生了所谓的"名士",那么到了齐梁时代,我们看到的则是士人们以博学能文相互肯定,出现了一批博学型文人。因为崇尚博学能文,文人相轻的旧传统,在齐梁士人中得到了明显的改观。《南齐书》卷五十二《文学传·陆厥传》曰:"永明末,盛为文章。吴兴沈约、陈郡谢朓、琅邪王融以气类相推毂。""推毂",本指推车使之前进,是古代帝王任命将帅时的隆重礼仪。在这里意为荐举、援引。"以气类相推毂",实可看作是齐梁士人惺惺相惜的写照。

"竟陵八友"在他们的成长过程中,都曾受到过当时名流硕学的推毂。王俭就是一位名流硕学的代表人物,他在齐初任宰相时,年仅二十八岁,③

---

① 《梁书》卷二十五《周舍传》曰:"博学多通,尤精义理,善诵书,背文讽说,音韵清辩。"[唐]姚思廉:《梁书》,第 375 页。《梁书》卷二十五《徐勉传》曰:"年六岁,时属霖雨,家人祈霁,率尔为文,见称耆宿。及长,笃志好学。……勉善属文,勤著述,虽当机务,下笔不休。"[唐]姚思廉:《梁书》,第 377 页、第 387 页。

② 好学甚至已成为士人本能趣味的一部分。如刘峻与张缅的例子就都很典型。北魏攻陷青州,年仅八岁的刘峻被"略至中山",后又被"徙之桑干",在这种困苦的条件下,却依然勤学不辍,"家贫,寄人庑下,自课读书,常燎麻炬,从夕达旦,时或昏睡,爇其发,既觉复读,终夜不寐",后在齐永明中得以南还,依旧广求异书,终于成为一位饱学之士。[唐]姚思廉:《梁书》,卷五十《文学传下·刘峻传》,第 701 页。张缅任秘书郎后,按惯例"数十百日便迁任。缅固求不徙,欲遍观阁内图籍……如此数载,方迁太子舍人"。[唐]姚思廉:《梁书》,卷三十四《张缅传》,第 493 页。如果说刘峻是为了改变自己的命运,那么张缅为读书而不愿迁官,就更能说明这种好学的确是发自内心的。

③ 《南齐书》卷二十三《王俭传》称:"齐台建,迁右仆射,领吏部,时年二十八。"[梁]萧子显:《南齐书》,第 434 页。

才高学博,喜欢汲引文士,①任昉称他"弘奖风流,许与气类。虽单门后进,必加善诱。勖以丹霄之价,弘以青冥之期"(《文选》卷四十六《序下·王文宪集序》)。"竟陵八友"中除沈约、范云、陆倕之外,其余五人都曾追随于他,得到过他的赞誉和提携。至于齐文惠太子和竟陵王萧子良对"竟陵八友"的援引,更是众所周知,不须多论。

"竟陵八友"能够"以气类相推毂",无疑也是受了这种时代风气的感染。他们之间大多相互推重,少有相轻之习。这在典籍中多有记载,如任昉"后为司徒竟陵王记室参军。时琅邪王融有才俊,自谓无对,当时见昉之文,怳然自失"(《南史》卷五十九《任昉传》)。陆倕"梁天监初,为右军安成王主簿,与乐安任昉友,为《感知己赋》赠昉,昉因此名以报之"(《南史》卷四十八《陆慧晓传附陆倕传》)。不可一世的王融能服气于任昉,年长十岁、成名颇早的任昉却与小友陆倕结为知交,都是为对方的才学所打动。八友中年辈最长的沈约,对其他同仁更是褒扬唯恐不及。他与范云之父范抗本是同僚,"云随父在府,时吴兴沈约、新野庾杲之与抗同府,见而友之"(《梁书》卷十三《范云传》)。"朓善草隶,长五言诗,沈约常云'二百年来无此诗也。'"(《南齐书》卷四十七《谢朓传》)"昉雅善属文,尤长载笔,才思无穷,当世王公表奏,莫不请焉。昉起草即成,不加点窜。沈约一代词宗,深所推挹。"(《梁书》卷十四《任昉传》)沈约比范云大十岁,比任昉大十九岁,比谢朓大二十三岁,但是年龄和阅历的差距,并没有影响他对这几位文友之才华的衷心赞美与推崇。

"竟陵八友"对于当时其他博学多才的士人,也总是"以气类相推毂",

---

① 《南史》卷五十九《任昉传》曰:"永明初,卫将军王俭领丹阳尹,复引为主簿。俭每见其文,必三复殷勤,以为当时无辈,曰:'自傅季友以来,始复见于任子。若孔门是用,其入室升堂。'于是令昉作一文,及见,曰:'正得吾腹中之欲。'乃出自作文,令昉点正,昉因定数字。俭拊几叹曰:'后世谁知子定吾文!'其见知如此。"[唐]李延寿:《南史》,第1452页。《南史》卷三十八《柳元景传附惔传》曰:"惔,字文通,好学,工制文,尤晓音律,少与长兄悦齐名。王俭谓人曰:'柳氏二龙,可谓一日千里。'俭为尚书左仆射,尝造世隆宅,世隆谓为诣己,徘徊久之。及至门,唯求悦及惔。"[唐]李延寿:《南史》,第986页。

从不吝惜。如王融对柳恽的"嗟赏"①、与孔休源的"雅相友善"并积极援引②,谢朓对到洽的"深相赏好"③及他们两人对江革的"雅相钦重"④,沈约、谢朓等对崔慰祖的"称服"⑤,萧琛对裴子野的褒扬⑥等等,皆可以见出"竟陵八友"爱才惜才的共性。而在这八人中,又以沈约、任昉最具代表性。

> 沈约尝见均文,颇相称赏。天监初,柳恽为吴兴,召补主簿,日引与赋诗。均文体清拔有古气,好事者或斆之,谓为"吴均体"。(《梁书》卷四十八《文学传上·吴均传》)
>
> 子显身长八尺,状貌甚雅,好学,工属文。尝著《鸿序赋》,尚书令沈约见而称曰:"可谓明道之高致,盖《幽通》之流也。"(《南史》卷四十二《齐高帝诸子传上·豫章文献王嶷附萧子显传》)
>
> 孺,字孝稚,幼聪敏,七岁能属文。……起家中军法曹行参军,时镇军沈约闻其名,引为主簿,恒与游宴赋诗,大为约所嗟赏。(《南史》卷三十九《刘勔传附孙孺传》)
>
> 约为丹阳尹,命驾造焉。于坐策显经史十事,显对其九。约曰:"老夫昏忘,不可受策;虽然,聊试数事,不可至十。"显问其五,约对其二。……尝为《上朝诗》,沈约见而美之,命工书人题之于郊居宅壁。(《南史》卷五十《刘瓛传附显传》)

这些例子远远不是沈约爱才重学、汲引后进的全部,但从中依然可以感受

---

① 《南史》卷三十八《柳元景传附恽传》曰:"恽立性贞素,以贵公子早有令名,少工篇什,为诗云:'亭皋木叶下,陇首秋云飞。'琅邪王融见而嗟赏,因书斋壁及所执白团扇。"[唐]李延寿:《南史》,第988页。

② 《梁书》卷三十六《孔休源传》曰:"孔休源,字庆绪,会稽山阴人也。……琅邪王融雅相友善,乃荐之于司徒竟陵王,为西邸学士。"[唐]姚思廉:《梁书》,第519页。

③ [唐]李延寿:《南史》,卷二十五《到彦之传附到洽传》,第681页。

④ [唐]姚思廉:《梁书》,卷三十六《江革传》,第522页。

⑤ [唐]李延寿:《南史》,卷七十二《文学传·崔慰祖传》,第1772页。

⑥ [唐]李延寿:《南史》,卷三十三《裴松之传附裴子野传》,第866页。

到一位乐于奖掖后进的文坛长者的拳拳之情。这在他对王筠的一再赞美中，表现得尤其突出。天监六年（507）四月，六十七岁的沈约为尚书左仆射，闰十月升为尚书令。二十七岁的王筠则在这一年被任命为尚书殿中郎，成为沈约直接的下属。一经接触，沈约就对这个后生小子给予了极不平凡的赞誉：

> 沈约每见筠文咨嗟，尝谓曰："昔蔡伯喈见王仲宣，称曰王公之孙，吾家书籍悉当相与。仆虽不敏，请附斯言。自谢朓诸贤零落，平生意好殆绝，不谓疲暮复逢于君。"约于郊居宅阁斋，请筠为草木十咏，书之壁。皆直写文辞，不加篇题。约谓人曰："此诗指物呈形，无假题署。"约制《郊居赋》，构思积时，犹未都毕，示筠草。……筠又尝为诗呈约，约即报书叹咏，以为后进擅美。筠又能用强韵，每公宴并作，辞必妍靡。约尝启上言："晚来名家，无先筠者。"又于御筵谓王志曰："贤弟子文章之美，可谓后来独步。谢朓常见语云，'好诗圆美，流转如弹丸'。近见其数首，方知此言为实。"（《南史》卷二十二《王昙首传附王筠传》）

作为长者、上司和成名已久的文坛领袖，沈约对王筠的这种肯定无疑是发自内心的。他把王筠与他极为推崇的谢朓相比，并在梁武帝面前赞美他"后来独步"，是后学中最优秀的一位，既表现出发现人才的喜悦，也毫不保留地用尽了"推毂"之力。任昉提携后进的热情也丝毫不减沈约，受到他推举、援引的士人可以列出一大串，如刘孝绰、刘苞、刘孺、陆倕、张率、殷芸、刘显、到溉、到洽等人，均曾游于他的门下，常诗酒往来，有所谓"兰台聚"①。对他不遗余力"奖进士友"②的美德，刘孝标曾有过极为生动的描述：

---

① ［唐］李延寿：《南史》，卷二十五《到彦之传附曾孙到溉传》，第 678 页。《南史》卷四十八《陆慧晓传附陆倕传》称为"龙门之游"，第 1193 页。

② ［唐］李延寿：《南史》，卷五十九《任昉传》，第 1455 页。

见一善则盱衡扼腕,遇一才则扬眉抵掌。雌黄出其唇吻,朱紫由其月旦。于是冠盖辐凑,衣裳云合,辎軿击轊,坐客恒满。蹈其阃阈,若升阙里之堂;入其奥隅,谓登龙门之坂。至于顾盼增其倍价,剪拂使其长鸣,影组云台者摩肩,趋走丹墀者叠迹。[1]

与此相应,还有两个方面也很能显示出齐梁士人"以气类相推毂"的特点。一是优秀的士人常常会得到一大批名人的推举。如孔休源就先后得到过齐太尉徐孝嗣、王融、梁侍中范云、尚书令沈约、吏部尚书徐勉、吏部郎任昉、太子詹事周舍等一大批朝廷显贵同时也是学界名流的一致推举,连梁武帝对他都格外重视。(《梁书·孔休源传》)又如刘显也受到王思远、张融、任昉、沈约、陆倕等一批名流的推赏。(《南史·刘瓛传附刘显传》)二是士人之间的相互肯定与称扬。《梁书》卷三十《裴子野传》曰:"子野与沛国刘显、南阳刘之遴、陈郡殷芸、陈留阮孝绪、吴郡顾协、京兆韦棱,皆博极群书,深相赏好,显尤推重之。"《梁书》卷五十《文学传下·谢徵传》曰:"徵与河东裴子野、沛国刘显同官友善,子野尝为《寒夜直宿赋》以赠徵,徵为《感友赋》以酬之。"《南史》卷五十《刘瓛传附刘显传》:"显与河东裴子野、南阳刘之遴、吴郡顾协连职禁中,递相师友,人莫不慕之。"所谓"递相师友,人莫不慕之",正可看作是士人相互敬重、相互学习,"以气类相推毂"的注脚。

第三节 声酒之好、宴会赋诗与梁武帝的文人政策

在上述社会风气下,从西邸成长起来、身处这种风气之中且同样"博学多通"的梁武帝,其实早已具备了典型的文士品格。在西邸时代,他就已熟悉炫才耀学的各种活动,并与其他士人有着共同的爱好和追求,即使在做皇帝之后,这一点也没有多大的改变。这种文士特有的爱好,不仅左右着梁武帝与文士交往的方式,也在一定程度上影响了他的文人政策的

---

[1] [梁]刘孝标:《广绝交论》,[唐]姚思廉:《梁书》,卷十四《任昉传》,第257页;又见[唐]李延寿:《南史》,卷五十九《任昉传》,第1458页、第1459页。

制定。在把"博学能文"作为衡量文士个人价值之标准的前提下，对同侪中之佼佼者的欣赏、援引乃至重用，固然可以是个体间的行为，但是当"博学能文"已经成为一种社会风尚时，群体性的公众场合才是它得以展示的最佳舞台。而集体赋诗与有女伎助兴的声色酒宴，则是当时最常见的文士群体活动方式。从典籍记载及本书前面的相关论述可知，南朝士人们的声酒之好，作为一种时代风尚，并不亚于博学能文。这在齐梁时代更不例外。因此，在这样的群体活动中，不仅声色之好与逞才炫学得到完美的结合，朝廷的文人政策和用人方略也显露无余，而且歌诗的创作与表演也正是在这种情况下，才与时代风尚、群体活动，乃至朝廷政策有了密切的关联。这也是我们从这几个方面入手考察歌诗发展的主要原因。

　　声色之好在南朝极为盛行，就齐梁时代来说，这也是重要的士人风尚之一。本书前面曾谈到徐君蒨、鱼弘、夏侯亶、夏侯夔、曹景宗、萧宏、羊侃等人的声色之好，其实此时声色之好已经极为普遍，文士、武将供养女伎成风。如齐代的曹武，晚年任雍州刺史，积聚财货，"尝为梅虫儿、茹法珍设女妓，金翠曜眼，器服精华，虫儿等因是欲诬而夺之。人传武每好风景，辄开库招拍张武戏。帝疑武旧将领，兼利其财，新除未及拜，遇诛。及收兵至，叹曰：'诸人知我无异意，所以杀我，政欲取吾财货伎女耳。恨令众辈见之。'"[①] 曹武因"财货伎女"遭人诬陷被杀，正可见出其"伎女"的品位及诬陷者对"伎女"的贪欲。[②] 曾是西邸学士的王亮，在齐末即官至尚书右仆射、中护军，梁武帝即位后，他为侍中、中书监，兼尚书令，是第一任宰相。天监二年(503)，因元日朝会"辞疾不登殿"，被削爵废为庶人。朝廷对他的指责中有"靡衣玉食，女乐盈房"[③]之语。蔡道恭齐末为司州刺

---

　　① [唐]李延寿：《南史》，卷四十六《曹武传》，第1154页。[梁]萧子显：《南齐书》卷三十作"曹虎"。

　　② 类似的例子，其实在宋代就有。如阮佃夫为向何恢逼夺宠妓张耀华，"讽有司以公事弹恢"。[唐]李延寿：《南史》，卷七十七《阮佃夫传》，第1922页。又如益州刺史萧惠开，路经江陵，故人吉翰之子"为设女乐。乐人有美者，惠开就求不得，又欲以四女妓易之，不许。惠开怒，收吉斩之，即纳其妓"。[唐]李延寿：《南史》，卷十八《萧思话传附萧惠开传》，第497页。

　　③ [唐]姚思廉：《梁书》，卷十六《王亮传》，第270页。

史,是当时名将,天监三年(504),魏围司州,蔡道恭在两军相持中病卒,司州被魏人攻破。至天监八年(509),"魏许还道恭丧,其家以女乐易之"①,可见,蔡道恭家也是有不少女乐的。这两人拥有私家女伎,很典型地反映出齐梁时代的现实。又如柳惔"性爱音乐,女伎精丽"②;张率"其年父忧去职。其父侍妓数十人,善讴者有色貌,邑子仪曹郎顾玩之求娉焉,讴者不愿,遂出家为尼。尝因斋会率宅,玩之乃飞书言与率奸,南司以事奏闻,高祖惜其才,寝其奏,然犹致世论焉"③。刘孝绰因"携妾入廷尉",被弹劾,坐免官。④ 王冲在侯景之乱时,"献女伎十人,以助军赏"⑤。"助军赏"一次即可献出女伎十人,则其拥有的女伎自然远远高于这个数字。张率、刘孝绰,均为梁武帝极为欣赏的才子。从他们被弹劾来看,蓄养女伎可能有一定的禁区。如齐代就有所谓"未登黄门郎,不得畜女伎"⑥的规定,不过真正实行起来恐怕很难。而梁代似乎连这一旧规矩也没有了,贺琛给梁武帝的上书中有"今畜妓之夫,无有等秩,虽复庶贱微人,皆盛姬姜"⑦的话,反映的应当是梁代畜伎成风的实际情形。

　　宴会是文士逞才炫学的场所,也是女伎表演歌舞技艺的场所。梁武帝的文士品格,决定了他对宴会这种活动情有独钟。史籍称:"梁武帝雅好辞赋,时献文章于南阙者相望焉。"⑧又说:"自高祖即位,引后进文学之士,苞及从兄孝绰、从弟孺、同郡到溉、溉弟洽、从弟沆、吴郡陆倕、张率并以文藻见知,多预宴坐,虽仕进有前后,其赏赐不殊。"⑨在齐代,萧衍还只

---

① [唐]姚思廉:《梁书》,卷十《蔡道恭传》,第194页。
② [唐]李延寿:《南史》,卷三十八《柳元景传附柳惔传》,第987页。
③ [唐]姚思廉:《梁书》,卷三十三《张率传》,第478页。
④ [唐]李延寿:《南史》,卷三十九《刘勔传附刘孝绰传》,第1011页。
⑤ [唐]李延寿:《南史》,卷二十一《王弘传附王冲传》,第582页。
⑥ [梁]萧子显:《南齐书》,卷四十二《王晏附王诩传》,第744页;又见[唐]李延寿:《南史》,卷二十四《王镇之传附王诩传》,第659页。
⑦ [唐]姚思廉:《梁书》,卷三十八《贺琛传》,第544页。
⑧ [唐]李延寿:《南史》,卷七十二《文学传·袁峻传》,第1777页。
⑨ [唐]姚思廉:《梁书》,卷四十九《文学传上·刘苞传》,第688页。

是参与者,入梁以后,他已成了这些宴会的主导者,兴致有增无减。由他亲自举办的宴会,频繁地见于典籍记载:

览为人美风神,善辞令,高祖深器之。尝侍坐,受敕与侍中王暕为诗答赠。其文甚工。高祖善之,仍使重作,复合旨。乃赐诗云:"双文既后进,二少实名家;岂伊止栋隆,信乃俱国华。"(《梁书》卷十五《谢朏传附谢览传》)

徵与河东裴子野、沛国刘显同官友善,子野尝为《寒夜直宿赋》以赠徵,徵为《感友赋》以酬之。时魏中山王元略还北,高祖饯于武德殿,赋诗三十韵,限三刻成。徵二刻便就,其辞甚美,高祖再览焉。(《梁书》卷五十《文学传下·谢徵传》)

(普通)六年(525),武帝于文德殿饯广州刺史元景隆,诏群臣赋诗,同用五十韵。规援笔立奏,其文又美,武帝嘉焉,即日授侍中。(《南史》卷二十二《王昙首传附王规传》)

翔,字世举,起家秘书郎,累迁宣城王主簿。中大通五年(533),梁武帝宴群臣乐游苑,别诏翔与王训为二十韵诗,限三刻成。翔于坐立奏,帝异焉,即日补宣城王文学,俄迁友。时宣城友、文学加正王二等,翔超为之,时论美焉。(《南史》卷二十六《褚裕之传附褚翔传》)

孺少好文章,性又敏速,尝在御坐为《李赋》,受诏便成,文不加点。梁武帝甚称赏之。后侍宴寿光殿,诏群臣赋诗。时孺与张率并醉,未及成,帝取孺手板题戏之曰:"张率东南美,刘孺洛阳才,揽笔便应就,何事久迟回。"其见亲爱如此。迁中书郎,兼中书通事舍人。历太子中庶子,尚书吏部郎。累迁散骑常侍,左户尚书。大同五年(539),守吏部尚书。出为晋陵太守,在郡和理,为吏人所称。

入为侍中。后复为吏部尚书。(《南史》卷三十九《刘勔传附刘孺传》)

梁天监初,为征虏主簿。东宫建,以为太子洗马。时文德殿置学士省,召高才硕学待诏,沉通籍焉。武帝宴华光殿,命群臣赋诗,独诏沉为二百字,三刻便成。沉于坐立奏,其文甚美。俄以洗马管东宫书记及散骑省优策文。(《南史》卷二十五《到彦之传附到沉传》)

率又为《待诏赋》奏之,甚见称赏。手敕答曰:"省赋殊佳。相如工而不敏,枚皋速而不工,卿可谓兼二子于金马矣。"又侍宴赋诗,高祖乃别赐率诗曰:"东南有才子,故能服官政。余虽惭古昔,得人今为盛。"率奉诏往返数首。其年,迁秘书丞,引见玉衡殿。高祖曰:"秘书丞天下清官,东南胄望未有为之者,今以相处,足为卿誉。"其恩遇如此。(《梁书》卷三十三《张率传》)

武帝时宴幸,令沈约、任昉等言志赋诗,孝绰亦见引。尝侍宴,于坐作诗七首,武帝览其文,篇篇嗟赏,由是朝野改观。累迁秘书丞。武帝谓舍人周舍云:"第一官当知用第一人。"故以孝绰居此职。(《南史》卷三十九《刘勔传附刘孝绰传》)

上述宴会赋诗的文士,其诗赋才华都得到了梁武帝由衷的赏识,并得到了重用。王规、褚翔即日授官,刘孺、到沉不久迁官,均可看出文学才华与官位升迁的直接关系。张率、刘孝绰都是因为才华出众而被任命为号称"天下清官"的秘书丞。谢览、王暕和谢徵也都深得梁武帝的重用。谢览与王暕赠答时任"中书侍郎,掌吏部事",后累迁吏部郎、侍中、五兵尚书、吏部尚书等要职;王暕后曾任五兵尚书、加给事中、吏部尚书、国子祭酒、尚书右仆射、尚书左仆射等要职;谢徵后为贞威将军、尚书左丞、中书舍人等要职,中大通三年(531),"昭明太子薨,高祖立晋安王纲为皇太子,将出诏,唯召尚书左仆射何敬容、宣惠将军孔休源及徵三人与议。徽时年位尚轻,而任遇已重"①。这些例证充分体现了梁武帝对文士的重视。受此影响,有的武将甚至本无诗才者,也养成了宴会赋诗的癖好。②

上述例证表明,宴会赋诗不仅与梁武帝的文士品格有关,也在一定程度上成了他发现人才、检阅人才和选拔人才的重要途径。上面引述的材料大多没有明确指出有女伎侍宴,梁武帝自己也说"受生不饮酒,受生不好音声,所以朝中曲宴,未尝奏乐"③。曲宴即禁中私宴,本是古代宫廷赐宴的一种,席上常有赏花、赋诗等活动,其特别之处在于无事而宴,时间、地点都不固定,参加者多为宗室成员、近臣等。曲宴一般不设音乐歌舞,所以梁武帝"朝中曲宴,未尝奏乐"的自我标榜没有什么说服力。虽然史家也说他"非宗庙祭祀、大会飨宴及诸法事,未尝作乐"④,但并不等于说在宴会上没有女伎出现。

事实上,梁武帝作为一个典型的文士,他对声色的爱好,实在并不逊于他对文学的迷恋。《梁书》卷十三《沈约传》曰:"(约)尝侍宴,有妓师是齐文惠宫人。帝问识座中客不?曰:'惟识沈家令。'约伏座流涕,帝亦悲焉,为之罢酒。"这里的"齐文惠宫人",是指齐代文惠太子有歌舞特长的"妓师"。沈约齐初曾在齐文惠太子东宫任职,甚为太子所礼敬,后迁为太

---

① 参见《梁书》各人本传。
② 《南史》卷五十五《曹景宗传》曰:"景宗振旅凯入,帝于华光殿宴饮连句,令左仆射沈约赋韵。景宗不得韵,意色不平,启求赋诗。帝曰:'卿伎能甚多,人才英拔,何必止在一诗?'景宗已醉,求作不已,诏令约赋韵。时韵已尽,唯余竞、病二字。景宗便操笔,斯须而成,其辞曰:'去时儿女悲,归来笳鼓竞。借问行路人,何如霍去病?'帝叹不已。约及朝贤惊嗟竟日,诏令上左史。于是进爵为公,拜侍中、领军将军。"[唐]李延寿:《南史》,第1356页。《梁书》卷四十六《胡僧佑传》曰:"性好读书,不解缉缀。然每在公宴,必强赋诗,文辞鄙俚,多被嘲谑,僧佑怡然自若,谓己实工,矜伐愈甚。"[唐]姚思廉:《梁书》,第639页。此均可谓上有所好,下必甚焉的典型例证。
③ [唐]姚思廉:《梁书》,卷三十八《贺琛传》梁武帝口授敕责贺琛语,第549页。
④ [唐]姚思廉:《梁书》,卷三《武帝本纪下》,第97页;又见[唐]李延寿:《南史》,卷七《梁本纪中》,第223页。

子家令。① 这位"妓师"之所以认识他,说明她曾在当时的宴会上不止一次见过沈约,也就是说齐代的宴会是少不了女伎参与的。文惠太子与竟陵王萧子良关系密切,当年东宫文士与西邸文士常常一起活动,梁武帝作为"竟陵八友"之一,也必与文惠太子熟悉。因此,才会"悲"而"为之罢酒"。这次宴会是否奏乐不可知,但有女伎参加却是没有疑问的。又《梁书》卷三十九《羊侃传》曰:"大同中,魏使阳斐,与侃在北尝同学,有诏令侃延斐同宴。宾客三百余人,器皆金玉杂宝,奏三部女乐,至夕,侍婢百余人,俱执金花烛。"②这是受梁武帝之命举行的接待外国使臣的大型宴会,从其中"女乐"、"侍婢"之众,也可见梁代宴会之一斑。

其实,前文中谈到的梁代私家蓄养的女伎,她们的重要工作之一恐怕就是在各种宴会上进行才艺表演。前引贺琛给梁武帝的上书中,在指出畜妓"无有等秩"的同时,还对为官者盘剥百姓,收入巨亿却"不支数年"的现象进行了分析:"盖由宴醑所费,既破数家之产;歌谣之具,必俟千金之资。所费事等丘山,为欢止在俄顷。"③将"宴醑"(宴饮)与"歌谣"对举,也正反映出宴会与女伎的密切关系。尽管梁武帝对贺琛的上书极为不满,但是他对这种风尚实在是太清楚不过了,否则他也不会以赏赐女乐来笼络臣下:

> 普通末,武帝自算择后宫《吴声》、《西曲》女妓各一部,并华少费勉,因此颇好声酒。禄奉之外,月别给钱十万,信遇之深,故无与匹。(《南史》卷六十《徐勉传》)

> 出官二十余年,不畜音声。未薨少时,敕赐太乐女伎一部,略非

---

① 《梁书》卷十三《沈约传》曰:"齐初为征虏记室,带襄阳令,所奉之王,齐文惠太子也。太子入居东宫,为步兵校尉,管书记,直永寿省,校四部图书。时东宫多士,约特被亲遇,每直入见,影斜方出。当时王侯到宫,或不得进,约每以为言。太子曰:'吾生平懒起,是卿所悉,得卿谈论,然后忘寝。卿欲我夙兴,可恒早入。'迁太子家令,后以本官兼著作郎。"[唐]姚思廉:《梁书》,第233页。

② [唐]姚思廉:《梁书》,卷三十九《羊侃传》,第561页、第562页。

③ [唐]姚思廉:《梁书》,卷三十八《贺琛传》,第544页。

所好。(《南史》卷五十三《梁武帝诸子传·昭明太子传》)

这两个例子本身就很典型,徐勉是朝中重臣,萧统是太子,却都得到了同样的赏赐。这说明皇帝赏赐女伎,在当时是一种很高的荣誉。与此相应,梁武帝还常把赏赐女伎作为笼络降臣和武将的一种手段。如北魏元法僧归降后,就被赐予"甲第女乐及金帛,前后不可胜数"[1];而羊侃南归后,"朝廷赏授,一与元法僧同"[2];侯景乱起后,朝廷给出的赏格为"有能斩景首,授以景位,并钱一亿万,布绢各万匹,女乐二部"[3]。对于不好女伎的萧统,梁武帝也赐予女乐。可见,那些喜欢甚至沉迷女乐且为梁武帝所信任和倚重的文臣、武将,被赐予女乐者也不在少数。如果朝廷没有大批的女伎,便不可能有这种赏赐。

齐梁时代的文士,还喜欢在集体活动中进行"隶事",以显示学问之博,王俭就是这方面开风气之先者。《南史》卷四十九《王谌传附王摛传》曰:

> 谌从叔摛,以博学见知。尚书令王俭尝集才学之士,总校虚实,类物隶之,谓之隶事,自此始也。俭尝使宾客隶事多者赏之,事皆穷,唯庐江何宪为胜,乃赏以五花簟、白团扇。坐簟执扇,容气甚自得。摛后至,俭以所隶示之,曰:"卿能夺之乎?"摛操笔便成,文章既奥,辞亦华美,举坐击赏。摛乃命左右抽宪簟,手自掣取扇,登车而去。俭笑曰:"所谓大力者负之而趋。"竟陵王子良校试诸学士,唯摛问无不对。

这位王摛在当时出尽风头。从下面的两个例子可知,梁武帝也是非常热衷于这种"隶事"活动的。

---

[1] [唐]姚思廉:《梁书》,卷三十九《元法僧传》,第553页。
[2] [唐]姚思廉:《梁书》,卷三十九《羊侃传》,第557页。
[3] [唐]姚思廉:《梁书》,卷五十六《侯景传》,第843页。

第八章 西邸交游、齐梁士风与梁武帝对歌诗的推动

> 武帝每集文士策经史事,时范云、沈约之徒皆引短推长,帝乃悦,加其赏赉。曾策锦被事,咸言已罄,帝试呼问峻,峻时贫悴冗散,忽请纸笔,疏十余事,坐客皆惊,帝不觉失色。自是恶之,不复引见。及峻《类苑》成,凡一百二十卷,帝即命诸学士撰《华林遍略》以高之,竟不见用。乃著《辩命论》以寄其怀。(《南史》卷四十九《刘怀珍传附刘峻传》)

> 先此,约尝侍宴,值豫州献栗,径寸半,帝奇之,问曰:"栗事多少?"与约各疏所忆,少帝三事。出谓人曰:"此公护前,不让即羞死。"帝以其言不逊,欲抵其罪,徐勉固谏乃止。(《梁书》卷十三《沈约传》)

与梁武帝对士人赋诗之才多衷心赏识不同,他在隶事方面嫉贤妒能的"小气"形象,既是时风使然,也从另一个侧面反映了他的文士品格。

综上所述,梁武帝不仅以文士身份频繁地主持宴会赋诗、隶事活动,以此决定对朝廷文士的任用,大大助长了博学能文的时风,而且他与能文之士大多关系融洽,其优待宽容也为南朝帝王中所仅见。① 他还投其所好,将《吴声》、《西曲》女伎作为重要的赏赐以笼络文臣武将,为梁代士人的声酒之好推波助澜,使之更加合法化和普及化。女伎表演与宴会赋诗常常合二为一,有着非常密切的关系,所有这一切,都为梁武帝个人以及梁代歌诗的创作提供了非常适宜的外部条件,并在一定程度上决定了歌诗创作的内容和发展方向。

---

① 如他优待齐高帝萧道成子孙,一反"江左以来,代谢必相诛戮"的旧习,对"有文学者子恪、子质、子显、子云、子晖"等人都给予重用,参见[唐]李延寿《南史》,卷四十二《齐高帝诸子传上·豫章文献王嶷传》,第1069—1076页。又如《南史》卷十八《萧思话传附萧琛传》曰:"帝每朝宴,接琛以旧恩。尝犯武帝偏讳,帝敛容。琛从容曰:'名不偏讳,陛下不应讳顺。'上曰:'各有家风。'琛曰:'其如《礼》何。'又经预御筵醉伏,上以枣投琛,琛仍取栗掷上,正中面。御史中丞在坐,帝动色曰:'此中有人,不得如此,岂有说邪?'琛即答曰:'陛下投臣以赤心,臣敢不报以战栗?'上笑悦。"第507页。《梁书》卷五十《文学传下》赞语曰:"群士值文明之运,摛艳藻之辞,无郁抑之虞,不遭向时之患,美矣。"[唐]姚思廉:《梁书》,第728页。关于这个问题的论述还可参见曹道衡:《兰陵萧氏与南朝文学》,下编第二章《梁武帝与文人》一节,中华书局2004年版,第106—109页。

第四节　梁武帝的歌诗创作
及对梁代文人歌诗的影响

　　梁武帝与梁代文人正是在上述前提下进行歌诗创作的。他们的歌诗大致可以分为两大类：一类是为配合朝廷礼仪而创作；一类是适应歌舞娱乐需要而创作。有些歌诗则是在两种场合都使用的。关于前一类歌诗，我们将在后面讨论，这里先看后一类歌诗。

　　梁武帝虽有"不好音声"的夫子自道，但事实上这话是经不起推敲的。梁代宴会中的歌舞娱乐非常盛行，为满足这一现实需求而产生的歌诗数量可观。这些歌诗大多为清商曲的改制或仿作，也有少数是舞曲歌辞。就其制作方式而言，大致可分作如下几类：一是在原有曲调基础上改制新声并创作新的歌诗，如《江南弄》、《上云乐》、《襄阳蹋铜蹄》、《梁雅歌》；二是对旧有曲调的曲名、和声和舞蹈等进行改造，有《懊侬歌》、《三洲歌》、《采桑度》、《莫愁乐》与《估客乐》等；三是在旧调基础上创作新歌诗，涉及范围较宽，包括"清商曲辞"、"鼓吹曲辞"、"梁鼓角横吹曲"、"相和歌辞"、"舞曲歌辞"、"杂曲歌辞"、"杂歌谣辞"七大类。这些歌诗创作绝大多数有梁武帝的亲自参与，或者是在他的意旨下由专业人员完成，集中体现了梁武帝的文士品格，反映出他内心深处展示自我文学才华的强烈愿望以及对各类歌诗的浓厚兴趣。

　　下面拟对这些用于娱乐的歌诗作一简要介绍，以具体说明梁武帝歌诗创作的成绩及其与梁代歌诗发展的关系。其中《上云乐》、《梁雅歌》与鞞、铎、巾、拂四舞在三朝礼仪中的使用情况，将在后文中说明。

　　其一，在原有曲调基础上创新声、作新辞。这一类歌诗以《江南弄》最有代表性。《乐府诗集》卷五十梁武帝《江南弄》七首解题引《古今乐录》曰：

　　　　梁天监十一年（512）冬，武帝改西曲，制《江南上云乐》十四曲，《江南弄》七曲：一曰《江南弄》，二曰《龙笛曲》，三曰《采莲曲》，四曰《凤笛曲》，五曰《采菱曲》，六曰《游女曲》，七曰《朝云曲》。又沈约作四曲:一曰《赵瑟曲》,二曰《秦筝曲》,三曰《阳春曲》,四曰《朝云曲》,亦谓之《江南弄》云。

以《江南》为题的乐府歌诗始于汉代乐府《江南》古辞,郭茂倩以为"梁武帝作《江南弄》以代西曲,有《采莲》、《采菱》,盖出于此"①,这是追溯其远源。实际上梁武帝的《江南弄》是由西曲改制而成,则曲调当来自西曲。其内容与《江南》古辞也颇不相同。试看其第一、第三两首:

众花杂色满上林,舒芳耀绿垂轻阴。连手蹀躞舞春心。舞春心,临岁腴。中人望,独踟蹰。(《江南弄》)

游戏五湖采莲归,发花田叶芳袭衣。为君侬歌世所希。世所希,有如玉。江南弄,采莲曲。(《采莲曲》)

其余五首句式与此全同,均为七七七三三三三,且第三句后三字与第四句相同,为典型的顶真格。内容则不外赞美佳人容貌、清讴娇响、长袖窈窕,几乎都与歌舞分不开。在正式的朝廷典礼仪式上,此类歌诗大概是难登大雅之堂的,因此梁武帝创作这一组歌诗,恐怕主要是为歌舞娱乐服务的。由于他精通音乐,又有专业艺人帮助,故能对西曲进行改造而形成一种全新的清商曲。而之所以命名为《江南弄》,与前代及当时流行的其他乐曲也不无关系。如《乐府诗集》卷二十六收有宋人汤惠休的《江南思》一首,又杜佑《通典》卷一百四十五曰:

梁有吴安泰,善歌,后为乐令,精解声律。初改西曲《别江南》、《上云乐》,内人王金珠善歌吴声西曲,又制《江南歌》,当时妙绝。令斯宣达选乐府少年好手,进内习学。吴弟、安泰之子又善歌。次有韩法秀,又能妙歌《吴声》、《读曲》等,古今独绝。②

---

① [宋]郭茂倩编:《乐府诗集》,卷二十六《江南》古辞解题,中华书局1979年版,第384页。
② [唐]杜佑:《通典》,卷一百四十五,中华书局1988年版,第3700页。

据此,吴安泰、王金珠都曾参与了改乐工作。而从《通典》中所述《别江南》、《江南歌》等不同名称来看,这些专业艺人的成果以及从汉代《江南》古辞到汤惠休《江南思》等前代的歌诗,都为梁武帝改乐提供了直接或间接的基础。

《乐府诗集》卷二十六还有萧纲《江南思》二首,柳恽、沈约《江南曲》各一首,刘缓《江南可采莲》一首;卷五十有萧纲《江南曲》、《龙笛曲》、《采莲曲》,沈约《赵瑟曲》、《秦筝曲》、《阳春曲》、《朝云曲》七首,其句式与梁武帝七首完全相同,明显是依照梁武帝《江南弄》格律而完成的和作,学者们多认为这种写法已经接近于后来的填词。另外,《乐府诗集》卷五十还有多位诗人的《采莲曲》和《采菱曲》,其中《采莲曲》有萧纲、吴均各二首,萧绎、刘孝威、朱超、沈君攸各一首;《采菱曲》有江洪二首,萧纲、陆罩、费昶、江淹、徐勉各一首,另有宋代鲍照《采菱歌》七首。虽内容多写采莲(菱)女容色之艳丽、姿态之娴雅,但在语言形式上,则均为五言,少则四句、六句,多则八句、十句,乃至十四句,与梁武帝《江南弄》却不相同。这些歌诗除鲍照所作的七首,其他均为梁代作者所作,在时间上多在梁武帝《江南弄》之后。从中可见《江南弄》在当时所产生的影响。①

《襄阳蹋铜蹄》,原本于童谣,《乐府诗集》列在《西曲歌》,因与梁武帝得天下有关,故极受重视。《隋书》卷十三《音乐志上》曰:"初武帝之在雍镇,有童谣云:'襄阳白铜蹄,反缚扬州儿。'识者言,白铜蹄谓马也;白,金色也。及义师之兴,实以铁骑,扬州之士,皆面缚,果如谣言。故即位之后,更造新声,帝自为之词三曲,又令沈约为三曲,以被弦管。"武帝辞曰:

陌头征人去,闺中女下机。含情不能言,送别沾罗衣。
草树非一香,花叶百种色。寄语故情人,知我心相忆。

---

① 关于《江南》系列的歌诗在后代的发展传播情况,可参考任半塘:《唐声诗》上编第十章,第 503 页"《江南弄》"、第 506 页"《江南辞》、《江南曲》"、第 507 页"《状江南》"、第 510 页"《梦江南》",及下编格调第十三,第 520—523 页"《江南春》"诸条的相关论述。上海古籍出版社 1982 年版。

第八章 西邸交游、齐梁士风与梁武帝对歌诗的推动

> 龙马紫金鞍,翠毦白玉羁。照耀双阙下,知是襄阳儿。

沈约辞曰:

> 分手桃林岸,望别岘山头。若欲寄音信,汉水向东流。
> 生长宛水上,从事襄阳城。一朝遇神武,奋翼起先鸣。
> 蹀鞚飞尘起,左右自生光。男儿得富贵,何必在归乡。

从内容来看,梁武帝三首的第一、第二首,沈约三首的第一首,都还保留着民间情歌的痕迹,但六首中的其他三首经过改造,表现的却是梁武帝君临天下、志得意满的情怀。郭茂倩引《古今乐录》也说:"襄阳蹋铜蹄者,梁武西下所制也。沈约又作,其和云:'襄阳白铜蹄,圣德应乾来。'天监初,舞十六人,后八人。"[1]对于这组歌诗的用途,典籍没有明确的说法。就宣扬得天下之踌躇满志而言,其性质与唐代的《秦王破阵乐》有些相似,《旧唐书》卷二十九《音乐志二》:

> 《破阵乐》,太宗所造也。太宗为秦王之时,征伐四方,人间歌谣《秦王破阵乐》之曲。及即位,使吕才协音律,李百药、虞世南、褚亮、魏征等制歌辞。百二十人披甲持戟,甲以银饰之。发扬蹈厉,声韵慷慨。享宴奏之,天子避位,坐宴者皆兴。[2]

《襄阳蹋铜蹄》既然"被弦管",又有舞伎伴舞,也当于"享宴奏之",只不过比《江南弄》等纯粹娱乐的歌诗更严肃正规而已。《梁雅歌》也当与此相类似,至于《上云乐》,是否也在一般宴飨中演奏,从现有资料似乎还难以确定。但以上这四种歌诗,都是梁武帝改造西曲创作的新歌诗。

其二,改造旧有曲调的曲名、和声和舞蹈方式。这类改造大多未作新辞,如《懊侬歌》在天监十一年(512)被改为《相思曲》。《乐府诗集》卷四十

---

[1] [宋]郭茂倩编:《乐府诗集》,卷四十八《襄阳蹋铜蹄》解题,第708页。
[2] [后晋]刘昫等:《旧唐书》,卷二十九《音乐志二》,第1059页、第1060页。

六《懊侬歌十四首》解题引《古今乐录》曰："《懊侬歌》者,晋石崇绿珠所作,唯'丝布涩难缝'一曲而已。后皆隆安初民间讹谣之曲。宋少帝更制新歌三十六曲。齐太祖常谓之《中朝曲》,梁天监十一年（512）,武帝敕法云改曲名为《相思曲》。"①《三洲歌》被改了和声,《古今乐录》曰："《三洲歌》者,商客数游巴陵三江口往还,因共作此歌。其旧辞云：'啼将别共来。'梁天监十一年（512）,武帝于乐寿殿道义竟留十大德法师设乐,敕人人有问,引经奉答。次问法云：'闻法师善解音律,此歌何如？'法云奉答：'天乐绝妙,非肤浅所闻。愚谓古辞过质,未审可改以不？'敕云：'如法师语音。'法云曰：'应欢会而有别离,啼将别可改为欢将乐,故歌。'歌和云：'三洲断江口,水从窈窕河傍流。欢将乐共来,长相思。'旧舞十六人,梁八人。"②又有《采桑度》,郭茂倩说："《采桑度》一曰《采桑》,《唐书·乐志》曰：'《采桑》因《三洲曲》而生,此声苑（左克明《古乐府》卷七作"调"）也。《采桑度》,梁时作。'"③而《古今乐录》曰："《采桑度》旧舞十六人,梁八人,即非梁时作矣。"④《乐府诗集》所录七首《采桑度》,未著录作者,当以《古今乐录》为是。但既然《采桑度》因《三洲曲》而生,当是在梁代经过了乐曲方面的改造。还有《估客乐》在梁代被改为《商旅行》,⑤并与《三洲歌》、《采桑度》、《莫愁乐》等一批歌诗在所配舞蹈的表演人数上都由原来的十六人减为八人。宋代陈旸《乐书》卷一百八十二曰："西曲自《石城乐》、《乌夜啼》、《莫愁乐》、《估客乐》、《襄阳乐》、《三洲》、《襄阳踏铜蹄》、《采桑度》、《江陆乐》、《青骢》、《白马》、《共戏乐》、《安东》、《平雅》、《阿难》、《孟珠》、《翳乐》、《青阳乐》、《杨叛儿》、《夜乌飞》,皆有舞者十六员,梁悉减为八员,此皆因歌而

---

① [宋]郭茂倩编：《乐府诗集》,卷四十六《懊侬歌》十四首解题,第667页。
② [宋]郭茂倩编：《乐府诗集》,卷四十八《三洲歌》解题引,第707页。
③ 《旧唐书》卷二十九《音乐志二》说："《采桑》,因《三洲曲》而生此声也。"[后晋]刘昫等：《旧唐书》,第1067页。《新唐书》卷二十二《礼乐志十二》也说："《采桑》,《三洲曲》所出也。"[宋]欧阳修、宋祁：《新唐书》,第474页。均无"《采桑度》,梁时作"的话,郭茂倩所见是否与今本新旧《唐书》不同,待考。
④ [宋]郭茂倩编：《乐府诗集》,卷四十八《采桑度》解题引,第709页。
⑤ 《旧唐书》卷二十九《音乐志二》说："《估客乐》,齐武帝之制也。……梁改其名为《商旅行》。"[后晋]刘昫等：《旧唐书》,第1066页。

有舞,音节制度大致同也。"①据此,梁代对大部分西曲的舞蹈人数都做了减员的改造。由于这些舞蹈是"因歌而有舞",因此凡是未作新歌者,当是沿用旧辞。

这里值得特别提出的是《三洲歌》,从上面的论述可知,天监十一年(512)是梁武帝改乐最为集中的一年。而这些改制又以《三洲歌》和声的改造为基础。其间最可关注者有如下几点:一是法云将《三洲歌》"啼将别"改为"欢将乐",其和声为"三洲断江口,水从窈窕河傍流。欢将乐共来,长相思"。二是梁武帝改西曲制《江南》、《上云乐》十四曲,其中《江南弄》七曲的第一曲,也称《江南弄》,《古今乐录》曰:"《江南弄》,三洲韵和云:'阳春路,娉婷出绮罗。'"②《上云乐》七曲的第四曲《方诸曲》,《古今乐录》也说:"《方诸曲》,三洲韵和云:'方诸上,可怜欢乐长相思。'"③三是法云改《懊侬歌》为《相思曲》。四是《采桑度》因《三洲曲》而生。

王运熙先生认为:"梁武帝时代,盛大地改制乐曲,那更与和声有关。……法云改《懊侬》而成的《相思曲》,可能即是《三洲歌》新辞。《三洲歌》新辞的和声声调特别曲折,就是法云改制的成绩,二梁武帝更根据改制过的《三洲歌》的'韵和',制成《江南弄》、《上云乐》及其和声。"④依照王先生的这一看法,《采桑度》也极有可能是用《三洲歌》的和声进行了改造,因此才有"梁时作"的说法。需要进一步明确的是,《三洲歌》和声的最后一句所含的"相思"二字,似乎不仅是《三洲歌》及和声的关键词,也应是法云改《懊侬歌》为《相思曲》的依据。至于《江南弄》与《采桑度》,其主旨也都与男女相思有关。《上云乐》表现的虽是列仙之事,然而第一首《凤台曲》所述萧史、弄玉之事,也与男女恋情相关。当然,就改乐而言,这些可

---

① [宋]陈旸:《乐书》,卷一百八十二《乐图论·俗部·舞》,文渊阁《四库全书》,上海古籍出版社 2003 年版,第 211 册,第 823 页。

② [宋]郭茂倩编:《乐府诗集》,卷五十《江南弄》七首其一《江南弄》解题引,第 726 页。

③ [宋]郭茂倩编:《乐府诗集》,卷五十一《上云乐》七首其四《方诸曲》解题引,第 745 页。

④ 王运熙:《乐府诗述论》,第 116 页。

能是其次的,最主要的还是曲调的变化。限于材料,我们今天已经很难对此作出详细的说明了。

其三,在旧调基础上创作新歌。梁武帝名下的这类歌诗数量最多,对梁代歌诗的影响也最为广泛。为了论述的方便,我们把这些歌诗分作两大部分来加以说明。

一是吴声西曲的创作。包括吴声歌《子夜四时歌》、《子夜歌》、《上声歌》、《欢闻歌》、《团扇歌》、《碧玉歌》,西曲歌《杨叛儿》等。梁武帝所作的吴声歌有相当一部分在《乐府诗集》中列在王金珠名下。《古今乐录》曰:"吴声十曲:一曰《子夜》,二曰《上柱》,三曰《凤将雏》,四曰《上声》,五曰《欢闻》,六曰《欢闻变》,七曰《前溪》,八曰《阿子》,九曰《丁督护》,十曰《团扇郎》,并梁所用曲。《凤将雏》以上三曲,古有歌,自汉至梁不改,今不传。上声以下七曲,内人包明月制舞《前溪》一曲,余并王金珠所制也。"①在《乐府诗集》中,作者标为王金珠的有15首,②其中《玉台新咏》有10首作梁武帝,1首作宋孝武帝,独立署名为王金珠的有4首。《玉台新咏》所载梁武帝所作吴声新歌共23首(加宋刻未收5首),《乐府诗集》标为王金珠的有10首,有4首为《子夜歌》或《子夜四时歌》晋、宋、齐辞,独立署名为梁武帝的有9首,梁武帝与王金珠交叉署名的有10首。详情见下表。

表 8—2　王金珠、梁武帝歌诗主名交叉对照表(一)

序号	篇名	内容	乐府诗集	玉台新咏
1	《子夜四时歌·春歌》三首其一	朱日光素水,黄华映白雪。折梅待佳人,共迎阳春月。	王金珠	梁武帝《春歌》三首其三
2	《春歌》其二	阶上香入怀,庭中花照眼。春心郁如此,情来不可限。	王金珠	梁武帝《春歌》三首其一

---

①　[宋]郭茂倩编:《乐府诗集》,卷四十四《吴声歌曲一》解题引,第640页。
②　其中《团扇郎》一首,中华书局校点本《乐府诗集》据《玉台新咏》和《艺文类聚》改为梁武帝,然《古今乐录》以为是王金珠之作。参见[宋]郭茂倩编:《乐府诗集》,第640页、第661页。

第八章 西邸交游、齐梁士风与梁武帝对歌诗的推动　123

续表

序号	篇名	内容	乐府诗集	玉台新咏
3	《春歌》其三	吹漏不可停,断弦当更续。俱作双思引,共奏同心曲。	王金珠	梁武帝《秋歌》四首其三
4	《子夜四时歌·夏歌》二首其一	玉盘贮朱李,金杯盛白酒。本欲持自亲,复恐不甘口。	王金珠	梁武帝《夏歌》四首其三
5	《夏歌》其二	垂帘倦类热,卷幌乘清阴。风吹合欢帐,直动相思琴。	王金珠	
6	《子夜四时歌·秋歌》二首其一	叠素兰房中,劳情桂杵侧。朱颜润红粉,香汗光玉色。	王金珠	
7	《秋歌》其二	紫茎垂玉露,绿叶落金樱。着锦如言重,衣罗始觉轻。	王金珠	
8	《子夜四时歌·冬歌》	寒闺周黼帐,锦衣连理文。怀情人夜月,含笑出朝云。	王金珠,梁武帝《秋歌》二首其一只首句不同	与梁武帝《冬歌》四首其一相似
9	《子夜变歌》	七彩紫金柱,九华白玉梁。但歌绕不去,含吐有余香。	王金珠	梁武帝《秋歌》四首其二
10	《上声歌》	花色过桃杏,名称重金琼。名歌非《下里》,含笑作《上声》。	王金珠	梁武帝《上声歌》
11	《欢闻歌》	艳艳金楼女,心如玉池莲。持底报郎恩,俱期游梵天。	王金珠	梁武帝《欢闻歌》二首其一
12	《欢闻变歌》	南有相思木,合影复同心。游女不可求,谁能识得音。	王金珠	梁武帝《欢闻歌》二首其二
13	《阿子歌》	可怜双飞凫,飞集野田头。饥食野田草,渴饮清河流。	王金珠	
14	《丁督护歌》	黄河流无极,洛阳数千里。辚轲戎旅间,何由见欢子。	王金珠	宋孝武帝
15	《团扇郎》	手中白团扇,净如秋团月。清风任动生,娇声任意发。	《古今乐录》作王金珠	梁武帝《团扇歌》
8附	梁武帝《冬歌》四首其一	寒闺动戟帐,密筵重锦席。卖眼拂长袖,含笑留上客。		梁武帝（宋刻不收）
简要说明	\multicolumn{4}{l}{1.《乐府诗集》作者标为王金珠的共15首,其中表中第14首,《玉台新咏》作宋孝武帝。 2. 第5、6、7、13四首为王金珠独立署名。 3. 其余10首《玉台新咏》作梁武帝,其中第8首,《乐府诗集》同时归在梁武帝和王金珠名下,分别为梁武帝《秋歌》二首其一和王金珠《冬歌》,只有首句不同。}

表 8—3 梁武帝、王金珠歌诗主名交叉对照表(二)

序号	篇名	内容	玉台新咏	乐府诗集
1	《子夜四时歌·春歌》三首其一	阶上香入怀,庭中花照眼。春心一如此,情来不可限。	梁武帝《春歌》三首其一	王金珠《春歌》三首其二
2	其二	兰叶始满地,梅花已落枝。持此可怜意,摘以寄心知。	梁武帝	梁武帝
3	其三	朱日光素冰,黄花映白雪。折梅待佳人,共迎阳春月。	梁武帝《春歌》三首其三	王金珠《春歌》三首其一
4	《夏歌》四首其一	江南莲花开,红光复碧水。色同心复同,藕异心无异。	梁武帝	梁武帝
5	其二	闺中花如绣,帘上露如珠。欲知有所思,停织复踟蹰。	梁武帝	梁武帝
6	其三	玉盘着朱李,金杯盛白酒。虽欲持自亲,复恐不甘口。	梁武帝	王金珠《夏歌》二首其一
7	其四	含桃落花日,黄鸟营飞时。君住马已疲,妾去蚕已饥。	梁武帝	梁武帝
8	《秋歌》四首其一	绣带合欢结,锦衣连理文。怀情入夜月,含笑出朝云。	梁武帝	梁武帝《秋歌》二首其一、王金珠《冬歌》只首句不同
9	其二	七彩紫金柱,九华白玉梁。但歌绕不去,含吐有余香。	梁武帝	王金珠《子夜变歌》
10	其三	吹漏不可停,断弦当更续。俱作双思引,共奏同心曲。	梁武帝	王金珠《子夜春歌》三首其三
11	其四	当信抱梁期,莫听回风音。镜上两人髻,分明无两心。	梁武帝	梁武帝《秋歌》二首其二
12	《子夜歌》二首其一(与《子夜警歌》二首其二小异)	恃爱如欲进,含羞未肯前。口朱发艳歌,玉指弄娇弦。	梁武帝	晋宋齐辞《子夜歌》四十二首其四十一
13	其二	朝日照绮钱,光风动纨素。巧笑蒨两犀,美目扬双蛾。	梁武帝	晋宋齐辞《子夜歌》四十二首其四十二
14	《上声歌》	花色过桃杏,名称重金琼。名歌非《下里》,含笑作《上声》。	梁武帝	王金珠《上声歌》
15	《欢闻歌》二首其一	艳艳金楼女,心如玉池莲。持底报郎恩,俱期游梵天。	梁武帝《欢闻歌》二首其一	王金珠《欢闻歌》

续表

序号	篇名	内容	玉台新咏	乐府诗集
16	其二	南有相思木,合影复同心。游女不可求,谁能识得音。	梁武帝	王金珠《欢闻变歌》
17	《团扇歌》	手中白团扇,净如秋团月。清风任动生,娇声任意发。	梁武帝	梁武帝、《古今乐录》作王金珠《团扇郎》
18	《碧玉歌》	杏梁日始照,蕙席欢未极。碧玉奉金杯,渌酒助花色。	梁武帝	无名氏《碧玉歌》二首其二
19	《冬歌》四首其一(与第8首相似)	寒闺动黻帐,密筵重锦席。卖眼拂长袖,含笑留上客。	梁武帝（宋刻不收）	梁武帝《冬歌》
20	其二	别时鸟啼户,今晨雪满堰。过此君不返,但恐绿鬓衰。	梁武帝（宋刻不收）	晋宋齐辞《冬歌》十七首其六与此小异
21	其三	果欲结金兰,但看松柏林。经霜不堕地,岁寒无异心。	梁武帝（宋刻不收）	晋宋齐辞《冬歌》十七首其十六
22	其四	一年漏将尽,万里人未归。君志固有在,妾躯乃无依。	梁武帝（宋刻不收）	不载
23	《春歌》	花坞蝶双飞,柳堤鸟百舌。不见佳人来,徒劳心断绝。	梁武帝（宋刻不收）	不载
8附	王金珠《冬歌》	寒闺周蘠帐,锦衣连理文。怀情入夜月,含笑出朝云。	梁武帝《秋歌》二首其一,首句不同	王金珠
12附	《子夜警歌》二首其二	恃爱如欲进,含羞出不前。朱口发艳歌,玉指弄娇弦。	梁武帝《子夜歌》二首其一	晋宋辞
20附	《子夜四时歌·冬歌》十七首其六	昔别春草绿,今还堰雪盈。谁知相思老,玄鬓白发生。	与梁武帝《冬歌》四首其二相似	晋宋齐辞
简要说明	1. 梁武帝所拟吴歌23首(包括《玉台新咏》宋刻不收的5首),其中有9首在《乐府诗集》或《古今乐录》中作者为王金珠。另表中第8首,《乐府诗集》作梁武帝《秋歌》二首其一,又见于王金珠《冬歌》,只首句作"寒闺周蘠帐",与此不同。共计与王金珠重合的歌诗10首。 2. 第12、13首,与晋宋齐辞《子夜歌》四十二首第四十一、四十二首完全相同,第12首又与《子夜警歌》二首其二基本相同。 3. 第18首与无名氏《碧玉歌》二首其二,第21首与晋宋齐辞《冬歌十七首》其十六完全相同;第20首与晋宋齐辞《冬歌》十七首其六小异。 4. 单独署名梁武帝的共有8首,其中第22、23两首《乐府诗集》不载。				

关于梁武帝与王金珠拟作吴声新歌的著作权问题,逯钦立先生的观点颇具代表性,他说:"王金珠吴声歌词,有自作者,有改用梁武帝乃至宋孝武帝所作者。《玉台》取原作,故仍题梁武帝。《乐府》本之歌录,故云王金珠。"①王运熙先生也认为,正如《懊侬歌》"丝布涩难缝"一曲,"歌词当为石崇所作,在被诸管弦时绿珠参加了工作。其情况正如梁武帝的几首《子夜四时歌》(见《玉台》卷十),曾经他内人王金珠配合音乐,有的集子(如《乐府诗集》)就径署作者为王金珠"②。据前引《通典》卷一百四十五的记载,王金珠善歌吴声西曲,所制《江南歌》,当时妙绝,是梁代著名的宫廷音乐家。因此,两位先生的说法是很有道理的。上述两人交叉署名的10首吴歌,应当由王金珠完成了配乐工作,从歌诗的角度,可以看作是两人的合作成果。在两个表格全部28首(重复部分不重复计算)歌诗中,如果去掉《玉台新咏》宋刻不收、又不见于《乐府诗集》的第22、23首,其他26首都可以肯定曾经配乐演唱过。这包括王金珠创作的4首,梁武帝创作的16首,宋孝武帝1首,晋、宋、齐辞无名氏5首。这里有一个问题无疑是值得探讨的,那就是为什么在《乐府诗集》里宋孝武帝《丁督护歌》的作者变成了王金珠,晋、宋、齐辞5首无名氏歌诗的作者又成了梁武帝?唯一的原因恐怕还是王金珠或梁武帝曾为它们配乐,可惜的是我们今天已经很难说清到底是谁完成了这些歌诗的配乐工作。如果肯定梁武帝和王金珠合作完成了那10首歌诗,那么,王金珠《丁督护歌》的配乐工作应该是她自己完成的。但梁武帝独立署名的6首歌诗以及那5首前代无名氏之作的配乐工作,究竟是由梁武帝,还是王金珠,或者吴安泰、斯宣达等其他艺人完成,限于史料,我们不好臆断。但可以肯定的是,以梁武帝、王金珠为代表的这些梁代诗人和艺术家给这些歌诗所做的配乐工作肯定是具有创造性的。这从《江南弄》在当时的及后世的影响,也可窥见一斑,这恐怕也是这些歌诗被重新署名的一个重要原因。

此外,梁武帝还作有一首西曲《杨叛儿》:"桃花初发红,芳草尚抽绿。

---

① 逯钦立辑校:《先秦汉魏晋南北朝诗》,《梁诗》卷二十八王金珠《团扇郎》后按语,第2128页。

② 王运熙:《乐府诗述论》,第99页、第100页。

南音多有会,偏重叛儿曲。"关于这首歌诗,没有改制曲调的相关记载,因此,我们把它作为在旧调基础上创作的新歌来看待。需要指出的是,王金珠所作的几首歌诗和包明月的《前溪歌》,都是与梁武帝的直接影响分不开的。

二是其他类型的歌诗创作。其中有"鼓吹曲辞"2首、"梁鼓角横吹曲"1首、"相和歌辞"3首、"舞曲歌辞"2首、"杂曲歌辞"2首、"杂歌谣辞"1首,共10题11首。见下表:

表8—4 梁武帝其他歌诗创作及对梁代诗人的影响简表

类别	梁武帝诗篇名	篇名是否首创	梁代其他诗人同题之作
鼓吹曲辞	芳树	否	梁元帝、费昶、沈约、丘迟各1首
	有所思	否	沈约、王僧孺、王筠、吴均、梁简文帝、昭明太子、庾肩吾、费昶各1首
梁鼓角横吹曲	雍台	否	吴均1首,现存歌诗以梁武帝《雍台》最早
相和歌辞	长安有狭斜行	否	梁简文帝、沈约、庾肩吾、王囧、徐防各1首
	青青河畔草	否	沈约、何逊、荀昶各1首
	明月照高楼	是	《乐府诗集》只录2首,另一首为唐代雍陶
舞曲歌辞	梁白纻歌辞二首	否	张率9首、沈约5首
杂曲歌辞	阊阖篇	是	《乐府诗集》仅录此一首
	邯郸篇	是	《乐府诗集》著录2首,另一首为齐陆厥《邯郸行》
杂歌谣辞	河中之水歌	是	《乐府诗集》著录仅此一首
合计	10题11首	4首篇名为首创	梁代其他同题之作共6题35首

上述歌诗,除《阊阖篇》外,多写男女主题和歌儿舞女,在实际生活中,也当主要用于歌舞娱乐。当然,梁武帝的这11首歌诗不一定都作于入梁之后,如《芳树》、《有所思》二首,很有可能是永明年间所作。《乐府诗集》卷十七著录有王融、谢朓、沈约的《芳树》,及王融、谢朓、沈约、刘绘、王僧孺等人的《有所思》。其中刘绘有《同沈右率诸公赋鼓吹曲》,为《巫山高》、

《有所思》二首；谢朓有《同沈右率诸公赋鼓吹曲名二首》，为《芳树》、《临高台》，均当为同时之作。可以确定作于入梁之后的，有《雍台》、《梁白纻歌辞二首》。但无论是作于齐代还是梁代，梁武帝这些歌诗对于梁代诗人来说都有可能产生影响，特别是他重文采的文人政策，无形中会吸引后来诗人投其所好、步其后尘。因此，梁代其他诗人所作的 35 首，我们虽然不能说全都受到了梁武帝的影响，但说其中有相当一部分是在梁武帝的影响下完成的，应当是成立的。

在上述三类歌诗的创作中，梁武帝对吴声、西曲的兴趣无疑是最大的。他所改制的《江南弄》在当时和后世都产生了深远的影响，他与王金珠共同完成的吴声新歌，开创了吴声歌文人拟作的新时代，也代表了唐代以前文人拟作吴声歌的最高水平。在他主持下对《懊侬歌》等一批吴声、西曲歌的改造，对歌诗的转型有着重要的影响。他在《鼓吹曲辞》、《相和歌辞》、《梁鼓角横吹曲》、《舞曲歌辞》等方面的创作，则对梁代歌诗发展有积极的推动作用。

正是西邸交游和博学能文的齐梁士风共同造就了梁武帝的文士品格，而声酒之好与宴会赋诗则以雅集娱乐的方式，成为梁武帝文人政策的重要实现途径，也成为他扮演文坛领袖的重要平台。这种特定的场合中，梁武帝亲自参与了各种形式的歌诗创造活动，既满足了他超一流文士的风雅需求，也以帝王之尊带动了一大批诗人和艺术家，为歌诗的发展作出了特殊的贡献。

第九章　梁武帝制礼作乐与歌诗之关系

本章提要：魏晋南北朝是一个礼学特别发达的时代，齐梁时期，礼学人才济济，制作新礼成为一时的热门话题。身处相位的王俭本人即是一位礼学大家，在他的影响、提携下，一批礼学家汇集朝廷，制作新礼的工作被提上了议事日程。由于种种原因，齐代新礼制作没有形成最终的成果，但这一文化举措却培养了一大批礼学人才。在礼学兴盛的学术氛围影响下，梁武帝萧衍在礼学方面也达到了相当高的水平。故在他建立梁朝后，对制新礼的工作倾注了极大的热情。他调用了一大批精通礼学的官员，耗时十一年，完成了齐代制作新礼的未竟之功。其间，他"制旨裁断"，对礼学问题发表过很多自己的见解。为了配合新礼，他还领导一批文臣和艺人，进行了改乐和创作新歌诗的活动。其中的大部分新歌诗都出自沈约之手，周舍、萧子云等著名文臣也参与了这一工作。梁武帝自己则创作了《上云乐》七首、《梁白纻辞二首》，并与沈约合作完成了《四时白纻歌》。这些歌诗都是礼乐的有机组成部分，但其中一些歌诗的文学价值已远远超出了礼乐活动的范围，在歌诗发展史上有独特的地位。

魏晋南北朝时期礼学特别发达，不仅礼学人才众多，著述也非常丰富，钱穆先生曾对这一历史时期的经学著述作过统计，见下表。[①]

表9—1　钱穆先生统计魏晋南北朝经学著作情况表

经籍名称	部数	卷数	通计亡佚之部数	通计亡佚之卷数
《易》	69	551	94	829
《尚书》	32	247	41	296

[①] 钱穆：《中国学术思想史论丛》（三），台湾东大图书公司1981年版，第138—139页。

续表

经籍名称	部数	卷数	通计亡佚之部数	通计亡佚之卷数
《诗》	39	442	76	683
《礼》	136	1622	211	2186
《乐》	42	142	46	263
《春秋》	97	983	130	1190

从表中可以看出，在儒家六经中，研究礼学的著作不仅高居榜首，而且在数量上远远超出其他五经。而梁武帝学养形成的齐代永明年间（483—493），礼学就非常兴盛。西邸学士及他所交游的其他文人中，均不乏精通礼学者。受这些礼学家影响，萧衍在礼学方面也具有较高的造诣。这是他即位后重视制礼作乐的一个基本前提，也对他个人和当时文士的歌诗创作产生了直接的影响。

第一节　齐代的礼学热与梁武帝的礼学修养

齐梁为南朝礼学最盛的时代，从礼学发展的角度而言，这两个朝代可以看作一个持续而完整的阶段。一是因为齐代礼学家在入梁后多数仍为礼学中坚，二是因为梁代礼乐制作实际上是以齐代议礼、制礼活动和礼学研究成果为基础的。

先说前者。以王俭为代表的官方礼学家和以刘瓛为中心的民间礼学家，堪称是齐代礼学家的代表。而这些人多与萧衍有密切的关系，直接或者间接地影响到他的礼学修养。

王俭本人即是当时著名的礼学家，《南齐书》卷二十三《王俭传》曰："俭长礼学，谙究朝仪，每博议，证引先儒，罕有其例。八座丞郎，无能异者。……少撰《古今丧服集记》并文集，并行于世。"《南史》卷二十二《王昙首传附王俭传》也说："俭弱年便留意《三礼》，尤善《春秋》，发言吐论，造次必于儒教，由是衣冠翕然，并尚经学，儒教于此大兴。何承天《礼论》三百卷，俭抄为八帙，又别抄条目为十三卷。朝仪旧典，晋、宋来施行故事，撰次谙忆，无遗漏者。所以当朝理事，断决如流。每博议引证，先儒罕有其例，八坐丞郎，无能异者。令史谙事，宾客满席，俭应接铨序，傍无留滞。"

他的礼学著作,据陈鸿儒等编《补南齐书经籍志·礼类》所载,除上述《古今丧服集记》、《礼论抄八帙条目十三卷》外,尚有《丧服图》一卷、《礼答问》三卷、《礼义答问》八卷、《礼论要钞》三卷、《礼仪答问》十卷、《礼义问答》十卷、《礼杂答问》十卷。①其中以"答问"为题的几部礼学著作,可能为同一部书的不同刊刻本。由于王俭在齐代少年得志、位高权重,《南史》所谓"由是衣冠翕然,并尚经学,儒教于此大兴"应当是可信的,从中可以看出他在当时的影响。王逡之、伏曼容、何佟之等活跃于宋末齐初的礼学家,多受到他的推重。

> 王逡之,字宣约,琅邪临沂人也。父祖皆为郡守。逡之少礼学博闻。……昇明末,右仆射王俭重儒术,逡之以著作郎兼尚书左丞参定齐国仪礼。初,俭撰《古今丧服集记》,逡之难俭十一条。更撰《世行》五卷。转国子博士。国学久废,建元二年(480),逡之先上表立学,又兼著作,撰《永明起居注》。②

> 齐初,为通直散骑侍郎。永明初,为太子率更令,侍皇太子讲。卫将军王俭深相交好,令与河内司马宪、吴郡陆澄共撰《丧服义》,既成,又欲与之定礼乐。会俭薨,迁中书侍郎、大司马谘议参军,出为武昌太守。③

> 佟之少好《三礼》,师心独学,强力专精,手不辍卷,读《礼》论二百篇,略皆上口。时太尉王俭为时儒宗,雅相推重。④

如果说王俭是当时官方礼学的代表,刘瓛则是民间礼学的领袖,他只在宋代做过几任小官,后因事免职,遂告别仕途,专心讲学。《南齐书》卷三十九《刘瓛传》说他"儒学冠于当时,京师士子贵游莫不下席受业。……所著文集,皆是《礼》义,行于世"。他的弟子中有很多精于《三礼》:

---

① 陈鸿儒等编:《补南齐书经籍志·礼类》,徐蜀编:《二十四史订补·魏晋南北朝正史订补文献汇编》(三),北京图书馆出版社 2004 年版,第 434 页。
② [梁]萧子显:《南齐书》,卷五十二《文学传·王逡之传》,第 902 页。
③ [唐]姚思廉:《梁书》,卷四十八《儒林传·伏曼容传》,第 663 页。
④ [唐]姚思廉:《梁书》,卷四十八《儒林传·何佟之传》,第 663 页。

(范缜)年未弱冠,闻沛国刘瓛聚众讲说。始往从之,卓越不群而勤学,瓛甚奇之,亲为之冠。在瓛门下积年,去来归家,恒芒矰布衣,徒行于路。瓛门多车马贵游,缜在其门,聊无耻愧。既长,博通经术,尤精《三礼》。①

　　司马褧,字元素,河内温人也。……父燮,善《三礼》,仕齐官至国子博士。褧少传家业,强力专精,手不释卷,其礼文所涉书,略皆遍睹。沛国刘瓛为儒者宗,嘉其学,深相赏好。②

　　司马筠,字贞素,河内温人也。……筠少孤贫好学,师沛国刘瓛,强力专精,深为瓛所器。及长,博通经术,尤明《三礼》。梁天监初为暨阳令,有清绩。入拜尚书祠部郎。③

　　何胤,字子季,点之弟也。……师事沛国刘瓛,受《易》及《礼记》、《毛诗》,……(注)《礼记隐义》二十卷、《礼答问》五十五卷。④

上述诸人与萧衍大都有过直接或间接的关系,萧衍出仕之初,曾做过卫将军王俭东阁祭酒,并受到王俭的高度赏识。⑤ 王俭学以致用,"当朝理事,断决如流"的作风,肯定给他留下了非常深刻的印象。而曾婉拒竟陵王招揽的刘瓛,与萧衍也颇有渊源,《南史》卷五十《刘瓛传》说:"梁武帝少时尝经伏膺,及天监元年(502)下诏为瓛立碑,谥曰贞简先生。"其他几人,除王逡之、伏曼容早卒外,后来均仕于梁,何佟之、司马褧、司马筠等人并因礼学受到梁武帝的重用。何胤齐末隐居,梁武帝即位前后多次征召,不就,甚受礼敬。伏曼容之子伏暅在梁武帝时曾参与重修五礼的工作。

　　齐代礼学兴盛的学术背景,对萧衍绝不仅仅是学养上的影响。晋人

---

① [唐]姚思廉:《梁书》,卷四十八《儒林传·范缜传》,第664页。
② [唐]姚思廉:《梁书》,卷四十《司马褧传》,第567页。
③ [唐]李延寿:《南史》,卷七十一《儒林传·司马筠传》,第1736页。
④ [唐]姚思廉:《梁书》,卷五十一《处士传·何点传附何胤传》,第735页、第739页。
⑤ 《梁书》卷一《武帝本纪》曰:"俭一见,深相器异,谓庐江何宪曰:'此萧郎三十内当作侍中,出此则贵不可言。'"[唐]姚思廉:《梁书》,第2页。

戴邈在《请立学校疏》中说:"臣闻天道之所运,莫大于阴阳;帝王之至务,莫重于礼学。"①从其叙述的语气可知,这是古人的共识。因此,对于萧衍来说,他之所以留心礼学,在早期也许是受时风影响,为利禄考虑,但到后来却不能说与他"有志图王"的政治目标没有关系。考诸典籍,即使从一个学者的角度来看,萧衍在礼学方面的修养也达到了较高的水平。下面的几个例子可以说明这一点。

其一,永明二年(484)萧齐朝廷曾有过议礼活动,年仅 21 岁的萧衍也参与讨论,并发表了他的意见。《南齐书》卷九《礼志上》曰:

  司徒西阁祭酒梁王议:"《孝经》郑玄注云'上帝亦天别名'。如郑旨,帝与天亦言不殊。近代同辰,良亦有据。魏太和元年(477)正月丁未,郊祀武皇帝以配天,宗祀文皇帝于明堂以配上帝,此则已行之前准。"②

这说明萧衍在他弱冠之年即已开始表现出对礼学的兴趣。当时他是竟陵王西阁祭酒,之所以参与这样的讨论,大概主要是因为他在礼学上有一定造诣。

其二,《南史》卷七十一《儒林传·司马筠传》记载,梁天监七年(508),"安成国太妃陈氏薨,江州刺史安成王秀、荆州刺史始兴王憺,并以慈母表解职,诏不许,还摄本任。而太妃在都,丧祭无主。……武帝由是敕礼官议皇子慈母之服"。据《梁书》卷二十二《太祖五王传·安成康王秀传》,安成康王萧秀为萧顺之第七子也。与始兴王萧憺同为吴太妃所生,吴妃早亡,萧顺之"哀其早孤,命侧室陈氏并母二子。陈亦无子,有母德,视二子如亲生焉"。因此,所谓"议皇子慈母之服",就是讨论非亲生母死后,皇子应当遵循什么样的礼制守孝。当时尚书祠部郎司马筠引经据典,对"宋朝五服制,皇子服训养母礼,依庶母慈己,宜从小功之制"提出质疑,"谓宜依《礼》刊除,以反前代之惑"。但梁武帝以

---

① [唐]房玄龄等:《晋书》,卷六十九《戴若思传附戴邈传》,第 1848 页。
② [梁]萧子显:《南齐书》,卷九《礼志上》,第 124 页。

为不然，也同样引经据典，对司马筠所论提出疑问，以为"宋代此科，不乖《礼》意，便加除削，良是所疑"。"于是筠等请依制改定嫡妻之子，母没为父妾所养，服之五月，贵贱并同，以为永制。"①这一事例反映出梁武帝的礼学知识的确是非常渊博的。《南史·司马筠传》记述传主的内容非常简单，占全传不到百分之二十的篇幅，这样的写法是有违史书体例的，但李延寿不惮烦琐，用约百分之八十的篇幅来引录梁武帝与司马筠的辩论，大约也正是为了说明这一点。

其三，据《隋书》卷三十二《经籍志一·经》记载，梁武帝的礼学著述有《礼记大义》十卷、《中庸讲疏》一卷、《制旨革牲大义》三卷等，还有乐学著作《乐社大义》十卷、《乐论》三卷、《钟律纬》六卷、《乐义》十一卷（武帝集朝臣撰，亡）等。说明他不仅精通礼学，也精通乐学。萧衍著述丰富并且礼、乐兼通，在礼学发达的南朝十分突出。

其四，陈太建年间（569—582），朝廷百官曾就郊庙乐究竟按魏王肃还是按梁武帝的观点加以施行进行过一场讨论。《南史》卷六十九《姚察传》记其事曰：

> 太建初，补宣明殿学士。寻为通直散骑常侍，报聘于周。……使还，补东宫学士，迁尚书祠部侍郎。旧魏王肃奏祀天地，设宫悬之乐，八佾之舞，尔后因循不革。至梁武帝以为事人礼缛，事神礼简，古无宫悬之文。陈初承用，莫有损益。宣帝欲设备乐，付有司立议，以梁武为非。时硕学名儒，朝端在位，咸希旨注同。察乃博引经籍，独违群议，据梁乐为是。当时惊骇，莫不惭服。仆射徐陵因改同察议。其不顺时随俗，皆此类也。②

史家是将此作为姚察"不顺时随俗"的例证提出来的，但是却从另一个角度表现出梁武帝在礼学方面的造诣之高。

---

① 以上引自[唐]李延寿：《南史》，卷七十一《儒林传·司马筠传》，第1736—1738页。

② 又见[唐]姚思廉：《陈书》，卷二十七《姚察传》，第394页。

综上四点，可见成长于齐代特殊文化学术背景下的梁武帝，在礼学方面的确有其独到的见解。这是梁初重视礼乐文化建设，承续齐代之风雅，完成《五礼仪注》这一巨典的重要基础之一。

第二节　齐代议礼、制礼活动与梁武帝制礼的盛举

齐代的礼学热还体现在永明年间议礼、制礼活动，这些活动是梁代制礼作乐的基础，换言之，梁武帝制礼作乐实际是在改朝换代之后完成齐代的未竟之功。早在齐永明二年（484），太子步兵校尉伏曼容就上表建议制定新礼，《南齐书》曰：

> 于是诏尚书令王俭制定新礼，立治礼乐学士及职局，置旧学四人，新学六人，正书令史各一人，干一人，秘书省差能书弟子二人。因集前代，撰治五礼，吉、凶、宾、军、嘉也。文多不载。若郊庙庠序之仪，冠婚丧纪之节，事有变革，宜录时事者，备今志。其舆辂旗常，与往代同异者，更立别篇。[①]

围绕着"制定新礼"这一目标，终齐之世，议礼活动一直就没有中断过，而以永明年间（383—493）尤为活跃，《南齐书·礼志》对此有详细的记载。如"永明三年（485），有司奏：'来年正月二十五日丁亥，可祀先农，即日舆驾亲耕。'宋元嘉、大明以来，并用立春后亥日，尚书令王俭以为亥日藉田，经记无文，通下详议"。兼太学博士刘蔓、太常丞何谞之、国子助教桑惠度、助教周山文、助教何佟之、殿中郎顾𫐐之等均发表了自己的看法，经过充分的讨论，"参议奏用丁亥。诏'可'"[②]，最后还是采用了"有司"即礼官的建议。

对其他各项礼仪的讨论程序大致差不多，一般都是由"有司"先提出问题，太常官员加以讨论议定，最后由皇帝下诏确定。上述参与讨论的官

[①] ［梁］萧子显：《南齐书》，卷九《礼志上》，第118页。
[②] 以上引自［梁］萧子显：《南齐书》，卷九《礼志上》，第142页、第143页。

员,如太学博士、太常丞、国子助教、助教均为太常属官。从《南齐书·礼志》的记载来看,参与讨论的除了太常官员,也有其他官员,如骁骑将军虞炎、左丞萧琛、前军长史刘绘等,从官职来看不是专门的礼官,史书中也没有明确说他们是制定新礼的参加者,但这些人肯定对礼学都有过专门的研究。王俭、徐孝嗣、何佟之等人先后主持新礼的修订工作,因此他们参与讨论比较频繁,发表意见也比较多。

这样的议礼活动参与者非常广泛,学术探讨的意味很浓,但其目的是明确的,那就是制定新礼。由于种种原因,这项工作在齐代始终没有完成。梁武帝即位之后,制礼作乐的工作被重新提上了议事日程。《梁书》卷三《武帝本纪》曰:

> 天监初,则何佟之、贺蒨、严植之、明山宾等覆述制旨,并撰吉凶军宾嘉五礼,凡一千余卷,高祖称制断疑。于是穆穆恂恂,家知礼节。

对梁代制礼的盛举作了简要的交代,如果详参其他相关参与者的传记,可对从齐至梁的这一礼仪研讨、制作过程有更详细的了解。《梁书》卷二十五《徐勉传》载有徐勉于普通六年(525)所作的《上修五礼表》,首先追溯了齐代修五礼的经过:

> ……伏寻所定五礼,起齐永明三年(485),太子步兵校尉伏曼容表求制一代礼乐,于时参议置新旧学士十人,止修五礼,诏禀卫将军丹阳尹王俭,学士亦分住郡中,制作历年,犹未克就。及文宪薨殂,遗文散逸,后又以事付国子祭酒何胤,经涉九载,犹复未毕。建武四年(497),胤还东山,齐明帝敕委尚书令徐孝嗣。旧事本末,随在南第。永元中,孝嗣于此遇祸,又多零落。当时鸠敛所余,权付尚书左丞蔡仲熊、骁骑将军何佟之,共掌其事。时修礼局住在国子学中门外,东昏之代,频有军火,其所散失,又逾太半。[1]

---

[1] [唐]姚思廉:《梁书》,卷二十五《徐勉传》,第380页、第381页。

在齐代,制作新礼的总负责人就多次更换,①可能已经做了很多工作,但由于宫廷内乱不断,相关成果在齐末已散失过半。到了天监元年(502),何佟之再次上书,得到梁武帝的认可,下诏要求"外可议其人,人定,便即撰次"(《梁书·徐勉传》),于是沈约等人提出了具体的方案。《上修五礼表》又曰:

> 于是尚书仆射沈约等参议,请五礼各置旧学士一人,人各自举学士二人,相助抄撰。其中有疑者,依前汉石渠、后汉白虎,随源以闻,请旨断决。乃以旧学士右军记室参军明山宾掌吉礼,中军骑兵参军严植之掌凶礼,中军田曹行参军兼太常丞贺蒨掌宾礼,征虏记室参军陆琏掌军礼,右军参军司马褧掌嘉礼,尚书左丞何佟之总参其事。

但天监二年(503)何佟之去世,修撰人员再次变动。《上修五礼表》接着说:

> 佟之亡后,以镇北谘议参军伏暅代之。后又以暅代严植之掌凶礼。暅寻迁官,以《五经》博士缪昭掌凶礼。复以礼仪深广,记载残缺,宜须博论,共尽其致,更使镇军将军丹阳尹沈约、太常卿张充及臣三人同参厥务。臣又奉别敕,总知其事。末又使中书侍郎周舍、庾於陵二人复豫参知。若有疑义,所掌学士当职先立议,通谘五礼旧学士及参知,各言同异,条牒启闻,决之制旨。疑事既多,岁时又积,制旨裁断,其数不少。莫不网罗经诰,玉振金声,义贯幽微,理入神契。前儒所不释,后学所未闻。凡诸奏决,皆载篇首,具列圣旨,为不刊之则。洪规盛范,冠绝百王;茂实英声,方垂千载。

---

① 《梁书》卷五十一《处士传·何点传附何胤传》:"尚书令王俭受诏撰新礼,未就而卒。又使特进张绪续成之,绪又卒。属在司徒竟陵王子良,子良以让胤,乃置学士二十人,佐胤撰录。"[唐]姚思廉:《梁书》,第735页。《南齐书》卷四十八《刘绘传》说刘绘受命"助国子祭酒何胤撰治礼仪",[梁]萧子显:《南齐书》,第841页。

伏暅为齐代大儒伏曼容之子,《梁书》卷五十三《良吏传·伏暅传》说"高祖践阼,迁国子博士,父忧去职。服阕,为车骑谘议参军,累迁司空长史、中书侍郎、前军将军、兼《五经》博士,与吏部尚书徐勉、中书侍郎周舍,总知五礼事"。但不知什么原因,他不久即出为永阳内史,撰治新礼的大任先由沈约、张充和徐勉负责,后由徐勉总负责,周舍、庾於陵辅助。① 五礼完成的时间不同,《嘉礼仪注》、《宾礼仪注》完成于天监六年(507),《军礼仪注》完成于天监九年(510),《吉礼仪注》和《凶礼仪注》完成于天监十一年(512)。但相关的后续工作,直到普通五年(524)二月才最后完成。其间,沈约卒于天监十二年(513),张充卒于天监十三年(514),周舍卒于普通五年(524),普通六年(525)徐勉也已经六十岁,故他在表中称"前后联官,一时皆逝,臣虽幸存,耄已将及"(《梁书·徐勉传》)。因此,这"一百二十秩,一千一百七十六卷,八千一十九条"的新礼,可谓耗尽了几代人的心血。从徐勉表中"疑事既多,岁时又积,制旨裁断,其数不少"等话可知,其中有不少是梁武帝的观点。因此,梁武帝在制礼的过程中所起的作用,与一般的帝王又有所不同,他不仅是发起者,也是参与者。

《五礼仪注》不同于一般的学术著作,所谓"王者功成作乐,治定制礼"②,正反映出礼乐的重要性及礼与乐的密切关系。为了配合新礼而进行作乐,以及为配合新乐而创作新歌,就成为制礼工作必不可少的组成部分。因此,梁代制作新礼的举措客观上为歌诗的兴盛提供了契机和发展空间。

第三节 梁武帝制礼作乐与歌诗之关系

礼与乐相辅相成,相互为用,原本是不可分的,对此《礼记》曾有过非

---

① 《隋书》卷六《礼仪志一》:"梁武始命群儒,裁成大典。吉礼则明山宾,凶礼则严植之,军礼则陆琏,宾礼则贺玚,嘉礼则司马褧。帝又命沈约、周舍、徐勉、何佟之等,咸在参详。"[唐]魏征等:《隋书》,第107页。

② [汉]司马迁:《史记》,卷二十四《乐书》,中华书局1992年版,第1193页。

常精辟的论述。① 现代学者也说:"中国古代的乐没有独立的地位,它要受到礼的制约,其中蕴涵着明显的等级观念。礼乐相需为用,在各种礼仪中,用乐也有严格的等级规定,这表现出乐的等级性。乐与礼结合在一起,对于维护社会等级秩序、促进社会整合具有重要作用。"②历代帝王也大多将制礼作乐作为大事圣业来看待的,因此,制礼自然少不了作乐,梁武帝也不例外。他建国后,投入了大批的人力物力来制作新礼,同时对"大梁之乐"也倾注了巨大的热情。《隋书》卷十三《音乐志上》曰:

> 梁武帝本自诸生,博通前载,未及下车,意先风雅,爱诏凡百,各陈所闻。帝又自纠擿前违,裁成一代。……梁氏之初,乐缘齐旧。武帝思弘古乐,天监元年(502),遂下诏访百僚曰:"夫声音之道,与政通矣,所以移风易俗,明贵辨贱。而《韶》、《护》之称空传,《咸》、《英》之实靡托,魏晋以来,陵替滋甚。遂使雅郑混淆,钟石斯谬,天人缺九变之节,朝宴失四悬之仪。朕昧旦坐朝,思求厥旨,而旧事匪存,未获厘正,寤寐有怀,所为叹息。卿等学术通明,可陈其所见。"……是时对乐者七十八家,咸多引流略,浩荡其词,皆言乐之宜改,不言改乐之法。帝既素善钟律,详悉旧事,遂自制定礼乐。③

梁武帝"自制定礼乐",当然包括制新礼,也包括乐器、乐曲和歌诗等方面一系列创造性的工作,如他自造玄英通、青阳通、朱明通、白藏通四种乐器,并在原有乐曲基础上,对《上云乐》等歌曲进行的改造,以及他与文臣

---

① 如"乐者为同,礼者为异。同则相亲,异则相敬。乐胜则流,礼胜则离。合情饰貌者礼乐之事也。礼义立,则贵贱等矣;乐文同,则上下和矣"。再如"乐由中出,礼自外作。乐由中出故静,礼自外作故文。大乐必易,大礼必简。乐至则无怨,礼至则不争。揖让而治天下者,礼乐之谓也"。再如"故知礼乐之情者能作,识礼乐之文者能述。作者之谓圣,述者之谓明。明圣者,述作之谓也。乐者,天地之和也。礼者,天地之序也。和故百物皆化,序故群物皆别。乐由天作,礼以地制。过制则乱,过作则暴。明于天地,然后能兴礼乐也"。都是从礼乐相互为用的角度讲的。

② 刘泽华、刘丰:《论乐的等级思想及其社会功能》,《兰州大学学报》2004 年第 1 期,第 1—9 页。

③ [唐]魏征等:《隋书》,卷十三《音乐志上》,第 287—289 页。

们为配合新礼所写的一大批歌诗等,都属于这一文化大工程的有机组成部分,需要在制礼作乐这一文化背景下来理解。

从适应新礼需要的角度来看,梁代建国后,二郊、太庙、明堂、三朝等各种礼仪都需要新乐与新歌诗的配合。因此,在很大程度上,与新礼相配的这类歌诗本身就是礼乐的一部分,在当时还不具备独立的文学意义。由于五礼最后完成的时间是在天监十一年(512),故这一年也是梁代新乐和歌诗创作有明确记载的比较集中的一年。这些歌诗主要包括用于二郊、太庙、明堂等仪式的雅歌诗和用于三朝元会礼的歌诗两大部分。兹分别考述如下:

第一,用于二郊、太庙、明堂等仪式的雅歌诗。主要包括雅乐歌、南北郊登歌、明堂登歌、宗庙登歌、大壮大观舞歌、鼓吹新歌等。这些歌诗在《乐府诗集》中分别收录在郊庙歌辞、燕射歌辞、舞曲歌辞、鼓吹曲辞几类中。《俊雅》三首、《皇雅》三首、《胤雅》一首、《寅雅》一首、《介雅》三首、《需雅》八首、《雍雅》三首、《涤雅》一首、《牷雅》一首、《诚雅》三首、《献雅》一首、《禋雅》二首、《梁南郊登歌》二首、《梁北郊登歌》二首、《梁明堂登歌》五首、《梁宗庙登歌》七首、《梁鼓吹曲》十二首、《大壮舞歌》一首、《大观舞歌》一首,共六十首,均为沈约所作。

其中,《皇雅》"二郊、太庙同用",三朝亦用之,《涤雅》至《禋雅》及《俊雅》、《大壮舞歌》、《大观舞歌》为"二郊、太庙、明堂,三朝同用",《胤雅》至《雍雅》五首主要用于三朝。① 四类登歌在梁代分别用于祭神祭祖的"二郊、明堂、太庙"②,《俊雅》至《雍雅》七种的具体用途,见后面所述三朝礼仪。"《涤雅》、《牷雅》、《诚雅》、《献雅》、《禋雅》",按照《隋书》卷十三《音乐志上》的说法,大致是牲出入奏《涤雅》,荐毛血奏《牷雅》,降神及迎送奏《诚雅》,皇帝饮福酒奏《献雅》,燎埋奏《禋雅》。这十二种雅歌,即所谓梁

---

① 参见[唐]魏征等:《隋书》,卷十三《音乐志上》对梁代雅歌诗名称更改及各篇功用的说明及《乐府诗集》相关解题。

② 《乐府诗集》卷三《梁南郊登歌》二首解题曰:"旧三朝设乐,皆有登歌。梁武以为登歌者,颂祖宗功业,非元日所奏,于是去之。后以其说非通,复用于嘉庆。"又说:"梁南北郊、宗庙、皇帝初献及明堂,遍歌五帝,并奏登歌。"[宋]郭茂倩编:《乐府诗集》,第34页。

十二《雅》,当时礼学家以为"并则天数,为一代之曲"①。因为出于祭神祭祖、备一代之礼的实用目的,这些歌诗语言上大多质朴古雅,其文学价值则稍有逊色,也没有多少创新意义。

第二,用于三朝礼仪的歌诗。正月一日,为岁、月、日之始,故称为三朝(zhāo)。古代皇帝于这一日朝会群臣的礼仪又称为正会或元会。梁代三朝礼甚为隆重,有四十九项之多。《隋书》卷十三《音乐志上》曰:

> 旧三朝设乐有登歌,以其颂祖宗之功烈,非君臣之所献也,于是去之。三朝,第一,奏《相和五引》;第二,众官入,奏《俊雅》;第三,皇帝入合,奏《皇雅》;第四,皇太子发西中华门,奏《胤雅》;第五,皇帝进,王公发足;第六,王公降殿,同奏《寅雅》;第七,皇帝入储变服;第八,皇帝变服出储,同奏《皇雅》;第九,公卿上寿酒,奏《介雅》;第十,太子入预会,奏《胤雅》;十一,皇帝食举,奏《需雅》;十二,撤食,奏《雍雅》;十三,设《大壮》武舞;十四,设《大观》文舞;十五,设《雅歌》五曲,十六,设俳伎;十七,设《鼙舞》;十八,设《铎舞》;十九,设《拂舞》;二十,设《巾舞》并《白纻》;二十一,设舞盘伎;二十二,设舞轮伎;二十三,设刺长追花幢伎;二十四,设受猾伎;二十五,设车轮折脰伎;二十六,设长跷伎;二十七,设须弥山、黄山、三峡等伎;二十八,设跳铃伎;二十九,设跳剑伎;三十,设掷倒伎;三十一,设掷倒案伎;三十二,设青丝幢伎;三十三,设一伞花幢伎;三十四,设雷幢伎;三十五,设金轮幢伎;三十六,设白兽幢伎;三十七,设掷跷伎;三十八,设狝猴幢伎;三十九,设啄木幢伎;四十,设五案幢咒愿伎;四十一,设辟邪伎;四十二,设青紫鹿伎;四十三,设白武伎,作讫,将白鹿来迎下;四十四,设寺子导安息孔雀、凤凰、文鹿胡舞登连《上云乐》歌舞伎;四十五,设缘高絙伎;四十六,设变黄龙弄龟伎;四十七,皇太子起,奏《胤雅》;四十八,众官出,奏《俊雅》;四十九,皇帝兴,奏《皇雅》。②

---

① [唐]魏征等:《隋书》,卷十三《音乐志上》,第304页。
② [唐]魏征等:《隋书》,卷十三《音乐志上》,第302页、第303页。

这四十九项中,有相当一部分是要表演歌舞,因而也需要新的歌诗配合。现依照三朝礼顺序,对各种礼仪所演奏歌诗简述如下。

(一)第一,奏《相和五引》。《乐府诗集》卷二十六《相和歌辞一·相和六引》解题引《古今乐录》曰:"张永《技录》相和有四引,一曰箜篌,二曰商引,三曰徵引,四曰羽引。《箜篌引》歌瑟调,东阿王辞。《门有车马客行》、《置酒篇》,并晋、宋、齐奏之。古有六引,其宫引、角引二曲阙,宋为《箜篌引》,有辞;三引有歌声,而辞不传。梁具五引,有歌有辞。凡相和,其器有笙、笛、节歌、琴、瑟、琵琶、筝七种。"梁代的《相和五引》包括《宫引》、《商引》、《角引》、《徵引》、《羽引》五篇,前期歌诗为沈约所作。普通(520—526)中梁武帝命萧子云改作,二人的《相和五引》均保存在《乐府诗集》卷二十六。关于《相和五引》的意义,《晋书》卷二十二《乐志上》解释说:

> 五声:宫为君,宫之为言中也。中和之道,无往而不理焉。商为臣,商之为言强也,谓金性之坚强也。角为民,角之为言触也,谓象诸阳气触物而生也。徵为事,徵之为言止也,言物盛则止也。羽为物,羽之为言舒也,言阳气将复,万物孳育而舒生也。古人有言曰:"礼乐不可斯须去身。"化上迁善,有如不及。是以闻其宫声,使人温良而宽大;闻其商声,使人方廉而好义;闻其角声,使人恻隐而仁爱;闻其徵声,使人乐养而好施;闻其羽声,使人恭俭而好礼。[1]

赋予了宫、商、角、徵、羽如此重要的伦理功能,这大概也是梁代把《相和五引》列在三朝第一位的原因。

(二)第二至第十二,及第四十七到四十九所奏《俊雅》、《皇雅》、《胤雅》、《寅雅》、《介雅》、《需雅》、《雍雅》七种雅乐,均是配合礼仪活动中君臣的行动举止而演奏的。第十三、第十四的"《大壮》武舞"和"《大观》文舞",除乐、舞外,还应包括《大壮舞歌诗》和《大观舞歌诗》的表演。

(三)第十五,设《雅歌》。《雅歌》,《乐府诗集》卷五十一《梁雅歌》解题引《古今乐录》曰:"梁有雅歌五曲:一曰《应王受图曲》,二曰《臣道曲》,三

---

[1] [唐]房玄龄等:《晋书》,卷二十二《乐志上》,第677页。

曰《积恶篇》,四曰《积善篇》,五曰《宴酒篇》。三朝乐第十五奏之。"《梁雅歌》为梁代所创作,不著作者,是君臣对酒设乐、宾主规诫之作。五曲均为四言十二句。"辞典而音雅"①,与前述"十二雅"不同,是清商新声中非常独特的一类。《乐府诗集》卷五十一还载有李白拟作的《梁雅歌》一首,可见它在唐代还有影响。

(四)第十六,设俳伎。俳伎属于散乐,是百戏的一种。《旧唐书》卷二十九《音乐志二》曰:"《散乐》者,历代有之,非部伍之声,俳优歌舞杂奏。"郭茂倩《乐府诗集》卷五十六《俳歌辞·古辞》解题曰:"一曰《侏儒导》,自古有之,盖倡优戏也。"其辞曰:"俳不言不语,呼俳噏所。俳适一起,狼率不止。生拔牛角,摩断肤耳。马无悬蹄,牛无上齿。骆驼无角,奋迅两耳。"②《南齐书》卷十一《乐志》在这首歌诗下又说:"右侏儒导舞人自歌之。古辞俳歌八曲,此是前一篇。二十二句,今侏儒所歌,摘取之也。"③意思是说,这只是选取古辞俳歌八曲第一篇的一部分。我们发现中华书局版《南齐书》的标点与郭茂倩的理解有所不同的,即"侏儒导"三字无书名号,且不断开。这两种理解是不一样的,依后者《侏儒导》乃是古辞《俳歌辞》的别名,④而照前者理解则可能是"侏儒"导引"舞人"。那么到底哪种观点更符合实际呢?郭茂倩解题又有"《隋书·乐志》曰:'魏、晋故事,有《侏儒导》引,隋文帝以非正典,罢之'"⑤。这是节引,《隋书》卷十五《音乐志下》原文为:

> 又魏、晋故事,有《矛俞》、《弩俞》及朱儒导引。今据《尚书》直云

---

① [后晋]刘昫等:《旧唐书》,卷二十九《音乐志二》,第 1068 页。
② [宋]郭茂倩编:《乐府诗集》,卷五十六《杂舞四》,第 819 页、第 820 页;[梁]萧子显:《南齐书》卷十一《乐志》所载之《俳歌辞》与此基本相同,唯"拔"作"扳","骆驼"作"骆驿",第 195 页。
③ [梁]萧子显:《南齐书》,卷十一《乐志》,第 195 页。
④ 逯钦立将《俳歌辞·古辞》列入汉代舞曲歌辞,他在引录《南齐书》的这段话时,虽然没有给"侏儒导"三字加书名号,但却在"导"字下断开,显然是与郭茂倩的理解一致。逯钦立辑校:《先秦汉魏晋南北朝诗》,第 279 页。
⑤ [宋]郭茂倩编:《乐府诗集》,卷五十六《俳歌辞》解题节引,第 820 页。

干羽,《礼》文称羽籥干戚。今文舞执羽籥,武舞执干戚,其《矛俞》、《弩俞》等,盖汉高祖自汉中归,巴、俞之兵,执仗而舞也。既非正典,悉罢不用。①

引文中把"《矛俞》、《弩俞》"与"朱儒导引"并列在一起,要对后者做出正确的理解,我们先需对《矛俞》、《弩俞》之源流稍作追溯。所谓《矛俞》、《弩俞》本是汉代巴渝舞的一部分,《后汉书》卷八十六《南蛮西南夷列传·板楯蛮夷传》曰:

> 至高祖为汉王,发夷人还伐三秦。秦地既定,乃遣还巴中,复其渠帅罗、朴、督、鄂、度、夕、龚七姓,不输租赋,余户乃岁入賨钱,口四十。世号为板楯蛮夷。阆中有渝水,其人多居水左右,天性劲勇,初为汉前锋,数陷陈。俗喜歌舞,高祖观之,曰:"此武王伐纣之歌也。"乃命乐人习之,所谓《巴渝舞》也。遂世世服从。

自此,《巴渝舞》被当作汉代的武舞。舞曲本有《矛渝本歌曲》、《弩渝本歌曲》、《安台本歌曲》、《行辞本歌曲》四曲,到了汉末,"其辞既古,莫能晓其句度",曹操命王粲改为"《矛渝新福歌曲》、《弩渝新福歌曲》、《安台新福歌曲》、《行辞新福歌曲》,《行辞》以述魏德。黄初三年(222),又改《巴渝舞》曰《昭武舞》"。到了晋代,又改《昭武舞》曰《宣武舞》,《羽龠舞》曰《宣文舞》,以代替原来的武舞和文舞。咸宁元年(275),《宣武》、《宣文》二舞又被荀勖、郭夏、宋识等人所造的《正德》、《大豫》二舞所取代。② 宋武帝永初元年(420),"改《正德舞》曰《前舞》,《大豫舞》曰《后舞》"③。宋武帝孝建(454—456)初,"朝议以《凯容舞》为《韶舞》,《宣烈舞》为《武舞》。据《韶》为言,《宣烈》即是古之《大武》,非《武德》也。今世谚呼为武王伐纣

---

① [唐]魏征等:《隋书》,卷十五《音乐志下》,第359页。
② 以上见[唐]房玄龄等:《晋书》,卷二十二《乐志上》,第693页、第694页。按:《宣武》与《大豫》相对,《宣文》与《正德》相对,《晋书》叙述次序颠倒了。
③ [梁]沈约:《宋书》,卷十九《音乐志一》,第541页。

其冠服,魏明帝世尚书所奏定《武始舞》服,晋、宋承用,齐初仍旧,不改宋舞名"①。又郭茂倩解题《前舞凯容歌》宋辞解题曰:

> 按《正德》、《大豫》二舞,即出《宣武》、《宣文》、魏《大武》三舞也。《宣武》,魏《昭武舞》也。《宣文》,魏《武始舞》也。魏改《巴渝》为《昭武》,《五行》曰《大武》。今(笔者按:指刘宋)《凯容舞》执籥秉翟,即魏《武始舞》也。《宣烈舞》有矛弩,有干戚。矛弩,汉《巴渝舞》也,干戚,周《武舞》也。宋世止革其辞与名,不变其舞。舞相传习,至今不改。琼、识所造,正是杂用二舞,以为《大豫》尔。②

可知,《矛俞》、《弩俞》,本出于汉代的《巴渝舞》,以后历代频有改作。魏代改《巴渝舞》为《昭武舞》,晋代先改《昭武舞》为《宣武舞》,再改为《大豫舞》,但是《大豫舞》已非完全袭用《巴渝舞》,而是综合周代《武舞》与汉代《巴渝舞》而成。宋代又改《大豫舞》为《宣烈舞》,其中《宣烈舞》有"矛弩"的部分,仍是远承《巴渝舞》。但是,从典籍记载来看,自晋代之后,《巴渝舞》在雅舞(武舞)中的地位就已经逐渐式微。《宋书》卷二十《乐志二》载有王粲《俞儿舞歌》四篇,分别为《矛俞新福歌》、《弩俞新福歌》、《安台新福歌》、《行辞新福歌》。"渝"被换作"俞",大约就始于此时。《宋书》同卷又有傅玄《晋宣武舞歌》四篇,分别为《惟圣皇篇·矛俞第一》、《短兵篇·剑俞第二》、《军镇篇·弩俞第三》、《穷武篇·安台行乱第四》。其中王粲的《弩俞新福歌》云:"材官选士,剑弩错陈。应桴蹈节,俯仰若神。"傅玄的《惟圣皇篇·矛俞第一》云:"剑弩齐列,戈矛为之始。进退疾鹰鹞,龙战而豹起。"都写到了矛、弩这两种武器,《军镇篇·弩俞第三》不仅讲到了弩,也更为典型地表现了舞蹈的特点。现录其全文如下:

> 弩为远兵军之镇,其发有机。体难动,往必速,重而不迟。锐精

---

① [梁]萧子显:《南齐书》,卷十一《乐志》,第190页。
② [宋]郭茂倩编:《乐府诗集》,卷五十二《前舞凯容歌》宋辞解题,第760页。

分铧,射远中微。弩俞之乐,一何奇,变多姿。退若激,进若飞,五声协,八音谐,宣武象,赞天威。

但是晋咸宁元年(275)改制《大豫舞》后,傅玄、荀勖和张华所作的《大豫舞歌》中,却不再提到矛与弩,也没有对执矛、弩而舞的舞蹈特点加以描述。同样在宋代王韶之所作的《后舞歌》中,也没有相关的内容。

齐代虽然"不改宋舞名",但是其间却有一个细微的变化,《南齐书》卷十一《乐志》非常明确地说"《宣烈舞》,执干戚"①,而不再提"有矛弩",说明从齐代开始,《巴渝舞》作为雅舞的时代已经终结。据《旧唐书》,梁代又恢复了《巴渝》舞名。② 但现有史料未见梁复《巴渝》的其他记载,而且梁代"以武舞为《大壮舞》,取《易》云'大者壮也',正大而天地之情可见也"③。在三朝乐中排在第十三。从沈约所作《大壮舞歌》也看不出此舞与矛、弩有何关系。因此即使梁复《巴渝》属实,也肯定没有把它纳入武舞。也就是说,梁代的武舞也不再像刘宋一样包括"《矛俞》、《弩俞》"在内了。《旧唐书》将《巴渝》作为《清乐》的一种,上述王粲的《俞儿舞歌》与傅玄的《晋宣武舞歌》,又见于《乐府诗集》卷五十三《舞曲歌辞·杂舞一》,也就是说,梁代以后这类舞曲都被归入杂舞一类,从汉代到梁代以后,包括《矛俞》、《弩俞》在内的《巴渝舞》经历了由杂舞到雅舞再到杂舞的发展演变。

弄清了《矛俞》、《弩俞》的源流,我们还需要将上引《隋书》卷十五《音乐志下》中的一段话,放在上下文整体语境中来理解,尤其应该注意下面几点:

在《隋书》原文中,这段话是讲了直到隋代仍保存的文舞、武舞的详细表演特点后,才对魏晋以来武舞表演情况作的一点补叙。因为整段文字都是在讲文舞、武舞,所以"魏、晋故事,有《矛俞》、《弩俞》及朱儒导引"中之"朱儒导引",显然不是与武舞并列的另一种技艺,而应该是武舞的一个

---

① [梁]萧子显:《南齐书》,卷十一《乐志》,第190页。
② [后晋]刘昫等:《旧唐书》,卷二十九《音乐志二》,第1063页。
③ [唐]魏征等:《隋书》,卷十三《乐志上》,第292页。

组成部分,此其一。

上述引文中说传统武舞"执干戚"而舞,汉代巴渝舞却是"执仗而舞"。其中的"仗",即指"矛"、"弩",因此被罢。又《旧唐书》曰:"《巴渝》,汉高帝所作也。……魏、晋改其名,梁复号《巴渝》,隋文废之。"[1]这与《隋书》的说法可以相互印证。所谓隋文帝废《巴渝》与罢《矛俞》、《弩俞》,讲的其实是一回事。而以"非典正"被废或被罢的,还应当包括"朱儒导引"。此其二。

其三,《俳歌辞·古辞》解题引《古今乐录》曰:"梁三朝乐第十六,设俳技。技儿以青布囊盛竹箧,贮两蹙子,负束写地歌舞。小儿二人,提沓蹙子头,读俳云:见俳不语言,俳涩所俳作一起。[2] 四坐敬止。马无悬蹄,牛无上齿。骆驼无角,奋迅两耳。半拆荐博,四角恭跱。"对梁代俳技的表演作了一些说明,然这段文字颇为费解,历来学者们也多未深究。按:《说文解字》曰:"蹙,足跌也",段注曰:"蹙者,骨委屈失其常。"[3]又可引申为弩名,《四声篇海》:"蹙,足跌也。弩名,张弩必以足,因为弩名。"又"束"字,《中华大字典》释义中有"五十矢为束"[4],古代弩弓亦称为"弩子"。联系上面所述《巴渝舞》中《弩俞》的特点,颇疑"蹙子"乃"弩"之俗称,如果这一推测可以成立,那么此俳技当与《弩俞》有关,或即从为隋文帝所罢的"《矛俞》、《弩俞》及朱儒导引"改编而来。

如果对《南齐书·乐志》及《古今乐录》的记载进行细致比较,还可发现两者所记录的俳技表演似乎都不完整,所讲到的表演片段各有偏重:

1. 由《南齐书·乐志》"今侏儒所歌,摘取之也"两句可知,俳技在齐代表演时,俳歌辞是由"侏儒"来唱的,这可作为理解前面"侏儒导舞人自歌之"一句的一个依据,说明这一句可能应断作"侏儒导舞人,自歌之"。也就是说表演中的分工是明确的,舞蹈当由"舞人"来表演,"侏儒"除"自歌"

---

[1] [后晋]刘昫等:《旧唐书》,卷二十九《音乐志二》,第1063页。
[2] 这两句当断为"见俳不语,言俳涩所。俳作一起"。
[3] [东汉]许慎撰,[清]段玉裁注:《说文解字注》,上海古籍出版社1981年版,第84页。
[4] 《中华大字典》,中华书局1978年版,第1136页。

俳歌外，还需导引"舞人"。

2. 据《古今乐录》，梁代俳伎表演也是歌、舞并作，参与的人物有"技儿"和"小儿二人"，二者也有分工，大致是技儿用青布口袋装一种有两弩的竹篋，同时身背五十支一束的弩箭出场，① 然后把弩箭倾置于地，开始歌舞表演。这里的"技儿"大致相当于齐代俳伎中的"舞人"，"小儿二人"则相当于"侏儒"。不过这里没有讲导引"技儿"（舞人），只是说到了"小儿"的两项表演：一是"提沓蹉子头"，或即提起弓弩的前部，一是"读俳"。

3. 从两首俳歌辞稍有小异来看，其表演似乎也不应该有大的变化。那么，二者相互补充，或许就是更完整的俳伎表演方式。依照这一思路，应该有"侏儒"二人先出场，并导引"舞人"（"技儿"）出场。但这一过程如何进行，现在只能存疑。"舞人"（"技儿"）除进行舞蹈表演外，可能还有歌唱（"负束写地歌舞"）。从作为道具的弩和弩箭来看，表演内容当与《弩俞》有关，很有可能是由《弩俞舞》改编而成的滑稽戏。两个侏儒不论是"读俳"、"唱俳"，还是读、唱并用，但所读或所唱俳歌都应当与舞蹈有密切关系。

4. 两首俳歌内容虽说费解，甚至某些词语在别处基本没有出现过。但是如果《俳歌辞》确与《弩俞》密切相关，那么，《俳歌辞》很有可能是以极其诙谐、夸张的语言渲染弩箭之威力。辞中出现的动物，或许由"象人"扮演，作为"舞人"中的一类，一方面配合"技儿"的《弩俞》舞，另一方面也配合侏儒的读与歌（说与唱），三者依照共同的乐曲节奏来展开表演，同时杂以幻术，逼真地将"马无悬蹄，牛无上齿。骆驼无角，奋迅两耳"等炫人耳目的奇异景象再现出来，以形象地渲染弩箭的威力。

当然这四点也还只是推测，还需要有更多的材料和更深入的研究来加以证明。但从上述三个方面来看，我们认为，郭茂倩《俳歌辞》"一曰《侏儒导》"的说法可能是错的，中华书局版《南齐书》的标点方式可能更接近实际。而齐梁间犹在流行的俳歌伎，与《弩俞》有关，其表演形式比较复杂。因为从中可以窥见当时俳歌表演的一些特点，故不惮烦琐，考述如上。

---

① 负羽（背负弓箭）、负弩（身背弓矢）这两个词当即从这种表演方式而来。

第九章　梁武帝制礼作乐与歌诗之关系　149

（五）第十七，设《鼙舞》。又作"鞞舞"，《乐府诗集》卷五十四收有《梁鞞舞歌》十首，七首为沈约作，另外三首为周舍作。沈约《梁鞞舞歌》第一首开头两句说："大梁七百始，天监三元初。"郭茂倩解题曰："《隋书·乐志》曰：'梁三朝乐第十七设《鼙舞》。'《唐书·乐志》曰：'《明君》，本汉世《鞞舞曲》。梁武帝时改其辞以歌君德。'"①

（六）第十八，设《铎舞》。《乐府诗集》卷五十四《铎舞歌》解题引《古今乐录》曰："铎，舞者所持也。木铎制法度以号令天下，故取以为名。今谓汉世诸舞，鞞、巾二舞是汉事，铎、拂二舞以象时。古《铎舞曲》有《圣人制礼乐》一篇，声辞杂写，不复可辨，相传如此。魏曲有《太和时》，晋曲有《云门篇》，傅玄造，以当魏曲，齐因之。梁周舍改其篇。"周舍《梁铎舞曲》云："《云门》且莫奏，《咸池》且莫歌。我后兴至德，乐颂发中和。白云汾已隆，万舞郁骈罗。功成圣有作，黄、唐何足多。"亦歌功颂德之词。

（七）第十九，设《拂舞》。《乐府诗集》卷五十五《晋拂舞歌》解题引《古今乐录》曰："梁《拂舞歌》并用晋辞。"其辞曰："翩翩白鸠，再飞再鸣。怀我君德，来集君庭。暖暖鸣球，或丹或黄。乐我君恩，振羽来翔。"其实《晋拂舞歌》包括《白鸠篇》、《济济篇》、《独禄篇》、《碣石篇》和《淮南王篇》五首，《白鸠篇》又分为七解。《梁拂舞歌》乃是截取《晋拂舞歌·白鸠篇》的第一解和第三解组合而成。据《乐府诗集》卷五十五李白《白鸠辞》解题引《古今乐录》曰"鞞、铎、巾、拂四舞，梁并夷则格，钟磬鸠拂和，故白拟之，为《夷则格上白鸠拂舞辞》云"，说明其乐曲又有独特之处。

（八）第二十，设《巾舞》并《白纻》。《乐府诗集》卷五十五《晋白纻舞歌诗》引《乐府解题》曰："古词盛称舞者之美，宜及芳时为乐，其誉白纻曰：'质如轻云色如银，制以为袍余作巾。袍以光躯巾拂尘。'"梁代《白纻歌》仍以称赞舞者为基本内容。《乐府诗集》卷五十五有梁武帝《梁白纻辞二首》：

　　朱丝玉柱罗象筵，飞琯促节舞少年。短歌流目未肯前，含笑一转

---

①　[宋]郭茂倩编：《乐府诗集》，卷五十四沈约《梁鞞舞歌》解题，第783页。

私自怜。

纤腰袅袅不任衣,娇怨独立特为谁。赴曲君前未忍归,上声急调中心飞。

对这两首《白纻辞》,宋人许𫖮《彦周诗话》给予了高度的赞誉:"梁武帝作《白纻舞词》四句,令沈约改其词为四时白纻之歌。帝词云:'朱弦玉柱罗象筵,飞管促节舞少年。短歌留目未肯前,含笑一转私自怜。'嗟乎丽矣!古今当为第一也。"① 梁武帝还让沈约作了《四时白纻歌》,分为春、夏、秋、冬、夜五首。

春白纻

兰叶参差桃半红,飞芳舞縠戏春风。如娇如怨状不同,含笑流眄满堂中。
翡翠群飞飞不息,原在云间长比翼。佩服瑶草驻容色,舞日尧年欢无极。

夏白纻

朱光灼烁照佳人,含情送意遥相亲。嫣然宛转乱心神,非子之故欲谁因。
翡翠群飞飞不息,原在云间长比翼。佩服瑶草驻容色,舞日尧年欢无极。

秋白纻

白露欲凝草已黄,金管玉柱响洞房。双心一意俱回翔,吐情寄君君莫忘。
翡翠群飞飞不息,愿在云间长比翼。佩服瑶草驻容色,舞日尧年欢无极。

冬白纻

寒闺昼寝罗幌垂,婉容丽心长相知。双去双还誓不移,长袖拂面为君施。
翡翠群飞飞不息,愿在云间长比翼。佩服瑶草驻容色,舞日尧年欢无极。

夜白纻

秦筝齐瑟燕赵女,一朝得意心相许。明月如规方袭予,夜长未央歌《白纻》。

---

① [清]何文焕:《历代诗话》(上),中华书局1981年版,第401页。

翡翠群飞飞不息,愿在云间长比翼。佩服瑶草驻容色,舞日尧年欢无极。

《旧唐书》卷二十九《音乐志二》说:"《白纻》,沈约云:本吴地所出,疑是吴舞也。梁帝①又令约改其辞。其《四时白纻》之歌,约集所载是也。"②值得一提的是沈约的《四时白纻歌》是与梁武帝合作而成,《古今乐录》曰:"沈约云:'《白纻》五章,敕臣约造。武帝造后两句。'"③从中正可看出梁武帝的兴趣所在。梁代还有张率写过《白纻歌》九首。三人所作均为七言,但梁武帝为七言四句,张率为七言五句,沈约为七言八句,且五首的后四句全都一样。元代龙辅的《女红余志》卷上"《白纻歌》条"说:"沈约《白纻歌》五章(每章七言八句,后四句梁武帝作,五章后四句都相同,当是用作送声的),舞用五女,中间起舞,四角各奏一曲。至翡翠群飞(全句云:'翡翠群飞飞不息',为梁武帝所造歌诗之首句)以下,则合声奏之,梁尘飞动。舞已则舞者独歌末曲以进酒。"④又《乐府诗集》卷五十五梁武帝《梁白纻辞》二首解题引《古今乐录》曰:"梁三朝乐第二十,设《巾舞》,并《白纻》,盖《巾舞》以《白纻》四解送也。"

我们在此需加以特别说明的是,鞞、铎、巾、拂四种舞曲歌诗,虽是梁代三朝礼仪的一部分,但早在汉代就已经用于宴飨中。《隋书》卷十五《音乐志下》曰:"其后牛弘请存《鞞》、《铎》、《巾》、《拂》等四舞,与新伎并陈。因称:'四舞,按汉、魏以来,并施于宴飨。……故梁武报沈约云:《鞞》、《铎》、《巾》、《拂》,古之遗风。'"⑤郭茂倩也说:"杂舞者,《公莫》、《巴渝》、《盘舞》、《鞞舞》、《铎舞》、《拂舞》、《白纻》之类是也。始皆出自方俗,后浸

---

① "梁帝",《通典》卷一四五、《乐府诗集》卷五十五引本志作"梁武帝",见[后晋]刘昫等:《旧唐书》,卷二十九《音乐志二》校勘记,第 1084 页。

② [后晋]刘昫等:《旧唐书》,卷二十九《音乐志二》,第 1064 页。

③ [宋]郭茂倩编:《乐府诗集》,卷五十六沈约《四时白纻歌》解题引,第 806 页。

④ 转引自王运熙:《乐府诗述论》,括号中的话乃王先生加的按语,第 112 页。这段话萧涤非先生《汉魏六朝乐府文学史》亦曾引用,萧先生以为"所言甚有理,但未知所据,《女红余志》作者龙辅乃元人,其时《白纻舞》盖早已失传"。第 249 页、第 250 页。

⑤ [唐]魏征等:《隋书》,卷十五《音乐志下》,第 377 页。

陈于殿庭。盖自周有缦乐散乐，秦汉因之增广，宴会所奏，率非雅舞。汉、魏已后，并以鞞、铎、巾、拂四舞，用之宴飨。宋武帝大明中，亦以鞞拂杂舞合之。钟石施于庙庭，朝会用乐，则兼奏之。明帝时，又有西伧羌胡杂舞，后魏、北齐，亦皆参以胡戎伎，自此诸舞弥盛矣。隋牛弘亦请存四舞，宴会则与杂伎同设，于西凉前奏之，而去其所持鞞拂等。"①就梁代而言，最有创造性的大概是作为巾舞送声的《白纻舞歌》。这些歌诗除用于三朝礼仪之外，很可能还是宴会中的主要节目，与喜游宴的梁武帝举行的无数次宴会有着密切的关系。出现鞞、铎、巾、拂"诸舞弥盛"的局面，梁武帝的推动作用是功不可没的。

（九）第二十一，设舞盘伎。此为梁代三朝节目之一，《南齐书》卷十一《乐志》载《齐世昌》辞："齐世昌，四海安乐齐太平。人命长，当结久。千秋万岁，皆老寿。"②辞后说明这是从晋代《杯盘舞》歌诗删改而来的，考《宋书》卷二十二《乐志四》有《杯盘舞》歌诗一篇。共十解。《齐世昌》取其第一解"晋世宁，四海平，普天安乐永大宁"和第十解"人命长，当结友，千秋万岁皆老寿"，又略有改动。《旧唐书》卷二十九《音乐志二》说："汉世有橦木伎，又有盘舞。晋世加之以杯，谓之《杯盘舞》。乐府诗云，'妍袖陵七盘'，言舞用盘七枚也。梁谓之《舞盘伎》。"《舞盘伎》歌诗失载，或当在《齐世昌》基础上修改而成。

（十）第四十一，设辟邪伎。《乐府诗集》卷十八《鼓吹曲辞三》李白《雉子斑》解题引《古今乐录》曰："梁三朝乐第四十一，设辟邪伎鼓吹作《雉子斑》曲引去来。"李白诗题在其集中作《设辟邪伎鼓吹〈雉子斑〉曲辞》，王琦注引孟康《汉书注》曰："桃拔，一名符拔，似鹿，长尾，一角者或为天鹿，两角者或为辟邪。辟邪伎者，盖假为辟邪兽之形而舞者也。"③说明梁代辟邪伎表演时是有鼓吹曲《雉子斑》相配的，故也当有相应的歌诗。但沈约所作梁代鼓吹曲十二首中，没有《雉子斑》。《乐府诗集》所载梁代《雉子

---

① [宋]郭茂倩编：《乐府诗集》，卷五十三《杂舞一》解题，第 766 页。
② [梁]萧子显：《南齐书》，卷十一《乐志》，第 194 页。又见[宋]郭茂倩编：《乐府诗集》，卷五十六《舞曲歌辞五》，第 810 页。
③ [清]王琦注：《李太白全集》，卷四，中华书局 1977 年版，第 238 页。

斑》只有吴均所作的一首,辞曰:"可怜雉子斑,群飞集野甸。文章始陆离,意气已惊猗。幽并游侠子,直心亦如箭。死节报君恩,谁能孤恩眄。"写游侠子"死节报君恩",与李白之作借咏耿介逃名之士,及汉乐府铙歌十八曲之《雉子斑》均有很大不同。究竟与梁代辟邪伎相配之《雉子斑》的具体特点如何,已难以考知。

《旧唐书》卷二十九《音乐志二》说:"梁有《长跻伎》、《掷倒伎》、《跳剑伎》、《吞剑伎》,今并存。又有《舞轮伎》,盖今戏车轮者。《透三峡伎》,盖今《透飞梯》之类也。《高絙伎》,盖今之戏绳者是也。梁有《猕猴幢伎》,今有《缘竿》,又有《猕猴缘竿》,未审何者为是。"①这几种伎艺与辟邪伎相类,其中的《舞轮伎》、《长跻伎》、《跳剑伎》、《掷倒伎》、《猕猴幢伎》与梁代三朝礼中的第二十二、第二十六、第二十九、第三十、第三十八项等完全相同。《透三峡伎》或即第二十七"设须弥山、黄山、三峡等伎"的一部分,《高絙伎》,或即梁代第四十五"缘高絙伎"。这些伎艺是否有歌诗相配,不可考。但从辟邪伎配鼓吹曲来看,其中有些伎艺(包括《旧唐书》没有提到的那些)在表演时配乐并有歌诗,还是有可能的。如果这种推测可以成立,那意味着中国古代歌诗与伎艺、百戏之间也有密切关系。

（十一）第四十四,设寺子导安息孔雀、凤凰、文鹿胡舞登连《上云乐》歌舞伎。关于这一设中的《上云乐》,《古今乐录》说:"梁天监十一年(512)冬,武帝改西曲,制《江南上云乐》十四曲,《江南弄》七曲……"②又说:"《上云乐》七曲,梁武帝制,以代西曲。一曰《凤台曲》,二曰《桐柏曲》,三曰《方丈曲》,四曰《方诸曲》,五曰《玉龟曲》,六曰《金丹曲》,七曰《金陵曲》。"③由此可知,《江南弄》七曲与《上云乐》七曲,合起来才是《江南上云乐》十四曲。但《江南弄》与《上云乐》除了曲调相同外,其内容和功用却是不一样的。如前所述,梁武帝《江南弄》七曲的主旨是写美人"容色玉耀"、

---

① [后晋]刘昫等:《旧唐书》,卷二十九《音乐志二》,第1073页。
② [宋]郭茂倩编:《乐府诗集》,卷五十梁武帝《江南弄》七首解题引,第726页。
③ [宋]郭茂倩编:《乐府诗集》,卷五十一梁武帝《上云乐》解题引,第744页。

"歌舞承酒"之风姿,当主要用于日常娱乐表演。而《上云乐》七曲表现的却是道教列仙故事,主要用在三朝礼仪中。

除了梁武帝的这七曲外,《乐府诗集》卷五十一还收有陈代谢燮的《方诸曲》一首,及梁代周舍和唐代李白的杂言体长篇《上云乐》各一首。对这一组同题作品,历来争论较多。其中,任半塘和迟乃鹏两位先生的观点值得注意。任先生以为梁武帝七首《上云乐》辞,与陈宣帝时谢燮一首《方诸曲》辞,都是戏曲,周舍与李白各一篇《上云乐》,都是奏伎前所诵之致语;又《上云乐》是我国第六世纪所形成的一出歌舞戏,演王母与穆天子故事,在梁天监(502—519)、陈太建(569—582)、唐上元(674—676)时都曾演过,且都在建业或金陵一地。[①] 迟先生则说:"所谓'寺子'即狮子,'胡舞'是指由扮成文康老胡从者的那部分演员表演的一种集体舞蹈。从训诂学和'寺子伎'的表演看,'登'应解释为立即,即刻;'连'应解释为连接。之所以要'登连'《上云乐》,实为梁武帝所作之《上云乐》,原本为独立存在的一组歌曲,现将梁武帝之《上云乐》同'文鹿师子'伎合在一起演出,是梁三朝时一种临时变通的演出处理方式。"[②]这两种观点显然是不同的,笔者以为,迟乃鹏先生"'寺子'即狮子"的解释是可取的,至于梁代三朝元会中的第四十四设,究竟是歌舞戏,还是俳谐、胡舞与梁武帝《上云乐》歌曲的临时组合,无疑是值得深入探讨的一个复杂话题,我们在此不拟展开,只想就两位学者的观点提出如下的一点补充。

从前面的论述可知,梁武帝《上云乐》七曲完成的天监十一年(512),也是梁代新修的五礼初步完成的时间。因此《上云乐》实际是为了配合三朝礼而创作的,从梁武帝亲自操刀,又命他所欣赏的朝中重臣周舍完成《上云乐》致语,可以看出他对《上云乐》的重视程度。周舍《上云乐》末云:"但愿明陛下,寿千万岁,欢乐未渠央。"这说明《上云乐》还与祝寿有关。考:梁武帝生于宋大明八年(464),天监十二年(513)正好为五十大寿,他

[①] 参见任半塘:《唐戏弄》(下),上海古籍出版社1984年版,第1251页。
[②] 迟乃鹏:《"寺子导安息孔雀凤凰文鹿胡舞登连上云乐歌舞伎"臆解》,《音乐探索》1998年第1期,第8—11页。

自作的《上云乐》七首，所写均为道教列仙主题，也与长生不老大有关联，不无自寿的意味。因此，梁武帝《上云乐》与俳谐、胡舞"合在一起演出"当从天监十二年(513)的元会开始。大约也正因为梁武帝及周舍《上云乐》的实用性太强，因此，在后代的影响不及《江南弄》深远。但是，从梁代歌诗的发展来看，其独创性依然值得我们重视。

此外，永明年间(483—493)，竟陵王萧子良笃信佛教，礼敬高僧，与很多高僧都有往来，还多次举行过礼佛事佛活动。这对梁武帝也有很深的影响，佛学和佛教信仰也是他西邸学养的一个重要组成部分。受西邸学风影响，梁武帝即位后将佛教抬到国教的地位，甚至三次舍身同泰寺，更有意思的是他还把歌诗创作与佛教信仰紧密结合，自觉地用歌诗来弘扬佛法。《隋书》卷十三《音乐志上》曰："帝既笃敬佛法，又制《善哉》、《大乐》、《大欢》、《天道》、《仙道》、《神王》、《龙王》、《灭过恶》、《除爱水》、《断苦轮》等十篇，名为正乐，皆述佛法。又有法乐童子伎、童子倚歌梵呗，设无遮大会则为之。"①这十篇是只有乐曲，还是有歌诗相配，因为材料所限不得而知。但从梁武帝其他歌诗都是他自己作词，别人配乐来看，这十支曲子也应当是这样。另外他现存作品中有《十喻诗》五首，分别是《幻诗》、《如炎诗》、《灵空诗》、《乾闼婆诗》、《梦诗》，都是宣扬佛教思想的，因此这十篇更有可能以歌词宣扬佛教思想，同时配乐演唱。

如果说用于二郊、太庙、明堂等礼仪活动的雅歌诗，还主要是承袭传统，对歌诗的发展没有特别明显的影响，那么，配合三朝礼的一系列歌诗，尤其是《白纻歌》、《上云乐》等有明显新变的歌诗，在南朝歌诗的发展过程中无疑是具有重大影响的。但是，我们在此更想强调的是，所有这些歌诗其实都是礼仪活动的副产品，如果没有梁武帝制礼作乐，根本不可能有这些歌诗。而所谓正乐十篇，也同样是梁武帝佛教信仰的副产品，由此看来，梁武帝的歌诗创作大都有着明确的实用目的。这与前面讲到的为娱乐而作的那些歌诗，在创作动机上是有区别的。

应当指出的是，齐梁新礼的制作，始终被作为朝廷的大事来看待，而且从王俭到梁武帝，重视的程度也是越来越高，这是本章涉及的这些歌诗

---

① [唐]魏征等：《隋书》，卷十三《音乐志上》，第 305 页。

产生的一个根本前提。虽然有些歌诗的文学价值超越了其在礼仪中的实用价值，但是从总体上来看，我们今天探讨这些歌诗，不仅应当从表演艺术的角度出发，更应充分考虑制礼作乐的大背景。

第十章 葬礼、挽郎与挽歌创作

本章提要：挽歌盛行于汉魏晋南北朝时期，被广泛用于从朝廷到民间各种规格的葬礼上。在当时的葬礼仪式中，挽歌是皇室宗亲、王公贵族借以显示身份、区别等级的重要标志。葬礼挽歌的表演者——挽郎，主要从公卿以下六品弟子中选取。士人一旦被选为挽郎即身价大增，等于获得了入仕的通行证。挽歌的创作者范围较为广泛，上有皇帝、文臣，下有小官吏、平民百姓，不同等级的人都积极参与创作，使得挽歌发展为魏晋南北朝时期非常重要的一种歌诗类型。

挽歌作为一种特殊的表演艺术，既是汉魏以来礼制的重要组成部分，也与创作者、表演者和消费者有着密切关系。皇室宗亲、达官显贵死后的尊荣，需要通过葬礼来体现，而挽歌则是显示葬礼规格的最重要的因素之一。这极大地刺激了挽歌的创作，也使挽歌的表演受到社会的普遍关注。这是挽歌诗产生的社会文化背景，也是我们讨论挽歌诗不可回避的问题。

第一节 葬礼中的挽歌

挽歌在汉代属于乐府相和歌辞，《文心雕龙·乐府》曰："至于轩岐鼓吹，汉世铙挽，虽戎丧殊事，而并总入乐府。""铙"即短箫铙歌，《乐府诗集》有《汉铙歌十八曲》，属于鼓吹曲辞；"挽"即挽歌。黄侃《文心雕龙札记》曰："《铙歌》即《鼓吹》，《挽歌》即《相和辞》之《蒿里》。戎丧殊事，谓《铙歌》用之兵戎，《挽歌》给丧事也。"[①]其实这里的"铙挽"之"挽"，应该包括《相

---

① 黄侃：《文心雕龙札记》，上海古籍出版社2000年版，第43页。

和歌辞》中的《蒿里》、《薤露》,《乐府诗集》卷二十六收有《蒿里》、《薤露》各四首,其中古辞各一首,其余多魏晋辞。自魏缪袭以下十四首皆名《挽歌》,实为《蒿里》、《薤露》之流变。这些歌诗都属于《相和歌辞》。《古今乐录》曰:"张永《元嘉技录》:相和有十五曲,一曰《气出唱》,二曰《精列》,三曰《江南》,四曰《度关山》,五曰《东光》,六曰《十五》,七曰《薤露》,八曰《蒿里》……"① 《蒿里》、《薤露》古辞作为挽歌使用于葬礼中可能起于汉代或更早,晋代崔豹《古今注》曰:

  《薤露》、《蒿里》,并丧歌也,出田横门人。横自杀,门人伤之,为之悲歌。言人命如薤上之露,易晞灭也。亦谓人死魂魄归乎蒿里。故有二章,一章曰:"薤上朝露何易晞,露晞明朝还复落,人死一去何时归。"其二曰:"蒿里谁家地,聚敛魂魄无贤愚,鬼伯一何相催促,人命不得少踟蹰。"至孝武时,李延年乃分为二曲,《薤露》送王公贵人;《蒿里》送士大夫庶人,使挽柩者歌之,世呼为挽歌,亦谓之长短歌,言人寿命长短定分,不可妄求也。②

依此,挽歌最早为田横门人所作,原本是在田横自杀后门人借以寄托哀思的,时间当在汉初。但也有不少学者以为挽歌的起源更早,对此我们不拟展开。③ 从《古今注》的记载来看,可以肯定的是,到了汉武帝年间,时为协律都尉的李延年把原本为两章的丧歌分为两支曲子,《薤露》用来送王公贵人,《蒿里》送士大夫庶人。挽歌作为葬礼的一部分,从官方的角度被正式固定下来,在葬礼中挽歌由"挽柩者歌之"。

  葬礼上使用挽歌作为一种制度,在史书中有较多的记载,尤其是在皇家葬礼中,挽歌更是必不可少的。《后汉书·礼仪志下》刘昭注引丁孚《汉仪》对阴太后的葬礼作了较为详细的说明:

---

 ① [宋]郭茂倩编:《乐府诗集》,卷二十六《相和曲上》解题引,第382页。
 ② [晋]崔豹:《古今注》,卷中《音乐》,辽宁教育出版社1988年版,第8页。
 ③ 关于这个问题可参考梁人刘孝标《世说新语注》引《谯子法训》及他自己的辨析,参见余嘉锡:《世说新语笺疏》,第759页。

永平七年(64),阴太后崩,晏驾诏曰:"柩将发于殿,群臣百官陪位,黄门鼓吹三通,鸣钟鼓,天子举哀。女侍史官三百人皆着素,参以白素,引棺挽歌,下殿就车,黄门宦者引以出宫省。太后魂车,鸾路,青羽盖,驷马,龙旗九旒,前有方相、凤皇车。大将军妻参乘,太仆妻御,女骑夹毂悉道。公卿百官如天子郊卤簿仪。"后和熹邓后葬,案以为仪,自此皆降损于前事也。①

从这一记载中,可见东汉皇家葬礼规模之宏大。其中,为皇太后"引棺挽歌"的全是女侍史官,她们身着素服。这与崔豹《古今注》中"挽柩者歌之"的记载基本相符。我国封建时代,后宫的皇后、皇太后可以像皇帝一样取得尊号、谥号,并有一套和朝廷一样的微型管理机构,其中的一部分成员就是上文中提到的"参以白素,引棺挽歌"的女侍史官。她们参与很多宫廷活动,如记录后宫人员的功过得失,教授皇后诗词,参加皇后受封典礼。参加皇室成员尤其是女性成员的葬礼也是她们职责的一部分。② 这则记载中,皇太后葬礼上挽歌演唱队伍声势浩大,竟有三百人之多。她们统一身穿素衣,一起吟唱挽歌,场面极其壮观。这样规模的挽歌演唱,是身份、地位和权力的象征。一方面由于死者是皇家地位最高的女性,自然要展现其庄严的威仪;再则永平七年(64)东汉国势强盛,因此也借此显示国威。但也不是所有太后的葬礼都有如此规模,就上面的引文来看,只有和熹邓太后的葬礼"案以为仪"。这是因为阴太后是光武帝刘秀微贱之时所娶,卒年六十,在位时间较长,又是汉明帝刘庄之母。而和熹邓太后本为汉和帝皇后,和帝去世后,她临朝十余年,"称制终身,号令自出"③,她们的地位远非其他太后可比,因此才会

---

① [南朝宋]范晔:《后汉书》,卷十六《礼仪志下》刘昭注引丁孚《汉仪》,中华书局 1965 年版,第 3151 页。

② 后宫微型管理机构问题,可参见孙福喜:《秦汉皇后、皇太后属吏考》,《集宁师专学报》1997 年第 1 期。

③ [南朝宋]范晔:《后汉书》,卷十《皇后纪上·阴皇后纪》,第 405 页、第 407 页。《后汉书》,卷十《皇后纪上·和熹邓皇后纪》,第 430 页。

"自此皆降损于前事也"。也就是说，《汉仪》所载阴太后葬礼，乃是东汉规格最高的皇家女性葬礼。

阴太后的葬礼中吟唱的挽歌内容是什么，史料中没有记载，李延年分挽歌为二曲在西汉武帝年间，①至此约一百六十余年。东汉是西汉的延续，据此推测，太后葬礼上歌唱《薤露》的可能性比较大。

从史料记载来看，魏晋南北朝时期皇室男性或朝廷达官显贵的葬礼上，挽歌也是必不可少的。《晋书》卷九十八《桓温传》记载桓温葬礼曰：

> 皇太后与帝临于朝堂三日，诏赐九命衮冕之服，又朝服一具，衣一袭，东园秘器，钱二百万，布二千匹，腊五百斤，以供丧事。及葬，一依太宰安平献王、汉大将军霍光故事，赐九旒鸾辂，黄屋左纛，缊辌车，挽歌二部，羽葆鼓吹，武贲班剑百人，优册即前南郡公增七千五百户，进地方三百里，赐钱五千万，绢二万匹，布十万匹，追赠丞相。②

桓温是东晋的显赫人物，他是明帝长女南康公主的驸马。历任徐州刺史、荆州刺史，封安西将军。晋永和二年（346），率兵西伐，收复蜀地，升征西大将军，封临贺郡公。永和十年（354）以后，三次北伐，与前秦作战。桓温废海西公司马奕，立简文帝司马昱，在朝中掌握大权。这样一位举足轻重的人物的葬礼，是依照"太宰安平献王、汉大将军霍光故事"，用"挽歌二部"。可见"挽歌二部"是王侯葬礼的较高规格的一个标志。又如宋高祖刘裕之弟长沙景王刘道怜死后，《宋书》对其葬礼也有如下的记载：

> 追赠太傅，持节、侍中、都督、刺史如故。祭礼依晋太宰安平王故

---

① 《汉书》卷六《武帝纪》曰："太初元年（前104）夏五月，正历，以正月为岁首。色上黄，数用五，定官名，协音律。"李延年改制新声当在此前后。[东汉]班固：《汉书》，中华书局1992年版，第199页。

② [唐]房玄龄等：《晋书》，卷九十八《桓温传》，第2579页、第2580页。

事。鸾辂九旒,黄屋左纛,辒辌,挽歌二部,前后部羽葆鼓吹,虎贲班剑百人。①

刘道怜卒于永初三年(422),此人并无才能且生性贪婪,只因他是皇弟,历任并州、北徐州、兖青州、荆州、南徐州刺史,宋初进位太尉,所以与桓温葬礼一样,也是"挽歌二部"。以下的几个例子,可以进一步说明这一点。

> 帝常虑子良有异志,及薨,甚悦。诏给东园温明秘器,敛以衮冕之服,东府施丧位,大鸿胪持节监护,太官朝夕送祭。又诏追崇假黄钺、侍中、都督中外诸军事、太宰、领大将军、扬州牧、绿绶缨,备九服锡命之礼,使持节、中书监、王如故。给九旒鸾辂、黄屋左纛、蒨辌车、前后部羽葆、鼓吹,挽歌二部,虎贲班剑百人,葬礼依晋安平王孚故事。②

> 建武元年(494),诏"海陵王依汉东海王强故事,给虎贲、旄头、画轮车,设钟虡宫县,供奉所须,每存隆厚"。十一月,称王有疾,数遣御师占视,乃殒之。给温明秘器,衣一袭,敛以衮冕之服。大鸿胪监护丧事。葬给辒辌车,九旒大辂,黄屋左纛,前后部羽葆鼓吹,挽歌二部,依东海王故事,谥曰恭王。年十五。③

> 天监元年(502),追崇(萧懿)丞相,封长沙郡王,谥曰宣武。给九旒鸾辂,辒辌车,黄屋左纛,前后部羽葆鼓吹、挽歌二部、虎贲班剑百人,葬礼一依晋安平王故事。④

上述三人,在当时地位都非常特殊。萧子良是南齐武帝的次子,"(永明)十年(492),领尚书令。寻为使持节、都督扬州诸军事、扬州刺史,本官如故。寻解尚书令,加中书监"⑤。永明十一年(493),齐武帝病死前后,他

---

① [梁]沈约:《宋书》,卷五十一《宗室传·长沙景王道怜传》,第1463页。
② [唐]李延寿:《南史》,卷四十四《竟陵文宣王萧子良传》,第701页。
③ [梁]萧子显:《南齐书》,卷五《海陵王本纪》,第80页。
④ [唐]姚思廉:《梁书》,卷二十三《长沙嗣王萧业传附萧懿传》,第360页。
⑤ [梁]萧子显:《南齐书》,卷四十《竟陵文宣王萧子良传》,第700页。

在与西昌侯萧鸾的争斗中失败,萧鸾立太孙萧昭业。但萧昭业即位时只有二十岁,实权掌握在萧鸾手中,而齐武帝诸子中真正有威望的是萧子良,所谓"帝常虑子良有异志",表面看是指萧昭业,实则真正对萧子良疑虑猜忌的是萧鸾。此人阴险残酷异常,他本为叔父萧道成抚养成人,即位前后,为了巩固自己的权力,却大肆杀戮萧道成之子孙及曾孙凡二十九人。[1] 因此,也有人怀疑萧子良的死与他有关。这可能也是萧子良葬礼规格特高的一个原因。

海陵恭王萧昭文本为郁林王萧昭业之弟,他是萧鸾杀了郁林王之后立起来的一个傀儡。萧子良死于隆昌元年(494)四月,七月萧鸾杀郁林王,立萧昭文。但十月萧鸾就自立为帝,萧昭文被降封为海陵王,不久这个十五岁的孩子也被杀。所谓"十一月,称王有疾,数遣御师占视,乃殒之",实际上是史家的委婉之言。所以海陵恭王被降封后的待遇及葬礼都"依汉东海王强故事"。而汉东海王刘强是光武帝刘秀所立的第一个太子,后来因为其母郭氏被废,他也在建武十九年(43)由太子被降为东海王,"依汉东海王强故事"处置萧昭文其实是一种不伦不类的做法。《后汉书·东海恭王强传》曰:

> 东海恭王强。建武二年(26),立母郭氏为皇后,强为皇太子。十七年(41)而郭后废,强常戚戚不自安,数因左右及诸王陈其恳诚,愿备蕃国。光武不忍,迟回者数岁,乃许焉。十九年(43),封为东海王,二十八年(52),就国。帝以强废不以过,去就有礼,故优以大封,兼食鲁郡,合二十九县。赐虎贲旄头,宫殿设钟虡之县,拟于乘舆。……及薨,临命上疏谢曰……。天子览书悲恸,从太后出幸津门亭发哀。使司空持节护丧事,大鸿胪副,宗正、将作大匠视丧事,赠以殊礼,升龙、旄头、鸾辂、龙旂、虎贲百人。[2]

---

[1] 参见[清]王鸣盛:《十七史商榷》,卷五十五《南史合宋齐梁陈书三》,凤凰出版社2008年版,第319页。

[2] [南朝宋]范晔:《后汉书》,卷四十二《光武十王传·东海恭王强传》,第1423页、第1424页。

此处所说的"天子",是汉明帝刘庄,也就是东海王刘强的弟弟。光武帝死于建武中元二年(57)二月,刘强于永平元年(58)五月病故。刘强从建武二年(26)被立为太子到建武十九年(43)降封,做了十八年的太子。他死时年仅三十四岁,是否属于正常死亡,史家已有疑问。①《后汉书》本传有"永平元年(58),强病,显宗遣中常侍钩盾令将太医乘驿视疾",这与《南齐书》"称王有疾,数遣御师占视,乃殒之"的记载何其相似。萧昭文葬礼"依汉东海王强故事"虽然不伦,但这在古代也是臣子葬礼最高的规格了。

萧懿是梁武帝长兄,他在齐末曾任"中书令、都督征讨水陆诸军事",后被东昏侯赐以毒药自杀。此前梁武帝曾一再派人劝他"行伊、霍故事",但他没有采纳。《南史》中有一段话讲得非常蹊跷:"懿名望功业素重,武帝本所崇敬。帝以天监元年(502)四月丙寅即位,是日即见褒崇。戊辰,乃始赠第二兄敷、第四弟畅、第五弟融。至五月,有司方奏追皇考皇妣尊号,迁神主于太庙。帝不亲奉,命临川王宏侍从。七月,帝临轩,遣兼太尉、散骑常侍王份奉策上太祖文皇帝、献皇后及德皇后尊号。既先卑后尊,又临轩命策,识者颇致讥议焉。"②曹道衡先生因此怀疑"梁武帝一再派人去劝他对东昏侯下手,其实正促使东昏侯及其左右对萧懿的猜忌……萧懿之死与梁武帝有直接关系",梁武帝"内心实有愧于萧懿",所以在取得天下之后,才颠倒次序,首先"褒崇"萧懿。③ 其葬礼也"依晋安平王故事",采用了最高的规格。这大概也是曹先生所说的梁武帝内心有愧的表现之一吧。作于梁代的《南齐书》却不设萧懿传,这除了出于梁武

---

① 《资治通鉴》卷四十四《汉纪三十六》中元二年二月:"二月,戊戌,帝崩于南宫前殿,年六十二。……太子即皇帝位,尊皇后曰皇太后。山阳王荆哭临不哀,而作飞书,令苍头诈称大鸿胪郭况书与东海王强,言其无罪被废,及郭后黜辱,劝令东归举兵以取天下,且曰:'高祖起亭长,陛下兴白水,何况于王,陛下长子、故副主哉!当为秋霜,无为槛羊。人主崩亡,闾阎之伍尚为盗贼,欲有所望,何况王邪!'强得书惶怖,即执其使,封书上之。明帝以荆母弟,秘其事,遣荆出止河南宫。"[宋]司马光:《资治通鉴》,第1429页。

② 以上引自[唐]李延寿:《南史》,卷五十一《梁宗室传·萧懿传》,第1267页。

③ 曹道衡:《兰陵萧氏与南朝文学》,第76页。

帝的意旨外,恐怕不能有别的解释。因此,梁武帝与萧懿之间或许还有不为人知的其他秘密。

从王敦、刘道怜到上述三人,其葬礼都是"给九旒鸾辂、辒辌车、黄屋左纛,前后部羽葆鼓吹、挽歌二部、虎贲班剑百人",由此可以看出,这一时期葬礼已经基本制度化了。为了更好地理解挽歌的重要性,下面对与"挽歌二部"相并列的其他几项略作疏解。

其一,九旒鸾辂。九旒即九旒冕,悬有九旒的礼帽。旒,古代冠冕前后悬垂的玉串。《礼记·王藻》:"天子玉藻,十有二旒。"郑玄注曰:"祭先王之服也。杂采曰藻。天子以五采藻为旒,旒十有二。"孔颖达疏称:"以天子之旒十有二就,每一就贯以玉。就间相去一寸,则旒长尺二寸,故垂而齐肩也。……诸侯以下各有差降,则九玉者九寸,七玉者七寸,以下皆依旒数垂而长短为差。旒垂五采玉,依饰射侯之次,从上而下,初以朱,次白,次苍,次黄,次玄。五采玉既质遍,周而复始。"①九旒为诸侯、大臣中最高规格的冠冕。

鸾辂,天子王侯所乘之车,又称鸾路。其车画鸾鸟,故名。《吕氏春秋·孟春纪》:"天子居青阳左个,乘鸾辂,驾苍龙。"高诱注:"辂,车也。鸾鸟在衡,和在轼,鸟相应和。后世不能复致,铸铜为之,饰以金,谓之鸾辂也。"②

其二,辒辌车,古代卧车,车开窗,闭之则暖,开之则凉,故名辒辌车。常用以装载帝王及贵臣遗体。其实就是贵族专用的一种丧车。《汉书》颜师古注曰:"辒辌,本安车也,可以卧息,后因载丧,饰以柳翣,故遂为丧车耳。辒者密闭,辌者旁开窗牖,各别一乘,随事为名。后人既专以载丧,又去其一,总为藩饰,而合二名呼之耳。"③

其三,黄屋左纛,古代天子车制,以黄缯为车盖里,称"黄屋",在车

---

① 《礼记正义》,卷二十九《玉藻注疏》,[清]阮元校刻:《十三经注疏》(下册),中华书局1987年,第1473页。
② [秦]吕不韦:《吕氏春秋》,卷一《孟春纪》,上海书店1986年影印版《诸子集成》(6),第1页。
③ [东汉]班固:《汉书》,卷六十八《霍光传》颜师古注,第2949页。

衡左方注以毛羽幢,叫"左纛"。《汉书》颜师古注引李斐曰:"天子车以黄缯为盖里。纛,毛羽幢也,在乘舆车衡左方上注之。蔡邕曰以犛牛尾为之,如斗,或在騑头,或在衡。"又引应劭曰:"雉尾为之,在左骖,当镳上。"①

其四,羽葆,帝王仪仗中以鸟羽连缀为饰的华盖,亦泛指卤簿。如《汉书》卷七十六《韩延寿传》:"建幢棨,植羽葆。"颜师古注:"羽葆,聚翟尾为之,亦今纛之类也。"②史书中所谓的华盖羽葆,多指官员的仪仗。以鸟羽注于柄头如盖,一说以翟尾为之。汉晋南北朝时,诸王及重要大臣有功则赐,大臣丧,也作为赏赐,如北魏末赐尔朱荣前后部羽葆,以示尊崇。③

其五,鼓吹,演奏鼓吹乐的乐队。鼓吹乐源自北方民族,主要乐器有鼓、钲、箫、笳等,本为军乐。汉朝宫廷卤簿亦用之,甚隆重。或以赐有功大臣,成为臣下的身份象征。东汉边将及万人将军始有,位不及者仅得假之。魏晋其赐甚轻,牙门督将五校均得用之。南北朝复重,唯赐大臣及有功者。《陈书》卷二十九《蔡征传》曰:"初拜吏部尚书,启后主借鼓吹,后主谓所司曰:'鼓吹军乐,有功乃授,蔡征不自量揆,紊我朝章,然其父景历既有缔构之功,宜且如所启,拜讫即追还。'"④1958年河南邓县许庄出土的南朝墓中,其中一块鼓吹乐画像砖,生动再现了鼓吹乐演奏的场景,五人组成的步行乐队,边行进边演奏横笛、排箫、长角、笳四种乐器。1953年在陕西西安南郊草场坡村发掘了一座十六国时期的墓,墓内出土4件陶骑马乐俑,其中两骑吹角,两骑击鼓。骑马吹角俑,通高39厘米,马长36厘米。端坐于马背上的乐工,头戴折沿毡帽,上身穿紧袖贴身短衣,下着长裤,足蹬靴,双手对握一长角用力吹奏,长角口朝上。⑤从中可以窥见鼓吹乐演奏之一斑。

---

① [东汉]班固:《汉书》,卷一《高帝纪上》颜师古注,第41页。
② [东汉]班固:《汉书》,卷七十六《韩延寿传》颜师古注,第3215页。
③ [北齐]魏收:《魏书》,卷七十四《尔朱荣传》,第1653页。
④ [唐]姚思廉:《陈书》,卷二十九《蔡征传》,第393页。
⑤ 李卫:《十六国时期陶骑马吹角俑(博物一览)》,《人民日报》(海外版)2004年3月15日第7版。陶俑现藏于陕西历史博物馆。

其六,虎贲班剑。虎贲,本来是汉代皇帝的禁卫侍从。初置于汉武帝年间,称期门,汉平帝时更名虎贲郎,置虎贲中郎将。"虎贲"之得名,据《汉书》颜师古注曰:"贲读与奔同,言如猛兽之奔走。"① 班剑,古代饰有花纹的仪仗剑,班通"斑"。汉制朝服带剑,西晋代之以木剑,称为"班剑"。南朝称为象剑,用为仪仗。如《宋书》卷二十二《乐志四》何承天《鼓吹铙歌·朱路》有"雄戟辟旷途,班剑翼高车"。卷八十九《袁粲传》有"太宗临崩,粲与褚渊、刘勔并受顾命,加班剑二十人,给鼓吹一部"。"虎贲班剑百人",是在送葬队伍中的佩剑的禁卫侍从百人,类似仪仗队性质。

其七,衮冕之服。指衮衣和冕。皇帝和王公大臣的礼服和礼冠。《国语·周语中》:"弃衮冕而南冠以出,不亦简彝乎?"韦昭注曰:"衮,衮龙之衣也;冕,大冠也。公之盛服也。"② 古代皇帝、皇太子、郡王、公卿等均服用衮冕,但其形制有所不同。衮冕之服实为古代臣子最高规格的服制。

其八,九服锡命。九服是古代的九种服制。《周礼注疏》卷二十一:"司服掌王之吉凶衣服,辨其名物与其用事。王之吉服,祀昊天、上帝,则服大裘而冕,祀五帝亦如之。享先王则衮冕,享先公、飨、射则鷩冕,祀四望、山川则毳冕,祭社稷、五祀则希冕,祭群小祀则玄冕。"郑玄注曰:"用事,祭祀、视朝、甸、凶吊之事,衣服各有所用。"孔颖达疏曰:"王之吉服,并下三者亦是,今尊其祭服且言六矣。"所谓"并下三者",是指"凡兵事,韦弁服。眡朝,则皮弁服。凡甸,冠弁服"三种吉服。③ 故九服是指古代帝王和诸侯从事祭祀等不同活动时所穿九种吉服,包括大裘而冕、衮冕、鷩冕、毳冕、希冕、玄冕、韦弁服、皮弁服、冠弁服。"锡命",亦作"赐命",天子用官爵、名号、封邑、舆服、器物等封赐诸侯、大臣的仪

---

① [东汉]班固:《汉书》,卷十九《百官公卿表上》,第 727 页、第 728 页。
② [三国]韦昭注:《国语》,卷二《周语中》,上海古籍出版社 1998 年版,第 74 页。
③ 《周礼注疏》,卷二十一《司服》,[清]阮元校刻:《十三经注疏》(上册),第 781 页、第 782 页。

式,是古代嘉礼的一种。因被赐者的功绩、品行不同而有等级之差异。周制,大国之君最多不过九命,故九服锡命是古代对诸侯和功臣最高规格的赏赐。

上述后面两项,只是分别出现在桓温和萧子良的葬礼中,显示出他们的地位又高于其他人。所有这些都和挽歌一起被使用在葬礼上,构成了葬礼最重要的组成部分,显示出死者尊贵的身份。可以说这是古代位极人臣者死后才享有的荣宠。由此可以看出"挽歌二部"在礼仪上的重要性。

有资料表明,古代男女葬礼的规格也是不同的。本节开头讲到的阴太后,因为地位特殊,葬礼也与一般女性不同。但其他官位相当于上述男性贵族和大臣的妃子,其葬礼在规格上明显低于男性。

> 孝灵帝葬马贵人,赠步摇、赤绂葬,青羽盖、驷马。柩下殿,女侍史二百人着素衣挽歌,引木下就车,黄门宦者引出宫门。①
> 及长沙太妃檀氏、临川太妃曹氏后薨,祭皆给鸾辂、九旒、黄屋左纛、辒辌车,挽歌一部,前后部羽葆,鼓吹虎贲班剑百人。②

马贵人为皇帝贵人,所以为她唱挽歌的有"女侍史二百人",这个数字比阴太后少了三分之一。长沙太妃檀氏、临川太妃曹氏作为皇家女眷,身份地位尊贵,葬礼自然也相当隆重,与前面的男性贵族相比,待遇相同的是"鸾辂、九旒、黄屋左纛、辒辌车、前后部羽葆,鼓吹虎贲班剑百人",不同的是男性"挽歌二部",而女性则是"挽歌一部"。这差别虽小,却反映了一个问题:朝廷似乎是通过挽歌的使用来体现男女葬礼礼制的差别。因为材料中的"长沙太妃檀氏"就是上文中长沙景王道怜的遗孀,他们夫妻葬礼的差别仅在于丈夫比妻子多了一部挽歌,可见挽歌在当时葬礼中的重要地位。一部挽歌显示出夫妻地位之别,夫高于妻,妻不得逾越夫,即使

---

① [南朝宋]范晔:《后汉书》,卷十六《礼仪志下》刘昭注引丁孚《汉仪》,第3152页。

② [梁]沈约:《宋书》,卷五十一《宗室传·刘义庆传》,第1475页。

在葬礼上也要对此加以强调。

当人们对挽歌的重视逐渐导致厚葬的风气,并影响到社会生活时,把挽歌的使用作为一种奢侈行为,加以限制乃至取消就成为值得颂扬的事情。《魏书》卷八十四载:

> 先是冲曾祖雍作《行孝论》以诫子孙,称:"古之葬者衣之以薪,不封不树,后世圣人易之棺椁。其有生则不能致养,死则厚葬过度。及于末世,至蘧蒢裹尸,倮而葬者。确而为论,并作折衷。既知二者之失,岂宜同之。当令所存者棺厚不过三寸,高不过三尺,弗用缯彩,敛以时服。辆车止用白布为幔,不加画饰,名为清素车。又去挽歌、方相,并盟器杂物。"及冲祖遵将卒,敕其子孙令奉雍遗旨。①

这是在家族内部提倡薄葬,要求"去挽歌"。在南朝,皇帝下诏倡导节俭,禁止葬礼使用挽歌的例子也见于史籍:

> (成恭杜皇后崩)帝下诏曰:"……今山陵之事,一从节俭,陵中唯洁扫而已。不得施涂车刍灵。"有司奏造凶门柏历及调挽郎,皆不许。②
>
> 有司又奏,依旧选公卿以下六品子弟六十人为挽郎,诏又停之。孝武帝太元四年九月,皇后王氏崩,诏曰:终事唯从俭速,又诏远近不得遣山陵使,有司奏选挽郎二十四人,诏停。宋文帝元嘉十七年,元皇后崩,诏亦停选挽郎。③

挽郎是挽歌的表演者,哀挽活动中如果没有了挽郎的参与,挽歌活动就无法进行,也就等于说从根本上取消了葬礼挽歌。

从李延年以《蒿里》送庶人可知,挽歌并非皇家的专利。普通百姓的

---

① [北齐]魏收:《魏书》,卷八十四《儒林列传·刁冲传》,第1858页。
② [唐]房玄龄等:《晋书》,卷三十二《后妃传下·成恭杜皇后传》,第974页。
③ [梁]沈约:《宋书》,卷十五《礼志二》,第406页。

葬礼上也有挽歌,但是百姓的挽歌比皇家肯定要简易得多,所以没有所谓的"一部"或者"两部"之说,但内容也颇为丰富,甚至有"数十阕"之多。《隋书》卷三十一《地理志》曰:

> 南郡、襄阳,皆为重镇。……其死丧之纪,虽无披发袒踊,亦知号叫哭泣……当葬之夕,女婿或三数十人,集会于宗长之宅,著芒心接篱,名曰茅绥。各执竹竿,长一丈许,上三四尺许,犹带枝叶。其行伍前却,皆有节奏,歌吟叫呼,亦有章曲。传云盘瓠初死,置之于树,乃以竹木刺而下之,故相承至今,以为风俗。隐讳其事,谓之刺北斗。既葬设祭,则亲疏咸哭,哭毕,家人既至,但欢饮而归,无复祭哭也。其左人则又不同,无衰服,不复魄。始死,置尸馆舍,邻里少年各持弓箭,绕尸而歌,以箭扣弓为节。其歌词说平生乐事,以到终卒,大抵亦犹今之挽歌。歌数十阕,乃衣衾棺敛,送往山林,别为庐舍,安置棺柩。①

这则材料虽然在《隋书》中出现,但作为一种民间风俗,当有悠久的传统。从其中所叙"盘瓠"之事亦可见其流传之久远。"大抵亦犹今之挽歌",则是说葬礼所歌与当时所谓挽歌非常接近。表演者为死者的女婿和邻里少年,也就是较为年轻的男性。女婿以带枝叶的竹竿为表演工具,执节边行走边歌唱;邻里少年则以日常射猎所用的弓箭为表演工具,以箭扣弓为节奏。前者"有节奏"、"有章曲",后者所歌内容为回顾逝者生平事迹,有数十阕之多,由此可见民间挽歌之一斑。另外《南史·萧纶传》中也讲到梁武帝的这位荒唐儿子的恶作剧:

> 邵陵携王纶,字世调,小字六真,武帝第六子也。……天监十三年(514),封邵陵郡王。普通五年(524),以西中郎将权摄南徐州事。在州轻险躁虐,喜怒不恒,车服僭拟,肆行非法。……忽作新棺木,贮司马崔会意,以辒车挽歌为送葬之法,使姬乘车悲号。会意不堪,轻

---

① [唐]魏征等:《隋书》,卷三十一《地理志下》,第897页、第898页。

骑还都以闻。帝恐其奔逸,以禁兵取之,将于狱赐尽。昭明太子流涕固谏,得免,免官削爵土还第。[①]

萧纶为梁武帝第六子,他轻险躁虐,喜怒无常,不遵法纪。竟然将属下的司马崔会意放在新做的棺木中,让人表演挽歌为他送葬。萧纶的行为荒诞不经,但他所模拟的挽歌表演却不是出于皇家葬礼,而是从民间葬礼学来的。百姓葬礼中的挽歌与贵族葬礼规模庞大的挽歌表演自然无法相提并论,但其性质却是相近的。

挽歌从产生起就与葬礼密切相关,因此实用型的葬礼挽歌是挽歌最基本的形态。"挽歌二部"或"挽歌一部"是汉魏六朝皇室贵族和朝廷重臣挽歌的基本规格形制,普通百姓的葬礼挽歌则是较为简单的。就现存材料来看,汉代葬礼挽歌可能主要使用李延年改制的《薤露》、《蒿里》,也可能只重声不重辞,因为除了《薤露》、《蒿里》古辞外,我们今天看不到汉人创作的挽歌诗。

第二节 葬礼挽歌的表演与挽郎

挽歌在葬礼中的演唱,主要由挽郎来完成。从某种意义上讲,挽郎实际上是以表演者的身份出现在葬礼上的,因为作为葬礼仪式的一部分,挽歌的演唱者可以在不同的葬礼上演唱同一挽歌,一如在不同的舞台演出同一节目。挽歌虽是为逝者而唱,但却是唱给生者听的。听众既包括逝者的亲戚朋友,也包括观看葬礼的一般人。挽歌演唱者与观众之间的关系,如果剔除哀挽的实际内容,与演员和观众的关系没有本质的差异。这是后来挽歌可在日常生活其他场合进行表演的一个前提,也是我们把挽郎视为挽歌表演者的主要依据。

从前面的论述可知,在史书中被称为"挽郎"、"挽僮"的表演者以男性居多,但也有女性。在汉代,虽然还没有"挽郎"、"挽僮"这样的称呼,但不

---

① [唐]李延寿:《南史》,卷五十三《梁武帝诸子传·邵陵携王萧纶传》,第1322页、第1323页。

同规格的葬礼上挽歌演唱者的人数、身份在典籍中多有记载。如《汉书·孔光传》就讲到了羽林孤儿和诸生在葬礼上进行挽歌表演：

> 孔光字子夏,孔子十四世之孙也。……光年七十,元始五年(5)薨,……太后亦遣中谒者持节视丧,公卿百官会吊送葬。载以乘舆辒辌及副各一乘。羽林孤儿、诸生合四百人挽送,车万余两,道路皆举音以过丧。①

羽林孤儿和诸生共四百人挽送,可见挽送队伍非常浩大,显示了逝者身份的尊贵。"道路皆举音以过丧",指的是灵车途经之处,道路两旁会奏乐送灵车经过。既然有音乐,挽送的四百人也应当是要唱挽歌的。按照《晋书》记载,"汉魏故事,大丧及大臣之丧,执绋者挽歌"②。也就是说,挽歌是由"执绋者"来演唱的。《春秋左传正义》杜预注曰:"绋,挽索也。礼,送葬必执绋。"孔颖达疏曰:"绋,礼或作綍。《礼记·缁衣》云:'王言如丝,其出如纶。王言如纶,其出如綍。'綍是大绳也。《周礼》天子葬用六绋。"③《礼记正义·檀弓下》"吊于葬者必执引,若从柩及圹,皆执绋"。郑玄注曰:"示助之以力,车曰引,棺曰绋,从柩赢者。"孔颖达疏曰:"引,柩车索也。吊葬本为助执事,故必相助引柩车也。……绋,引棺索也。凡执引用人,贵贱有数,若其数足,则余人不得遥行,皆散而从柩也。至圹下棺窆时,则不限人数,皆悉执绋,是助力也。"又曰:"'引'者长远之名,故在车,车行远也。'绋'是拨举之义,故在棺,棺唯拨举,不长远也。云'从柩赢'者,赢,余也。从柩者,是执引所余赢长者也。何东山云:'天子千人,诸侯五百人,大夫三百人,士五十人。'"④《礼记正义·曲礼上》"适墓不登垄,助葬必执绋",郑玄注:"绋,引车索。引棺,本亦作引车。"孔颖达疏曰:

---

① [东汉]班固:《汉书》,卷八十一《孔光传》,第3352页、第3364页。
② [唐]房玄龄等:《晋书》,卷二十《礼志中》,第626页。
③ 《春秋左传正义》,卷五十三《昭公三十年》,[清]阮元校刻:《十三经注疏》(下),第2125页。
④ 《礼记正义》,卷九《檀弓下》,[清]阮元校刻:《十三经注疏》(上),第1299页。

"'助葬必执绋'者,助葬本非为客,正是助事耳,故宜必执绋也。云'绋,引车索'者,绳属棺曰绋,属车曰引,引、绋亦通名,故郑云:'绋,引车索也。'"①也就是说,绋又称挽索,是牵引棺木的大绳。用于牵引灵车的绳子称为引,用于牵引棺材的绳子称为绋,引与绋亦通名。所谓"执绋"就是指前引系着灵车和灵柩的绳子使之前行。在孔光的葬礼上,"羽林孤儿"和"诸生"所做的正是"执绋"的工作,也就是说他们也是挽歌的演唱者。

那么"羽林孤儿"是些什么人呢？在《汉书》卷八《宣帝纪》神爵元年(前61)讲到"西羌反"一事时,称平叛的军队中即有"羽林孤儿",颜师古注引如淳曰:"《百官表》取从军死事者之子养羽林,官教以五兵,号曰羽林孤儿,少壮令从军。《汉仪注》羽林从官七百人。"②《汉书》卷十九上《百官公卿表》也说:"羽林掌送从,次期门,武帝太初元年(前104)初置,名曰建章营骑,后更名羽林骑。又取从军死事之子孙养羽林,官教以五兵,号曰羽林孤儿。"③其中的"五兵",据颜师古注,是指弓矢、殳、矛、戈、戟。故羽林是西汉中央禁卫军,初名"建章营骑",后改称"羽林骑"。"羽林孤儿"在羽林中身份特殊,这大概是在孔光葬礼上他们被选为挽送者的原因。

这里有个问题值得注意,就是"期门"、"羽林"和前面谈过的"虎贲"在汉代的发展。后两者都与挽歌有联系。《汉书·东方朔传》中记载:"建元三年(前138),微行始出……八九月中,与侍中、常侍、武骑及待诏陇西、北地良家子能骑射者期诸殿门,故有期门之号自此始。"《汉书·百官公卿表》中记载:"期门掌执兵送从,武帝建元三年(前138)初置,比郎,无员,多至千人,有仆射,秩比千石。平帝元始元年(1)更名虎贲郎,置(虎贲)中郎将,秩比二千石。"从平帝元始元年(1)开始,史籍中便少见"期门"字样而多用"虎贲"的称谓。东汉之初,虽然一度恢复了"期门"之号,事见《后汉书》之《姚期传》、《马成传》、《樊准传》、《阴兴传》,然而不久,却又改用了

---

① 《礼记正义》,卷三《曲礼上》,[清]阮元校刻:《十三经注疏》(上),第1249页。
② [东汉]班固:《汉书》,卷八《宣帝纪》,第260页、第261页。
③ [东汉]班固:《汉书》,卷十九《百官公卿表》,第727页。

"虎贲"之名,它和羽林并存,一直沿袭到东汉后期。这样看来,虎贲和羽林同时出现在葬礼场合就合情合理了。

所谓"诸生"当指太学生,[①]到汉元帝、汉成帝时,汉代太学的规模已经非常庞大。《汉书》卷八十八《儒林传》曰:

> 昭帝时举贤良文学,增博士弟子员满百人,宣帝末增倍之。元帝好儒,能通一经者皆复。数年,以用度不足,更为设员千人,郡国置《五经》百石卒史。成帝末,或言孔子布衣养徒三千人,今天子太学弟子少,于是增弟子员三千人。岁余,复如故。

孔光卒于汉平帝元始五年(5),据汉成帝末年只有十几年,当时太学诸生就算已经"复如故",也当有千人,为孔光挽送的诸生当即从这一千名太学生中选拔出来。孔光的葬礼之所以有如此规模,与他生前的地位是分不开的,《汉书》本传说"光凡为御史大夫、丞相各再,一为大司徒、太傅、太师,历三世,居公辅位前后十七年。自为尚书止,不教授。后为卿,时会门下大生讲问疑难,举大义云。其弟子多成就为博士、大夫者",可见挽送的"诸生"恐怕有不少是他的弟子。

在皇帝的大丧礼上,羽林孤儿也是挽歌表演的重要人物。《后汉书·礼仪志下》刘昭注引丁孚《汉仪》对皇帝的大丧之礼有较为详细的记载,其中讲到灵车出发及送葬队伍的一段曰:

> 昼漏上水,请发。司徒、河南尹先引车转,太常跪曰"请拜送"。载车著白系参缪绋,长三十丈,大七寸为挽,六行,行五十人。公卿以下子弟凡三百人,皆素帻委貌冠,衣素裳。校尉三百人,皆赤帻不冠,绛科单衣。持幢幡候、司马、丞为行首,皆衔枚。羽林孤儿、《巴俞》擢歌者六十人,为六列。铎司马八人,执铎先。大鸿胪设九宾,随立陵南羡门道东,北面;诸侯、王公、特进道西,北面东上;中二千石、二千

[①] 有的学者以为西汉太学生称为"博士弟子"或简称"弟子",东汉则称为"诸生"或"太学生",参见晋文:《汉代太学浅说》,《山东师范大学学报》2001年第6期。

石、列侯直九宾东,北面西上。皇帝白布幕素里,夹羡道东,西向如礼。……①

这里指出挽索"六行,行五十人",即需要有三百人来牵引,但没有明确说是哪些人来唱挽歌,学者们对这一段话又多一带而过,或存在一定的误解。而最关键的误解有两点:一是以为三百公卿以下子弟和三百校尉在内的所有人皆衔枚,不出声,大丧礼上唱挽歌的是别一群人;二是直接把擢歌改为櫂歌或棹歌。② 其实这两点恐怕都稍欠妥,为了对汉代挽歌表演的情况作出说明,我们需要先对这两点作一些辨析。

窃以为第一点误解源于中华书局《后汉书》标点本,校点者把"持幢幡"断归上句,把"候、司马、丞为行首,皆衔枚"两句标作"候司马丞为行首,皆衔枚",后来的论者多承袭了这种理解。但仔细推敲,这样断句却是有问题的。之所以出现这种失误,不仅是因为对汉代官制未作深究,也是由于对上下文的考虑不够。

候、司马、丞是汉代一些部门下面的属官,《汉书》卷十九上《百官公卿表》:"中尉,秦官,掌徼循京师,有两丞、候、司马、千人。武帝太初元年(前104)更名执金吾。"颜师古注曰:"候及司马及千人,皆官名也。属国都尉云有丞、候、千人。西域都护云司马、候、千人各二人。凡此千人,皆官名也。"③可见,"候司马丞为行首"当作"候、司马、丞为行首"。

那么,为什么这三类官员"为行首"呢?这可能与执金吾的职责有关。《后汉书·百官志》曰:"执金吾一人,中二千石。本注曰:掌宫外戒司非常水火之事。月三绕行宫外,及主兵器。吾犹御也。丞一人,比千石。(刘昭注引《汉官秩》云六百石)缇骑二百人。"刘昭注引《汉官》曰:"执金吾缇骑二百人,持戟五百二十人,舆服导从,光满道路,群僚之中,斯最壮矣。"执金吾下又有"武库令一人,六百石。本注曰:主兵器。丞一人"。又"本

---

① [南朝宋]范晔:《后汉书》,卷十六《礼仪志下》,第3145页、第3146页。
② 参见王宜瑗:《六朝文人挽歌诗的演变和定型》,《文学遗产》2001年第2期;吴承学:《汉魏六朝挽歌考论》,《文学评论》2002年第3期。
③ [东汉]班固:《汉书》,卷十九《百官公卿表》,第733页。

注曰:本有式道、左右中候三人,六百石。车驾出,掌在前清道,还持麾至宫门,宫门乃开。中兴但一人,又不常置,每出,以郎兼式道候,事已罢,不复属执金吾"。① 据此,"候、司马、丞为行首"即是"舆服导从"、"在前清道",这有点像今天的警车开道。

据《汉书》和《后汉书》记载,汉代的候多为六百石,司马为千石或六百石,而各级机构下面似乎都有设有丞,因此丞的品级差别很大。按《后汉书·百官志》曰:"先帝陵,每陵园令各一人,六百石。本注曰:掌守陵园,案行扫除。丞及校长各一人。"其中的"丞"肯定是低于六百石的,该段文字下刘昭注引应劭《汉官名秩》曰:"丞皆选孝廉郎年少薄伐者,迁补府长史、都官令、候、司马。"②意思是说丞是从年轻而先世有官籍的孝廉郎选拔出来的,具备一定条件后可以升迁为候、司马等。从后来的挽郎多选择朝中公卿的年轻子弟来看,这里的"候、司马、丞"也应当都是年轻人,只不过官阶有所不同。他们担当的是在前清道的任务,不需要唱挽歌,"皆衔枚"大约是为了保持安静,或许还有不影响挽歌表演的考虑在内。

另外,我们还以为"持幢幡"三字应归下句,作"持幢幡候、司马、丞为行首",理由有二:一是这样断句,前面几句变为"公卿以下子弟凡三百人,皆素帻委貌冠,衣素裳。校尉三百人,皆赤帻不冠,绛科单衣"。其中所说两类人,都交代了他们的人数、冠、衣,在表达上就很有章法了。二是"为行首"即"在前清道"的"候、司马、丞"等人,是"持幢幡"来进行他们的工作的。这样"皆衔枚"就不是指前面那六百人,而是"持幢幡"、"为行首"的候、司马和丞。因此皇帝大丧礼上"执绋"的虽然可能只有三百人,唱挽歌的却很可能是六百六十人。即公卿以下子弟三百人、校尉三百人和羽林孤儿,《巴俞》擢歌者六十人。因为从前文的讨论我们已经知道,长沙景王刘道怜葬礼上挽歌表演者的数量是其妃子葬礼的一倍,而为阴太后唱挽歌的人数是三百人,为朝廷重臣孔光唱挽歌的是四百人。依此推断,皇帝大丧礼的挽歌表演者至少不少于六百人。

---

① 以上引自[南朝宋]范晔:《后汉书》,卷三十七《百官志四》,第 3605 页、第 3606 页。

② [南朝宋]范晔:《后汉书》,卷三十五《百官志二》,第 3574 页。

关于第二点，我们认为中华书局版《后汉书》对"羽林孤儿、《巴俞》擢歌者六十人"一句的标点是对的。《巴俞》即《巴渝舞》，如前文所述，本是少数民族的地方歌舞，汉高祖命乐人习之。故《巴俞》在汉代是乐府的一部分，此后世代相传，直到隋文帝时才被废。汉哀帝罢乐府，丞相孔光、大司空何武上奏的名单中，有十二种鼓员都在"不可罢"之列，其中"巴俞鼓员三十六人"在人数上名列十二鼓员之首。① 可见其在乐府中的地位。从上下文看，这里的"《巴俞》擢歌者"，应当是与"羽林孤儿"并列的一类人，如果把"擢歌"解为"《櫂(棹)歌》"，不仅没有文献方面的依据，而且"羽林孤儿、《巴俞》《擢歌》者六十人"，也变得不可理解。按：《说文解字》"擢，引也"，又"引，开弓也"，则擢字本有引发、开始之意。"擢歌"即引歌，或即领唱。而承担这一工作的是乐府中的《巴渝舞》艺人和羽林孤儿。② 如果说前者肯定是因为其歌唱的特长而被选中的话，那么从孔光葬礼的情况来看，后者在当时恐怕已是官方丧礼中比较专业的挽歌演唱人员。晋人挚虞曾有"挽歌因倡和而为摧怆之声"③的话，如果葬礼挽歌在表现形式上果真如此，那么汉代大丧礼上可能有三组人以相互唱和的方式演唱挽歌。

就现存史料看，汉代虽有挽郎之实，但似乎还没有挽郎之名。到了晋代，挽郎已经成为葬礼挽歌表演者专用的名称，但是挽郎人数却大大减少了：

> 任育长年少时，甚有令名。武帝崩，选百二十挽郎，一时之秀彦，育长亦在其中。王安丰选女婿，从挽郎搜其胜者，且择取四人，任犹在其中。④

> 成帝咸康七年(341)，杜后崩。……有司又奏，依旧选公卿以下

---

① [东汉]班固：《汉书》，卷二十二《礼乐志》，第1073页。
② [三国]韦诞：《景福殿赋》有"吴姬擢歌，越女鼓枻"，其中"擢"与"鼓"相对，也应为动词。
③ [唐]房玄龄等：《晋书》，卷二十《礼志中》，第626页。
④ 余嘉锡：《世说新语笺疏》，第912页。

六品子弟六十人为挽郎,诏又停之。孝武帝太元四年(379)九月,皇后王氏崩。诏曰:"终事唯从俭速。"又诏:"远近不得遣山陵使。"有司奏选挽郎二十四人,诏停。宋元帝元嘉十七年(440),元皇后崩,诏亦停选挽郎。①

晋武帝葬礼只用挽郎一百二十人,到了东晋皇后葬礼挽郎人数减为六十人,再减为二十四人,并在"从俭速"的原则下被停选。但偶尔的停选并不代表挽郎已被废止,两晋南北朝时期,在皇帝的葬礼上挽郎的表演始终没有中断过,有关挽郎的选拔、任用也有了相对固定的标准,逐渐形成了一整套制度。

  琎,字子璥。方轨正直,宋泰豫中,为明帝挽郎,举秀才。建平王景素征北,主簿深见礼遇,邵陵王征虏安南行参军。②
  何求,字子有,庐江灊人也。祖尚之,宋司空。父铄,宜都太守。求元嘉末为宋文帝挽郎,解褐著作郎,中军卫军行佐,太子舍人,平南参军,抚军主簿,太子洗马,丹阳、吴郡丞。(《南齐书》卷五十四《高逸传·何求传》)

这是史书中有关刘宋挽郎的记载,其中"方轨正直"当为刘琎入选挽郎的条件之一,这与前述任育长年少时"甚有令名",可以相互印证。而何求则因为入选挽郎而"解褐著作郎"。从中可以看出挽郎的选择很重视人品,而一旦入选,还很可能会成为走上仕途的一个起点。后一点在梁、陈时期作为一种制度见于史籍记载:

  陈依梁制,年未满三十者,不得入仕。唯经学生策试得第,诸州

---

① [梁]沈约:《宋书》,卷十五《礼志二》,第405页、第406页;又见[唐]房玄龄等:《晋书》,卷二十《礼志中》,第633页。
② [梁]萧子显:《南齐书》,卷三十九《刘瓛传附刘琎传》,第680页。

光迎主簿,西曹左奏及经为挽郎得仕。其诸郡,唯正王任丹阳尹经迎得出身,庶姓尹则不得。必有奇才异行殊勋,别降恩旨叙用者,不在常例。①

这是说一般人不满三十岁,不能入仕,但如果做过挽郎就可以例外。在这里把入选挽郎者与"有奇才异行殊勋"者相提并论,可见朝廷对挽郎的重视。挽郎入选的条件,如果结合任育长、刘瓛、何求三人的情况来看,大概有三点。一是要相貌出众。上引《世说新语》的一段话下面说,任育长"童少时神明可爱,时人谓育长影亦好",可见他的"令名"主要来自相貌。二是品行高尚。刘瓛即因此而入选,当然任育长得"令名"可能也有品行修养方面的原因在内。三是家世显赫。何求之祖何尚之甚得宋文帝的信任,元嘉二十八年(451)任尚书令,次年致仕,不久再次出任尚书令,进位司空。元嘉三十年(453)太子刘劭弑宋文帝,接着又被文帝第三子刘骏即后来的孝武帝所杀,但这些变故并没有影响到何尚之的地位。② 因此何求能为宋文帝挽郎,不能说与权重一时的祖父没有关系,因为这毕竟是一个很好的入仕机会。北魏的挽郎选择标准与晋代直到南朝基本相同。这从下面的表格中可以得到更清楚的说明。

表 10—1　史书所见晋至隋挽郎情况表

时代	挽郎姓名及年龄	丧主	葬礼年代	挽郎特点	解褐官职	史料出处
晋朝	任育长	晋武帝	太熙元年(290)	年少时,甚有令名。		《世说新语·纰漏》
南朝	何求	宋文帝	元嘉三十年(453)	祖尚之,宋司空。	著作郎	《南齐书》卷五十四《高逸传·何求传》
南朝	刘瓛	宋明帝	泰豫元年(472)	方轨正直。	举秀才	《南齐书》卷三十九《刘瓛传附刘瓛传》

---

① [唐]魏征等:《隋书》,卷二十六《百官志上》,第748页。
② 参见[梁]沈约:《宋书》,卷六十六《何尚之传》,第1736页、第1737页。

续表

时代	挽郎姓名及年龄	丧主	葬礼年代	挽郎特点	解褐官职	史料出处
北魏	周遵和	孝文帝	太和二十三年(499)	好音律，尚武事。	奉朝请	《魏书》卷五十二《阴仲达传附阴遵和传》
	寇俊	孝文帝	太和二十三年(499)	性宽雅，幼有识量，好学强记。兄祖训、祖礼及俊，并有志行。闺门雍睦，白首同居。	奉朝请	《周书》卷三十七《寇俊传》
	谷士恢	宣武帝	延昌四年(515)	少好琴书。	奉朝请	《谷浑传附谷士恢传》
	崔巨伦	宣武帝	延昌四年(515)	历涉经史，有文学武艺。	冀州镇北府墨曹参军	《魏书》卷五十六《崔辩传附崔巨伦传》
	崔甗	宣武帝	延昌四年(515)	状貌伟丽，善于容止，少知名。	太学博士	《北史》卷二十四《崔逞传附崔甗传》
	崔鹏	宣武帝	延昌四年(515)	状貌伟丽，善于容止，少有名望，为当时所知。	太学博士	《北齐书》卷二十三《崔鹏传》
	邢邵	宣武帝	延昌四年(515)	雅有才思，聪明强记，日诵万余言。	奉朝请	《北齐书》卷三十六《邢邵传》
	刁柔	宣武帝	延昌四年(515)	少好学，综习经史，尤留心礼仪。性强记，至于氏族内外，多所谙悉。	司空行参军	《北齐书》卷四十四《儒林传·刁柔传》
	杜长文	孝明帝	武泰元年(528)		员外散骑侍郎	《魏书》卷四十五《杜铨传附杜长文传》
	裴远	孝明帝	武泰元年(528)	好弹琴，耽酒，时有文咏。	仪同开府参军事	《魏书》卷七十一《裴叔业传附裴远传》
	裴宽 年十三	孝明帝	武泰元年(528)	仪貌瑰伟，博涉群书，弱冠为州里所称。	员外散骑侍郎	《周书》卷三十四《裴宽传》
	檀翥 年十九	孝明帝	武泰元年(528)	好读书，善属文，能鼓瑟。	城阳王元徽以翥为从事	《周书》卷三十八《李昶传附檀翥传》；《北史》卷七十《檀翥传》
隋代	魏德深	隋文帝	仁寿四年(604)		冯翊书佐	《隋书》卷七十三《循吏传·魏德深传》

从上表中可知,除了上述三点以外,挽郎入选的条件尚有精通音乐、善属文、博涉强记、历涉经史、尚武事、兄弟和睦等多种,当然也有门第的考虑在内,如崔鹏就"每以籍地自矜"(《北齐书·崔鹏传》),他的入选无疑有门第的作用。总的来说,每一位入选者,在文学、武艺、门第、状貌诸方面中必有一二过人之处,因此挽郎实为同龄人中的精英。正因如此,王戎(安丰侯)才会从挽郎中选女婿。就年轻人而言,入选挽郎不仅是件无比荣耀的事,而且也是他们仕途升进的良好开端。梁、陈对挽郎的特殊政策,与何求因做了挽郎而"解褐"有着高度的一致性。而将入选挽郎作为"解褐"的重要条件,在北魏和隋代也同样盛行。上面表格中北魏和隋代的十三位挽郎,在入选挽郎后多被任命为朝奉请:

> 寇俊,字祖俊,上谷昌平人也。……以选为魏孝文帝挽郎,除奉朝请。大乘贼起,燕、赵扰乱,俊参护军事东讨,以功授员外散骑侍郎,迁尚书左民郎中。以母忧不拜。正光三年(522),拜轻车将军,迁扬烈将军、司空府功曹参军,转主簿。①
>
> 周达子遵和,小名虎头。……初为高祖挽郎,拜奉朝请,后广平王怀取为国常侍。遵和便辟善事人,深为怀所亲爱。转司空法曹太尉中兵参军。又为汝南王悦郎中令,复被爱信。稍迁龙骧将军、骁骑将军、豫州都督,镇悬瓠。孝庄末,除左将军、行豫州刺史。②
>
> 邢邵,字子才,……释巾为魏宣武挽郎,除奉朝请,迁著作佐郎。深为领军元叉所礼,又新除尚书令,神隽与陈郡袁翻在席,又令邵作谢表,须臾便成,以示诸宾。神隽曰:"邢邵此表,足使袁公变色。"孝昌初,与黄门侍郎李琰之对典朝仪。自孝明之后,文雅大盛,邵雕虫之美,独步当时,每一文初出,京师为之纸贵,读诵俄遍远近。③
>
> 篡弟士恢,字绍达,少好琴书,初为世宗挽郎,除奉朝请,正光中,入侍,甚为肃宗宠待。元义之出,灵太后反政,绍达预有力焉,迁谏议

---

① [唐]令狐德棻等:《周书》,卷三十七《寇俊传》,第657页、第658页。
② [北齐]魏收:《魏书》,卷五十二《阴仲达传附阴遵和传》,第1163页。
③ [唐]李百药:《北齐书》,卷三十六《邢邵传》,第475页、第476页。

大夫。①

其中,邢邵"释巾为魏宣武挽郎"一句很值得注意。释巾意为脱去头巾,换戴官帽。指初仕,亦作解巾。也就是说挽郎是邢邵初次做官担任的职务。但在北齐挽郎恐怕还不是一个正式的官职。只是因为挽郎在皇帝葬礼上表演之后,肯定会被授予官职,所以也就与"释巾"、"解褐"没有什么差别了。上述四人在担任挽郎之后,都被任命为奉朝请。古代诸侯春季朝见天子叫朝,秋季朝见为请,所以称定期参加朝会为奉朝请。汉代退休大臣、宗室、外戚多以奉朝请名义参加朝会。晋代以奉车、驸马、骑三都尉为奉朝请,南北朝设以安置闲散官员,北魏亦为冗散官,有俸无职。孝文帝太和十一年(487)定员二百人,十七年(493)定为六品下,二十三年(499)改从七品。北齐改为职事官,为从七品,隋初罢之。② 因此,北魏时期奉朝请虽然有俸无职,但对于刚刚解褐的年轻人来说,品秩并不低。还有崔㥄、崔鹍被授予太学博士,杜长文、裴宽被授予员外散骑侍郎,其他如冀州镇北府墨曹参军、司空行参军、仪同开府参军事、城阳王元徽从事、冯翊书佐等,因此,南北朝挽郎所授官职虽有所不同,但是挽郎被作为解褐的标志却是完全一样的。所以,挽郎成为那些德才兼备、有文学武艺的贵族官僚子弟出仕的途径之一。

还有两点值得注意,上述所有选用挽郎的葬礼全部为皇帝大丧礼,三位皇后葬礼都被下诏停选。没有材料表明两晋南北朝时期王公大臣的葬礼也有挽郎,这与汉代是不一样的。其次,有两位挽郎的年龄史书有明确记载,裴宽年十三岁,檀翥年十九岁,其他人虽然没有具体说明,但综合挽郎被作为女婿的候选人、挽郎为出仕开端的情况来看,他们的年龄都不会太大。

虽然就史书所见,汉代以后有挽郎参与的葬礼几乎都是皇帝的大丧

---

① [北齐]魏收:《魏书》,卷三十三《谷浑传附谷士恢传》,第782页。
② 参见吕宗力主编:《中国历代官制大辞典》,北京出版社1994年版,第461页。

礼，挽歌的表演似乎也成了皇帝的专利。但实际情况恐怕并非如此。据《洛阳伽蓝记》卷四记载"有挽歌者孙岩"①，此人是一位职业的挽歌表演者。这说明在北魏时期，民间也有挽郎。而挽歌的另一种发展趋向是超越实用的目的，在其他场合，甚至是娱乐场所被作为流行歌曲来表演。这些歌唱已经与葬礼无关，是通过挽歌来自我抒情、自娱自乐。这实际上是挽歌娱乐化的一种表现，与挽郎已经没有直接的关系了。

第三节 挽歌的创作

与挽歌演唱密切相关的还有挽歌的创作者。挽歌的主要作用是悼念死者，寄托哀思，由于死者身份、地位、生前经历不同，挽歌内容的单一就显示出很大的不足。随着时代和社会的发展，《薤露》《蒿里》二曲已不能满足人们的心理需求，在汉代以后，哀挽的实际需求对挽歌的创作提出了更高的要求。就现存作品来看，挽歌作者大多是当朝文士。其创作缘起一般有三种：一是根据实际葬礼需求，主动向皇室宗亲、王公贵族敬献，具有一定的功利性；二是遵奉皇命进行创作；三是文人出于个人爱好创作的非葬礼挽歌，主要是为抒发自我情怀。其中前两种挽歌都是应葬礼的实际需求而作，哀挽的对象多为皇帝、贵妃等皇家逝者，其中肯定有一部分会被选用，由挽郎在葬礼中进行演唱。在这种现实背景下，自然会产生一批御用的挽歌创作者。挽歌甚至被作为专门的一种文人的著述类型。如沈约的伯父沈亮，卒于宋元嘉二十七年（450），"所著诗、赋、颂、赞、三言、诔、哀辞、祭告请雨文、乐府、挽歌、连珠、教记、白事、笺、表、签、议一百八十九首"②。其中的挽歌，是与诗、赋、赞等并列的一类。沈亮在宋代并不以诗文著称，从他的遗著中将挽歌作为专门的一类可知，当时创作挽歌的朝廷官员和文人不在少数。当朝廷有重要葬礼举行时，大约总会有一些

---

① ［北魏］杨衒之撰，韩结根注：《洛阳伽蓝记》，卷四，山东友谊出版社2001年版，第148页。
② ［梁］沈约：《宋书》，卷一百《自序》，第2452页。

文人献上挽歌以冀引起君主的注意。如北齐赵郡王妃去世,卢询祖就曾献过挽歌。《北齐书》本传曰:

> (卢询祖)历太子舍人、司徒记室,卒官。有文集十卷,皆致遗逸。尝为赵郡王妃郑氏制挽歌词,其一篇云:"君王盛海内,伉俪尽寰中。女仪掩郑国,嫔容映赵宫。春艳桃花水,秋度桂枝风。遂使丛台夜,明月满床空。"①

卢询祖与卢思道齐名,有文集十卷,著述颇为丰富。他为郡王王妃创作的挽歌,凄美哀婉,委婉含蓄,哀伤之情隐含于字里行间。据《北齐书》记载,赵郡王高睿为齐神武高欢的从子,其王妃为尚书郑述祖之女,高睿在孝昭帝、武成帝在位时,历任尚书令、太子太傅、司空、太尉等要职,是朝中举足轻重的人物。②《北齐书》称:"述祖女为赵郡王睿妃。述祖常坐受王拜,命坐,王乃坐。妃薨后,王更娶郑道荫女。王坐受道荫拜,王命坐,乃敢坐。王谓道荫曰:'郑尚书风德如此,又贵重宿旧,君不得譬之。'"③可见高睿与郑妃感情之深。卢询祖为郑妃献挽歌显然有所图。类似的例子也见于南朝,如宋代的丘灵鞠就曾为宋孝武帝殷贵妃献过挽歌三首:

> 灵鞠少好学,善属文,……宋孝武殷贵妃亡,灵鞠献挽歌诗三首,云:"云横广阶暗,霜深高殿寒。"帝擿句嗟赏,除新安王北中郎参军,出为剡乌程令。④

丘灵鞠所献三首挽歌,《南齐书》只记录了其中最精彩的两句"云横广阶暗,霜深高殿寒",宋孝武帝似乎特别偏爱这两句,对其"擿句嗟赏",而丘灵鞠被任命为新安王北中郎参军,也当与此有关。丘灵鞠挽歌虽只有这

---

① [唐]李百药:《北齐书》,卷二十二《卢文伟传附卢询祖传》,第321页。
② 参见[唐]李百药:《北齐书》,卷十三《赵郡王高琛传附高睿传》,第172页。
③ [唐]李百药:《北齐书》,卷二十九《郑述祖传》,第398页。
④ [梁]萧子显:《南齐书》,卷五十二《文学传·丘灵鞠传》,第889页、第890页。

两句流传下来,但与卢询祖挽歌一样写得都比较含蓄,与民间挽歌的通俗易懂和直抒胸臆有明显的不同。

葬礼挽歌与其说是为逝者而作,不如说真正的消费者和欣赏者是活着的人。所以从某种意义上讲,下令让朝廷官员创作挽歌的皇帝,才是挽歌真正的消费者,他的态度决定着文士们的努力方向。一旦有人因此得到皇帝的嗟赏和擢用,创作挽歌可以获取利禄的秘密就会成为社会共识。而创作挽歌的机会并不罕见,由此必然会带来挽歌创作队伍的扩大和挽歌数量的增加。

遵奉皇命创作挽歌也是非常频繁的。皇室宗亲或皇帝去世,皇帝或新皇要求朝臣文士作挽歌,从中选取优秀的作品令挽郎演唱,在当时已经成为朝廷的一种惯例。一则表彰死者生前功业,二则寄托生者的哀思。这也是朝廷文士借以崭露头角,显示才能的大好机会。诗书满腹的文士们常常会在这时候一比高下。卢思道就曾因此获得了当时的赞誉:

> 卢思道,字子行,范阳人也。……文宣帝崩,当朝文士各作挽歌十首,择其善者而用之,魏收、阳休之、祖孝征等,不过得一二首,唯思道独得八首,故时人称为"八米卢郎"。[1]

从这里的记载来看,"择其善者而用之",当然是指在葬礼上由挽郎来演唱。这说明凡是主动献上或奉旨创作的挽歌,都有一部分可能在葬礼上演唱。北齐文宣帝高洋崩于天保十年(559),当时创作挽歌的文士,肯定不止上面提到的几人。据《北史》记载,刘逖也有挽歌入选:

> 及文宣崩,文士并作挽歌,杨遵彦择之,员外郎卢思道用八首,逖用二首,余人多者不过三四。中书郎李愔戏逖曰:"卢八问讯刘二。"逖衔之。[2]

---

[1] [唐]魏征等:《隋书》,卷五十七《卢思道传》,第1397页;又见[唐]李延寿:《北史》,卷三十《卢玄传附卢思道传》,第1075页。
[2] [唐]李延寿:《北史》,卷四十二《刘芳传附刘逖传》,第1551页。

从时人对卢思道的赞美与刘逖深以为耻的态度,可见文士们创作的挽歌被用于帝王的葬礼上,是何等荣耀的事情。卢思道的八首挽歌,没有保留下来,但是他存世的诗作中却有两首挽歌:

> 旭旦禁门开,隐隐灵舆发。才看凤楼迥,稍视龙山没。犹陈五营骑,尚聚三河卒。容卫俨未归,空山照秋月。(《彭城王挽歌》)

> 妆楼对驰道,吹台临景舍。风入上春朝,月满凉秋夜。未言歌笑毕,已觉生荣谢。何时洛水湄,芝田解龙驾。(《乐平长公主挽歌》)

为他赢得"八米卢郎"之美称的那八首挽歌,当亦与此相去不远。

皇帝驾崩,朝臣文士都专门写挽歌,朝廷选取其中优秀者加以使用,这里虽然没有直接指出如何使用,但在葬礼上由挽郎演唱肯定是其中最主要的一种方式。如同挽郎的筛选一样,挽歌的选择也必然有严格的要求。文士每人都作十首,作出的挽歌就会有成百上千首。是不是每位皇帝驾崩都会有这样的挽歌创作活动,我们不得而知,但我们知道贵妃和郡王妃去世,也有人敬献挽歌。因此,朝廷文士奉旨创作或主动敬献挽歌的现象,在当时应该是很普遍的。从此我们也可以看到,为皇帝或皇室成员所创作的挽歌,有着怎样丰厚的生长土壤。可以推知,文献所保留下来的那些挽歌,只不过是九牛一毛而已。在上自皇帝,下到民间对挽歌普遍重视的文化背景下,挽歌在魏晋南北朝的流行也就不足为奇了。

有时甚至连皇帝本人也参与进来,成为挽歌创作者中的一员。对于挽歌的主要创作群体——朝廷文士而言,皇帝的加入无疑会更加激发他们从事挽歌创作的热情。当然,皇帝亲自操刀的时候并不多,但是对于挽歌的发展来说,其意义却是重大的。如冯诞死后,孝文帝就"亲为作碑文及挽歌词,皆穷美尽哀,事过其厚"[①]。虽然史书失载,但当时为这位特殊国戚创作挽歌的文士肯定为数不少。

通常而言,挽歌的创作者和被挽者是分离的,但在特殊的情况下,二者却会合二为一,这就是自挽的挽歌。北魏的宋道玙、刘宋的鲍照及北魏

---

① [唐]李延寿:《北史》,卷八十《外戚传·冯熙传附冯诞传》,第2680页。

孝庄帝都曾写过自挽歌。《魏书》卷七十七曰：

> 翻弟道玙，先为冀州京兆王愉法曹行参军。愉反，逼道玙为官，翻与弟世景俱囚廷尉。道玙后弃愉归罪京师，犹坐身死，……（道玙）少而敏俊。世宗初，以才学被召，与秘书丞孙惠蔚典校群书，考正同异。自太学博士转京兆王愉法曹行参军，临死作诗及挽歌词寄之亲朋，以见怨痛。①

京兆王元愉谋反失败后，宋道玙受牵连被杀，做了皇室争权的牺牲品，自觉冤枉，因此，死前写下了自挽的挽歌。宋道玙的自挽歌没有保留下来，但鲍照《松柏篇》（见于《乐府诗集》卷六十四《杂曲歌辞四》），也是一首自挽歌。《鲍参军集》卷一有序曰："余患脚上气四十余日，知旧先借《傅玄集》，以余病剧，遂见还。开袠，适见乐府诗《龟鹤篇》。于危病中见长逝词，恻然酸怀抱。如此重病，弥时不差，呼吸乏喘，举目悲矣。火药间缺而拟之。"②诗作于作者病重时，当时他自以为不久于人世，是典型的自挽歌。篇幅较长，诗中写了死亡与葬礼：

> 舍此赤县居，就彼黄垆宅。永离九原亲，长与三辰隔。属纩生望尽，阖棺世业埋。事痛存人心，恨结亡者怀。祖葬既云及，圹隧亦已开。室族内外哭，亲疏同共哀。外姻远近至，名列通夜台。扶舆出殡宫，低回恋庭室。天地有尽期，我去无还日。

也设想死后对家人的挂念、对平生的追忆及身处泉壤的寂寞：

> 郁湮重冥下，烦冤难具说。安寝委沉寞，恋恋念平生。事业有余结，刊述未及成。资储无担石，儿女皆孩婴。一朝放舍去，万恨缠我情。追忆世上事，束教以自拘。明发靡怡愉，夕归多忧虞。辙闲晨逕

---

① [北齐]魏收：《魏书》，卷七十七《宋翻传附宋道玙传》，第1689页、第1690页。
② [宋]郭茂倩编：《乐府诗集》，卷六十四鲍照《松柏篇》校勘记引，第931页。

荒,辍宴式酒儒。知今瞑目苦,恨失尔时娱。遥遥远民居,独埋深壤中。墓前人迹灭,冢上草日丰。

甚至对三年后家人服满,孝子祭墓等情形,也从死者的角度做了详细的描述。

> 三龄速过隙。几筵就收撤,室宇改畴昔。行女游归途,仕子复王役。家世本平常,独有亡者剧。时祀望归来,四节静茔丘。孝子抚坟号,父兮知来不。欲还心依恋,欲见绝无由。烦冤荒陇侧,肝心尽崩抽。

这样的写法与其他的挽歌有很大的不同,在文学史上也非常少见。鲍照写了这首诗后,却死里逃生,得以痊愈。因此他的这首自挽诗自然不可能用于葬礼。宋道玙的自挽歌是否用在葬礼上,史无明载。但北魏孝庄帝元子攸的自挽诗却真的用在了他的葬礼上。《洛阳伽蓝记》卷一"永宁寺"条曰:

> 永安三年(530),……(尔朱兆)遂囚帝还晋阳,缢于三级寺。帝临崩礼佛,愿不为国王。又作五言曰:"权去生道促,忧来死路长。怀恨出国门,含悲入鬼乡!隧门一时闭,幽庭岂复光?思鸟吟青松,哀风吹白杨。昔来闻死苦,何言身自当!"至太昌元年(532)冬,始迎梓宫赴京师,葬帝靖陵,所作五言诗即为挽歌词。朝野闻之,莫不悲恸。百姓观者,悉皆掩涕而已!①

这样的情况当然是极少见的特例,但是孝庄帝葬礼采用他自己临终所作五言诗为挽歌,意味着在此之前挽歌专为某一丧主而作的礼制早已形成,这是自挽体挽歌、献挽体挽歌与奉旨创作的挽歌产生的共同前提。

本节开头提到的第三类挽歌,即非葬礼文人挽歌,则已从葬礼中摆脱

---

① [北魏]杨衒之撰,韩结根注:《洛阳伽蓝记》,第18页。

出来，成为表现文人对个体生命思考的一种特殊的诗歌形式。如缪袭《挽歌三首》、阮瑀《七哀诗》、陆机《挽歌三首》、傅玄《挽歌三首》及陶渊明《拟挽歌辞三首》等，虽然其内容仍然包含葬礼情景，但已经不是专为葬礼而作，因此其中的主人公也不是哪一个具体的人，而是抽象的泛化的人类个体。作者写作的目的也不是满足礼制的需要，而是借挽歌寄托自我情志，在对死亡的思考中，获得一种深层的体悟，从而对个体自我存在的价值和生命的美好给予另一种形式的肯定。

值得注意的是，李延年关于挽歌二曲的区分仍然隐约影响着非葬礼文人挽歌的创作者，陆机的挽歌就典型地反映了这一点。从现有的记载来看，陆机似乎特别钟情于挽歌的创作，他创作的挽歌有明确的《庶人挽歌辞》和《王侯挽歌辞》之别，不仅题目反映了这种差异，内容也沿着《薤露》、《蒿里》的不同方向发展。《庶人挽歌辞》（残句）中，陆机几乎没有用任何修辞手法："陶犬不知吠，瓦鸡焉能鸣。安寝重丘下，仰闻板筑声。""埏埴为涂车，束薪作刍灵。"而《王侯挽歌辞》（残句）则相对委婉含蓄："孤魂虽有识，良接难为符。操心玄芒内，注血治鬼区。"其中也包含着深层的意蕴。

关于民间挽歌的创作，几乎没有什么资料可资说明，我们很难知道有哪些人创作过哪些挽歌。但是可以肯定的是，在民间一定有大批从事挽歌表演的艺人，他们中有些人还可能具有表演者和创作者的双重身份。

从以上的论述，我们发现挽歌其实是一种非常特殊的歌诗，它与一般的歌诗有很多不同的地方。其创作和表演都有着鲜明的现实功利色彩：哀悼死者、抚慰生者、满足礼制的需求、为入仕寻求机会等等，都属于挽歌生长的原生态社会文化环境。至于作为纯文本的挽歌，在当时只是附着于这些客观现实需求之上的，并不具有完全独立的意义。这在歌诗的发展中也是比较独特的，它为我们了解作为表演艺术的歌诗提供了一个很好的范例。

第十一章 魏晋南北朝社会经济的发展与歌诗创作

本章提要：魏晋南北朝虽是乱世，但曹魏（包括建安后期）和西晋初期、南朝的大部分时期以及北魏迁洛以后的数十年间，社会相对安定，加之帝王重视，经济繁荣，因此形成了魏晋南北朝歌诗艺术的三个兴盛期。曹魏时期实行的屯田制及将农业作为强国之本的政策，不仅为西晋所全面继承，而且西晋实行占田法，使部分农民重新获得了土地，并减轻了租税，使西晋经济在曹魏基础上稳步发展。而东晋私人可以占领山泽的政策和北方大批流民的南渡，促成了江左地区的充分开发，成为东晋经济兴盛的主要原因。北魏时期实行的均田制和三长制，则使大量荒地得到开垦，促进了北魏经济的繁荣。此外，占田法和均田制带来的土地兼并，东晋时期商业贸易的发达，均加快了财富集中的速度，极大地刺激了上层社会歌舞声色的消费需求。这一切既是魏晋南北朝歌诗发展的必要基础，也为歌诗创作与表演提供了广阔的消费市场。

    对于一个时代的歌诗生产来说，乐府机关的设立和完善无疑是重要的，并且在很大程度上起着"导夫先路"的作用。但是社会安定、经济繁荣等外部条件也是极为重要的。因为歌诗生产本质上是一种精神文化生产活动，具有明显的商业性特征，与一般的诗歌创作不同。就中国古代社会的实际情形而言，由土地兼并和商业经济繁荣带来的财富的高度集中和从宫廷到民间的旺盛的消费需求，以及君主的爱好提倡是歌诗发展最为重要的几个现实前提。这几方面为歌诗生产提供了必要的物质条件、广阔的市场和政策支持，使具有音乐和文学专长的一批专业人员以生产歌诗作为谋生手段成为可能。我们知道，魏晋南北朝是典型的乱世，战乱不断与王朝更替频繁是这一时期最引人注目的现象。与此前的汉代及此后的唐代相比,这一时期歌诗生产的现实条件较差,但歌诗生产仍取得了可观的成绩,而且在某些方面并不逊色于汉、唐两代。

从历史发展的实际情况来看,魏晋南北朝虽是乱世,但这一历史时期的某些阶段却是相对安定的,经济发展也相对较快。这主要包括:曹魏(包括建安后期)和西晋初期、南朝的大部分时期,以及北魏迁洛以后的数十年间。如前所述,在这三个历史阶段,均有几位著名的君主对歌诗生产表现出极大的热忱并全力支持,他们有的甚至直接参与到歌诗生产的队伍中来,成为歌诗生产的领袖人物,如魏代的曹氏父子、梁代的萧氏父子、北魏的孝文帝都是典型的代表。这对歌诗的发展无疑具有积极的作用。随着农业经济的发展,城市商业经济也得到了迅猛的发展,上层社会的歌诗消费需求由此获得普遍的增长,而乐府机构的完备和雅乐的发展既满足了在商业经济刺激下不断增长的歌诗消费需求,又反过来对俗乐的发展起了重要的带动作用。尤其在后两个阶段,民间歌诗之源头活水成了当时歌诗生产最有生气的资源。但是,作为魏晋南北朝时期歌诗生产的三个高峰期,这三个阶段歌诗生产的现实前提又各不相同。

第一节　曹魏和西晋时期社会经济的发展对歌诗的影响

曹魏经济的发展是从曹操屯田许下开始的。在群雄并起的汉末,曹操最早采用了屯田的办法来解决军粮问题。《三国志·魏书·武帝纪》载,建安元年(196)曹操"用枣祗、韩浩等议,始兴屯田"。裴注引《魏书》则曰:"是岁(建安元年)乃募民屯田许下,得谷百万斛。于是州郡例置田官,所在积谷。征伐四方,无运粮之劳,遂兼灭群贼,克平天下。"而《晋书·食货志》,则对曹魏因实行屯田而经济日益发展的过程作了详细的描述:"魏武于是乃募良民屯田许下,又于州郡列置田官,岁有数千万斛,以充兵戎之用。"又置监盐官,以卖盐所得购买耕牛,供给来归的流人。于是建安初流入荆州的十余万家"流人果还,关中丰实"。当时的地方官,如扬州刺史刘馥、豫州刺史贾逵等均注重水利建设,对曹魏农业的发展起了积极的推动作用。魏文帝"黄初中,四方郡守垦田又加,以故国用不匮"。颜斐为京兆太守,注重劝农,"京兆遂以丰沃",郑浑为沛郡太守,"躬率百姓兴功",结果"顷亩岁增,租入倍常"。这一传统直到明帝年间一直得到很好的发扬,并呈现出向西、向南扩展的趋势。其时的凉州刺史徐邈,修盐池,开水田,使凉州一带"家家丰足,仓库盈溢";敦煌太守皇甫隆,教民兴水利、作耧犁,使该地区"得谷加五,西方以丰",由此又促进了与西域的贸易往来。明帝青龙元年(233),扩建成国渠,并新修临晋陂,使三千余顷土地得以灌溉,"国以充实焉"。司马懿又采纳邓艾的建议,开发与东吴相邻的淮南,建成了可以溉田二万顷的水利设施,"自寿春到京师,农官兵田,鸡犬之声,阡陌相属"。(均见《晋书》卷二十六《食货志》)可见,建安(196—220)以来直至明帝年间,北方的农业经济始终在稳步发展,曹魏国力日益强盛。正是在此前提下,曹操于建安十五年(210)修建了铜雀台,这标志着歌诗生产必备的外部条件已完全具备。

据学者们的研究,曹魏时期"因水利之便而屯田的有颍川、弘农、河内、河南、魏郡、襄城、陈郡及京兆;为供给军粮或边境的屯田有汝南、汝阴、安丰、下邳、庐江及淮安;西北方面有上党、金城、武威及酒泉。吴、蜀屯田不如曹魏之盛,大都在与曹魏接近的地区"[1]。当时各州郡屯田究竟有多少,史无明载,但可以肯定这个数字是非常庞大的。西晋建立之初,"是时江南未平,朝廷厉精于稼穑",曹魏时期确立的农业政策依然被作为西晋王朝的强国之本。晋武帝一再下诏,要求"省徭务本,并力垦殖"、"竞农务功"、"务尽地利"(均见《晋书》卷二十六《食货志》)。这就保证了西晋经济能够在曹魏基础上进一步得到发展。

应当注意的是,"在中原丧乱的时候,豪强的土地兼并也未完全停止",而曹魏实行九品中正制后,新兴士族的势力迅速扩大,"西晋开始后,兼并又复盛行"。[2] 一方面是"大乱之后,民人分散,土业无主,皆为公田"[3],另一

---

[1] 朱活:《从魏晋史料探索三国屯田制度》,《新史学通讯》1956 年 9 月号,转引自胡寄窗:《中国经济思想史》(中),上海人民出版社 1978 年版,第 251 页。

[2] 参见胡寄窗:《中国经济思想史》(中),第 251 页、第 252 页。

[3] [晋]陈寿:《三国志》,卷十五《魏书·司马朗传》,第 379 页。

方面则是私有土地大量集中于少数豪强手中。为了解决这种矛盾,平吴后,晋武帝于太康元年(280)颁布了占田法,规定了各级官员可以占田的亩数和应有的佃客数。据《晋书·食货志》所载,主要包括:王、公、侯,除封国土地外,还可在京城占有近郊田,大国十五顷,次国十顷,小国七顷;朝廷一品官可占田五十顷,一品以下依次递减五顷,这样,九品官仍可以占田十顷;各品官员可依品位高低,"荫其亲属,多者九族,少者三世,宗室国宾先贤之后,及士人子孙亦如之",此外,"又得荫人以为衣食客及佃客",六品以上可拥有衣食客三人,七品八品二人,九品一人,一二品官员拥有佃客不得超过十五户,三品十户,四品七户,五品六户,六品三户,七品二户,八九品一户;一般老百姓,男子一人占田七十亩,女子三十亩。

西晋占田法实行的时间主要在太康年间(280—289),它使部分失去土地的农民重新获得了土地,同时租税也较屯田时代有所减轻,因而大大促进了生产力的发展。《晋书·食货志》称"是时天下无事,赋税平均,人咸安其业而乐其事"。干宝《晋纪总论》也说:"太康之中,天下书同文,车同轨,牛马被野,余粮栖亩,行旅草舍,外闾不闭,民相遇者如亲,其匮乏者取资于道路,故于时有天下无穷人之谚。"

但是另一方面,朝廷官员所占土地面积与一般百姓本来就有很大差别,而占田法对大士族超出限额的土地也并无明确的处置办法,这就意味着土地占有数已超过限额者可以得到法律默认,而土地占有数不足限额者朝廷则需要给予补足。所以占田法不可能从根本上改变土地兼并的事实。此外,各级官员名下的衣食客和佃客,作为在他们所占有的土地上从事农业生产的主要劳动力,是不需要负担课役的,这意味着占有土地和衣食客、佃客越多的大士族越容易暴富起来。因此,占田法在促成太康之治的同时,也加速了财富集中的过程。义阳成王司马望及其孙司马奇、王恺、石崇、王戎、王济等巨富,正是在这样的历史背景下出现的。也正是在他们的带动下,过度奢侈的享乐主义思想,及蓄养家伎、追求声乐之美很快成为一代世风。这就为西晋的歌诗生产奠定了坚实的基础。

第二节　东晋南朝时期的社会经济对歌诗的促进

永嘉之乱后，北方人口大量南移。三吴一带本是南方土著士族的势力范围，而北来的大士族也大多聚居于此。由于东晋王朝离不开南方士族的支持，北方士族既要避免与南方士族的冲突，又想在建康、吴、会等地重新获得大量土地是很不容易的。因此，他们大多向吴兴、姑孰、会稽等地扩展自己的势力，如著名的谢氏家族就在会稽置有田产。面对北方士族的兼并行为，南方士族自然也不甘落后。这种风气在当时愈演愈烈，最后发展至各大士族纷纷封略山湖，将历来为国家所有的山泽占为己有。① 这种空前的土地兼并，客观上需要有足够的劳动力来支撑，南来的大量流民则正好成为士族豪门开发山泽的生力军。据唐长孺先生研究，"自孙吴至陈亡的六个王朝，在长达 300 年的时间内，江南户籍上的户口几乎完全没有增长"，他认为"这与六朝时期江南经济的迅速发展是极不相称的"，而当时大量流民成为大士族土地上的佃客不贯户籍则是产生这种怪事的主要原因之一。② 这实际上是士族大家与朝廷在争利，为此，东晋王朝对西晋时期占田法中关于各级官员可以庇荫佃客等无课役者的规定作了修改。《南齐书·州郡志》在说到南兖州时说："时百姓遭难，流移此境，流民多庇大姓以为客。元帝太兴四年（321），诏以流民失籍，使条名上有司，为给客制度。"这在《隋书·食货志》中有详细的记载：

　　都下人多为王公贵人左右、佃客、典计、衣食客之类，皆无课役。官品第一第二，佃客无过四十户。第三品三十五户。第四品三十户，第五品二十五户。第六品二十户。第七品十五户。第八品十户。第九品五户。……其典计，官品第一第二，置三人。第三第四，置二人。第五第六及公府参军、殿中监、监军、长史、司马、部曲督、关外侯、材

---

①　关于东晋以来各大士族对山泽的占领问题，参见唐长孺：《魏晋南北朝隋唐史三论》，武汉大学出版社 1998 年版，第 108—118 页。

②　参见唐长孺：《魏晋南北朝隋唐史三论》，第 85—96 页。

官、议郎已上，一人。皆通在佃客数中。官品第六已上，并得衣食客三人。第七第八，二人。第九品及奥辇、迹禽……，一人。客皆注家籍。

与西晋占田法中的有关规定相比，东晋对佃客人数的限额明显有了提高。但是，对于士族豪门而言，给客制度其实也是一纸空文，他们实际私属的佃客人数远比最高限额40户要多。如谢氏家族仅谢混一支就有"田业十余处，童仆千人"[①]。侨居京口的刁氏，在刁协死后，咸康年间（335—342）还家道不振，到晋末隆安（397—401）中时却已是"有田万顷，奴婢数千人"[②]的巨富。正是由于允许私人占领山泽和大量流民佃客的存在，使江左尚未开发的地区得到了较为充分的开发，客观上促进了东晋以来经济的发展。

而通过商业贸易致富，则是当时一大批士族大户迅速暴富的另一条途径。《隋书·食货志》说："晋自过江，凡货卖奴婢马牛田宅，有文券，率钱一万，输估四百入官，卖者三百，买者一百。无文券者，随物所堪，亦百分收四，名为散估。历宋齐梁陈，如此以为常。以此人竞商贩，不为田业。"征收百分之四的商业税，依然是"人竞商贩，不为田业"。可见其利润是相当大的。更何况一些朝中官员经商还享有免税的特权。《南史》卷七十七《沈客卿传》说："旧制军人士人，二品清官，并无关市之税。"因此，士族大家乃至宗室皇亲凭借特权而通过商业活动致富就比一般人更为容易。

当然，更为重要的是，东晋以来的数百年间，社会比较安定，因而江左地利才有可能得到充分的利用。对此，《宋书》卷五十四《孔季恭羊玄保沈昙庆传论》有非常详细的说明：

江南之为国盛矣，虽南包象浦，西括邛山，至于外奉贡赋，内充府实，止于荆、扬二州。……自义熙十一年（415）司马休之外奔，至于元

---

① ［唐］李延寿：《南史》，卷二十《谢弘微传》，第551页。
② ［唐］房玄龄等：《晋书》，卷六十九《刁协传》，第1845页。

嘉末,三十有九载,兵车勿用,民不外劳,役宽务简,氓庶繁息,至余粮栖亩,户不夜扃,盖东西之极盛也。……自晋氏迁流,迄于太元之世,百许年中,无风尘之警,区域之内,晏如也。及孙恩寇乱,歼亡事极,自此以至大明之季,年逾六纪,民户繁育,将囊时一矣。地广野丰,民勤本业,一岁或稔,则数郡忘饥。会土带海傍湖,良畴亦数十万顷,膏腴上地,亩值一金,鄠杜之间,不能比也。荆城跨南楚之富,扬部有全吴之沃,鱼盐杞梓之利,充仞八方,丝棉布帛之饶,覆衣天下。

《南史·循吏传》则称:

凡百户之乡,有市之邑,歌谣舞蹈,触处成群,盖宋世之极盛也。……永明继运,……十许年中,百姓无犬吠之惊,都邑之盛,士女昌逸,歌声舞节,袨服华妆。桃花绿水之间,秋月春风之下,无往非适。

《梁书·武帝本纪》也说:

(高祖)治定功成,远安迩肃。加以天祥地瑞,无绝岁时。征赋所及之乡,文轨旁通之地,南超万里,西拓五千。其中璝财重宝,千夫百族,莫不充牣王府,蹶角阙庭。三四十年,斯为盛矣。自魏晋以降,未或有焉。

由上述三段文字可知,晋室南渡直到梁代侯景之乱的二百余年,南朝除了孙恩之乱及由叛乱和易代引起的短暂混乱外,基本是比较太平的。[①] 这就为东晋南朝的歌诗生产提供了充足的外部条件。

---

① 孙恩之乱起于隆安三年(399)。《晋书》卷二十六《食货志》称孝武帝太元(376—396)末"天下无事,时和年丰,百姓乐业,谷帛殷阜,几乎家给人足矣"。这是孙恩之乱前社会生活的写照。[唐]房玄龄等:《晋书》,第792页。

第三节 北魏迁洛后的社会经济与歌诗的兴盛

自永嘉之乱起,中国北方有一百多年是各民族混战期,即所谓的五胡十六国时期。长期的战乱使中国北方人口耗减,土地荒芜,经济衰退。这种现象在北魏统一后的很长时间里并没有得到根本的改变。此外,北魏统治者是鲜卑族人,他们旧有的文化比汉民族落后,语言也有自己的特点,而其汉化过程又非常缓慢,[1]因此,北魏前期基本上不具备歌诗生产的前提和条件。直到太和年间(477—499)迁洛以后,孝文帝大力推行汉化政策,才为歌诗的生产创造了较为充分的物质条件。从历史发展的实际来看,孝文帝汉化新政中对歌诗生产影响最大的是均田制和三长制的实行及迁都洛阳。

均田制颁布于太和九年(485)十月,针对当时"富强者并兼山泽,贫弱者望绝一廛,致令地有遗利,民无余财"[2]的现实,将土地分为露田、桑田、麻田和宅地四种,对百姓可受田数作了详细规定:男子十五以上最少可受露田四十亩、桑田二十亩、麻田十亩;女子最少可受露田二十亩、麻田五亩;三口家又可给宅地一亩。露田如采用二圃或三圃制的休耕法,则男女受田数分别增加一倍或二倍。尤其值得注意的是,奴婢可按一般丁口的标准受田,有牛四头又可受田一百二十亩。[3] 这与西晋占田法以官爵高低为占田的依据很不相同,依此,拥有奴婢越多的豪族大家所获得的土地也就越多。因此,均田制不仅调动了农民的积极性,也没有明显损及豪族大家的利益,真正做到了"土不旷功,民罔游力;雄擅之家,不独膏腴之美;单陋之夫,亦有顷亩之分"[4],极大地发展了生产力。为了使均田制能够更好地落实,太和十年(486)二月,北魏统治者又采纳李冲的建议,实行了

---

[1] 有关北魏汉化问题,参见万绳楠整理:《陈寅恪魏晋南北朝史讲演录》,第十五篇《北魏前期的汉化(崔浩问题)》、十六篇《北魏后期的汉化(孝文帝的汉化政策)》,第240—267页。
[2] [北齐]魏收:《魏书》,卷七《高祖纪上》太和九年诏,第156页。
[3] 参见[北齐]魏收:《魏书》,卷一百一十《食货志》,第2853—2855页。
[4] [北齐]魏收:《魏书》,卷五十三《李孝伯传》,第1176页。

三长制,即五家立一邻长,五邻立一里长,五里立一党长。这种村社组织的建立为均田制的实行提供了切实的保证,大大消除了以往"诸州户口,籍贯不实,包藏隐漏"①的弊端,使劳动力和土地更好地结合在一起,大量的荒地得到开垦,国家编户和赋税明显增加。已有百年历史的北魏王朝,经过均田制和三长制的实行,获得了加速发展的动力。此后的三十余年,成为北魏历史上最为兴盛繁荣的时期。这为迁洛后歌诗生产和消费的繁荣奠定了坚实的基础。此其一。

其二,孝文帝在迁都前后对洛阳的经营,充分考虑到它除了作为都城外,也作为北方经济、文化和商业中心的功能。因此,迁都后洛阳迅速地繁荣起来并发展成为歌诗艺术生产和消费的大本营。

高祖迁洛,除为了便于推行汉化政策,进而统一南北外,发展经济也是其重要的目的之一。孝文帝曾自称"恒代无运漕之路,故京邑民贫,今移都伊洛,欲通运四方"(《魏书》卷七十九《成淹传》),因此,洛阳新都的营建并没有完全遵循都城建筑的传统模式,而是根据洛阳城南伊、洛二水便于运输的实际地理条件,改传统的"宫南市北"为"宫北市南"。② 据杨衒之《洛阳伽蓝记》卷四"法云寺"条载,"出西阳门外四里,御道南有洛阳大市,周回八十里","市东有通商、达货二里。里内之人,尽皆工巧,屠贩为生,资财巨万"。"市南有调音、乐律二里。里内之人,丝竹讴歌,天下妙伎出焉。""市西有延酤、治觞二里,里内之人多酝酒为业。""市北有慈孝、奉终二里,里内之人以卖棺椁为业,货辆车为事。有挽歌孙岩……""别阜财、金肆二里,富人在焉。凡此十里,多诸工商货殖之民,千金比屋,层楼对出,重门启扇,阁道交通,迭相临望。金银锦绣,奴婢缇衣;五味八珍,仆隶毕口。"洛阳大市南距洛河较近,其工商业的繁荣可以看作是太和十七年李冲等人营建洛阳新城之远景规划的具体落实。另据《洛阳伽蓝记》卷三"龙华寺"条载,宣阳门(南门)外四里即是洛河,河上建有浮桥,名永桥,永桥南面有四通市(永桥市)。再往南,建

---

① [北齐]魏收:《魏书》,卷一百一十《食货志》太和九年诏,第2856页。
② 陈寅恪:《隋唐制度渊源略论稿》,中华书局1977年版,第62—68页。

有四夷馆和四夷里,分别安置四方归附之人,"商胡贩客,日奔塞下,所谓尽天地之区已。乐中国土风因而宅者,不可胜数。是以附化之民,万有余家"。这些外来商贩,促进了对外贸易的繁荣,使得"天下难得之货,咸悉在焉"。四夷馆和四夷里处于伊水、洛水之间,从四方来的珍奇货物通过水道运至此处也是非常便利的。可见,到了洛阳全盛时期,孝文帝"欲通运四方"的经济目标已经完全实现。全盛期洛阳工商业的发展刺激了社会的歌舞娱乐需求,使洛阳与南方的建康遥相呼应成为北方的歌诗艺术中心。

再者,孝文帝汉化的一系列政策在提高鲜卑贵族政治地位的同时,还强制性地要求他们学习汉语,接受汉族文明,促使他们快速地提高了文化素养和审美品位。这既造就了一批具有歌诗生产能力或消费兴趣的鲜卑新贵族,也为歌诗艺术生产和消费的社会化奠定了基础。

孝文帝汉化改革中最重要,也是最难的一个方面是对鲜卑贵族的改造。改变胡服、胡语、胡姓、胡名,甚至要求"迁洛之民,死葬河南,不得还北"(《魏书·高祖纪下》),都与此有关。孝文帝曾对咸阳王元禧说:"今欲断诸北语,一从正音。年三十以上,习性已久,容或不可卒革;三十以下,见在朝廷之人,语音不听仍旧。若有故为,当降爵黜官。各宜深戒。如此渐习,风化可新。若仍旧俗,恐数世之后,伊洛之下复成被发之人。"[1]又对陆睿、元赞说:"北人每言北人何用知书,朕闻此,深用怃然。今知书者甚众,岂皆圣人。朕自行礼九年,置官三载,正欲开导兆人,致之礼教。朕为天子,何假中原,欲令卿等子孙,博见多知。若永居恒北,值不好文主,卿等子孙,不免面墙也。"[2]可见,孝文帝对此有着非常明确的认识。而与此相关的另一重要措施即是"宣示品令,为大选之始"(《魏书·高祖纪下》),也就是重新确定士族门第,并以此作为选官的标准。据《魏书》卷一百十三《官氏志》,太和十九年(495)孝文帝下诏,对天下姓族作了重新调整。其中,自道武帝以来"勋著当世,位尽王公"的穆、陆、贺、刘、楼、于、嵇、尉八姓被作为高门显族,并明确要求这些大姓"下司州、吏部,勿充猥

---

[1] [北齐]魏收:《魏书》,卷二十一《咸阳王元禧传》,第536页。
[2] [北齐]魏收:《魏书》,卷二十一《广陵王元羽传》,第550页。

官,一同四姓"。① 这就意味着,自太和十九年(495)以后,门第高低成了北魏选官的唯一标准,新定士族中的八姓与北方原有的崔、卢、李、郑四大士族取得了平等的地位。至于元氏宗室,当然更在诸姓之上。这一政策使北魏自文成帝以来屡屡强调的婚姻制度②进一步固定下来。由于婚宦都只论姓族(门第)而不论人伦(才德),这就为缺少文化积累的鲜卑贵族成为新的文化士族铺平了道路。对于歌诗的生产与消费来说,一方面,随着鲜卑贵族进一步汉化,并在文化修养、审美情趣诸方面与汉族士人趋同,他们当中有一部分人自然地成为文学爱好者甚至歌诗生产者。如元彧、元晖、元顺、元熙、元睿、元延明、元晖业等元氏宗族子弟,或能诗,或兼通音乐,有的还有著作传世,其中犹以元熙、元彧和元延明最为著名。他们大多是在太和(477—499)以后成长起来的。另一方面,更有大批的鲜卑贵族在凭借政治特权占有大量财富的同时,出于享乐的目的而成为特殊的歌诗消费大户。如河间王元琛、咸阳王元禧、北海王元详、高阳王元雍等。尤其是后一批人的出现,客观上使作为奢侈享乐的歌诗艺术有了一个强有力的消费者群体。

综上所述,魏晋南北朝虽是乱世,但上述三个阶段却是这数百年里比较安定、歌诗发展条件也相对较好的三个时期。土地制度的变革无一例外地构成了三个时期经济发展的起点和动力,也成为歌诗生产与消费繁荣的最基本的前提条件。

---

① [北齐]魏收:《魏书》,卷一百十三《官氏志》,第 3014 页。
② 如《魏书》卷五《高宗纪》载和平四年(460)十二月诏曰:"今制皇族、师傅、王公侯伯及士民之家,不得与百工、伎巧、卑姓为婚,犯者加罪。"[北齐]魏收:《魏书》,第 122 页。《魏书》卷七《高祖纪上》太和二年五月诏曰:"乃者,民渐奢尚,婚葬越轨,致贫富相高,贵贱无别。又皇族贵戚及士民之家,不惟氏族,下与非类婚偶。先帝亲发明诏,为之科禁,而百姓习常,仍不肃改。朕今宪章旧典,祗案先制,著之律令,永为定准。犯者以违制论。"第 145 页。

小　结

　　竟陵王萧子良开西邸,为当时博学能文的社会风尚推波助澜,培养了一大批博学文人,萧衍则是其中的佼佼者。梁朝开国之后,他以帝王之尊自然地成为超一流的文士领袖。他特别喜欢主持各种宴会,通过赋诗、隶事等活动,与文人才士磋商文学,探讨学问,并借以发现、选拔人才。当时爱好声酒的社会风气,原本就与宴会有着天然的联系,因此女伎的歌舞表演成为公私宴饮中不可缺少的节目,并与文士的逞才炫博相映成辉。而对文士十分优待的梁武帝,对于吴声西曲也有着非常浓厚的兴趣。因此,他虽自称"不好音声",却并不反对以吴声、西曲为主的歌舞娱乐,还适应当时娱乐的需要,在歌诗改制方面做了很多卓有成效的工作。不仅亲自参与歌诗创作和乐曲改造,而且为当时的文人和艺术家提供了良好的创作环境。

　　与此同时,梁武帝还承续齐代以来制作新礼的文化盛举,热衷于制礼作乐的工作。在他领导下,一大批长于礼学的文士投入了大量的精力,完成了一千多卷的《五礼仪注》。为了配合新礼制作,他还领导吴安泰、王金珠等一批精通音乐的艺人,对吴声、西曲进行了大幅度的改造,完成了《江南弄》、《上云乐》、《梁雅歌》及一批舞曲的创制、改编。这些新曲不仅在声酒娱乐中被广泛使用,也成为最高规格的三朝礼的重要组成部分。他还与沈约、周舍、萧子云等朝中文臣为三朝礼创作了大量的歌诗,真正把礼学家、文士和艺人的创造有机地融为一体,极为典型地体现了实用性的朝廷礼仪对歌诗创作的直接促进。所有这一切,都有力地推动了梁代歌诗的发展,并对后来歌诗产生了深远的影响。

　　儒家学派向来重视葬礼,孔子用"生,事之以礼。死,葬之以礼,祭之以礼"(《论语·为政》)来解释"孝"。孟子说:"养生丧死无憾,王道之始也。"(《孟子·梁惠王上》)又说:"养生者不足以当大事,惟送死可以当大事。"(《孟子·离娄下》)《礼记·礼运》也说:"养生送死,事鬼神之大端也。"可见葬礼在儒家文化体系中的重要性。汉代儒术独尊,葬礼尤其讲究,皇室宗亲、达官显贵是挽歌的主要消费者,他们欣赏并将挽歌使用在地位尊贵者的葬礼上,使得挽歌成了葬礼必不可少的组成部分。这种风气在魏晋南北朝时期进一步制度化,这在以下几个方面表现得尤为明显:其一,葬礼中挽歌使用的数量、规格,逐渐成为用以体现死者身份、地位的重要标志之一;其二,汉魏时期演唱挽歌的"执绋者",逐渐定型为从公卿以下六品子弟中精选出的一批年轻人,他们还有了"挽郎"这样一个固定的称呼,相貌、家世、文才、武艺及美名等等,成了挽郎入选的重要条件,士人一旦入选挽郎,即等于拿到了入仕的通行证;其三,人们不再满足于用同一曲辞挽送所有皇亲显贵,开始出现了为某一丧主单独创作的挽歌,挽歌开始成为歌诗创作中特殊的一类。文人们或奉旨为某位丧主创作挽歌,或出于功利目的主动敬献挽歌。有时皇帝甚至要求文臣每人各作挽歌十首,然后在葬礼上演唱从中精选出来的挽歌。至于后者,史料的记载虽然只有一鳞半爪,但可以肯定出于利禄的考虑而创作挽歌的文人也大有人在。有时帝王甚至亲自创作挽歌,这势必形成上有所好,下必甚焉的局面。这些都在客观上构成了挽歌创作的现实动力,进而影响到非葬礼文人挽歌的风行。有的文人甚至将挽歌用于娱乐场合,表达那个时代人们对于人生无常的感慨。而以悲为美的社会审美风尚和感伤思潮,也使得挽歌受到社会过度的关注,成为人们抒发人生深哀的最佳形式之一,进而成为一种特殊的文学类型。正是这一切共同促成了魏晋南北朝挽歌的全面兴盛。

歌诗的发展与兴盛,还必须有繁荣稳定的社会经济做后盾。魏晋南北朝虽然改朝换代十分频繁,但是并未造成长期的经济萧条,曹魏及西晋时期、北魏迁洛之后,经济都曾全面复苏。尤其是东晋南朝时期,鼎革易代的变化,除了改换了天子,基本没有引起太大太久的社会动荡。曹魏的屯田制,西晋的占田法、北魏的均田制和三长制,则从制度上为经济繁荣提供了保证。而社会财富的增加,有效地拓展了歌诗消费市场,刺激了文人、艺人的创造欲望,使帝王对歌诗的重视、朝廷礼乐的制作,乃至官方与民间葬礼对歌诗的需求,都能影响到实际生活中的歌舞娱乐。这是魏晋南北朝各类歌诗全面兴盛,以及歌诗艺术达到较高水平必不可少的前提。

下编

艺术生产与歌诗艺术成就的重新审视

第十二章　邺下后期的公宴雅集与建安歌诗之关系

本章提要：从诗歌唱和与歌诗艺术表演的双重视角，重新审视建安游宴之作，我们不难发现，宴集对建安歌诗与诗歌的影响实在不可忽略。邺下后期(211—217)文人们频繁的宴集活动，为歌诗和诗歌的创作提供了良好的环境，其集体唱和、求奇求新、各尽其才的创作方式和要求，对歌诗和诗歌题材的扩展、体裁的追新等产生了直接的影响；观众对"清歌"、"妙曲"、"奇舞"的激赏，影响了歌舞艺人求新的艺术创造，也反过来引导着歌诗和诗歌语言向"词采华茂"的方向发展。尤其值得注意的是，当时流行的清商三调曲，原本具有"慷慨"、"凄唳"、"悲凉"、"萧瑟"的特点，因此宴集活动中歌诗的创作、表演与欣赏，也自然地把"慷慨悲凉"作为一个重要的审美标准。而"慷慨悲凉"的音乐特点与建安文人普遍的内在情感具有高度的契合，也是建安文学独特的美学特征形成的直接原因之一。

20世纪以来的文学史研究者在谈到建安文学的艺术成就时，对于宴集活动和歌诗艺术在其间所起的作用，一直未能给予足够的重视。甚至有意无意地忽略了这一点，或对此作出了基本否定的评判。这是不符合文学史实际的。事实上，邺下后期，即建安十六年(211)到建安二十二年(217)的几年里，以曹丕、曹植为首的文士们的宴集活动非常频繁，与之相关的歌诗艺术创作和表演格外引人注目。这些宴集活动不仅为文人们提供了良好的表达真情、挥洒才思的创作环境，构成了他们争巧求奇的创作活动的直接动力，而且宴集中的歌诗表演和欣赏活动还在很大程度上制约着建安诗人的审美情趣和创作习惯，并对建安歌诗和诗歌"慷慨悲凉"的美学特征的形成产生了极为重要的影响。

第一节　邺下后期的宴集活动

从建安九年(204)曹操占据邺城到建安二十二年(217)建安七子相继辞世的十余年间,被文学史家称为邺下时期。这一时期又以建安十五年(210)铜雀台的建成为界,分为前后两个阶段。前一阶段是建安诗歌和歌诗艺术发展的准备期,而后一阶段即我们所说的邺下后期,则是诗歌和歌诗艺术的兴盛期。

从史籍记载可知,建安九年(204)曹操占据邺城,建立了自己的大本营。在此之前,爱好文学的曹操已经网罗了一批能文之士,如孔融、杨修、繁钦、吴质及丁仪、丁廙兄弟等。此后直到建安十三年(208)赤壁之战的几年间,又有陈琳、阮瑀、路粹、徐干、应玚、刘桢、王粲、刘廙、仲长统、缪袭等一大批文人为曹操所用。[①]建安文坛出现了异常兴盛的局面。钟嵘《诗品序》曰:"降及建安,曹公父子,笃好斯文,平原兄弟,郁为文栋;刘桢、王粲,为其羽翼。次有攀龙托凤,自致于属车者,盖将百计。彬彬之盛,大备于时矣。"虽然史传中留下姓名的文士远远没到百人之数,有歌诗作品传世的文士更是少数,但是,当时人才济济的盛况却是可以想见的。

建安十三年赤壁之战后,三国鼎立的局面形成,北方基本统一。战乱虽然还没有完全平息,但是邺都却已是一派太平景象。正如我们在前文中谈到的,曹操的屯田政策经过十余年的施行,此时也收到了显著的效果。因此,建安十三年以后,歌诗发展必要的外部条件,即社会的安定、经济的发展和文学人才的大会合已基本具备。建安十五年(210)铜雀台建成,建安十六年(211)曹操诸子封侯选官,歌诗生产的外部条件已完全成熟了。

曹操建铜雀台事已见前述,铜雀台是曹操本人歌舞爱好的产物,但它的建成对邺都的歌舞活动无疑起了示范和推动的作用。据《三国志》卷一《武帝纪》载:"(建安)十六年(211)春正月,天子命公世子丕为五官

[①] 参见陆侃如:《中古文学系年》建安四年至建安八年系年,人民文学出版社1998年版,第335—348页。

中郎将,置官属,为丞相副。"曹氏诸子同时被封侯的有好几位,其中曹植封平原侯,曹据封范阳侯,曹宇封都乡侯,曹林封饶阳侯,曹玹封西乡侯。对我们所要讨论的问题来说,封侯本身并不重要,重要的是封侯之后可"置官属",选文士。《三国志》卷十二《魏书·邢颙传》称"是时太祖诸子高选官属",邢颙被任命为平原侯家丞。当时曹丕手下设有五官将文学之职,最早担任这一职务有徐干、刘廙、邯郸淳等人。曹植手下设有平原侯庶子之职,最早担任这一职务的有应玚、刘桢等人。这些文士原本是曹操丞相府的官员,如徐干约在建安九年(204)前后即任曹操司空军谋祭酒掾属,刘廙、应玚、刘桢在建安十三年(208)为曹操丞相掾属,邯郸淳亦在本年受到曹操的召见,曹操对他"甚敬异之"①。而此时曹操将辅佐曹丕、曹植的重任交给他们,对曹操来说,这是他对两个儿子,也是对这些下属官员的重视,从建安歌诗的发展来说,则标志着一个热闹非凡的歌诗创作阶段的正式到来。刘勰《文心雕龙·明诗》曰:"暨建安之初,五言腾踊:文帝陈思,纵辔以骋节;王徐应刘,望路而争驱。并怜风月,狎池苑,述恩荣,叙酣宴,慷慨以任气,磊落以使才。"其中所谓"怜风月,狎池苑,述恩荣,叙酣宴"指的正是建安十六年(211)前后,特别建安十六年以后几年里以曹丕、曹植兄弟为首,以公宴雅集为背景的歌诗和诗歌创作活动。

从现存的作品我们不难发现,建安后期,特别是建安十六年(211)到二十二年(217)这一段时间,围绕在曹操父子周围的一批文人常常被召集到一起聚会,而此时雅集的核心人物不是曹操,而是曹丕、曹植兄弟二人。这除了曹操公务繁忙的原因外,曹丕、曹植兄弟俩手下已各自聚集了一批能文之士也是不可忽略的原因之一。而每当文士雅集之时,创作和演奏歌诗往往成为他们逞才斗智和宴会佐酒助兴的必备节目。从现存作品来看,参加雅集的文士是以"建安七子"(其中孔融已于建安十三年即公元208年被杀)为主体的,但当时实际参加过宴集的文士可能还要更多,只不过他们没有作品流传下来罢了。《三国志》卷二十九《朱建平传》曰:"文帝为五官将,坐上会客三十余人。"其中就有应

---

① [晋]陈寿:《三国志》,卷二十一《魏书·王粲传》注引《魏略》,第484页。

玚之弟应璩,但今存应璩诗中却不见有与七子相类的公宴之作。又《三国志》卷二十一《王粲传》裴注引《典略》曰:"其后太子尝请诸文学,酒酣坐欢,命夫人甄氏出拜。坐中众人咸伏,而桢独平视。太祖闻之;乃收桢,减死输作。"又同卷裴注引《魏略》曰:"质与刘桢等并在坐席,桢坐谴之际,质出为朝歌长。"说明这一次宴请诸文学,吴质也参加了,但吴质也没有相关诗歌流传下来。又《全三国文》卷七曹丕《答繁钦书》中也提到了以守宫王孙世之女孙琐为主角的一次歌舞娱乐活动,称"是日戊午,祖于北园,博延众贤,遂奏名倡。曲极数弹,欢情未逞,白日西逝,清风赴闱,罗帏徒袪,玄烛方微",至此才请"善歌舞"的孙琐登场,结果她的歌舞表演"芳声清激,逸足横集,众倡腾游,群宾失席"。此处所宴请的"众贤"虽未留下姓名,但人数也当不少。这说明参加宴集而没有诗作流传的文士可能比有诗作流传者要更多。

第二节　邺下后期宴集活动在诗文中的反映

从现存诗文可知,当时的大多数宴会都是由曹丕,或曹丕、曹植兄弟俩主持的。曹丕集中有不少诗篇即记载了当时宴集的实况:

　　清夜延贵客,明烛发高光。丰膳漫星陈,旨酒盈玉觞。弦歌奏新曲,游响拂丹梁。余音赴迅节,慷慨时激扬。献酬纷交错,雅舞何锵锵。罗缨从风飞,长剑自低昂。穆穆众君子,和合同乐康。(曹丕《于谯作诗》)
　　良辰启初节,高会构欢娱,……羽爵浮象樽,珍膳盈豆区。清歌发妙曲,乐正奏笙竽。(曹丕《孟津诗》)
　　夏时饶温和,避暑就清凉。比坐高阁下,延宾作明倡。弦歌随风厉,吐羽含徵商。嘉肴重叠来,珍果在一旁。棋局纵横陈,博弈合双扬。巧拙更胜负,欢美乐人肠。从朝至日夕,安知夏节长。(曹丕《夏日诗》)

诗中称"清夜延贵客"、"延宾作明倡……从朝至日夕",可见宴会时间之长,甚至日以继夜或夜以继日,而从"穆穆众君子"句,又可以知道与会嘉宾人数不少。宴集中除了美酒佳肴外,棋局博弈、清歌妙舞等娱乐活动尤其是不可少的。歌舞表演人员中还有国家乐府官署中的"乐正"。可见,这样的雅集纯粹是以娱乐为目的的。曹植也有不少诗歌为我们展示了他自己或与曹丕共同主持以及他参加的歌舞宴会:

　　置酒高殿上,亲友从我游。中厨办丰膳,烹羊宰肥牛。秦筝何慷慨,齐瑟和且柔。阳阿奏奇舞,京洛出名讴。乐饮过三爵,缓带倾庶羞。主称千金寿,宾奉万年酬。久要不可忘,薄终义所尤。谦谦君子德,磬折欲何求。惊风飘白日,光景驰西流。盛时不可再,百年忽我遒。生存华屋处,零落归山丘。先民谁不死,知命复何忧。(曹植《野田黄雀行》,《宋书》作《箜篌引》)

　　嘉宾填城阙,丰膳出中厨。吾与二三子,曲宴此城隅。秦筝发西气,齐瑟扬东讴。(曹植《赠丁翼诗》)

　　白日曜青天,时雨静飞尘。寒冰辟炎景,凉风飘我身。清醴盈金觞,肴馔纵横陈。齐人进奇乐,歌者出西秦。翩翩我公子,机巧忽若神。(曹植《侍太子坐诗》)

　　公子敬爱客,终宴(《御览》作夜)不知疲。清夜游西园,飞盖相追随。明月澄清影,列宿正参差。秋兰被长坂,朱华冒绿池。潜鱼跃清波,好鸟鸣高枝。神飙接丹毂,轻辇随风移。飘遥放志意,千秋长若斯。(曹植《公宴诗》)

其中前两首描写的是曹植作为主人招待亲友的情形,后两首写的则是由曹丕主持的宴集活动。可见,曹丕、曹植兄弟均是好客之人,他们常常作为主人召集众文士宴集,有时由他们中的一人主持,有时是兄弟二人同时参加。在宴集过程中,一般都是歌、乐、舞同时或先后交叉表演,由于参与者和两位贤能的主人均是能文之士,他们对"奇舞"、"清歌"、"新曲"、"妙曲"的欣赏都有着高雅独特的情趣,这种审美观反过来又影响了歌舞艺人求新的艺术创造,也有效地决定着文人们歌诗创作的发展方向。在建安其他文人的笔下,也描绘了这种雅集的情景:

凯风飘阴云,白日扬素晖。良友招我游,高会宴中闱。(陈琳《宴会诗》)

永日行游戏,欢乐犹未央。遗思在玄夜,相与复翱翔。辇车飞素盖,从者盈路旁。月出照园中,珍木郁苍苍。清川过石渠,流波为鱼防。芙蓉散其华,菡萏溢金塘。灵鸟宿水裔,仁兽游飞梁。华馆寄流波,豁达来风凉。生平未始闻,歌之安能详。投翰长叹息,绮丽不可忘。(刘桢《公宴诗》)

昔我从元后,整驾至南乡。过彼丰沛都,与君共翱翔。四节相推斥,季冬风且凉。众宾会广坐,明灯熺炎光。清歌制妙曲,万舞在中堂。金罍含甘醴,羽觞行无方。长夜忘归来,聊且为太康。四牡向路驰,欢悦诚未央。(刘桢《赠五官中郎将四首》其一)

凉风吹沙砾,霜气何皑皑。明月照缇幕,华灯散炎辉。赋诗连篇章,极夜不知归。君侯多壮思,文雅纵横飞。小臣信顽卤,黾勉安能追。(刘桢《赠五官中郎将四首》其四)

阳春和气动,贤主以崇仁。布惠绥人物,降爱常所亲。上堂相娱乐,中外奉时珍。五味风雨集,杯酌若浮云。(阮瑀《公宴诗》)

巍巍主人德,佳会被四方。开馆延群士,置酒于斯堂。辨论释郁结,援笔兴文章。穆穆众君子,好合同欢康。促坐褰重帷,传满腾羽觞。(应玚《公宴诗》)

公子敬爱客,乐饮不知疲。和颜既已畅,乃肯顾细微。赠诗见存慰,小子非所宜。为且极欢情,不醉其无归。凡百敬尔位,以副饥渴怀。(应玚《侍五官中郎将建章台集诗》)

从以上所引诗歌可以知道,美酒佳肴、清歌妙舞几乎是每一次宴集都少不了的。由于是文士宴集,高谈阔论、赋诗作文也必然是常有的节目。上引诗作中所谓"赋诗连篇章"、"文雅纵横飞"、"辨论释郁结,援笔兴文章",就是这种即兴创作活动的真实写照。而对于曹氏兄弟和他们能文的属下来说,他们绝不会总是满足于仅仅欣赏别人创作的歌诗。在这方面,曹操早就给他们做出了榜样,他的很多诗歌在当时就已配乐演唱,《三国志》卷一《武帝纪》裴注引《魏书》说他:"登高必赋,及造新诗,被之管弦,皆成乐章。"从《宋书·乐志》、《乐府诗集》等典籍可知,曹操《气出唱》、《精列》、《度关山》、《薤露》、《蒿里》、《对酒》、《短歌行》(对酒)、《塘上行》、《秋胡行》(愿登)、《善哉行》(古公)、(自惜)、《步出夏门行》(碣石)、《却东西门行》(鸿雁)等歌诗在魏代就已配乐演唱。曹丕的歌诗在当时就已配乐的也有不少,如曹丕《短歌行》(仰瞻帷幕)一首,《乐府诗集》引《古今乐录》曰:"王僧虔《技录》云:'《短歌行》(仰瞻)一曲,魏氏遗令,使节朔奏乐,魏文制此辞,自抚筝和歌。'歌者云'贵官弹筝',贵官即魏文也。此曲声制最美,辞不可入宴乐。"这是曹丕作歌后交付歌者演唱而自己弹筝伴奏的明证。《善哉行》(朝日)云:"朝日乐相乐,酣饮不知醉。悲弦激新声,长笛吐清气。弦歌感人肠,四坐皆欢悦。……众宾饱满归,主人苦不悉。"正是诗人宴请众宾的实录。以曹丕热爱"新声"、"新曲"的个性,这首诗也极有可能在这次宴会之后不久就配乐演唱了。此外,从《宋书·乐志》、《乐府诗集》等典籍还可知道;曹丕的《短歌行》(仰瞻)、《折杨柳行》(西山)、《善哉行》(朝日)、(上山)、(朝游)等歌诗,也都在魏代就已配乐演唱。又前引曹丕《于谯作诗》中有"弦歌奏新曲",奏新曲势必要配新歌,这种现实的需求也必然会给诗人们提出创作新歌诗的要求。又前引刘桢《公宴诗》曰:"生平未始闻,歌之安能详。投翰长叹息,绮丽不可忘。"也说明建安文人在宴集时确有歌所见所思的习惯。这些歌诗可能是徒歌,也可能如曹操和曹丕的歌诗一样配乐。虽然,由于史料的缺失,对当时作于宴集活动中而又被配乐演唱的其他诗人的歌诗,我们今天已经很难确切地加以说明了,但是从曹操和曹丕歌诗的情况还是可以肯定,当时宴集活动中所赋新诗的一部分的确在配乐以后又成了宴集表演的重要节目之一。

  对歌诗艺术的发展来说,这种频繁的文人雅集是最具促进作用的。在吴质与曹丕的几封往来书信中,充满深情地追忆了当年的游赏活动,表现出无限的感慨和眷恋。曹丕《与吴质书》曰:"每念昔日南皮之游,诚不可忘。既妙思六经,逍遥百氏,弹棋间设,终以博弈,高谈娱心,哀筝顺耳。驰骛北场,旅食南馆,浮甘瓜于清泉,沈朱李于寒水。皦日既没,继以朗月,同乘并载,以游后园,舆轮徐动,宾从无声,清风夜起,悲笳微吟,乐往哀来，凄然伤怀。"①《又与吴质书》亦曰："昔年疾疫，亲故多离其灾，徐、陈、应、刘，一时俱逝，痛何可言邪！昔日游处，行则同舆，止则接席，何尝须臾相失！每至觞酌流行，丝竹并奏，酒酣耳热，仰而赋诗。当此之时，忽然不自知乐也。谓百年己分，长共相保，何图数年之间，零落略尽，言之伤心。"②直至曹丕即皇帝位后，在写给吴质的信中还再次提到："南皮之游，存者三人，烈祖龙飞，或将或侯。今惟吾子，栖迟下仕。从我游处，独不及门。"③而吴质在回信中也说："昔侍左右，厕坐众贤，出有微行之游，入有管弦之欢，置酒乐饮，赋诗称寿，自谓可终始相保，并骋材力，效节明主。……游宴之欢，难可再遇；盛年一过，实不可追。"④"前蒙延纳，侍宴终日，耀灵匿景，继以华灯。虽虞卿适赵，平原入秦，受赠千金，浮舫旬日，无以过也。……"⑤从中也可看出，当时宴集中的歌诗舞乐创作和表演活动是在宾主之间非常融洽的气氛中展开的。

第三节　公宴雅集对建安歌诗和诗歌的影响

对于建安文人"怜风月，狎池苑，述恩荣，叙酣宴"的游宴之作，古人早就注意到了。吴质《答魏太子笺》曰："陈、徐、应、刘，才学所著，于雍容侍从，实其人也。"对七子之所长已有很准确的认识。刘勰《文心雕龙·时序》在历叙三曹七子等建安重要作家后，以"傲雅觞豆之前，雍容衽席之

---

① 《全三国文》，卷七，[清]严可均编：《全上古三代秦汉三国六朝文》，第1089页。

② 《全三国文》，卷七，[清]严可均编：《全上古三代秦汉三国六朝文》，第1089页。

③ [三国]曹丕：《又与吴质书》，《全三国文》，卷七，[清]严可均编：《全上古三代秦汉三国六朝文》，第1089页。

④ [三国]吴质：《答魏太子笺》，《全三国文》，卷三十，[清]严可均编：《全上古三代秦汉三国六朝文》，第1221页。

⑤ [三国]吴质：《在元城与魏太子笺》，《全三国文》，卷三十，[清]严可均编：《全上古三代秦汉三国六朝文》，第1221页、第1222页。[三国]曹植：《与吴季重书》及吴质的回信中也都提到了宴集中的歌舞活动，参见《全三国文》，卷十六，《全上古三代秦汉三国六朝文》，第1141页。

上,洒笔以成酣歌,和墨以藉谈笑"来概括他们的创作特点,也很有见地。但是,20世纪以来的文学史研究者,在谈到建安文学的艺术成就时,或有意无意地忽略了这类作品,或对它们作出了基本否定的评判。这是不符合历史实际的。事实上,作为中国文学史上较早的文人群体,建安诸子之所以能在文坛上并驾齐驱,当然少不了曹氏父子对他们文学才华的尊重和重视,但是使他们进入到创作的最佳状态并直接激发起他们的创作欲望的却不能不首推当时频繁的公宴雅集活动。如果从艺术生产与消费的视角来重新审视这一问题,则不难发现,公宴雅集对建安歌诗,甚至对整个建安文学的影响实在是不容忽略的。由于歌诗能够保留下来的只有歌词,而今日的徒诗则有可能在当时曾经配乐或作为歌词清唱。因此,我们考察公宴雅集与歌诗艺术美之关系时,不妨在适当的范围内将与雅集关系密切的诗歌也考虑在内。站在这样的立场上,我们认为公宴雅集至少在如下几个方面对歌诗和诗歌的发展产生过重大的影响,并在很大程度上促成了建安文学的审美特征。

  首先,公宴雅集为建安文士提供了一个表达真情、发挥才情的良好的创作环境。公宴雅集是没有直接功利目的的娱乐性活动,曹氏兄弟当时也只是贵公子而不是君主,他们与众文士之间都有着真挚的友谊,用曹丕的话说,他们是把众文士,尤其是"七子"作为"知音"看待的。这就决定了建安诸子是在一种比较自由宽松的环境中以朋友和嘉宾的身份、以游戏和逞才的态度参与创作的。因此,这种频繁而富于诗意的集会,充溢着创造的生机和情感的活力。文士们可以尽情地展现自我真实的情感和体验,而不必有太多的顾忌。因此,他们的称颂和祝愿饱含真情,毫不做作,描写外在景物也总是"笼罩着浓重的情感"、"突出地表现了强烈的抒情性"[①],流露出他们热爱生活、热爱生命的深情和对未来的向往、期待。从创作心理上来说,这大约正是因为游戏的心态与虚静自由的审美心态十分接近的缘故吧?与后来类似的官方宴集相比,建安诸子宴集活动的这一特点更为明显。在西晋乃至以后的其他历史时期的宴集活动中,这种生机和活力逐渐地为官场应酬和个人享乐所销蚀和冲淡。如西晋时期也

[①] 王钟陵:《中国中古诗歌史》,江苏教育出版社1988年版,第256页、第258页。

有类似的文人集会和相关的歌诗或诗歌创作,如应贞《晋武帝华林园集诗》、荀勖《从武帝华林园宴会诗》、张华《太康六年三月三日后园会诗》等,均是侍皇帝宴所作,皆四言体,且质木无文,缺乏生气。即便是当时著名的金谷园集会,尽管与会者达30人之多,而且"昼夜游晏",并且"琴瑟笙筑,合载车中,道路并作。及住,令与鼓吹递奏,遂各赋诗,以叙中怀"①,但从保存完整的潘岳的《金谷集作诗》来看,实在缺乏建安诸子公宴诗中的那种真情。

这一点对于歌诗也是非常重要的,当时与会诸人中,歌诗保存最多的是曹丕,他的歌诗大多能写出内心深处真切细腻的感受。"有客从南来,为我弹清琴。……乐极哀情来,寥亮摧肝心"(《善哉行》"朝游"),写的是对音乐的真实感受;"众宾饱满归,主人苦不悉"(《善哉行》"朝日"),写的是宾散宴空后的空虚失落;"为乐常苦迟,岁月逝,忽若飞。何为自苦,使我心悲"(《大墙上蒿行》),写的是人生苦短的悲哀。均能自由地抒发心灵深处真实的颤动,既具有强烈的个性,又带有相当的普遍性。作为配乐演唱的歌诗,这样的作品当然要比一般的徒诗更能打动人。从现存的歌诗和诗歌来看,这也应当是建安中后期歌诗共同的特点。

其次,公宴雅集为文士们争巧求奇的创作活动提供了直接的动力。在公宴雅集活动中,歌诗的创作和表演不仅是文士们表现自我才华的最佳方式,也是他们表达自我心迹的有效途径,因此,激烈的竞争是难免的,文士们不能不全力以赴,以严肃认真的态度来对待。由于众文士创作的背景是相同的,而娱乐本身却有求新求奇的要求,这就决定了"新奇"之美除了通过音乐的渠道表现外,也要通过歌诗题材和体裁的翻新,以及歌诗语言的锤炼来表现,这几方面也必然成为文士们展露自我才情和个性的最主要的方面。

以往的研究大多只把公宴诗作为雅集的副产品,其实当时诗人笔下出现较多的一些题材也与雅集活动有着密切的关系。如赠别诗,有不少即写于送别的宴会上,如阮瑀失题诗曰:"我行自素秋,季冬乃来归。置酒

---

① [晋]石崇:《金谷诗序》,《全晋文》,卷三十三,[清]严可均编:《全上古三代秦汉三国六朝文》,第1651页。

高堂上,友朋集光辉。念当复离别,涉路险且夷。思虑益惆怅,泪下沾裳衣。"曹植《送应氏二首》其二曰:"亲昵并集送,置酒此河阳。"均点明是于送别宴席上所作。而应玚《别诗二首》称"悠悠千里道,未知何时旋","临河累叹息,五内怀伤忧",当与曹植诗作于同时。

咏史诗,阮瑀有《咏史二首》,一咏三良,一咏荆轲;王粲有《咏史诗》一首也咏三良,另有失题诗一首咏荆轲;曹植则有《三良诗》一首咏三良。显见为同时所赋,只可惜其他人的诗作均未保存下来,曹植咏荆轲的一篇也已失传。

斗鸡诗,刘桢、应玚、曹植皆有作品传世,应诗并称"兄弟游戏场,命驾迎众宾"。可见此次斗鸡不仅曹氏兄弟亲自到场,而且还邀请了不少贵宾。当然三人所赋未必是一次斗鸡活动,当时写斗鸡诗的文士也当不在少数。

从后代文人宴集的情况来看,咏物诗也是宴集常见的写作题目。现存建安文人的咏物诗,王粲有咏鸾鸟(联翩飞鸾鸟)和鸷鸟(鸷鸟化为鸠)的两首失题诗,刘桢有咏女萝草(青青女萝草)、青雀(翩翩野青雀)和素木(昔君错畦畤)的三首失题诗,繁钦有《咏蕙诗》、《槐树诗》。

建安诸子还保存了不少西园纪游诗,各人诗篇现在的题目虽不同,但基本可以肯定是同时之作。曹丕诗题为《芙蓉池作诗》,首句曰:"乘辇夜行游,逍遥步西园。"王粲、刘桢诗均题为《杂诗》,王诗有"日暮游西园"、"曲池扬素波"之句,刘诗则称"日昃不知晏"、"释此出西城"、"方塘含白水",所谓"曲池"、"方塘"当即曹丕《芙蓉池作诗》中的芙蓉池,而地点"西园"、"西城"及时间"日暮"、"日昃"均相同,恐非偶然的巧合。曹植诗题为《公宴诗》,开头说:"公子敬爱客,终宴不知疲。清夜游西园,飞盖相追随。"四人诗作中又均写到"栖鸟"、"鬼雁"、"飞鸟"、"好鸟",故这些诗作有可能是建安诸子游西园的一次唱和。但西园唱和却不止这一次,王粲失题《诗》曰:"吉日简清时,从君出西园。"所写显然不是此次西园之游。

建安文人现存诗作中颇为引人注目的还有一批代言体诗,这些诗歌多代女性立言,又多以思妇口吻写成,如曹丕《代刘勋妻王氏杂诗》、《寡妇诗》、《见挽船士兄弟辞别诗》,徐干《情诗》、《室思六首》、《于清河见挽船士新婚与妻别诗》,曹植《七哀诗》、《杂诗七首》(其三、其四、其七)、《寡妇诗》

残篇、《弃妇诗》及《代刘勋妻王氏杂诗》，繁钦《定情诗》共十九篇。也有少数诗篇是代游子立言，以游子的口吻抒情，如曹丕《杂诗》二首、曹植《情诗》、《杂诗七首》（其一、其二）及《杂诗》残篇一首共五篇。在当时之所以会出现这样一批代言体诗，从表面看，好像是受古诗十九首传统影响的结果，其实却不尽如此。一方面建安诗人与《古诗十九首》作者们的自抒情怀、自写身世并不相同，基本上采取的是代他人立言的写法。另一方面，建安文人作诗又与西晋文人的大肆拟古不同，他们的创作多不受前人束缚，往往能自出手眼。所以这些代言体诗虽在主题和艺术表现方面继承了古诗十九首的传统，但是代人立言却完全是建安文人的新创。

那么，为什么这时期会出现那么多代女性立言的诗作呢？我以为这类诗歌产生的现实基础即是当时宴集中频繁的歌诗表演活动。众所周知，曹氏父子均是清商乐的爱好者，专门管理女乐的清商署虽可能成立于曹丕代汉之后，但从建安十五年（210）建立铜雀台后，曹氏父子身边恐怕就已有了为数不少的一批女乐。清商乐本是由女性艺人来表演的，为宴集活动助兴的歌舞艺人也必然以女性为主，因此，这些代女性立言的诗作应当就是文人们写给歌伎演唱的。《乐府诗集》卷四十一载有曹植《怨诗行》，其下又载有《怨诗行》本辞，后者即曹植《七哀诗》，前者是在此诗基础上增删改写而成的乐府歌辞，《乐府诗集》注明此曲为"晋乐所奏"，而晋乐多承魏乐之旧，因此，我们说此诗是为歌伎所写的歌词，大约不会离题太远。因此，上述诗作中多以女性口吻立言，实际即是代歌者立言，这与唐宋词兴起以后的情形颇为相似。

上述公宴（包括西园纪游）、赠别、咏史、斗鸡、咏物（包括咏斗鸡活动）及代言体诗等诗歌，都体现了建安诗人五言诗创作题材的广泛。从实际情形推测，其他文士也当有不少同类的诗作，可惜都没有流传下来。这些诗歌中有多少曾作为歌诗演唱过，已很难考知，但诗歌题材的广泛对于歌诗发展产生了积极的推动意义却是可以肯定的。

此外，建安文人在体裁方面对四言、五言、七言和杂言各种诗体的尝试，以及对词采华茂这一审美理想的追求，前人论之甚详，我们在此不需费舌。需要特别指出的是，这些特点的形成在很大程度上也与宴集活动有直接的关系。

在雅集中,歌诗也常常用来表达自我心迹。《三国志》卷二十一《阮瑀传》裴注引《文士传》曰:"太祖雅闻瑀名,辟之,不应,连见偪促,乃逃入山中。太祖使人焚山,得瑀,送至,召入。太祖时征长安,大延宾客,怒瑀不与语,使就技人列。瑀善解音,能鼓琴,遂抚弦而歌,因造歌曲曰:'奕奕天门开,大魏应期运。青盖巡九州,在西东人怨。士为知己死,女为悦者玩。恩义苟敷畅,他人焉能乱?'为曲既捷,音声殊妙,当时冠坐,太祖大悦。"这一记载与史实不符,裴松之已辨之甚详,但阮瑀"善解音"当是事实,本传称他"少受学于蔡邕",而蔡邕为东汉著名音乐家,《晋书·阮籍传》又有其子阮籍、籍侄阮咸、咸子阮瞻等并善乐知音的记载。此外,知音能歌之士以歌诗表达自我心迹也必是当时常见的一种方式。这在前引七子公宴、赠别类诗歌中也有所表现,如阮瑀《公宴诗》即以"阳春和气动,贤主以崇仁。布惠绥人物,降爱常所亲"表达了自己对主人的赞美。建安诸子之间互赠的诗歌则往往向朋友表达自我心迹。当时类似的作品到底有多少作为歌诗即兴表演过,虽因史料的缺失难以作出确切的答复,但从主人(曹丕)歌诗多配乐演奏的实情来看,宴集的众宾不仅应有即兴的歌诗表演,也应有正式配乐的歌诗。

第四节 宴集活动与建安风骨的形成

宴集活动中的歌诗表演和欣赏活动在很大程度上制约着建安诗人的审美情趣和创作习惯,并对建安歌诗乃至诗歌美学特征,即传统所谓建安风骨的形成产生了极为重要的影响。

以往学者论到建安文学的特点时,多喜欢引用刘勰《文心雕龙》中的两段话,一曰:"自献帝播迁,文学蓬转,建安之末,区宇方辑。魏武以相王之尊,雅爱诗章;文帝以副君之重,妙善辞赋;陈思以公子之豪,下笔琳琅;并体貌英逸,故俊才云蒸。仲宣委质于汉南,孔璋归命于河北,伟长从宦于青土,公干徇质于海隅;德琏综其斐然之思;元瑜展其翩翩之乐。文蔚、休伯之俦,于叔、德祖之侣,傲雅觞豆之前,雍容衽席之上,洒笔以成酣歌,和墨以藉谈笑。观其时文,雅好慷慨,良由世积乱离,风衰俗怨,并志深而笔长,故梗概而多气也。"(《时序》)二曰:"暨建安之初,五言腾踊:文帝陈

思,纵辔以骋节;王徐应刘,望路而争驱。并怜风月,狎池苑,述恩荣,叙酣宴,慷慨以任气,磊落以使才。"(《明诗》)

但是,各家所重视的几乎都是两段话的最后几句,对于第一段引文中"傲雅"以下四句和第二段引文中"怜风月"以下四句却视而不见。因此,各家据此以"慷慨任气",或直接以"慷慨"来概括建安文学的特点,并认为形成这一特点的原因主要是两个方面:"战乱的环境,一方面给建立功业提供了可能,激发起士人建立功业的强烈愿望;一方面又是人命微贱,朝不虑夕,给士人带来了岁月不居、人生无常的深沉叹息。这样的环境,形成了慷慨任气的风尚,也给士人带来了一种慷慨悲凉的情调,以慷慨悲凉为美,就成了此时自然而然、被普遍接受的情趣。"[1]这当然是非常正确的。但是,我们认为,对于建安文学美学特征的成因来说,以往的研究明显地遗漏了一个基本的事实,那就是来自歌诗或者说是乐曲的影响,而这在上引刘勰的两段话里已经有所说明,只不过没有展开论述罢了。

已有不少学者指出,"慷慨"一词在建安文人的诗文创作中出现频率颇高。这说明建安文人对"慷慨"之美已经有了自觉的认识和追求,我们在此即想通过对"慷慨"一词的分析来讨论建安文学的"慷慨"之美与歌诗表演和欣赏的关系。

东汉以来,清商曲在社会上广泛流传,但此时还处于重声不重辞的阶段。到了建安中后期,在文人们普遍参与创作的情况下,清商三调更为流行,并开始进入声辞并重的阶段。[2] 三曹七子传世的歌诗除少部分为相和旧曲外,大多属于清商三调曲。由于清商曲的伴奏乐器主要是笙、笛、琴、瑟、筝、琵琶、节等丝竹乐器,[3]其美学特征古人诗文中常常论及,《乐记》曰:"丝声哀,竹声滥。"《吴越春秋·王僚使公子光传》中伍举谏楚灵王语中也提到:"金石之清音,丝竹之凄唳,以之为美。"曹植《节游赋》曰:"丝

---

[1] 罗宗强:《魏晋南北朝文学思想史》,中华书局1996年版,第36页。

[2] 参见王运熙:《乐府诗述论》,第382—398页。

[3] 其中,平调曲不用"节"而用"筑",清调曲多了一种乐器——"篪"。参见[宋]郭茂倩编:《乐府诗集》,卷三十《平调曲》解题、卷三十三《清调曲》解题及卷三十六《瑟调曲》解题,第441页、第495页、第535页。

竹发而响厉,悲风激于中流。"①曹植《释愁文》曰:"受之以巧笑不悦,乐之以**丝竹**增悲。"②傅玄《却东西门行》曰:"金□□□迟,**丝竹**声大悲。"张载《霖雨诗》曰:"何以解愁怀,置酒招亲类。啾啾**丝竹**作,伶人奏奇秘。悲歌结流风,逸响回秋气。"谢混《送二王在领军府集诗》称:"明窗通朝晖,**丝竹**盛萧瑟。"牛弘《郊祀昊天上帝歌辞》也说:"金石谐和,**丝竹**凄清。"③可见,丝竹乐器所奏音乐本身即具有凄唳、悲哀、萧瑟等特征,这也自然地成为以丝竹演奏的清商曲的特征之一。而从汉魏时期文人们的描述可知,清商乐的另一个重要特征是"慷慨":

西北有高楼,上与浮云齐。交疏结绮窗,阿阁三重阶。上有弦歌声,音响一何悲。谁能为此曲,无乃杞梁妻。清商随风发,中曲正徘徊。一弹再三叹,**慷慨**有馀哀。不惜歌者苦,但伤知音稀。愿为双鸿鹄,奋翅起高飞。(《古诗十九首》)

黄鹄一远别,千里顾徘徊。胡马失其群,思心常依依。何况双飞龙,羽翼临当乖。幸有弦歌曲,可以喻中怀。请为游子吟,泠泠一何悲。丝竹厉清声,**慷慨**有馀哀。长歌正激烈,中心怆以摧。欲展清商曲,念子不得归。俯仰内伤心,泪下不可挥。愿为双黄鹄,送子俱远飞。(《李陵录别诗二十一首》其六)

寂寂君子坐,奕奕合众芳。温声何穆穆,因风动馨香。清言振东序,良时着西床。乃令丝竹音,列席无(当作抚)高唱。悲意何**慷慨**,清歌正激扬。长哀发华屋,四坐莫不伤。(《李陵录别诗二十一首》其九)

十九首和伪苏李诗,现代学者一般认为产生于东汉。这一时期,西汉

---

① 《全三国文》,卷十三,[清]严可均编:《全上古三代秦汉三国六朝文》,第1124页。

② 《全三国文》,卷十九,[清]严可均编:《全上古三代秦汉三国六朝文》,第1158页。

③ 牛弘诗《先秦汉魏晋南北朝诗》未收,引自[唐]徐坚等:《初学记》,卷十三,中华书局1980年版,第322页。

以来就已形成的尚悲的审美追求,与清商曲相互促进,清商曲不仅迎合了这种社会审美需求,很快成为社会普遍喜爱的新声,而且清商曲的广泛流行又反过来使尚悲的审美追求进一步得到了强化。上引三首诗表明,至晚在东汉时期,热爱清商新声、崇尚慷慨悲怆之美的风气已经完全形成。在理论上,前则有王充"悲音不共声,皆快于耳"(《论衡·超奇篇》)、"文音者皆欲为悲"(《论衡·自纪篇》)的高论,后则有嵇康《琴赋》所谓"称其材干,则以危苦为上;赋其声音,则以悲哀为主"的总结。

建安文人生活在两位理论家生活时代的中间,又适逢清商三调最为兴盛的时期,在频繁的歌诗审美娱乐活动中,他们也接受了东汉文人的美学观点,以"慷慨"来概括清商新声的美学特征。如曹丕《于谯作诗》:"弦歌奏新曲,游响拂丹梁。余音赴迅节,慷慨时激扬。"曹植《杂诗七首其六》:"弦急悲声发,聆我慷慨音。"繁钦《与魏文帝笺》:"暨其清激悲吟,杂以怨慕,咏北狄之遐征,奏胡马之长思,凄入肝脾,哀感顽艳。是时日在西隅,凉风拂袵,背山临溪,流泉东逝。同坐仰叹,观者俯听,莫不泫泣殒涕,悲怀慷慨。"①均表达了对清商曲"慷慨"之美的共同体认。从他们及稍后一些文人的诗文中我们还发现,在清商曲演奏使用的诸种乐器中,以筝最能表现慷慨之美,在各地俗乐中则以秦声为这种风格音乐的代表。曹植《弃妇诗》:"抚节弹鸣筝,慷慨有余音。"曹植《箜篌引》:"秦筝何慷慨,齐瑟和且柔。"孙该《琵琶赋》曰:"于是酒酣日晚,改为秦声。壮谅抗忾(慷慨),土风所生。"②卞兰《许昌宫赋》曰:"赵女抚琴,楚媛清讴。秦筝慷慨,齐舞绝殊。众技并奏,拥巧骋奇。千变万化,不可胜知。"③嵇康《声无哀乐论》曰:"奏秦声则叹羡而慷慨;理齐楚则情一而思专。"④晋孝武帝末年,孝武帝与丞相谢安颇有嫌隙,桓伊趁为孝武帝奏乐的机会,"便抚筝而歌《怨

---

① [梁]萧统编,[唐]李善注:《文选》,卷四十,第1822页。
② 《全三国文》,卷四十,[清]严可均编:《全上古三代秦汉三国六朝文》,第1277页。
③ 《全三国文》,卷三十,[清]严可均编:《全上古三代秦汉三国六朝文》,第1223页。
④ 《全三国文》,卷四十九,[清]严可均编:《全上古三代秦汉三国六朝文》,第1331页。

诗》……声节慷慨,俯仰可观。安泣下沾衿,……帝甚有愧色。"①

由上所论可知,在建安时代,"慷慨"的一个非常重要的含义即是指清商三调曲的音乐美感特征。虽然,对这种音乐美的崇尚并不始于建安文人,但是只有到了心中充满了建功立业之豪情和人生无常之悲慨的建安文人手中,"慷慨"这一音乐美学概念才被赋予了全新的现实意义。我们与其说建安文人是借凄唳、悲哀、萧瑟的清商三调曲来发抒他们"烈士暮年,壮心不已"(曹操《步出夏门行》)的昂扬之情,来消释他们"盛时不可再,百年忽我遒。生存华屋处,零落归山丘"(曹植《箜篌引》)的悲怆之怀,倒不如说他们是借这激越悲怆之声来实现他们的自我肯定,来完成他们自我生命力的对象化。在此意义上,建安文人对歌诗艺术的激赏,实质上未尝不可以看作是对他们人生理想和自我品格的讴歌。于是,本为音乐美学概念的"慷慨",在他们那里也常常被用来指一种独特的情感状态和自我心境:

建功不及时,钟鼎何所铭。收念还寝房,慷慨咏坟经。(陈琳《失题诗》)
慷慨有悲心,兴文自成篇。(曹植《赠徐干诗》)
游子叹黍离。处(《玉台新咏》作"行")者歌式微。慷慨对嘉宾,凄怆内伤悲。(曹植《情诗》)
怀此王佐才,慷慨独不群。(曹植《薤露行》)
贫士感此时,慷慨不能眠。(应璩《杂诗》)
慷慨自俯仰(《魏志》注作俛仰),庶几烈丈夫。(吴质《思慕诗》)

"慷慨"一词,就是这样生动地表达了建安文人将音乐的美学时空和人生的理想境界合二为一的精神追求。因此,建安文人频繁的公宴雅集绝不仅仅只是一种奢侈的享乐行为,而在很大程度上是一种心灵需求的满足。这样一来,无论从清商曲的乐曲要求,还是从他们自己情感的表达的需要来讲,他们的歌诗创作都必然将表现"慷慨"这一美学理想作为自

---

① [唐]房玄龄等:《晋书》,卷八十一《桓伊传》,第2119页。

觉的审美追求。曹植在其《前录序》中早就说过"余少而好赋,其所尚也,雅好慷慨",这几句话可谓道出了一代文人的心声。刘勰所谓"观其时文,雅好慷慨","慷慨以任气,磊落以使才",只不过以理论家的敏锐把握住了这一时代特点而已。而文章、歌诗艺术中所表现的"雅好慷慨"固然都根源于功业意识和人的觉醒所引发的"雅好慷慨"的激情与深情,不过,歌诗与其他文体又不尽相同。由于清商曲慷慨悲怆的美学特征在客观上也对歌词的创作有相应的要求,因此,喜爱清商曲的建安诗人创作出"慷慨"激越的歌词,并将这种独特的美学追求扩展至所有诗文作品的创作中,使之成为一代文学的美学特征,清商曲在其中所起的作用绝不是功业意识和人生悲慨可以代替的。这恰恰是我们以往的研究所普遍忽略的。

总之,建安文人公宴雅集活动以文会友、平等相待及务求尽兴的和谐气氛,为歌诗乃至诗歌的创作提供了一个良好的环境,而其集体唱和的写作方式和求奇求新、各尽其才的创作要求,则对歌诗和诗歌题材的扩展、语言的锤炼及体裁的追新等等产生了直接的影响。而在公宴雅集中,由于受清商曲美学特征的制约,歌诗艺术表演、欣赏和歌诗创作均以慷慨悲怆为尚,既与建安文人普遍的内在情感完全一致,又反过来影响到整个建安诗歌乃至建安文学的创作,甚至对建安文学美学特征的形成产生了重大的影响。

第十三章　西晋故事体、代言体歌诗的特点及其与后代说唱文学的关系

本章提要：我国在汉代就已产生了用音乐伴唱的形式演述故事的相和曲、横吹曲和杂曲歌，同时还出现了以讲说和唱诵故事为主要表演方式的俗赋，以及将歌、乐、舞等多种艺术形式融为一体表演故事的歌舞艺术雏形。西晋时期出现的一批故事体歌诗，正是汉代表演艺术进一步发展的结果，这些歌诗或歌咏正史中史实，或敷衍民间故事，或为前代表现历史题材的歌诗的改写，均具有一定的情节，并与音乐或歌舞密切相关。其所歌咏的历史故事成为后来说唱文学的常见题材，集故事性与表演性为一体的特点也被后者所继承。因此，西晋故事体歌诗不仅对说唱文学的发展产生了深远的影响，也是说唱文学的重要源头，在文学史上具有独特的地位。由于这一点被学术界长期忽略，因此，对它的重新研究可能会给我们带来对一些相关问题全新的思考和认识。

魏和西晋是文人歌诗兴盛的时期，代言体（代女性立言）歌诗的出现是这一时期重要的文学现象，但学术界对此历来未能给予应有的关注。与此相关，西晋时期故事体歌诗也颇为流行。众所周知，我国的叙事诗并不发达，故事体歌诗就更为少见，尤其是在唐宋说唱文学兴起之前更是如此。因此，与代言体不同，学者们对西晋故事体歌诗却关注颇早。如萧涤非先生在其《汉魏六朝乐府文学史》一书中，即将故事乐府作为西晋乐府的三大类之一，并列出专章加以论述。但萧先生对西晋故事乐府的评价却不太高，他以为故事乐府的盛行，是因为西晋文人生活空虚，故乐府拟古过当，所写绝少关涉时事，而"多在古题中讨生活，借古题即咏古事，所

借为何题,所咏亦必为何事"①。如果仅从文本和内容的角度来看,的确如此。但歌诗与一般的诗歌有很大的不同,首先是为表演而创作的,因此,诗人在创作时,必然要受到音乐特征、表演者、表演方式、听众需求以及当时审美习惯等多方面的制约,而不能有太多的主观随意性。就歌诗艺术表演而论,这些代言体歌诗和故事体歌诗不能不引起我们的注意。本章即拟从故事体入手,并兼及代言体歌诗,对汉晋之际歌诗艺术的表演方式及与后代说唱文学的关系作一点探讨。

第一节 汉代演述故事的歌诗和俗赋

从中国古代表演艺术的发展实际来看,早在晋代以前就已经出现了以音乐伴唱来演述故事的歌诗。学者们早已指出,荀子的《成相篇》就是我国说唱文学的远祖,它是在一种叫"相"的打击乐器的伴奏下歌唱诗篇的,但《成相篇》是说理而不是讲故事。到了汉代,讲故事的说唱文学已逐渐成熟。胡士莹先生曾指出:"汉代说故事虽无直接材料,然灵帝时待制鸿门下的许多诸生,却'喜陈方俗闾里小事',似乎是社会新闻一类的东西,它必然是采用民间口头语言来演述的,所以蔡邕攻击诸生所写的辞赋说:'下则连偶俗语,有类俳优。'至于民间乐府中涉及故事的就更多。(注中又说:如横吹曲的《刘生》、《洛阳公子行》,相和曲的《王昭君》、《秋胡行》,清商曲的《莫愁》、《子夜》、《杨叛儿》等。)象罗敷采桑、昭君出塞,更为后来小说常用的题材。亦可从侧面窥知汉代说故事是相当普遍的。"又说:"近年出土的汉灵帝(东汉后期)时的一个'击鼓俑',满面笑容,张口,扬枹树鼓,神态活现。有的专家判断是在说书,因为它颇有说、噱、唱、音乐、表演齐备的情状。"②杨荫浏先生也说:"这样长篇叙事(笔者案:指《陌上桑》和《焦仲卿妻》)的歌曲,在当时究竟是怎样歌唱的?虽然因为缺少记载,我们很难肯定。但不难想象,在当时演唱这种歌曲的时候,听众的理解和感受会如何随着故事的发展而越来越深刻化。因此,从内容、艺术

---

① 萧涤非:《汉魏六朝乐府文学史》,第176页。
② 胡士莹:《话本小说概论》,中华书局1982年版,第7页、第8页。

形式和演唱的效果看来,这类歌曲可能已不是一般的歌曲而是一种说唱音乐了。说唱在汉代已是相当普遍的一种民间艺术。《汉书》卷六八《霍光传》中有云,'击鼓歌唱,作俳优。'四川出土的两个说唱俑可作为此语生动的例证。"①

其实,早在20世纪30年代,容肇祖先生的《敦煌本〈韩朋赋〉考》一文就已对敦煌本《韩朋赋》(约二千多字)与《搜神记》所记韩朋故事(二百多字)进行过细致的比较研究,他认为二者"根本出于一个故事",但是"《韩朋赋》所叙韩朋故事,当为唐以前民间的传说,较之《搜神记》所载,更为详细得多"。"从《韩朋赋》的内容去考证,可定为不是因《搜神记》的记载而产生,而且《韩朋赋》为直接朴实的叙述民间传说的作品。"也就是说,在《搜神记》之前,韩朋故事已经产生并在民间流传。容先生由此推测:"在汉魏间,贵族盛行以赋作为文学的玩意儿时,民间自有说故事的白话赋?《韩朋赋》等,便是这类赋体仅留的型式。"②胡士莹也认为秦汉之际的赋是一种说唱文学,"这种讲说和唱诵结合的艺术形式,在秦汉时代可能就叫做赋,是民间的文艺,也就是今天称为民间赋的作品。而在汉代盛极一时的文人赋,主要就是采取了民间赋的形式和技巧,也吸收了前代各种文体的特点,溶合而成的一种新的文学样式,所以它最接近于民间带说唱的艺术形式"③。

两位学者的推论在20世纪70年代以来发现的汉简中得到了进一步的证实。一是1979年发现的敦煌汉简中有关韩朋夫妇故事的残简,一是1993年江苏连云港汉墓出土的《神乌傅(赋)》竹简。裘锡圭先生认为,《神乌傅(赋)》大约创作于西汉后期,"在目前所能看到的以讲述故事为特色的所谓俗赋当中是时代最早的一篇"。而韩朋故事残简的抄写年代,大概不会超出西汉后期和新朝的范围,两篇作品是"'那时民间用口讲述故

---

① 杨荫浏:《中国古代音乐史稿》,第124页。
② 以上引自中央研究院历史语言研究所编:《庆祝蔡元培先生六十五岁论文集》,《中央研究院历史语言研究所集刊》外编第一种,北平1935年版,第673页、第675页、第679页、第680页。
③ 胡士莹:《话本小说概论》,第9页。

事,而带有韵语以使人动听及易记'的反映。即使是无韵之体,也应该具有类似后世'话本'的性质,大概主要是用作讲故事的人的底本的"。并说:"从《神乌傅(赋)》和韩朋故事残简来看,汉代俗文学的发达程度恐怕是超出我们的预料。敦煌俗文学中有不少是讲汉代故事的,如《季布骂阵词文》(即《捉季布传文》)、《王陵变文》以及讲王昭君的和讲董永的变文等。我怀疑它们大都是有从汉代传下来的民间传说作为底子的,说不定将来还会发现记叙这些民间传说的汉简呢!"①

杨公骥先生则通过对汉代《巾舞》歌诗的破解,指出它是一出"母子离别舞"②,也是"我们今天所能见到的我国最早的一出有角色、有情节、有科白的歌舞剧"③。姚小鸥先生又在此基础上对此歌舞剧的文辞和舞蹈动作进行了更为详细的考证。④而任半塘先生则通过对汉代典籍所记载的歌舞活动的分析指出"西汉已早有女伎之歌舞戏"。"汉晋之间之运用歌舞,既已超出普通歌舞之程限,而入于化装作优之一步,则女娲、洪崖、嫦娥、东海黄公等,安知其不亦演故事,有情节?"⑤

由于说唱艺术长期以来不登大雅之堂,早期的典籍中几乎没有什么相关记载。即使是属于雅文学范围之内的相和曲、横吹曲和杂曲歌,它们如何以音乐伴唱的方式演述故事,我们今天也同样不易说清。但是,上述学者们的论述,既有史书和存世乐府歌诗作品的支持,也得到了出土的简书和陶俑的印证,并非主观的臆测。因此,我们认为在汉代就已产生了以音乐伴唱演述故事的说唱艺术,应当是可信的。这既是我国说唱文学发展的萌芽,也是西晋时期故事体歌诗产生的必要前提。

---

① 以上引自李学勤、裘锡圭:《新学问大都由于新发现——考古发现与先秦、秦汉典籍文化》,《文学遗产》2000年第3期,第4—17页;裘锡圭:《汉简中所见韩朋故事的新资料》,《复旦大学学报》1999年第3期,第109—113页。

② 杨公骥:《汉巾舞歌辞句读及研究》,《光明日报》1950年7月19日第3版。

③ 杨公骥:《西汉歌舞剧巾舞公莫舞的句读和研究》,《中华文史论丛》1986年第1辑,第37—52页。

④ 参见姚小鸥:《巾舞歌辞校释》,《文献》1998年第4期,第3—19页;《〈公莫巾舞歌行〉考》,《历史研究》1998年第6期,第48—58页。

⑤ 以上引自任半塘:《唐戏弄》(上),第235—238页。

第二节 西晋故事体歌诗的特点

西晋存世的故事体歌诗数量虽然不多,但大多是历史题材,或歌咏正史中史实,或敷衍民间故事,或在前代歌诗的基础上有所改进,均具有一定的情节。如傅玄《秋胡行》讲述秋胡戏妻的故事,《惟汉行》讲述鸿门宴的故事,《艳歌行》讲述秦罗敷的故事,《秦女休行》讲述东汉庞娥亲为父报仇的故事,张华《游侠篇》讲述战国四公子故事,《纵横篇》讲述鬼谷子故事,石崇《王明君辞》讲述昭君出塞故事,陆机《班婕妤》讲述班婕妤失宠故事。这些故事体歌诗重在以歌词的方式讲述故事,其写作动机并不是为了抒发作者自己的情志。作者基本上置身事外,采取的是接近客观的叙述视角(偶尔有作者的评论)。因此,它们与一般的歌诗不同。下面我们即以傅玄《秦女休行》和石崇《王明君辞》为例,对这类歌诗的基本特点作一简要分析。先看傅玄《秦女休行》:

> 庞(一作秦)氏有烈妇,义声驰雍凉。父母家有重怨,仇人暴且强。虽有男兄弟,志弱不能当。烈女念此痛,丹心为寸伤。外若无意者,内潜思无方。白日入都市,怨家如平常。匿剑藏白丸,一奋寻身僵。身首为之异处,伏尸列肆旁。肉与土合成泥,洒血溅飞梁。猛气上干云霓,仇党失守为披攘。一市称烈义,观者收泪并慨慷。百男何当益,不如一女良。烈女直造县门,云父不幸遭祸殃。今仇身以分裂,虽死情益扬。杀人当伏法,义不苟活隳旧章。县令解印绶,令我伤心不忍听。刑部垂头塞耳,令我吏举不能成。烈着希代之绩,义立无穷之名。夫家同受共祚,子子孙孙咸享其荣。今我弦歌咏高风,激扬壮发悲且清。(《乐府诗集》卷六十一《杂曲歌辞一》)

此诗又作《庞氏有烈妇》,所叙为东汉时事,皇甫谧《列女传》、陈寿《三国志·魏志》卷十八《庞淯传》及范晔《后汉书》卷一百十四《列女传·庞淯母传》均有记载。为了便于讨论,兹将三家所记全文引录于下:

酒泉烈女庞娥亲者，表氏庞子夏之妻，禄福赵君安之女也。君安为同县李寿所杀，娥亲有男弟三人，皆欲报仇，寿深以为备。会遭灾疫，三人皆死。寿闻大喜，请会宗族，共相庆贺，云："赵氏强壮已尽，唯有女弱，何足复忧！"防备懈弛。娥亲子淯出行，闻寿此言，还以启娥亲。娥亲既素有报仇之心，及闻寿言，感激愈深，怆然陨涕曰："李寿，汝莫喜也，终不活汝！戴履天地，为吾门户，吾三子之羞也。焉知娥亲不手刃杀汝，而自侥幸邪？"阴市名刀，挟长持短，昼夜哀酸，志在杀寿。寿为人凶豪，闻娥亲之言，更乘马带刀，乡人皆畏惮之。比邻有徐氏妇，忧娥亲不能制，恐逆见中害，每谏止之，曰："李寿，男子也，凶恶有素，加今备卫在身。赵虽有猛烈之志，而强弱不敌。邂逅不制，则为重受祸于寿，绝灭门户，痛辱不轻也。愿详举动，为门户之计。"娥亲曰："父母之仇，不同天地共日月者也。李寿不死，娥亲视息世间，活复何求！今虽三弟早死，门户泯绝，而娥亲犹在，岂可假手于人哉！若以卿心况我，则李寿不可得杀；论我之心，寿必为我所杀明矣。"夜数磨砺所持刀讫，扼腕切齿，悲涕长叹，家人及邻里咸共笑之。娥亲谓左右曰："卿等笑我，直以我女弱不能杀寿故也。要当以寿颈血污此刀刃，令汝辈见之。"遂弃家事，乘鹿车伺寿。至光和二年（179）二月上旬，以白日清时，于都亭之前，与寿相遇，便下车扣寿马，叱之。寿惊愕，回马欲走。娥亲奋刀斫之，并伤其马。马惊，寿挤道边沟中。娥亲寻复就地斫之，探中树兰，折所持刀。寿被创未死，娥亲因前欲取寿所佩刀杀寿，寿护刀瞋目大呼，跳梁而起。娥亲乃挺身奋手，左抵其额，右桩其喉，反复盘旋，应手而倒。遂拔其刀以截寿头，持诣都亭，归罪有司，徐步诣狱，辞颜不变。时禄福长汉阳尹嘉不忍论娥亲，即解印绶去官，弛法纵之。娥亲曰："仇塞身死，妾之明分也。治狱制刑，君之常典也。何敢贪生以枉官法？"乡人闻之，倾城奔往，观者如堵焉，莫不为之悲喜慷慨嗟叹也。守尉不敢公纵，阴语使去，以便宜自匿。娥亲抗声大言曰："枉法逃死，非妾本心。今仇人已雪，死则妾分，乞得归法以全国体。虽复万死，于娥亲毕足，不敢贪生为明廷负也。"尉故不听所执，娥亲复言曰："匹妇虽微，犹知宪制。杀人之罪，法所不纵。今既犯之，义无可逃。乞就刑戮，陨身朝市，肃明

第十三章　西晋故事体、代言体歌诗的特点及其与后代说唱文学的关系

王法,娥亲之愿也。"辞气愈厉,面无惧色。尉知其难夺,强载还家。凉州刺史周洪、酒泉太守刘班等并共表上,称其烈义,刊石立碑,显其门闾。太常弘农张奂贵尚所履,以束帛二十端礼之。海内闻之者,莫不改容赞善,高大其义。故黄门侍郎安定梁宽追述娥亲,为其作传。玄晏先生以为父母之仇,不与共天地,盖男子之所为也。而娥亲以女弱之微,念父辱之酷痛,感仇党之凶言,奋剑仇颈,人马俱摧,塞亡父之怨魂,雪三弟之永恨,近古已来,未之有也。诗云"修我戈矛,与子同仇",娥亲之谓也。(裴松之注《三国志》引皇甫谧《列女传》一)

初,浒外祖父赵安为同县李寿所杀,浒舅兄弟三人同时病死,寿家喜。浒母娥自伤父仇不报,乃帏车袖剑,白日刺寿于都亭前,讫,徐诣县,颜色不变,曰:"父仇已报,请受戮。"禄福长尹嘉解印绶纵娥,娥不肯去,遂强载还家。会赦得免,州郡叹贵,刊石表闾。(《三国志》卷十八《魏书·庞淯传》)

酒泉庞淯母者,赵氏之女也,字娥。父为同县人所杀,而娥兄弟三人,时俱病物故,仇乃喜而自贺,以为莫己报也。娥阴怀感愤,乃潜备刀兵,常帏车以候仇家。十余年不能得。后遇于都亭,刺杀之。因诣县自首。曰:"父仇已报,请就刑戮。"禄福长尹嘉义之,解印缓欲与俱亡。娥不肯去。曰:"怨塞身死,妾之明分;结罪理狱,君之常理。何敢苟生,以枉公法!"后遇赦得免。州郡表其闾。太常张奂嘉叹,以束帛礼之。(《后汉书》卷八十四《列女传·庞淯母传》)

三家所记,除赵君安与赵安、庞娥亲与庞娥两个人名稍有差别外,基本史实大致相同,其中又以皇甫谧《列女传》所记最为详细。皇甫谧生于建安二十年(215),卒于西晋太康三年(282),傅玄生于建安二十二年(217),卒于西晋咸宁四年(278),陈寿生于魏明帝青龙元年(233),卒于西晋元康七年(297),他们关于庞氏复仇的记载和诗歌的写作年代不可考,尤其是傅诗与皇甫文很难说哪一篇的写得更早。但此事距他们活跃于文坛的年代至少也有几十年的历史,而这三位基本同时的文人却都不约而同地对它作了记录,这说明庞娥亲复仇一事在这近百年来肯定是非常流行的故事。不过,傅玄《秦女休行》与皇甫谧、陈寿的传记显然又不同。

首先，它与史书记录历史有所不同，是在以历史事实为原型的前提下，对历史的一种再创造，因而，对史书中娥亲兄弟"遭灾疫，三人皆死"的记载可以不顾，而称"虽有男兄弟，志弱不能当"。与史实相比，这显然是为了突出娥亲这一人物，诗中"百男何当益，不如一女良"正是就此而发。

其次，傅玄诗继承的是乐府歌诗的传统。曹魏时期的左延年就曾写过一首《秦女休行》，讲的是"秦氏好女"秦女休复仇事。《乐府诗集》卷六十一杂曲歌辞一曰："《秦女休行》，左延年辞，大略言女休为燕王妇，为宗报仇，杀人都市，虽被囚系，终以赦宥，得宽刑戮也。晋傅玄云'庞氏有烈妇'，亦言杀人报怨，以烈义称，与古辞义同而事异。"左延年其人，《晋书·乐志》说他在"黄初中以新声被宠"，《宋书·乐志》也说他"妙解新声"，他创作的《秦女休行》，在当时必定是配乐演唱的一首新曲。傅玄生活的年代距左延年不远，他很有可能亲自欣赏过《秦女休行》的表演。傅诗首句"庞氏有烈妇"，一作"秦氏有烈妇"，我们说傅诗是在左延年《秦女休行》和东汉史实基础上的一种新创造也未尝不可。而从左延年《秦女休行》为表演而作的情况推测，傅玄《秦女休行》的写作动机也应当与之相似。这一点在傅玄诗中即有内证，傅玄《秦女休行》结尾曰："今我弦歌咏高风，激扬壮发悲且清。"所谓"弦歌"，非常清楚地透露出此诗为配乐演唱的歌词，"激扬壮发悲且清"，则是对歌词演唱效果的描述。由于歌诗主要是讲述故事，因此其演唱方式当是说唱。我们仅从这首歌诗很难对它的演唱方式作出更详细的说明。

傅玄之后，只有唐代大诗人李白写过一首《秦女休行》，内容不同于傅玄诗而与左延年诗基本相同。这说明秦女休或庞氏复仇故事在后代流传不太广泛。这大约与古代复仇之禁不无关系。

而石崇的《王明君辞》在表演方式及传播两方面均与傅玄诗有不同之处，对它进行细致的分析应该能为说明当时歌诗的表演方式提供有益的帮助。现将其《王明君辞》引录于下：

> 我本汉家子，将适单于庭。辞诀未及终，前驱已抗旌。仆御涕流离，辕马悲且鸣。哀郁伤五内，泣泪沾朱缨。行行日已远，遂造匈奴

城。延我于穹庐,加我阏氏名。殊类非所安,虽贵非所荣。父子见陵辱,对之惭且惊。杀身良不易,默默以苟生。苟生亦何聊,积思常愤盈。愿假飞鸿翼,乘之以遐征。飞鸿不我顾,伫立以屏营。昔为匣中玉,今为粪上英。朝华不足嘉,甘与秋草并。传语后世人,远嫁难为情。

《乐府诗集》明确称此诗为"晋乐所奏"。前人论之颇详。《乐府诗集》卷二十九《相和歌辞四》引《古今乐录》曰:"《明君》歌舞者,晋太康中季伦所作也。王明君本名昭君,以触文帝讳,故晋人谓之明君。匈奴盛,请婚于汉,元帝以后宫良家子明君配焉。初,武帝以江都王建女细君为公主,嫁乌孙王昆莫,令琵琶马上作乐,以慰其道路之思,送明君亦然也。其造新之曲,多哀怨之声。晋、宋以来,《明君》止以弦隶少许为上舞而已。梁天监中,斯宣达为乐府令,与诸乐工以清商两相闲弦为《明君》上舞,传之至今。"又引《琴集》曰:"胡笳《明君》四弄,有上舞、下舞、上闲弦、下闲弦。《明君》三百余弄,其善者四焉。又胡笳《明君别》五弄,辞汉、跨鞍、望乡、奔云、入林是也。"郭茂倩以为"琴曲有《昭君怨》,亦与此同"。又《旧唐书》卷二十九《音乐二》曰:"《明君》,汉元帝时,匈奴单于入朝,诏王嫱配之,即昭君也。及将去,入辞。光彩射人,耸动左右,天子悔焉。汉人怜其远嫁,为作此歌。晋石崇妓绿珠善舞,以此曲教之,而自制新歌曰:'我本汉家子,将适单于庭。……昔为匣中玉,今为粪上英。'晋文王讳昭,故晋人谓之《明君》。"综合各家之论,可知这首歌诗在表演时是与舞蹈、音乐相配的,故既称"歌舞",又有"上舞"、"下舞"之分,至于由"辞汉、跨鞍、望乡、奔云、入林"五部分组成的胡笳《明君别》五弄,其表演则更规范化。由此反观石崇《王明君辞》可以推知,当年善舞的绿珠也必然是在乐曲的配合下,以舞蹈和歌词来演述昭君出塞故事的。诗歌以第一人称写成,则表演者应是以昭君的身份和口吻来演唱的。对此王克芬先生在她的《中国舞蹈发展史》中曾有过一段很精彩的分析:

晋朝著名舞人绿珠表演的《明君舞》,内容是昭君出塞和亲的故事。目前尚未见到关于这个舞蹈歌情舞态的详细描绘,但从石崇专为宠伎绿珠所制歌词分析，舞者是妆扮成昭君表演的。因为歌词的第一句，就是以第一人称写的："我本良家子，将适单于庭。"下面又有："哀郁伤五内，涕泣沾珠璎。……延伫于穹庐，加我阏氏名"等句。可见，舞者是以昭君的身份在歌舞，以代言体的形式在唱述昭君的遭遇和心情。《明君舞》首演者绿珠，它与起于北齐，盛行于唐代的《兰陵王》一样，是扮演一个特定人物的歌舞节目。它们不同于只表现某种风格或情绪的"纯舞蹈"，也不同于以歌舞形式表现故事、情节、人物的歌舞戏或戏曲艺术。它们是两者之间发展过程中的一种形式。但是，它们并不因戏曲的高度发展，舞剧的创作而消灭，相反，这种形式至今仍然"活"在许多民间舞和新创作的舞蹈节目中。[1]

从《王明君辞》而想到《明君舞》，并认定它是"纯舞蹈"与"歌舞戏或戏曲艺术""两者之间发展过程中的一种形式"。这比仅仅把《王明君辞》看作是一首单纯的乐府诗更接近事实。《王明君辞》歌、乐、舞相配合的表演形式已较完备，歌词也具有相当的故事性，有一定的人物、情节。这已经超出了汉人送明君的范围，但此诗并不像前人所指责的那样是拟古"不得代言之情"[2]，因为石崇所讲述的故事是在一个较长的时间段里发展的，他是在"造新曲"，而不是对汉人送明君歌曲的模拟，何况从他的自序中"昔公主嫁乌孙，令琵琶马上作乐，以慰其道路之思。其送明君，亦必尔也。其造新曲，多哀怨之声，故叙之于纸云尔"[3]一段话，我们知道此曲在当时已经失传，根本无从模仿。因此，即使这首歌诗还不能算作是歌舞戏，但它以歌舞形式表演故事，有人物和情节却是可以肯定的。

---

[1] 王克芬：《中国舞蹈发展史》，上海人民出版社1991年版，第160页、第161页。
[2] 萧涤非先生曾引陈胤倩的话曰："既云送昭君有词，因造新曲，此初出塞，安得遽云'父子见陵辱'？每见拟古者附会古人事实，不得代言之情，多复类此，亦是大瑕。"并以为"陈氏之评良是"。其实，两位学者的看法皆与事实不符。参见萧涤非：《汉魏六朝乐府文学史》，第183页。
[3] 逯钦立编：《先秦汉魏晋南北朝诗》，第642页、第643页。

可见,西晋时期出现了一批故事体歌诗,而且这些歌诗并不仅仅通过语言来叙述故事,而且还与音乐或歌舞密切相关,具有较明显的表演性,其集故事性与表演性为一体的特点与后来的说唱文学极为相似。因此我们有必要对二者之间的关系作进一步的探讨。

第三节 西晋故事体歌诗与后代说唱文学之关系

《秦女休行》的故事后代回应不多,这可能与古代复仇之禁有关。写昭君故事的作品,在石崇之前已有汉人所作歌诗流传。《汉书》卷九十四《匈奴传下》也有相关的记载:

> 竟宁元年(前33),单于复入朝,礼赐如初,加衣服锦帛絮,皆倍于黄龙时。单于自言愿婿汉氏以自亲。元帝以后宫良家子王嫱字昭君赐单于。单于欢喜,上书愿保塞上谷以西至敦煌,传之无穷,请罢边备塞吏卒,以休天子人民。……王昭君号宁胡阏氏,生一男伊屠智牙师,为右日逐王。呼韩邪立二十八年,建始二年(前31)死。……呼韩邪死,雕陶莫皋立,为复株累若鞮单于。复株累若鞮单于立,遣子右致卢儿王醘谐屠奴侯入侍,以且糜胥为左贤王,且莫车为左谷蠡王,囊知牙斯为右贤王。复株累单于复妻王昭君,生二女,长女云为须卜居次,小女为当于居次。

汉人为昭君作的歌诗已不传,而班固的记载又较简略。两相对照,可以发现石崇的《王明君辞》已不仅仅是《汉书》的翻版,它更重视对事情发展的过程及昭君心理活动的描写,这实际上是对《汉书》的记载作了一定的改造,明显地体现出由记载历史向讲述故事发展的趋向。石崇之前昭君故事在民间如何流传我们不得而知,但石崇之后的典籍中记载的昭君故事则已有了进一步的增饰和敷衍:

> 元帝后宫既多,不得常见。乃使画工图形,案图召幸之。诸宫人皆赂画工多者十万,少者亦不减五万。独王嫱不肯,遂不得见。匈奴

入朝求美人为阏氏，于是上案图以昭君行。及去召见，貌为后宫第一。善应对，举止闲雅。帝悔之，而名籍已定。帝重信于外国，故不复更人。乃穷案其事，画工皆弃市，籍其家资皆巨万。画工有杜陵毛延寿，为人形，丑好老少必得其真。安陵陈敞、新丰刘白、龚宽，并工为牛马飞鸟众势。人形好丑，不逮延寿。下杜阳望亦善画，尤善布色，樊育亦善布色，同日弃市。京师画工，于是差稀。（《西京杂记·卷二》）

初，单于弟右谷蠡王伊屠知牙师以次当为左贤王。左贤王即是单于储副。单于欲传其子，遂杀知牙师。知牙师者，王昭君之子也。昭君字嫱，南郡人也。初，元帝时，以良家子选入掖庭。时，呼韩邪来朝，帝敕以宫女五人赐之。昭君入宫数岁，不得见御，积悲怨，乃请掖庭令求行。呼韩邪临辞大会，帝召五女以示之。昭君丰容靓饰，光明汉宫，顾景裴回，竦动左右。帝见大惊，意欲留之，而难于失信，遂与匈奴。生二子。及呼韩邪死，其前阏氏子代立，欲妻之，昭君上书求归，成帝敕令从胡俗，遂复为后单于阏氏焉。（《后汉书》卷八十九《南匈奴传》）

汉元帝宫人既多，乃令画工图之，欲有呼者，辄披图召之。其中常者，皆行货赂。王明君姿容甚丽，志不苟求，工遂毁为其状。后匈奴来和，求美女于汉帝，帝以明君充行。既召，见而惜之，但名字已去，不欲中改，于是遂行。（《世说新语·贤媛篇》）

其中，《西京杂记》中的"画工图形"、"案图以昭君行"及"画工弃市"，《后汉书》中的"积怨请行"、"临辞惊艳"、"上书求归"等情节明显为《汉书》和石崇诗中所无。这说明不论在正史还是在小说中，昭君故事都不断有所增饰。而后来的敦煌变文中也有《王昭君变文》，该文开头部分已残，现存残文从出塞途中写起，说唱相间（唱词均为七言），并增加了昭君不乐胡地生活、单于百般开解、昭君因思乡染病亡故、单于悲痛欲绝、匈奴举国葬昭君以及汉哀帝时汉使祭奠昭君等情节。可见，昭君故事的传播途径除正史以外，尚有说唱和歌舞演述两种方式，虽然现在难以确切地说明昭君故事在西晋时期是否采用过说唱的表演方式,但从傅玄《秦女休行》来看,可能性是很大的。

以上所举的两个例子虽有一些差异,但将正史所载历史事实敷衍为有一定情节的故事却是它们共同的特点。前述傅玄《秋胡行》、《惟汉行》、《艳歌行》等歌诗也无不如此,而且在后世说唱文学和戏曲中也同样有持久不衰的回应。

秋胡事最早见于刘向《列女传》,汉武梁石室后壁第一层也刻有秋胡故事。但《秋胡行》古辞不存,故傅玄作有五言《秋胡行》(秋胡纳令室)和杂言(以四言为主)《秋胡行》(秋胡子娶妇)两首,均采用叙述体。《列女传》中新婚、游宦、归家、赠金、严拒、见母、重逢、投河等情节在傅玄诗中均得到了完整的再现。此后,宋代颜延之《秋胡行九首》和齐代王融《秋胡行七首》则以组诗的方式铺叙秋胡故事。颜诗九首分别写了新婚、远别、良人游宦、思妇念远、采桑、拒金、相见、游子无颜、思妇投河等情节,王诗七首则重点写了新婚远别、别后相思、采桑拒金及相见投河等,故事情节上并无新的创造。而且与傅玄诗相比,颜延之和王融诗更偏重于情感的抒发,而不太重视故事的讲述。真正从讲述故事的角度对傅玄诗有所发展的是敦煌变文中的《秋胡变文》和元代石君宝的《秋胡戏妻》。后者属于戏曲,可以不论。前者则是典型的说唱文学,其内容虽基本承袭《列女传》和傅玄《秋胡行》,但故事情节已更为复杂。除投河残缺外,游宦、归家、桑遇、赠金、严拒、见母、重逢等原有情节全部保留,并在游宦之前加上了求母(此前残缺)、问妻、遇仙、投魏、劝改嫁、求归等新情节,使故事更加完整、动人。①这说明从傅玄《秋胡行》至《秋胡变文》,数百年间秋胡故事在民间的流传始终没有中断,《秋胡变文》是典型的说唱文学,它与傅玄《秋胡行》之间的关系非常密切。我们推测,傅玄《秋胡行》很可能是一首以说唱的方式来表演的歌诗。

《惟汉行》讲述鸿门宴的故事。《史记·项羽本纪》中就已对樊哙作了

---

① 参见黄征、张涌泉:《敦煌变文校注》,卷二,中华书局1997年版,第232—235页;高国藩:《敦煌俗文化学》,上海三联书店1999年版,第248页。

非常生动的描写，《惟汉行》歌诗则对此作了进一步的艺术改造：

> 危哉鸿门会，沛公几不还。轻装入人军，投身汤火间。两雄不俱立，亚父见此权。项庄奋剑起，白刃何翩翩。伯身虽为蔽，事促不及旋。张良愯坐侧，高祖变龙颜。赖得樊将军，虎叱项王前。嗔目骇三军，磨牙咀豚肩。空厄让霸主，临急吐奇言。威凌万乘主，指顾回泰山。神龙困鼎镬，非哙岂得全。狗屠登上将，功业信不原。健儿实可慕，腐儒安足叹。（《乐府诗集》卷二十七《相和歌辞二》）

傅玄诗对《史记》的改造主要有两点：一是将鸿门宴从《项羽本纪》中单列出来；二是进一步突出了樊哙的英雄形象，其中写樊哙的部分占了全诗的一半以上。对于这首歌诗的表演方式，我们可以用晋初流行的《公莫舞》作为参照来加以考察。据《宋书》卷十九《乐志一》记载："晋初有《杯盘舞》、《公莫舞》。……《公莫舞》，今之巾舞也。相传云项庄剑舞，项伯以袖隔之，使不得害汉高祖。且语庄云：'公莫。'古人相呼曰'公'，云莫害汉王也。今之用巾，盖像项伯衣袖之遗式。按《琴操》有《公莫渡河曲》，然则其声所从来已久，俗云项伯，非也。"由此可见，当时流行的说法以为《公莫舞》也是表演鸿门宴故事，但沈约认为《公莫舞》与项伯无关，当是《琴操》中的《公莫渡河曲》。然而《乐府诗集》卷五十四《巾舞歌》古辞序引《古今乐录》曰："《巾舞》，古有歌辞，讹异不可解。江左以来，有歌舞辞。沈约疑是《公无渡河曲》，今三调中自有《公无渡河》，其声哀切，故入瑟调，不容以瑟调厕于舞曲。惟《公无渡河》，古有歌有弦，无舞也。"又否定了沈约的观点。值得注意的是，沈约记载的《公莫舞》与项伯有关的俗说，直至唐五代仍然为一些学者所坚持。《旧唐书·乐志》就依然持这种观点，另唐代诗人李贺《公莫舞歌序》曰："公莫舞歌者，咏项伯翼蔽刘沛公也。会中壮士，灼灼于人，故无复书，且南北乐府率有歌引，贺陋诸家，今重作《公莫舞歌》云。"明确称"南北乐府率有歌引"，说明《宋书》所谓的俗说并非毫无根据，如果仅凭沈约的一面之词和《宋书·乐志》所载汉《巾舞》歌诗，就认定《公莫舞》没有表演过项伯故事，恐怕也有些武断。我们以为《公莫舞》歌在形成和发展过程中是有过变化的,在汉代到唐代的漫长历史中,它可能的确表演过项伯故事,它与传世的汉《巾舞》歌诗可能本不相关,后来却被混在了一起。① 如果这一推论可以成立,那也就是说,早在汉代就有表演项伯故事的舞蹈,傅玄《惟汉行》所讲述的故事与项伯故事实际上是二而一的,只不过《惟汉行》将樊哙推到了故事的中心位置,而项伯反而成了配角。两相对照,从表演项伯故事的《公莫舞》到傅玄《惟汉行》,其发展演变的轨迹还是十分清楚的。因此,《惟汉行》即使不是傅玄专为当时流行的《公莫舞》所作,它与后者的关系也是非常密切的。

唐代还有《樊哙排君难》,王国维《宋元戏曲考》目为歌舞戏,但对它的评价却不很高。任半塘先生力辩其非,并详考演述鸿门宴故事的各类体裁的作品:

> 楚汉鸿门一会,在史迹中,乃极富戏剧性者。后世各种文艺体裁内,都采作题材。盖歌之、舞之、话之、演之;一经增饰,则动人、感人,精彩倍出也。其中,项庄舞剑一节,早入《公莫舞》及傅玄《惟汉行》乐府,已奠后来歌舞剧之基础。入唐,则诗、赋、词、曲、傀儡戏、歌舞戏,……云奔电赴,无体不前! 封演《闻见记》谓:"大历间,辛云京殡礼之祭盘,为楚汉鸿门宴,机关动作,良久乃毕",虽尚为百戏性质,用大木人,料当时傀儡戏内,用较小木人者,已另有表演。诗中如李贺之《公莫舞歌》、张碧之《鸿沟》、王毂之《鸿门宴》,诸篇所写,均极矫健生动,热闹有过于场上。李歌之序,并谓"南北乐府,率有歌引",当时歌曲,甚至剧曲中,盛用此事,可以想见。唐有樊将军庙,咸通乾符间,汪遵诗曰:"玉辇曾经陷楚营,汉皇心怯拟休兵。当时不得将军力,日月须分一半明。"此剧演出(笔者案:指唐昭宗时演出的《樊哙排君难》),正是其时,与此诗旨亦正合。敦煌所藏民间曲辞,如《酒泉子》咏剑,《定风波》咏史,均曾及鸿门事,具见一斑。晚唐徐寅《樊哙

---

① 表演项伯故事的《公莫舞》与存世的汉《巾舞歌诗》是如何糅合在一起已很难说清,沈约在《宋书·乐志》中既曰"《公莫舞》,今之巾舞也",又将《巾舞》歌诗称为《公莫巾舞歌行》,对二者关系的说明已含混不清,今天我们除非有新的证据,否则对此只能存疑。

入鸿门赋》,疑即为本剧而发,资料尤为可贵!①

由此可见唐代演述鸿门宴故事的表演之盛行。如果将这一故事在说唱及歌舞表演艺术中的发展作为一个整体来考察,则晋初的《公莫舞》与傅玄《惟汉行》无疑可以看作是说唱鸿门宴故事最早的源头,而傅玄《惟汉行》很有可能是配舞而歌的。

《艳歌行》讲述秦罗敷的故事,歌词几乎是汉乐府《陌上桑》的改写,只是增加了说教的成分,语言中反映出来的戏剧性也不及《陌上桑》生动:

日出东南隅,照我秦氏楼。秦氏有好女,自字为罗敷。首戴金翠饰,耳缀明月珠。白素为下裾,丹霞为上襦。一顾倾朝市,再顾国为虚。问女居安在,堂在城南居。青楼临大巷,幽门结重枢。使君自南来,驷马立踟蹰。遣吏谢贤女:"岂可同行车?"斯女长跪对:"使君言何殊!使君自有妇,贱妾有鄙夫。天地正厥位,愿君改其图。"(《乐府诗集》卷二十八)

萧涤非先生说此诗"便是全袭《陌上桑》者,人物全无生气,未免点金成铁。改'罗敷自有夫'为'贱妾有鄙夫',尤为可憎。'使君自南来'以下诸语,且亦非事理,殊欠允当。盖罗敷既未出采桑陌上,使君自无缘得见也。乃知文学贵独造,贵创作,舍己徇人,徒自取败耳"②。从叙事的角度讲,这一批评极是。但是,作为一代名家的傅玄为何会犯这样幼稚的错误? 这实在是值得我们认真思考的。其实这首歌诗也和它所模仿的《陌上桑》一样,应当是具有表演性质的,③一些具体的情节,如罗敷出门、采桑陌上等都是通过具体的表演动作展示给观众的,因此,诗中可以省略不提。由于《陌上桑》所演述的故事是人们熟悉的,故作者在为《陌上桑》曲所作的新

---

① 任半塘:《唐戏弄》(上),第 701 页、第 702 页。
② 萧涤非:《汉魏六朝乐府文学史》,第 188 页。
③ 关于《陌上桑》的表演性特点,参见赵敏俐等:《中国古代歌诗研究——从〈诗经〉到元曲的艺术生产史》,北京大学出版社 2005 年版,第 244—247 页。

词中便作了进一步的省略。站在这样的立场上来看，歌词实际上只是大纲式地对表演的内容加以提示，并配合相应的动作加以歌唱，而歌词的多寡、详略与它语言的工拙，并不会从根本上影响已经基本固定的表演程序，表演的艺术效果在很大程度上更多地取决于演员的技巧而不是歌词。同时，由于这首歌诗是在观众欣赏习惯早已定型的情况下，配合旧曲重新讲述一个流行的故事，因此，作者不仅没有必要去追求新奇别致，而且在某种程度上，他还必须遵循原作的基本情节和内容而不得有所改动。否则还可能得不到观众的接受，或者词与曲之间难以协调。很多模拟前人旧篇的乐府诗大约都面临着同样的问题。

《艳歌行》的表演性质，还可以从罗敷故事在后代诗歌及歌诗表演中的旺盛生命力得到说明。《乐府诗集》卷二十八，在《陌上桑》古辞下收有自汉至唐敷衍罗敷故事或与之相类故事的诗歌近40首，这些诗歌的标题除《陌上桑》外，还有《采桑》、《艳歌行》、《罗敷行》或《日出东南隅行》等，均从古辞《陌上桑》发展而来，傅玄《艳歌行》只是其中较早的一首。此外，在唐人的非乐府诗作中，如岑参《敷水歌》、白居易《过敷水》、《与裴华州同过敷水戏赠》、张谓《赠赵使君美人》、薛能《汉庙祈雨》等许多诗作，也以使君、罗敷为主人公。后一类诗歌的流行，表明罗敷故事在从汉至唐的数百年间始终是布在人口、广为流传的，所以才在文人创作中形成了习惯性的写法。而关于前一类乐府歌诗，《乐府诗集》中只说古辞《陌上桑》是"魏晋乐所奏"，对于其他敷衍罗敷故事的诗歌是否入乐未作任何说明，但我们不能排除这些诗歌中确有一些曾经与歌舞相配，进入到了表演艺术的领域。因为有资料表明，罗敷故事直到唐代还是歌舞演出中的重要节目。盛唐边塞诗人岑参《玉门关盖将军歌》中有云：

……军中无事但欢娱，暖屋绣帘红地炉。……美人一双闲且都，朱唇翠眉映明眸。清歌一曲世所无。今日喜闻《凤将雏》，可怜绝胜秦罗敷，使君五马立踟蹰。野草绣窠紫罗襦。……

《云谣集杂曲子》中又有《凤归云》二首：

幸因今日,得睹娇娥!眉如初月,目引横波。素胸未消残雪,透轻罗。□□□□□,朱含碎玉,云鬟婆娑。东邻有女,相料实难过。罗衣掩袂,行步逶迤。逢人问语羞无力,态娇多!锦衣公子见,垂鞭立马,肠断知么?

儿家本是,累代簪缨,父兄皆是,佐国良臣。幼年生于闺阁,洞房深。训习礼仪足,三从四德,针指分明。娉得良人,为国愿远征。争名定难,未有归程。徒劳公子肝肠断,谩生心。妾身如松柏,守志强过,鲁女坚贞。

对上引《凤归云》二首及岑参诗,任半塘先生曾作过非常细致的考论,他认为,《凤将雏》之始辞,原即演《陌上桑》之事。至盛唐时代,其始辞虽已不传,但其清商乐声却依然流传,故唐人"《凤归云》之声,大体犹《凤将雏》之声;《凤归云》之事,大体犹《凤将雏》之事;《凤归云》之名,亦大体犹《凤将雏》之名。《凤将雏》之始辞虽已亡,而《凤归云》之新辞,乃按同一本事所拟作者"。且《凤归云》在敦煌卷子中还有舞谱保存下来,因此,"岑诗'清歌'以下五句,分明谓美人献伎,不但歌《凤将雏》而已,且表演《陌上桑》故事"。但搬演罗敷故事的《凤将雏》,"在当时已并不曰《凤将雏》,实曰《凤归云》耳"。"故指《凤归云》为唐歌舞戏,应大致不误。"任先生据此又进一步指出:"《陌上桑》故事,当时社会上可能普遍搬演与讲唱,深入民间,犹之后来演唱《西厢》、《琵琶》,今日演唱王宝钏、柳迎春等。安知唐人诗中所以习用罗敷使君作生旦故事之代表人物,进一步且融化为词章中之普遍名词者,不受当时普遍搬演与讲唱之影响乎?"[①]《陌上桑》故事在汉代的表演情况,我们在前文中已经作过论述。现在我们又发现,这一故事到了盛唐仍在继续表演,只是唐人所作的新词比之傅玄的《艳歌行》变化更大。如果肯定唐代的《凤归云》的确仍在表演罗敷故事,我们说距古辞《陌上桑》更近的《艳歌行》也是为表演而作,大概不会离题太远。不仅如此,在西晋至盛唐的数百年间,《陌上桑》故事的表演也是从未中断过的,今天存世的那些乐府歌诗中可能有相当一部分是为表演而作,只是由于资料

---

① 以上引自任半塘:《唐戏弄》(上),第624—635页。

的缺乏,我们无从确切地证实罢了。

第四节 代言体歌诗的表演性及其与戏曲关系的推测

上文从故事体歌诗入手,对西晋时期歌诗艺术的表演方式作了一些推测,其实能对这一问题提供佐证的还有另一类歌诗,即代言体歌诗。这类歌诗在建安时期(196—220)就已出现。西晋时期,陆机《塘上行》、《燕歌行》、《为顾彦先赠妇诗二首》、《为陆思远妇作诗》、《为周夫人赠车骑诗》、《拟行行重行行》,傅玄《苦相篇》、《青青河边草篇》、《朝时篇》、《明月篇》、《秋兰篇》、《历九秋篇》等,均是以女性口吻写成的代言体歌诗,其中,又以傅玄《历九秋篇》十二首[1]最具代表性:

历九秋兮三春。遣贵客兮远宾。顾多君心所亲。乃命妙伎才人。炳若日月星辰。

序金罍兮玉觞,宾主遽起雁行。杯若飞电绝光,交觞接卮结裳,慷慨欢笑万方。

奏新诗兮夫君。烂然虎变龙文。浑如天地未分。齐讴楚舞纷纷。歌声上激青云。

穷八音兮异伦。奇声靡靡每新。微披素齿丹唇。逸响飞薄梁尘。精爽眇眇入神。

坐咸醉兮沾欢。相樽促席临轩。进爵献寿翻翻。千秋要君一言:愿爱不移若山!

君恩爱兮不竭:譬若朝日夕月。此景万里不绝。长保初醮结发,何忧坐成胡越?

携弱手兮金环。上游飞阁云间。穆若鸳凤双鸾。还幸兰房自安。娱心极意难原。

---

[1] 此诗作者旧有三说,《文选》《南都赋》李善注以为是汉代古辞;《玉台新咏》以前十章为梁简文帝诗,后二章为傅玄诗;《选诗拾遗》引陈释智匠《乐录》及《乐府题》、《乐府诗集》等认为是傅玄诗,今人逯钦立也以为是傅玄诗。

乐既极兮多怀。盛时忽逝若颓。寒暑革御景回。春荣随风飘摧。感物动心增哀。

妾受命兮孤虚。男儿堕地称珠。女弱虽存若无。骨肉至亲更疏。奉事他人托躯。

君如影兮随形。贱妾如水浮萍。明月不能常盈。谁能无根保荣？良时冉冉代征。

顾绣领兮含辉。皎日回光则微。朱华忽尔渐衰。影欲舍形高飞。谁言往思可追？

荠与麦兮夏零。兰桂践霜逾馨。禄命悬天难明。妾心结意丹青。何忧君心中倾。

诗中既写了宴会的场面，也明确提到了"妙伎才人"、"齐讴楚舞"、"奇声"、"逸响"等歌舞音乐表演，而全诗又是以女性的口气写成，是典型的代言体歌诗。我们认为，这类歌诗正是在代歌者立言的现实前提下产生的。这些代言体歌诗，似乎与故事体歌诗互不相关，但从表演的角度来看，它们都与歌诗艺术表演的具体要求密切相关。戏曲史家大多将戏曲作品中出现代言体的台词作为戏曲成熟的一个重要标志，而曹魏及西晋时期出现的代言体歌诗，则无疑是中国文学中较早的代言体作品，从表演的角度说，它们与戏曲有很多共同之处，甚至在很大程度上对后来的戏曲产生了重要的影响。

综上可知，我国在汉代就已产生了以音乐伴唱演述故事的相和曲、横吹曲和杂曲歌，其中如《陌上桑》已极富戏剧色彩，《焦仲卿妻》则情节更加曲折、完整，同时还出现了以讲说和唱诵故事为主要表演形式的俗赋，以及将歌乐舞等多种艺术形式融为一体表演故事的歌舞戏雏形。而这三种艺术之间又必然会相互影响、相互促进。西晋时期出现的一批故事体歌诗，既是汉代说唱文学发展的自然结果，又成为后来说唱文学和戏曲发展的重要源头，对后者产生了深远的影响。我们今天研究说唱文学和戏曲，应当对这些故事体歌诗给予充分的关注。

第十四章　创作背景与表演要求对清商曲辞的制约

本章提要：东晋南朝时期，受荆、扬一带婚俗的影响，南方民间情歌特别发达，而清商新声的早期歌词大多采自这些民间情歌。乐官的采录、加工对清商曲辞固然会产生一定的影响，但是被采录之前江南民歌的本来面貌也同样对清商曲辞艺术特征的形成起着决定性的作用。所以与江南越人婚俗密切相关的荆、扬民间情歌，既是我们认识清商曲辞早期形态的一个基点，也是我们探讨清商曲辞后来特征时绝对不可忽略的一个关键。而南方情歌创作的背景、即兴的创作方式及交际功能，与清商新声的音乐体制和演唱方式共同决定了清商曲辞通俗短小、以男女赠答为主要形式及重抒情、轻叙事等基本的艺术特点。进而影响到文人的创作，甚至成为唐代绝句的滥觞，并在很大程度上决定了中国诗歌和戏曲日后的发展方向。

东晋南朝时期，清商旧乐逐渐衰亡，代之而起的是源于江南民间的清商新声。郭茂倩《乐府诗集》中将清商新声分为六大类：吴声歌曲、神弦歌、西曲歌、江南弄、上云乐、雅歌。其中吴声歌曲和西曲是清商新声的主体部分，神弦歌为吴声歌曲中自成一体的特例，是南方祭祀神灵鬼怪的祭歌。这三类大约产生于东晋、宋、齐三代，其歌词与曲调也多源自民间。而后三类产生于梁代，是文人们对吴声歌曲和西曲歌的仿作。因此，探讨清商新声的发生源头、形式体制及语言特色等问题，首先应该从吴声歌曲和西曲歌入手。①

---

①　本节所论重点在吴声、西曲，对清商新声中数量较少的部分杂曲歌辞、杂舞歌辞和琴曲歌辞，暂不涉及。

现存吴声歌曲 326 首,西曲 142 首,几乎全是情歌,而五言四句的约占近 80%。这些特点的形成,固然与贵族阶层的爱好有着紧密的关系,但作为民歌的吴声歌曲和西曲歌,它们产生的现实基础和早期的实用功能对它们形式的形成所起的作用无疑是更大的,而这些情歌在"被诸管弦"时又要受到音乐体制和表演方式的影响。诸如此类的问题,以往的研究者大多未作深究,本章拟从这一视角对吴声和西曲进行重新审视。

第一节　南方民歌的产生背景与清商新声的早期形态

现存的吴声歌曲和西曲歌为什么几乎都是情歌？对这个问题,以往的解释是"六朝贵族阶级采录了江南民歌,制成美妙的吴声和西曲,作为一种娱乐消遣的工具。他们当然不会中意于……讽刺本阶级的充满战斗气味的歌词,因此,在吴声和西曲中间,我们只能看到那些哀感顽艳的情歌。"[①]这里所谓"充满战斗气味的歌词",指的是史书中记载的反映百姓愤怒、讽刺当权者的那些民谣、民歌,从娱乐的角度来看,这些歌诗的确不适合在娱乐场合演唱。但是,这种解释依然是不能完全令人信服的。因为除了这些"充满战斗气味的歌词"外,反映丰富多彩的现实生活的其他歌诗也同样不见于现存南朝民间歌诗。如果把这一点与汉代乐府及北朝乐府相比,就更为明显。因此,如果现存情歌的确是采录者选择的结果,那就意味着南方民歌中实际存在的情歌要远远多于被采录的情歌,否则采录者就没有选择的余地。假如这一推测能够成立,则可以肯定南方民歌中情歌原本就是占绝对多数的。

那么,南方民歌中情歌发达的原因何在呢？据考证,吴声歌曲大约产生于东晋、刘宋两代,是以扬州治所建业为中心的吴地一带的民歌；西曲歌大约产生于宋、齐、梁三代,又以宋、齐两代为多,是以荆州治所江陵为中心的长江流域中部和汉水流域的民歌。[②] 我们知道,一个地方的情歌

---

　　① 参见王运熙:《乐府诗述论》,第 457 页。
　　② 参见王运熙:《乐府诗述论》中的《吴声西曲的产生时代》、《吴声西曲的产生地域》,第 1—30 页。

往往与该地的婚姻习俗是密切相关的,婚姻习俗的基本状况总会在情歌中得到反映。反过来,从情歌也可以考知该地的婚姻习俗。台湾学者洪顺隆先生曾就这一问题进行过认真的考察,他从吴声、西曲中发现了男到女家访宿的阿注婚的印迹,并以大量民族学和考古学的材料证明了荆、扬二州自上古以来即为夏民族的活动地区,在商汤灭夏以后,活动于此的主要是由夏民族和商民族相融合而成的百越族。直至东汉时期,百越族还保留着其本民族的风俗、习惯和语言特点,而现代西南地区的布朗族和纳西族本是荆、扬一带越人的后裔,因此可以肯定,至今流行的布朗族的实验婚和纳西族的阿注婚,均与荆、扬越人的婚姻习俗有关,亦即与吴声、西曲中所反映的婚俗有关。纳西族阿注婚的主要特点是:建立婚姻关系的男女双方各居母家,通常是男子夜间到女子家里访宿,次日拂晓返回自己母家,建立这种关系的男女互称"阿注",该族男女在交往中,常常通过对歌的方式,用含蓄的双关语试探对方。清人屈大均在《广东新语》,卷十二《诗语》"粤歌"条中说:"粤(越)俗好歌,凡有吉庆,必歌唱以为欢乐,以不露题中一字,语多双关,而中有挂折者为善。挂折者,挂一人名于中,字相连而意不相连者也。其歌也,辞不必全雅,平仄不必全叶,以俚言土音衬贴之,唱一句或延半刻,曼节长声,自回自复,不肯一往而尽,辞必极其艳,情必极其至,使人喜悦悲酸而不能已已。"又说:"东西两粤(越)皆尚歌,而西粤土司中尤盛。"①

洪顺隆先生则在吴声、西曲中找到了反映阿注婚习俗的20余首歌诗,这些歌诗中明显地反映出男到女家访宿的风俗和对歌的痕迹。因此,他认为这些六朝民歌"有可能是在流行着'阿注婚'的社会风俗地区居住的、尚保留着原始百越族的风俗习惯的越人后裔的作品"②。洪先生的研究采用的是以民俗风俗与六朝民歌互证的方法,民俗在发展过程中虽有变化,但其本质性的内容却能够比较完整地保留下来。古代越人的

---

① [清]屈大均:《广东新语》,卷十二,中华书局1997年版,第358页、第362页。

② 洪顺隆:《从六朝民歌看原始阿注婚残迹》,《许昌师专学报》1998年第3期,第35—37页;1998年第4期,第32—35页。

婚俗与六朝吴声和西曲中体现出的习俗的相似绝不是巧合,而是有历史必然性的。而这也正是荆、扬一带情歌特别发达的根本原因。

学者们认为,清商新声的歌词"大抵采撷或摹拟江南的民歌","几乎纯是创新的部分"①。因此,可以肯定地说,清商新声的早期形态实际上就是荆、扬一带越人的情歌。东晋以来乐官的采录、加工当然会对清商曲辞产生一定的影响,但是对清商曲辞艺术特征的形成起决定作用的恐怕不是采录者,而应当是被采录之前江南民歌的本来面貌。所以源于江南越人婚俗的荆、扬民间情歌,既是我们认识清商曲辞早期形态的一个基点,也是我们探讨清商曲辞后来特征时绝对不可忽略的一个关键。

第二节　南方情歌的歌唱特点及对清商新声的影响

以情歌为主的南方民歌,其实用功能主要是实现男女之间的情感交流。这其实也是人类特殊的交际方式之一,它在中国早期社会生活中就曾普遍地存在并发生过重要的影响。中国对诗歌最早的理论解说是"诗言志",虽然从文献中来考察这一概念的出现比较晚,就是"言志"的说法,在文献中也只能追溯到春秋、战国时代。但《说文》将"诗"解释为"志也",闻一多先生也对此作过详细的考辨:

> "志",从㞢,卜辞㞢作㞢,象一人足停止在地上,所以本训停止。……"志"从止从心,本义是停止于心上。停止在心上,亦可说是藏在心里,故《荀子·解蔽》曰"志也者,臧(藏)也",注曰"在心为志",正谓藏在心。《诗序》疏曰"蕴藏在心谓之志",最是确诂。②

又说:

> 志有三个意义:一记忆,二记录,三怀抱,这三个意义正代表诗的

---

① 参见王运熙:《乐府诗述论》,第39页。
② 闻一多:《闻一多全集·神话与诗》,三联书店1982年版,第184页。

发展途径上三个主要阶段。①

因此,我们认为"诗言志"的起源同样是非常久远的。"至少在歌、乐、舞综合艺术形态中,它已经存在,尽管当时的诗还很不成熟,但它所表达的也仍然是'藏在心里'的'志',而且,其时用以'言志'的又不仅仅是诗,而更主要的恐怕倒是舞、乐与歌。至于日后的'诗言志'自然是由此发展而来。在根本的意义上,前者构成了'诗言志'观念产生的文化前提,并在一定程度上决定了它日后的特征。"②对此朱自清先生曾有过这样一段非常精彩的论述:

>……可以见出乐以言志,歌以言志,诗以言志是传统的一贯,以乐歌相语,该是初民的生活方式之一。那时结恩情,做恋爱用乐歌,这种情形现在还常常看见;那时有所讽颂,有所祈求,总之有所表示,也多用乐歌。人们生活在乐歌中。乐歌就是"乐语";日常的语言是太平凡了,不够郑重,不够强调的。明白了这种"乐语",才能明白献诗和赋诗。这时代人们都还能歌,乐歌还是生活里的重要节目。献诗和赋诗正从生活的必要和自然的需求而来,说它只是周代重文的表现,不免是隔靴搔痒的解释。③

如果立足于上述观点,来重新考察吴声、西曲中那些情歌,我们可以清楚地看到:古代曾生活于荆、扬一带的越人较多地保留了古代文化的原貌,或者说较多地保留了"以乐歌相语"的传统,只不过他们不是将乐语用于生活的各个方面,而是主要用于表达爱意。而从中国文化史发展的大背景来看,初民社会中人们就已经普遍"以乐歌相语",汉魏六朝时代的越人则仍然保留着这一传统。

由此可见,"以乐歌相语"的传统是怎样顽强地一脉相承。从艺术生

---

① 闻一多:《闻一多全集·神话与诗》,第185页。
② 刘怀荣:《中国诗学论稿》,中国文联出版社1999年版,第70页。
③ 朱自清:《诗言志辨》,古籍出版社1957年版,第9页。

产的角度来看,"结恩情,做恋爱"既是南方民歌生产的基本前提和背景,也是其目的,并在根本上决定了情爱主题在这些民歌中占有绝对的数量优势,而由这些南方情歌发展而来的吴声、西曲,其形式短小、语言通俗等特点也无疑与此有非常密切的关系。

现存的吴声、西曲中,还十分明显地保留了南方儿女"以乐歌相语"的特点。他们在追求爱情的过程中,通过对歌的方式,用含蓄的双关语试探对方的心思,表达自己的态度和情感,这种对歌的即兴创作模式在吴声和西曲中都有所表现:

谁能思不歌,谁能饥不食。日冥当户倚,惆怅底不忆。(《子夜歌四十二首》其二十三)

气清明月朗,夜与君共嬉。郎歌妙意曲,侬亦吐芳词。(《子夜歌四十二首》其三十一)

阿那曜姿舞,逶迤唱新歌。翠衣发华洛,回情一见过。(《子夜四时歌·春歌二十首》其十六)

炭炉却夜寒,重抱坐叠褥。与郎对华榻,弦歌秉兰烛。(《子夜四时歌·冬歌十七首》其八)

侬本是萧草,持作兰桂名。芬芳顿交盛,感郎为《上声》。(《上声歌八首》其一)

郎作《上声曲》,柱促使弦哀。譬如秋风急,触遇伤侬怀。(《上声歌八首》其二)

初歌《子夜》曲,改调促鸣筝。四座暂寂静,听我歌《上声》。(《上声歌八首》其三)

其中,"郎歌妙意曲,侬亦吐芳词"、"与郎对华榻,弦歌秉兰烛"正是男女对歌的真实写照,从中还可以看出,这些对歌往往与舞蹈或音乐相伴。而"谁能思不歌,谁能饥不食"一句则集中地反映了当时"以乐歌相语"的思维方式的普遍性。在实际的对歌中,男女间的一赠一答是南方情歌的基本表现形式。因此,多数的情歌应当是以两首为一个基本单元。虽然在乐官采录和流传以及郭茂倩编辑《乐府诗集》的过程中,并不是所有的赠歌与答歌都完整地保留了下来,很多歌诗原来的次序已被打乱,还有的歌诗只有赠答中的一首流传下来,甚至有些歌诗我们今天已经很难确切地指认它是不是以赠答的方式即兴创作的,但是现存东晋南朝民间歌诗中,依然保留了赠答特点的歌诗还是可以举出不少。其中又以吴声歌曲中的赠答之作较多,如《子夜歌四十二首》其一曰:"落日出前门,瞻瞩见子度。冶容多姿鬓,芳香已盈路。"其二曰:"芳是香所为,冶容不敢当。天不夺人愿,故使侬见郎。"是男女一见钟情,互表倾慕的赠答。其六曰:"见娘喜容媚,愿得结金兰。空织无经纬,求匹理自难。"其七曰:"始欲识郎时,两心望如一。理丝入残机,何悟不成匹。"是男女经过一段时间的交往,两情不谐,爱情无望的赠答。又如《子夜四时歌七十五首》中也有不少赠答往还之歌,《夏歌二十首》其十二曰:"春桃初发红,惜色恐侬摘。朱夏花落去,谁复相寻觅。"其十三曰:"昔别春风起,今还夏云浮。路遥日月促,非是我淹留。"前首为女子抱怨之词,后首为男子解释之词。《冬歌十七首》其一曰:"渊冰厚三尺,素雪覆千里。我心如松柏,君情复何似?"是女子询问之词。其二曰:"涂涩无人行,冒寒往相觅。若不信侬时,但看雪上迹。"是男子表白之词。类似的赠答之歌,《读曲歌八十九首》保留的最多:

  花钗芙蓉髻,双鬓如浮云。春风不知著,好来动罗裙。(其一)
  念子情难有,已恶动罗裙,听侬入怀不?(其二)

  红蓝与芙蓉,我色与欢敌。莫案石榴花,历乱听侬摘。(其三)
  千叶红芙蓉,照灼绿水边。余花任郎摘,慎莫罢侬莲。(其四)

  上树摘桐花,何悟枝枯燥。迢迢空中落,遂为梧子道。(其十三)
  桐花特可怜,愿天无霜雪,梧子解千年。(其十四)

  柳树得春风,一低复一昂。谁能空相忆,独眠度三阳。(其十五)
  折杨柳,百鸟园林啼,道欢不离口。(其十六)

縠衫两袖裂,花钗鬓边低。何处分别归,西上古余啼。(其十七)
所欢子,不与他人别,啼是忆郎耳。(其十八)

侬心常慊慊,欢行由预情。雾露隐芙蓉,见莲讵分明。(其五十七)
非欢独慊慊,侬意亦驱驱。双灯俱时尽,奈许两无由。(其五十八)

谁交强缠绵,常持罢作虑。作生隐藕叶,莲侬在何处。(其五十九)
相怜两乐事,黄作无趣怒。合散无黄连,此事复何苦!(其六十)

执手与欢别,合会在何时。明灯照空局,悠然未有期。(其六十二)
百忆却欲噎,两眼常不燥。蕃师五鼓行,离侬何太早!(其六十三)

欢相怜,今去何时来?裲裆别去年,不忍见分题。(其六十五)
欢相怜,题心共饮血。梳头入黄泉,分作两死计。(其六十六)

娇笑来向侬,一抱不能已。湖燥芙蓉萎,莲汝藕欲死。(其六十七)
欢心不相怜,慊苦竟何已。芙蓉腹里萎,莲汝从心起。(其六十八)
种莲长江边,藕生黄檗浦。必得莲子时,流离经辛苦。(其七十一)
人传我不虚,实情明把纳。芙蓉万层生,莲子信重沓。(其七十二)

　　上引十余组歌诗都具有明显的男女赠答的痕迹,而且这些赠答之歌在现存《乐府诗集》中还被置于相邻的位置,这说明当时的采录者以及后来的编辑者都注意到了赠歌与答歌之间的关系,因此民间情歌的原貌得以保存下来。大约由于西曲的产生比吴声晚,[①]这种男女赠答的特点在西曲中表现得远不如吴声中那么明显,但也不是完全没有,如《那呵滩六首》的四、五两首即是明显的例证:"闻欢下扬州,相送江津弯。原得篙橹折,交(教)郎到头还。"(其四)"篙折当更觅,橹折当更安。各自是官人,那得到头还。"(其五)另外,受民歌的影响,文人拟作的歌诗也往往采取了男

---

① 参见王运熙:《乐府诗述论》,第13页。

女赠答的模式。如《桃叶歌》共有四首,《乐府诗集》称前三首为《桃叶歌三首》,后一首单列:

　　桃叶映红花,无风自婀娜。春花映何限,感郎独采我。
　　桃叶复桃叶,桃树连桃根。相怜两乐事,独使我殷勤。
　　桃叶复桃叶,渡江不用楫。但渡无所苦,我自来迎接。
　　桃叶复桃叶,渡江不待橹。风波了无常,没命江南渡。

这四首歌诗,《玉台新咏》选了后二首,以为是王献之作,《乐府诗集》引《古今乐录》也以为是王献之作,但《诗纪》卷四十一注引《彤管新编》,认为除第三首外,其余三首为桃叶所作。从歌诗来看,第一首是以女性口吻写成,即使是王献之所作,也当是代桃叶立言的。故这一组歌诗基本上也是采取了男女赠答的方式。又如西曲中的《寿阳乐》九首,《乐府诗集》引《古今乐录》以为"宋南平穆王(刘铄)为豫州所作也"。其第一首曰:"可怜八公山,在寿阳,别后莫相忘。"第二首曰:"东台百余尺,凌风云,别后不忘君。"也是典型的赠答体。又如谢灵运《东阳溪中赠答诗二首》:"可怜谁家妇,缘流洒素足。明月在云间,迢迢不可得。"(其一)"可怜谁家郎,缘流乘素舸。但问情若为,月就云中堕。"(其二)也采取了赠答的方式。

　　此外,还有一些歌诗从其内容推测,应当也是赠答体。如《阿子歌三首》其一:"阿子复阿子,念汝好颜容。风流世希有,窈窕无人双。"《子夜四时歌·秋歌》其十三:"初寒八九月,独缠自络丝。寒衣尚未了,郎唤侬底为?"《冬歌》其十一:"朔风洒霰雨,绿池莲水结。愿欢攘皓腕,共弄初落雪。"这些歌诗在即兴创作时都是青年男女中的一方讲给另一方的,按常理推测对方都应该有所回应,但现存歌诗中却只留下了两首或多首赠答中的一首。

　　《宋书》卷十九《乐志一》曰:"吴哥杂曲,并出江东,晋、宋以来,稍有增广。"又在列叙吴声、西曲之后说:"凡此诸曲,始皆徒哥(歌),既而被之弦管。"可见南方民间情歌的这种产生背景实际上也是吴声、西曲产生的背景。因此,吴声、西曲以表现爱情为主的原因自不必多说,而以即兴作歌的方式来实现的求爱活动中的互相表白和互相试探,从根本上决定了吴声、西曲不可能长篇大论,不可能典雅古奥,而只能是通俗易懂的短歌。这是吴声、西曲中五言四句的形式体制占到近80%及语言接近口语的最根本的原因。

第三节 清商新声的音乐体制对清商曲辞的影响

汉代歌诗表演的总体情况,正如赵敏俐等先生已指出的那样,"汉乐府的演唱有比较复杂的乐调相配,歌舞音乐在其中占有重要的地位,歌词在演唱中是从属于音乐的。这使得汉乐府歌词不可能无限止地扩展。汉乐府歌诗的长度是有限的。""从汉人的欣赏习惯来看,他们看重的并不是乐府歌诗中所表现的故事内容,而是对歌舞音乐的欣赏和情感的抒发,叙事在这里只占次要地位。"①

但是,我们还应当看到,在汉末、曹魏及西晋故事性在歌诗表演中越来越受到重视,产生于汉末的长篇叙事歌曲《焦仲卿妻》和西晋时期的故事体和代言体歌诗就是其中的杰出代表。虽然这些歌曲在当时究竟是怎样演唱的,目前还难以确切地考知,但我们却可以肯定,这种强调故事性的歌诗的表演在这一历史时期已经非常兴盛。那么,东晋南朝时期的歌诗表演艺术应当在此基础上有进一步的发展。但事实上,演述故事的长篇叙事歌曲在这一时期似乎突然销声匿迹了。在清商新声中,最基本的歌诗形式是源于南方民歌的五言四句格式,这与《焦仲卿妻》等长篇形成了鲜明的对照。对清商三调曲和吴声、西曲的这种差异,王运熙先生是从清商曲辞与相和歌辞在音乐上的继承关系来加以解释的:

> 我们既知道相和古辞以四句为一解是普遍格式,而且承认汉魏古辞的"解"与吴声、西曲的"曲"在音乐上的地位相等,那末就无庸否认相和旧曲与清商新声中间的承递关系。而短小的吴歌,能直接代

---

① 赵敏俐等:《中国古代歌诗研究——从〈诗经〉到元曲的艺术生产史》,第254页、第255页。

替篇幅较大的古辞(《相和歌》);吴歌的五言四句格,最盛行于清商新声中间;六朝清商新声每调曲词,多者达数十首,少亦绝不至一曲(合若干曲歌唱,等于《相和》旧曲的一曲)等等现象,其缘由均可由此迎刃而解了。①

这对于短小的吴歌何以能直接代替篇幅较大的相和古辞,并盛行于东晋南朝的问题来说,的确是卓论。但是却不能说明在汉魏西晋时期已经比较成熟的故事性歌诗,为什么在这一时期未能得到进一步的发展。清商新声每调曲词多者虽有数十首,然而各首之间的连贯性却并不是很强,尤其从演述故事的角度来看,这些各自独立、以抒情为主的吴声、西曲歌,不仅与汉代的《陌上桑》《焦仲卿妻》等长篇叙事歌曲难以相提并论,就是同西晋时期的故事体和代言体歌诗也不可同日而语。由于歌诗是直接面对听众的表演艺术,而故事性歌诗受故事情节和主人公情感变化的制约,所配音乐也自然要比单纯的短篇抒情诗更为复杂,因此,东晋南朝时期故事性歌诗的萎缩,实际上从另一个角度说明了清商新声在继承发展相和旧曲的同时,其音乐体制的变化已不再适合故事性歌诗的表演了。这恐怕与永嘉之乱对中原音乐的破坏有直接的关系。

对清商新声的声调,学者们的看法不尽一致,或以为它"接受了不少相和旧曲的规模,承袭的部分也较多"②,或以为"在《清商乐》中间,虽然也包含着一部分旧有的北方民间音乐,但其主要组成部分则已是大量的南方民间音乐了"③。其实,对于这两者之间的继承和变化,《乐府诗集》解题中已作了基本的说明(括号中内容为本书作者所加):

(相和曲)其器有笙、笛、节歌、琴、瑟、琵琶、筝七种。(《乐府诗集》卷二十六)

《古今乐录》曰:"王僧虔《大明三年宴乐技录》,平调有七曲,……

---

① 王运熙:《乐府诗述论》,第37页。
② 王运熙:《乐府诗述论》,第39页。
③ 杨荫浏:《中国古代音乐史稿》,第145页。

其器有笙、笛、筑、瑟、琴、筝、琵琶七种,歌弦六部。张永《录》曰:'未歌之前,有八部弦,四器俱作,在高下游弄之后。凡三调歌弦一部竟,辄作送。歌弦今用器。'"(《乐府诗集》卷三十)

《古今乐录》曰:"王僧虔《技录》,清调有六曲,……其器有笙、笛(下声弄、高弄、游弄)、篪、节、琴、瑟、筝、琵琶八种。歌弦四部。张永《录》曰:'未歌之前,有五部弦,又在弄后。晋、宋、齐止四器也。'"(《乐府诗集》卷三十三)

(瑟调曲)其器有笙、笛、节、琴、瑟、筝、琵琶七种。歌弦六部。张永《录》曰:"未歌之前,有七部弦,又在弄后。晋、宋、齐止四器也。"(《乐府诗集》卷三十六)

《古今乐录》曰:"王僧虔《技录》:楚调曲,……其器有笙、笛弄、节、琴、筝、琵琶、瑟七种。"张永《录》云:"未歌之前,有一部弦,又在弄后,又有但曲七曲:《广陵散》、《黄老弹飞引》、《大胡笳鸣》、《小胡笳鸣》、《鹍鸡游弦》、《流楚》、《窈窕》,并琴、筝、笙、筑之曲,王录所无也。其《广陵散》一曲,今不传。"(《乐府诗集》卷四十一)

《古今乐录》曰:"吴声歌旧器有篪、箜篌、琵琶,今有笙、筝。其曲有《命啸》吴声游曲半折、六变、八解,《命啸》十解。……吴声十曲:一曰《子夜》,二曰《上柱》,三曰《凤将雏》,四曰《上声》,五曰《欢闻》,六曰《欢闻变》,七曰《前溪》,八曰《阿子》,九曰《丁督护》,十曰《团扇郎》,并梁所用曲。《凤将雏》以上三曲,古有歌,自汉至梁不改,今不传。上声以下七曲,内人包明月制舞《前溪》一曲,余皆王金珠所制也。游曲六曲《子夜四时歌》、《警歌》、《变歌》,并十曲中间游曲也。半折、六变、八解,汉世已来有之。"(《乐府诗集》卷四十四)

(西曲歌)"出于荆、郢、樊、邓之间,而其声节送和与吴歌亦异。"(《乐府诗集》卷四十七)

凡倚歌(西曲的一类)悉用铃鼓,无弦有吹。(《乐府诗集》卷四十九)

虽然以上所引文字中涉及一些专门问题,今天的音乐史家也难以一一解释清楚,但其中有两点是比较明显的:一是吴声、西曲所使用的乐器比相和旧曲少,二是吴声、西曲的演奏方式远不如相和旧曲复杂。第一点非常明确,不必多说,关于第二点,我们有必要先来看看音乐史家的论述:

> 相和五调中的"歌弦"段是乐曲的核心部分,其前有"弦",其后有"送"。"弦"是器乐演奏段,所谓"高、下、游弄",正是笛曲的"三弄"。估计通常在笛上作"三弄"之后,即是器乐的合奏("四器俱作")。清商三调中,"弦"与"歌弦"部数不等,而"歌弦"与"送"相应。每一部"歌弦"后,便有"送"接上,形成曲体上的对比功能。简略地讲,其曲体结构具有整体的三部性与内部的多层展开。其功能是因其对比性,通过音乐情绪的转换,以及演奏、表演方式的变化,达到丰富多变的效果。①

> 相和歌的伴奏乐器,随着时代的变迁和曲调种类的不同,有着出入。大约魏朝在北方唱奏的时候,最多用到笙、笛、篪、节、琴、瑟、筝、琵琶(即现在的阮)等八种乐器;到了晋、宋、齐各朝在南方唱奏的时候,就减少了一些。在发展到高级阶段《相和歌》的演出中,乐器的演奏占有相当重要的地位。在开始还没有歌唱以前,往往先奏器乐合奏曲调由四段乃至八段。在乐器中间笛和笙除了和别的乐器一同合奏以外,似乎还要担任着更多的任务。好象每段器乐是先以笛和笙开始,由它们在旋律的高低和花腔上作了一些变化,然后别的乐器再加进去一同合奏;在每段乐器演奏完毕的时候,还要加上一个尾声。……这里,仅是指有伴奏的《相和歌》的歌唱形式而言,还不能包括其歌舞《大曲》部分。若加上前章所已讲过的其歌唱部分各节曲调之间的用"解"和加用"艳"、"趋"、"乱"等穿插变化的手法,我们对整个《相和歌》的曲式已差不多可以知道一个大概。②

这是修海林和杨荫浏两位学者对相和旧曲演奏方式的论述,相比之下,他

---

① 修海林、李吉提:《中国音乐的历史与审美》,中国人民大学出版社1999年版,第55页。
② 杨荫浏:《中国古代音乐史稿》,第144页、第145页。

们对吴声、西曲演奏方式的论述则要简略得多,都只是讲到"和"与"送",认为清商新声的"若干不同歌曲,可以连接起来歌唱,构成一种组曲的形式"①。而"'送'是南昌乐舞中有独特作用的曲体结构,其功能在于形成歌舞情绪上的对比和转换"②。又据王运熙先生的研究,"送声与大曲的趋、乱确很相象,而和声与艳辞就可说毫无共同之处了"③。"送声的位置,应在全篇末尾,自不成问题;至于前面的和声,却并不如《大曲》的'艳辞'一般往往在全篇的开端,它的位置,应在每句之末尾。"王先生还认为上引《古今乐录》论平调曲所谓"凡三调歌弦一部竟,辄作送歌弦"其中的"送歌弦"当即送声,(按:此处似当在"送"字后断句,以"歌弦"属下句,如此,王先生的观点就更为可信。)故"清商新声的和送声其体制盖亦渊源于《相和》旧曲"。④ 这一点,从《古今乐录》吴声歌曲之"半折、六变、八解,汉世已来有之"的记载也可得到印证。

几位学者的论述使我们更坚信吴声、西曲的乐调虽由相和旧曲而来,但其演奏方式却比相和旧曲要简单。这和吴声、西曲使用乐器更少是一致的。上引《古今乐录》称"吴声歌旧器有箎、箜篌、琵琶,今有笙、筝"。《古今乐录》为陈释智匠所撰,所谓"今"即指陈代。这说明吴声歌所使用的乐器也是有变化的,但直到陈代,仍没有相和旧曲使用的乐器多,这种情况一直要等到隋统一全国后,才能有根本的变化。⑤

我们在前面讨论东晋乐府官署的演变时已经谈到,东晋南渡后乐工凋零、乐器残缺,雅乐的建设直到太元八年(383)杨蜀等第二批邺下乐工到来之后,才初具规模,但郊祀需奏的乐曲还是无法演奏。这也就决定了早期的清商新声并不是在相和旧曲基础上的进一步发展,而是在部分的继承中有变化,也有明显的倒退。严格地说,清商新声实际上是残缺不全的相和旧曲与南方民间音乐相融合,又配以南方情歌而产生的一种新歌

---

① 杨荫浏:《中国古代音乐史稿》,第146页。
② 修海林、李吉提:《中国音乐的历史与审美》,第55页。
③ 王运熙:《乐府诗述论》,第102页。
④ 以上引自王运熙:《乐府诗述论》,第112页。
⑤ 《隋书》卷十五《音乐志下》曰:清乐"乐器有钟、磬、琴、瑟、击琴、琵琶、箜篌、筑、筝、节鼓、笙、笛、箫、箎、埙等十五种"。[唐]魏征等:《隋书》,第378页。

曲。情歌先天的特点使得清商新声大大地偏离了汉代歌诗的叙事传统，而走上了以抒情为主的艺术表现之路；音乐发展的倒退也使清商新声难以满足篇幅较长的叙事性和故事性歌诗的表演需求，而更适合于配合短小的情歌演唱。受此影响，这一历史时期出现的少数有一定情节、演述故事的歌诗，也基本上采取了短篇连缀的结构方式。如梁武帝萧衍有《上云乐》七首，陈代谢燮有《上云乐》唱辞——《方诸曲》一首，任半塘先生即将萧衍《上云乐》七首重排次序，理解为一出有完整情节的戏剧，认为"全剧有发简、赴会、容考、感洛、传丹、六博、遨游、降羽、惜别诸情节"，又说"此八曲演故事，有情节，多数带和声，乐别分明，并且来有因，去有果，显然继承于汉代之'总会仙倡'，又发展出元代之'神仙道化'"。① 但这八首歌诗均为短篇，以萧衍《上云乐》第二首《桐柏曲》为例，其辞曰："桐柏真，升思宾。戏伊谷，游洛滨。参差列凤管，容与起梁尘。望不可至，徘徊谢时人。"乃是一首短篇杂言诗，且萧、谢八首《上云乐》，格式基本相同，可以初步肯定是依调填词。如果把这一组《上云乐》置于汉代的《陌上桑》、《焦仲卿妻》等长篇叙事歌曲以及西晋时期的故事体和代言体歌诗与后代的词、曲之中，我们可以肯定地说，处于中间地带的《上云乐》更近于宋词和元杂剧，而与汉代及西晋的故事体歌诗不相类。这说明，在清商新声的影响下，经过东晋南朝数百年的发展，抒情作品终于成了中国歌诗乃至诗歌艺术的主流。

综上，从歌诗生产的角度来说，南方民间情歌的生产背景、方式和交际功能，从根本上决定了清商曲辞通俗短小、以男女赠答为主要形式等基本艺术特点。而清商新声多为短歌或将若干短歌"连接起来歌唱"，乐曲结构中又包含和送声，这些都更加强化了它的基本艺术特点，并进而影响到文人的创作。清商新声曲辞甚至可以看作是唐代绝句的滥觞。此外，清商曲辞的生产和演唱方式，又造成了南朝歌诗重抒情、轻叙事的审美品格，也在很大程度上决定了中国诗歌和戏曲以后的发展方向。

---

① 以上引自任半塘：《唐戏弄》（下），第1259页、第1263页、第1264页。

第十五章　鼓吹乐的南传及对南朝文人创作的影响

本章提要：鼓吹乐和横吹乐本是汉代军乐，早期主要用于朝会、道路及军中仪式。其概念在不同历史时期均有变化，二者之间有着密不可分的联系，其区别不是绝对的。东汉时鼓吹乐和横吹乐均隶属于黄门鼓吹署，后清商曲和杂舞曲从黄门鼓吹署中独立出来，鼓吹成为短箫铙歌和横吹曲的通名。再后来横吹曲又从鼓吹曲中分出，狭义的鼓吹曲便成了短箫铙歌的专称。北方的鼓吹乐和横吹乐，分别在汉代和东晋南渡时开始传到南方。虽然鼓吹乐早在汉魏时期就已经用于娱乐，但南传之后直至刘宋之前，主要使用于朝廷礼仪活动中，在娱乐场合非常少见。从刘宋起，横吹乐也开始用于朝廷正式礼仪，并与鼓吹乐一起成为日常娱乐的重要节目。随着鼓角横吹曲在梁初南传并被采入梁代乐府，鼓吹乐和横吹乐开始对文人拟乐府创作产生了极为重要的影响。

从前面的相关论述中我们已经知道，东汉时期乐有四品，即大予乐、雅颂乐、黄门鼓吹乐和短箫铙歌乐。前两种为雅乐，对歌诗的发展影响不大；后两种为汉代的俗乐，其中的黄门鼓吹乐，是"天子所以宴乐群臣"的乐歌，其内容主要包括相和歌（清商三调等）和杂舞曲两大部分，[①]六朝清商新声在乐调上即来源于此。而作为军乐的短箫铙歌和横吹曲又可统称为鼓吹乐，它们在四品乐中独具特色，并对南朝歌诗艺术的发展有明显的影响，本章即拟对鼓吹乐与魏晋南北朝时期歌诗艺术的关系进行单独的讨论。

---

① 参见王运熙：《乐府诗述论》，第228页。

第一节 鼓吹乐与横吹乐

"鼓吹"这一名称的内涵是非常丰富的,在不同的历史时期均有所变化。鼓吹兴起于汉初,《汉书》卷一百上《叙传》曰:"始皇之末,班壹避地于楼烦,致马、牛、羊数千群。值汉初定,与民无禁,当孝惠、高后时,以财雄边,出入弋猎,旌旗鼓吹"。横吹的兴起则在汉武帝时期,《晋书》卷二十三《乐志下》曰:"横吹,有双角,即胡乐也。张博望入西域,传其法于西京,惟得《摩诃兜勒》一曲。李延年因胡曲更造新声二十八解,乘舆以为武乐。"东汉时朝廷设有黄门鼓吹署,由承华令掌管。黄门鼓吹署的乐人亦称黄门鼓吹,《后汉书》卷五《安帝纪》有"永初元年(107)九月,诏太仆、少府减黄门鼓吹,以补羽林士"的记载,繁钦《与魏文帝笺》中也提到"黄门鼓吹温胡"其人。此外,黄门鼓吹署的乐人所演奏的音乐也可称为黄门鼓吹,如崔豹《古今注》曰:"汉乐有黄门鼓吹,天子所以宴乐群臣也。短箫铙歌,鼓吹之一章尔,亦以赐有功诸侯。"《乐府诗集》卷二十一横吹曲辞解题也说:"横吹曲,其始亦谓之鼓吹,马上奏之,盖军中之乐也。"可见,黄门鼓吹乐、短箫铙歌和横吹曲在汉代也都可称为鼓吹,因为它们均隶属于黄门乐署,同由黄门乐人演奏,因此"鼓吹"原是一个通名。但如本章开头所述,黄门鼓吹乐的主要内容为相和歌和杂舞曲,它与短箫铙歌和横吹曲的不同是显而易见的,所以从曹魏设立清商署开始,清商曲和杂舞曲就从黄门鼓吹署中独立出来,以后逐渐成为清商新声的主体。而鼓吹作为通名就仅指短箫铙歌和横吹曲了。后来,横吹曲又从鼓吹曲中分出,《乐府诗集》卷二十一横吹曲辞解题接着说:"北狄诸国,皆马上作乐,故自汉已来,北狄乐总归鼓吹署。其后分为二部,有箫笳者为鼓吹,用之朝会、道路,亦以给赐。汉武帝时,南越七郡,皆给鼓吹是也。有鼓角者为横吹,用之军中,马上所奏者是也。"这样一来,狭义的鼓吹曲便成了短箫铙歌的另一名称。《乐府诗集》即是以此来确定鼓吹曲的,其卷十六《鼓吹曲辞》解题开头一句即称:"鼓吹曲,一曰短箫铙歌。"

如果按照《乐府诗集》的分类法,鼓吹曲与横吹曲的区别是非常明确的。概括来说,即鼓吹曲的主奏乐器为鼓及箫、笳、铙等,主要用于朝会、道路,还用于给赐。给赐的对象有受封的诸侯国君、归附的异国君主、朝中大臣,此外,也常常作为大臣葬礼的赐物。① 鼓吹曲的歌辞,以汉铙歌十八曲最为古老,魏晋以来,历代均在此基础上有新作,此外,还有不少梁陈以来的文人拟作。横吹曲的主奏乐器为鼓、角,主要用于军中。横吹曲最早起于李延年所造新声二十八解,"后汉以给边将,和帝时,万人将军得用之。魏晋以来,二十八解不复具存,用者有《黄鹄》、《陇头》、《出关》、《入关》、《出塞》、《入塞》、《折杨柳》、《黄覃子》、《赤之杨》、《望行人》十曲"②。汉代的横吹曲,其歌词可能失传,也可能有声无辞,因此不入四品乐,魏晋以来尚存世的这十首,也没有歌词保存下来。后又增加了《关山月》、《洛阳道》、《长安道》、《梅花落》、《紫骝马》、《骢马》、《雨雪》、《刘生》八曲,③但这八曲的汉魏旧歌也无歌词保存下来,《乐府诗集》所载主要是梁、陈以来的文人拟作。故传自北朝的梁鼓角横吹曲辞乃是现存最早的横吹曲歌词。

　　以上是《乐府诗集》对鼓吹曲和横吹曲基本特征的描述和对二者的区分,但所有这一切在实际的演奏中并不是绝对的。首先,鼓吹曲和横吹曲并不仅仅用于庄严的朝会、道路及军中,从史籍的记载来看,早在汉武帝时代,鼓吹乐就已开始用于娱乐。《三辅黄图》"汉昆明池"条记载:"武帝元狩四年(前119)穿池中,有龙首船。常令宫女泛舟池中,……作《棹歌》,杂以鼓吹。帝御豫章观临观焉。"而东汉的鼓吹乐人中已有女性,史书中称为"鼓吹妓女"④。到了曹魏时期,箫、鼓、笳等鼓吹乐的主要乐器已经较为普遍地用于日常娱乐活动中:

　　　　镜机子曰:"既游观中原,逍遥闲宫。情放志荡,淫乐未终。亦将有才人妙妓,遗世越俗。扬北里之流声,绍阳阿之妙曲。尔乃御文

---

① 参见王运熙:《乐府诗述论》,第235页、第236页。
② [唐]房玄龄等:《晋书》,卷二十三《乐志下》,第715页、第716页。
③ [宋]郭茂倩编:《乐府诗集》,卷二十一《汉横吹曲一》解题引唐人刘𬱖《乐府解题》,第311页。
④ 《后汉书》卷四十二《济南安王传》中有"鼓吹妓女宋闰",[南朝宋]范晔:《后汉书》,第1432页。

轩,临洞庭。琴瑟交挥,左篪右笙。钟鼓俱振,箫管齐鸣……"(《全三国文》卷十六曹植《七启》)

前日虽因常调,得为密坐虽燕饮弥日,其于别远会稀,犹不尽其劳绩也。若夫觞酌凌波于前,箫笳发音于后,足下鹰扬其体,凤叹虎视,谓萧曹不足俦,卫霍不足侔也。(《全三国文》卷十六曹植《与吴季重书》)

若乃近者之观(《初学记》卷十六作"之欢"),实荡鄙心,秦筝发微,二八迭奏;埙箫激于华屋,灵鼓动于座右。(《全三国文》卷三十吴质《答东阿王书》)

抚琴瑟,陈钟虡。吹鸣箫,击灵鼓。奏新声,理秘舞。乃有材童妙妓,都卢迅足。缘修竿而上下,形既变而景属。忽跟挂而倒绝,若将联合会而复续。(《全晋文》卷四十五傅玄《正都赋》)

在上述引文中提到的歌舞表演中,所用乐器如箫、鼓、笳等,乃鼓吹乐的主要乐器,这说明魏晋时期,在歌舞娱乐领域鼓吹乐已经占据了较为重要的地位。萧齐以来,鼓吹曲进一步被使用于宫中的宴乐。《南齐书》卷二十《皇后传》曰:"永明中无太后、皇后,羊贵嫔居昭阳殿西,范贵妃居昭阳殿东,宠姬荀昭华居凤华柏殿。宫内御所居寿昌画殿南阁,置白鹭鼓吹二部,乾光殿东西头,置钟磬两厢,皆宴乐处也。"《隋书》卷十三《音乐志上》亦称:"及后主嗣位,耽荒于酒,视朝之外,多在宴筵。尤重声乐,遣宫女习北方箫鼓,谓之《代北》,酒酣则奏之。"因此,鼓吹曲、横吹曲的用途也只是相对而言,在实际生活中,它们未尝不可以与清商曲一样用来满足耳目之娱。

其次,鼓吹乐与横吹乐的区分也不是绝对的,《晋书》卷二十三《乐志下》曰:"胡角者,本以应胡笳之声,后渐用之横吹,有双角,即胡乐也。"说明角与笳原本就是合奏的,这在《乐府诗集》的《鼓吹曲辞》和《横吹曲辞》中,可以得到明确的印证。考察两类曲辞中所提到的乐器,我们发现二者的确是交叉的。

角本是横吹曲的主要乐器,但在鼓吹曲辞中也不止一次地提到"角"。如何承天《宋鼓吹铙歌·战城南篇》:"长角浮叫,响清天。"(《乐府诗集》卷十九《鼓吹曲辞四》）张正见《战城南》："旗交无复影,角愤有余声。"（《乐府诗集》卷十六《鼓吹曲辞一》）唐代诗人岑参《唐凯歌六首》其四："日落辕门鼓角鸣,千群面缚出蕃城。"（《乐府诗集》卷二十《鼓吹曲辞五》）如果说,鼓吹曲辞中提到"角"的歌诗还不算太多,并且又都是写战争的篇章,那么,在横吹曲辞中提到"笳"、"箫"、"铙"等鼓吹曲主要乐器的诗篇则比比皆是,有些诗篇还表现了横吹曲箫、角、笳、铙等多种乐器合奏的场景：

萧纲《折杨柳》："城高短箫发,林空画角悲。"（《乐府诗集》卷二十二《横吹曲辞二》）

萧纲《折杨柳》"城高短箫发,林空画角悲。"（《乐府诗集》卷二十二《横吹曲辞二》）

江总《梅花落三首》其二："金铙且莫韵,玉笛幸徘徊。"其三："……长安少年多轻薄,两两常唱梅花落。满酌金卮催玉柱,落梅树下宜歌舞。……横笛短箫凄复切,谁知柏梁声不绝。"（《乐府诗集》卷二十四《横吹曲辞四》）

江总《横吹曲》："箫声凤台曲,洞吹龙钟管。镗鞳渔阳掺,怨抑胡笳断。"（《乐府诗集》卷二十五《横吹曲辞五》）

陈暄《紫骝马》："笳寒芳树歇,笛怨柳枝空。"（《乐府诗集》卷二十四《横吹曲辞四》）

张正见《陇头水二首》其一："羌笛含流咽,胡笳杂水悲。"（《乐府诗集》卷二十一《横吹曲辞一》）

陈叔宝《折杨柳二首》其一："还将出塞曲,仍共胡笳鸣。"（《乐府诗集》卷二十二《横吹曲辞二》）

陈叔宝《雨雪》："况听南归雁,切思朝笳音。"（《乐府诗集》卷二十四《横吹曲辞四》）

江晖《雨雪曲》："风哀笳弄断,雪暗马行迟。"（《乐府诗集》卷二十四《横吹曲辞四》）

徐陵《刘生》："刘生殊倜傥,任侠遍京华。咸里惊鸣筑,平阳吹怨笳。"（《乐府诗集》卷二十四《横吹曲辞四》）

阮卓《关山月》："寒笳将夜鹊,相乱晚声哀"（《乐府诗集》卷二十

三《横吹曲辞三》)

以上例证说明横吹曲除用鼓、角演奏外,有时也用到箫、笳、笛、铙等乐器。《晋书》卷六十九《刘隗传》称刘畴"曾避乱坞壁,贾胡百数欲害之,畴无惧色,援笳而吹之,为《出塞》、《入塞》之声,以动其游客之思。于是群胡皆垂泣而去之"。《出塞》、《入塞》本为横吹曲,这里也用笳来演奏。又陈代谢燮的《陇头水》中有云:"试听铙歌曲,唯吟《君马黄》。"(《乐府诗集》卷二十一《横吹曲辞一》)《陇头水》本属横吹曲,而铙歌曲则属于鼓吹曲,《君马黄》为汉铙歌曲之一,又是鼓吹曲与横吹曲不分的一个例证。

其三,大约也正由于横吹与鼓吹的界限不甚分明,隋唐两代,横吹的用途也与鼓吹趋于一致,因此被并入鼓吹,以"鼓吹"一统称称之。《乐府诗集》卷二十一横吹曲辞解题曰:

> 自隋已后,始以横吹用之卤簿,与鼓吹列为四部,总谓之鼓吹,并以供大驾及皇太子、王公等。一曰棡鼓部,其乐器有棡鼓、金钲、大鼓、小鼓、长鸣角、次鸣角、大角七种。棡鼓金钲一曲,夜警用之。大鼓十五曲,小鼓九曲,大角七曲,其辞并本之鲜卑。二曰铙鼓部,其乐器有歌、鼓、箫、笳四种,凡十二曲。三曰大横吹部,其乐器有角、节鼓、笛、箫、筚篥、笳、桃皮筚篥七种,凡二十九曲。四曰小横吹部,其乐器有角、笛、箫、筚篥、笳、桃皮筚篥六种,凡十二曲。夜警亦用之。唐制,太常鼓吹令,掌鼓吹施用调习之节,以备卤簿之仪,而分五部。一曰鼓吹部,其乐器如隋棡鼓部而无大角。……二曰羽葆部,其乐器如隋铙鼓部而加錞于,凡十八曲。三曰铙吹部,其乐器与隋铙鼓部同,凡七曲。四曰大横吹部,其乐器与隋同,凡二十四曲。……五曰小横吹部,其乐器与隋同。其曲不见,疑同用大横吹曲也。凡大驾行幸,则夜警晨严。

可见,鼓吹、横吹都被称为鼓吹,并用于卤簿,这种变化当然不是突然出现的,而是由于二者从根源上均属于军乐,在后来的发展中也有着千丝万缕的联系。杨荫浏先生曾说过:"鼓吹和横吹的区分,在悠长的历史中,相对来说,是暂时的。因为,在发展的过程中,各种乐器在乐队之间如何相互配合,以及同一乐种具体用于哪些场合,都会随时改变。所以,越到后来,这种区分,就越见得不适当;而初期应用的鼓吹这一名称则被保存下来,成为不断变迁中性质相近的多类音乐的概括名称。……随着应用场合的扩大,鼓吹乐的曲调内容,演奏形式与演奏方法,是在不断发展之中。在很多的场合中,已不一定需要歌唱;有着向器乐发展的倾向。"[1]这一点既是鼓吹曲(包括横吹曲)歌辞远不及相和曲和清商曲丰富的根本原因,也提示我们讨论鼓吹曲与横吹曲时不可一味地强调它们的区别,而必须考虑到二者之间的联系。

第二节　北方鼓吹乐与横吹乐在南方的传播

从整体上看,鼓吹曲辞和横吹曲辞的艺术成就虽不及相和曲辞与清商曲辞,但它们对文人创作,尤其是梁、陈以来的文人创作,还是产生了重要的影响。因此,弄清它们南传的基本情况,就是很有必要的。

据《汉书》卷二十二《礼乐志二》记载,汉哀帝时,乐府即有江南鼓员、淮南鼓员、巴俞鼓员、楚鼓员等来自南方的专职乐工,说明当时鼓吹乐可能已经传到了南方。在前文中我们曾指出,三国孙吴时期也有鼓吹。而东晋南渡后,乐府官署经过了以鼓吹统领太乐,到太乐、鼓吹并存,再到取消鼓吹署而保留太乐的发展过程。而开始"省太乐并鼓吹令"是因为"无雅乐器及伶人",后来虽于成帝年间(325—342)"复置太乐官",至哀帝年间(362—365)"又省鼓吹而存太乐",但只有太元八年(383)杨蜀等第二批邺下乐工到来之后,雅乐的建设才初具规模,但郊祀所需乐曲还是无法演奏。东晋乐府官署的这一发展历程,实际上向我们透露出一个重要的消息,即由于永嘉之乱对雅乐的严重破坏,鼓吹乐在东晋一代有着举足轻重的地位。如《晋书》卷二十二《乐志下》成帝咸康七年(341),尚书蔡谟奏曰:"八年正会仪注,惟作鼓吹钟鼓,其余伎乐尽不作。"从前文所论西晋元会礼可知,正会仪注中雅乐的地位是非常重要的,此处"作鼓吹钟鼓",正

---

[1] 杨荫浏:《中国古代音乐史稿》,第110页、第113页。

是由于无雅乐可奏,亦即成帝诏书中所谓"礼从权宜"之故。这样一来,鼓吹乐实际上发挥着雅乐的作用。但终东晋之世,鼓吹乐主要还是使用于朝廷礼仪活动中,①在娱乐场合非常少见。而《晋书》卷九《简文帝纪》曰:"尝与桓温及武陵王晞同载游版桥,温遽令鸣鼓吹角,车驰卒奔,欲观其所为。晞大恐,求下车,而帝安然无惧色,温由此惮服。"从中可知,东晋时期以角为主要乐器的横吹乐已开始与鼓吹一起用于道路。

宋、齐以来,鼓吹乐的使用依然继承了汉晋以来的传统,这在史传中有很多相关的记载,见于《乐府诗集》的宋、齐、梁三朝的鼓吹曲也是明证,不烦我们费词。需要进一步说明的是,从宋代起,横吹乐也开始用于朝廷正式礼仪,并与鼓吹乐一起成为娱乐的重要节目。如《宋书》卷十四《礼志一》记大搜礼曰:"不鸣鼓角,不得喧哗,以次引出,警跸如常仪。"这是横吹乐用于朝廷礼仪的例证。又《南齐书》卷三十《曹虎传》曰:"建元元年(479)冬,虎启乞改封侯官,尚书奏侯官户数殷广,乃改封监利县。二年(480),除游击将军,本官如故。及彭、沛义民起,遣虎领六千人入涡。沈攸之横吹一部,京邑之绝,虎启以自随。"沈攸之本是宋末强臣,顺帝昇明元年(477)起兵造反,二年(478)正月兵败而死。曹虎所得的横吹一部可能是沈攸之为外藩强臣期间朝廷所赐,这说明武臣家亦有横吹乐,而所谓"京邑之绝",则说明这部横吹是京师最好的。可能当时横吹乐还远不如鼓吹乐那么普及,因此朝廷也拿不出更好的横吹乐伎来赏赐曹虎。《南齐书》卷二十六《王敬则传》曰:"王敬则,晋陵南沙人也。母为女巫,生敬则而胞衣紫色,谓人曰:'此儿有鼓角相。'"《南史》卷四十五《王敬则传》作:"王敬则,临淮射阳人也。侨居晋陵南沙县。母为女巫,常谓人云:'敬则生时胞衣紫色,应得鸣鼓角。'人笑之曰:'汝子得为人吹角可矣。'"王敬则历仕宋齐两代,于齐明帝永泰元年(498)起兵反叛,兵败被杀,时七十余

---

① 如《晋书》卷九《简文帝纪》:"太和元年(366),进位丞相、录尚书事,……给羽葆鼓吹班剑六十人。"[唐]房玄龄等:《晋书》,第 220 页。《晋书》卷六十五《王导传》:"帝(明帝)崩,导复与庾亮等同受遗诏,共辅幼主,是为成帝。加羽葆鼓吹,班剑二十人。"第1750 页。《晋书》卷六十五《王导传》:"咸康五年(339)薨……及葬,给九游辒辌车、黄屋左纛,前后羽葆鼓吹、武贲班剑百人,中兴名臣莫与为比。"第 1753 页。可见,鼓吹用途与汉代基本相同。

岁。以此推算,王敬则当生于宋初且出于寒门,从其母所谓"鼓角相"或"应得鸣鼓角"的说法,可知民间对横吹乐的鼓角已并不陌生。而《宋书》卷五十《张兴世传》曰:"父仲子,由兴世致位给事中。……尝谓兴世:'我虽田舍老公,乐闻鼓角,可送一部,行田时吹之。'兴世素恭谨畏法宪,譬之曰:'此是天子鼓角,非田舍老公所吹。'"张兴世卒于顺帝昇明二年(478),时年五十九。张仲子向他索要鼓角,至晚当在宋代中后期。连"田舍老公"也想要鼓角一部,可知此时知道横吹乐的人已经不在少数。

不仅如此,刘宋时代,包括横吹乐在内的胡伎也已进入宫廷娱乐领域。《南齐书》卷十一《乐志》曰:"太元中,苻坚败后,得关中檐橦胡伎,进太乐,今或有存亡,案此则可知矣。""破苻坚"事在东晋太元八年(383),此时已有檐橦胡伎传到南方。至宋代,胡伎已成为宫廷娱乐活动中的重要角色。《宋书》卷十八《礼志五》载宋孝武孝建二年(455)十月,"大司马江夏王义恭、骠骑大将军竟陵王诞表改革诸王车服制度,凡九条,……上因讽有司更增广条目。凡二十四条"。其中一条为"胡伎不得彩衣"[1]。说明诸王府中均有胡伎,且"彩衣"甚多,否则不会有此禁令。又《南史》卷三《宋本纪下》曰:"(元徽五年,即公元477年)七月戊子,帝(宋后废帝)微行出北湖,单马先走,羽仪不及。左右张五儿马坠湖,帝怒自驰骑,刺马屠割之。与左右作羌胡伎为乐。"《宋书》卷十九《乐志一》说:"宋明帝自改舞曲哥(歌)词,并诏近臣虞龢并作。又有西、伧、羌、胡诸杂舞。"《南齐书》卷二十四《柳世隆传》称:"而平西将军黄回军至西阳,乘三层舰,作羌胡伎,溯流而进。"此事发生在宋顺帝昇明元年(477)冬,既然像黄回这样一般的将军也可"作羌胡伎"为乐,则这已绝对不是皇帝的专利。当然,上述"胡伎"、"羌胡杂舞"及"羌胡伎",其内涵是比较宽泛的,横吹乐是否已包括在其中,从上面的引文中还难以确证。但来自北方少数民族的歌舞伎艺,在宋代宫廷和上层社会已经相当流行却是可以肯定的,而从下面要讲到的齐代的情况来看,这些歌舞伎艺中应当包含横吹乐在内。

萧齐初期,除鼓吹以外,朝廷大臣仪仗中也有横吹乐。永明(483—493)初,时兼扬州刺史的豫章文献王萧嶷在写给齐武帝的奏疏中,曾请

---

[1] 以上引自[梁]沈约:《宋书》,卷十八《礼志五》,第521页。

示:"扬州刺史旧有六白领合扇,二白拂,臣脱以为疑,不审此当云何?行园苑中乘舆,出篱门外乘舆鸣角,皆相仍如此,……未审此当云何?"齐武帝回答说:"在私园苑中乘此非疑。郊外鸣角及合扇并拂,先乃有,不复施用,此来甚久。凡在镇自异还京师,先广州乃立鼓吹,交部遂有辇事,随时而改,亦复有可得依旧者。汝若有疑,可与王俭诸人量衷,但令人臣之仪无失便行也。"①可见,扬州刺史"郊外鸣角"在永明之前即有定制,只不过很久"不复施用"了。永明元年(483)为齐代建国的第五年,故这一制度最晚也应在宋代就实行过。扬州刺史在南朝多由朝中重臣兼任,其"郊外鸣角"之制长期废弃,当与横吹比较少且未能获得与鼓吹相当的地位有关。而齐武帝对这一制度基本上是持肯定态度的,这意味着皇帝以外,至少扬州刺史是配有横吹乐的。此外,当时军中将帅也可能给赐横吹,《南齐书》卷二十五《垣崇祖传》曰:"崇祖闻陈显达、李安民皆增给军仪,启上求鼓吹横吹。上敕曰:'韩、白何可不与众异!'给鼓吹一部。"据《南齐书》卷二《齐高帝纪》载:"(建元二年,即公元480年)二月,丁卯,虏寇寿阳,豫州刺史垣崇祖破走之。"桓崇祖启求鼓吹、横吹事当即在建元二年(480),而之所以求鼓吹、横吹,却只给鼓吹,恐怕也是因为与鼓吹相比当时横吹还不多。但齐代鼓吹与横吹用于歌舞娱乐已经比宋代更为频繁,如前文所引,齐永明年间(483—493),为了宴乐方便,于宫中"置白鹭鼓吹二部",废帝郁林王即位后,齐武帝灵柩还未出端门,"便称疾还内。裁入阁,即于内奏胡伎,鞞铎之声,震响内外"②。又《南史》卷七十七《茹法亮传》曰:"綦母珍之迎母至湖熟,辄将青甆百人自随,鼓角横吹,都下富人追从者百数。"綦母珍之为齐明帝时人,他已把横吹乐用于"迎母"这样的私人行为。在齐代,与鼓角横吹关系最深的恐怕是东昏侯萧宝卷:

  自江祏、始安王遥光等诛后,无所忌惮,日夜于后堂戏马,鼓噪为

---

① 以上引自[梁]萧子显:《南齐书》,卷二十二《豫章文献王传》,第410页、第411页。

② [唐]李延寿:《南史》,卷五《齐本纪下》,第136页。

乐。合夕,便击金鼓吹角,令左右数百人叫,杂以羌胡横吹诸伎。

陈显达卒,渐出游走。……巷陌县幔为高障,置人防守,谓之"屏除"。高障之内,设部伍羽仪,复有数部,皆奏鼓吹羌胡伎,鼓角横吹。夜反火光照天。每三四更中,鼓声四出,幡戟横路,百姓喧走,士庶莫辨。

(永元三年,即公元501年)二月丙寅,乾和殿西厢火。壬午,诏遣羽林兵征雍州,中外纂严。始内横吹五部于殿内,昼夜奏之。(均见《南史》卷五《齐本纪下》)

帝召入后堂,以步鄣裹之,令群小数十人鸣鼓角驰绕其外,遣人谓宝玄曰:'汝近围我亦如此。'少日乃杀之。(《南齐书》卷五十《江夏王萧宝玄传》)

东昏侯在位时间不到三年,先于后堂演奏横吹乐,继而又奏于道路,最后竟然把横吹五部请入内殿,"昼夜奏之",他甚至在杀死自己的政敌萧宝玄前,还要以鼓角对他进行戏弄,可见他对横吹乐的酷爱已到了怎样的地步。

横吹乐在梁代的发展,史籍记载较少,萧纲《吴郡石像碑》中曾提到吴县华里朱膺"要请同志,与东灵寺帛尼,及胡伎数十人,乘船至沪渎口,顶礼归依,歌呗赞德"[①]。胡伎出现于民间佛事活动中,说明胡伎更加普遍了。又《隋书》卷十三《音乐志上》叙梁代三朝乐四十九个节目,第四十四个为"设寺子导安息孔雀、凤凰,文鹿胡舞登连《上云乐》歌舞伎",而《乐府诗集》卷五十一则载有梁代周舍和唐代李白的《上云乐》各一首,任半塘先生认为这两首《上云乐》"都是奏伎前所诵之致语",认为"登连"前面是"胡舞",后面则是歌舞伎,[②]而周舍《上云乐》中,写到老胡文康"非直能俳,又善饮酒。箫管鸣前,门徒从后"。又说:"歌管愔愔,铿鼓锵锵。响震钧天,声若鹓皇。前却中规矩,进退得宫商。举技无不佳,胡舞最所长。"则此胡

---

① 《全梁文》,卷十四,[清]严可均编:《全上古三代秦汉三国六朝文》,第3031页。
② 参见任半塘:《唐戏弄》(下),第1250—1273页。

第十五章 鼓吹乐的南传及对南朝文人创作的影响 269

舞不仅有箫、鼓等乐器伴奏,而且还被列入了元会大典,成为朝廷正规礼仪的一个重要组成部分。如前所述,鼓吹与横吹所用乐器本不是很严格,故梁代列入元会大典的胡舞,其伴奏到底是鼓吹乐还是横吹乐,还不易确定。但有两点表明,梁代不仅鼓吹乐更为兴盛,而且横吹乐也得到了继续发展。

关于前一点,《隋书》卷十三《音乐志上》曰:"鼓吹,宋、齐并用汉曲,又充庭用十六曲。高祖(梁武帝)乃去四曲,留其十二,合四时也。更制新歌,以述功德。"这十二曲实为沈约所作。又《南史》卷七十二《何思澄传》曰:"昶善为乐府,又作鼓吹曲。武帝重之,敕曰:'才意新拔,有足嘉异。昔郎恽博物,卞兰巧辞。束帛之赐,实惟劝善。可赐绢十匹。'"文人作鼓吹曲受到皇帝的赏赐,这在史籍中还是第一次见到,这对鼓吹曲辞的创作无疑起了直接的促进作用。与此相应,《乐府诗集》中保存的《鼓吹曲辞》也以梁代最多,计有19人32首。

关于后一点,萧绎《玄览赋》曰:"吟《紫骝》之长歌,奏《玄云》之叠鼓。闻羌笛之哀怨,听胡筅之凄切。"(《全梁文》卷十五)其《夕出通波阁下观妓诗》也有:"蛾月渐成光,燕姬戏小堂。胡舞开春阁,铃盘出步廊。"(《先秦汉魏晋南北朝诗·梁诗》卷二十五)江淹又有《横吹赋》,均可为横吹流行之证,而最有力的证据则是《乐府诗集》所载《梁鼓角横吹曲》。这六十六曲横吹乐,是《乐府诗集》根据陈释智匠的《古今乐录》著录的,大多出自北方。这些歌词原来用少数民族语言写成,今存《梁鼓角横吹曲》都用汉语写成,这种变化与北魏孝文帝的汉化改革是分不开的。这些产生于十六国至北魏时期,出自羌、氐、鲜卑等北方少数民族的歌诗之所以能流传下来,首先是因为北魏迁洛后乐府机关将它们翻译成了汉语歌词。故其南传时间最早也当在北魏孝文帝迁洛并禁断胡语之后。孝文帝迁洛在太和十八(494)年,而"不得以北俗之语,言于朝廷"(《魏书·高祖纪下》)的诏书下于次年六月。又据《魏书》卷六十四《张彝传》载张彝《上采诗表》,迁洛之后孝文帝曾派人搜采民歌,张彝即是采诗官之一,而他上表的时间在太和二十三年(499)。如果考虑到采诗、配乐、乐工熟练到南传的全过程,则鼓角横吹曲的南传最早也要到梁初以后。而由北魏传入的横吹乐被采入梁代乐府后,反过来对文人创作产生了积极的推动作用,因此,今存文人拟作的横吹曲辞基本上是从梁代开始的。

综上可知,东晋南渡后,鼓吹乐所受到的破坏较雅乐为轻,因此鼓吹乐在很大程度上发挥着雅乐的作用,①这在客观上为鼓吹乐的传播创造了良好的条件。而横吹乐在东晋还极为少见,并且二者都还主要用于朝廷礼仪。宋、齐两代,横吹乐逐渐增多,横吹与鼓吹均开始用于满足娱乐需要。这标志着鼓吹乐与横吹乐以其独特的艺术美得到了社会上层的喜爱,并进入了世俗生活领域。到了梁代,北方鼓角横吹曲又从北魏传到南朝,并成为梁代乐府的重要组成部分。这也正是梁、陈文人鼓吹曲辞和横吹曲辞创作兴起的必要前提。

第三节 鼓吹乐和横吹乐的表演效果

由于横吹与鼓吹在宋、齐已逐渐成为歌舞娱乐的重要节目,因此,从梁代开始,文人拟作的横吹曲辞和鼓吹曲辞也日渐增多。这两方面的变化都与鼓吹乐和横吹乐独特的艺术表演效果分不开。对于这两种音乐的表演效果,修海林先生曾有过一个概括性的说明:"从鼓吹乐这一乐种的艺术特点来讲,鼓吹乐与室内性的、以丝竹管弦为主的相和歌不同,其曲调的整体效果较强,从而造成一种气势,其基本类型是比较适于室外演奏的。如果说,相和诸曲以其细腻、抒情的音乐歌舞表演活跃于殿堂庭院的娱乐生活场景中,那么,鼓吹乐则以粗犷、雄壮的音乐气势活跃于仪仗行进的原野大道之上。"②这段话中是把鼓吹乐作为鼓吹和横吹的通称来使用的,主要讲到了两个要点:一是说鼓吹乐(包括横吹乐)与以丝竹管

---

① 横吹曲的南传当与南北之间的战争有关。《梁书》卷十八《冯道根传》曰:"魏将高祖珍以三千骑军其间,道根率百骑横击破之,获其鼓角军仪。"[唐]姚思廉:《梁书》,第288页。此为梁武帝天监二年(503)事。《陈书》卷二十二《陆子隆传》也说:"宝应据建安之湖际以拒官军,子隆与昭达各据一营,昭达先与贼战,不利,亡其鼓角,子隆闻之,率兵来救,大破贼徒,尽获昭达所亡羽仪甲仗。"[唐]姚思廉:《陈书》,第294页。此为陈文帝天嘉四年(563)事。据此可以推知,东晋以来的南北战争中,当不乏类似的情况。

② 修海林、李吉提:《中国音乐的历史与审美》,第44页。

弦为主的相和歌(还应包括清商乐)有较大的不同;一是说鼓吹乐(包括横吹乐)的特点是粗犷雄壮、富于气势。对鼓吹乐和横吹乐的特点概括,在典籍中也多有形象的描述。曹植《鼙舞歌·孟冬篇》曰:"钟鼓铿锵,箫管嘈喝。万骑齐镳,千乘等盖。"(《乐府诗集》卷五十三)何承天《宋鼓吹铙歌·朱路篇》曰:"三军且莫喧,听我奏铙歌。清鞞惊短箫,朗鼓节鸣笳。人心惟恺豫,兹音亮且和。"(《乐府诗集》卷十九)李白《发白马》也说:"将军发白马,旌节渡黄河。箫鼓聒川岳,沧溟涌洪波。……"(《乐府诗集》卷七十四《杂曲歌辞十四》)陆云《南征赋》曰:"长角哀吟以命旅,金鼓隐訇而砰磕。景凌冥而四播,音乘云而上逝。火烈具举,伐鼓渊渊。朱光俯而丹野,炎晖仰而绛天。"(《全晋文》卷一百)这些诗句均写出了作为军乐的鼓吹乐、横吹乐与千军万马相映衬的惊天动地的气势。虽然如前所述,鼓吹乐与横吹乐是很难截然分开的,但为了论述的方便,我们在下文中还是根据这两种音乐各自的主要乐器稍作区分,来说明其音乐特征。

对鼓吹乐的音乐特点,有不少诗歌从正面作了说明。萧道成《塞客吟》曰:"素液凝庭。金笳夜厉。"(《先秦汉魏晋南北朝·齐诗》卷一)谢朓《从戎曲》曰:"寥戾清笳转,萧条边马烦。"(《先秦汉魏晋南北朝·齐诗》卷三)杨广《还京师诗》曰:"嘹亮铙笳奏,葳蕤旌斾飞。"(《先秦汉魏晋南北朝·隋诗》卷二)这里所谓"厉"、"寥戾"、"嘹亮",当然也可以看作是横吹乐的特征,它们均可与粗犷雄壮、富于气势的概括相互说明。但仔细考察典籍中有关鼓吹乐和横吹乐的记载及相关乐器的演奏效果,我们发现这一概括是不够全面的。至少这两种音乐还有一个重要的特点,那就是哀怨、凄切、悲壮,对于这一特点,典籍中的记载很多。《晋书》卷二十三《乐志下》曰:"鼓角横吹曲。鼓,案《周礼》'以鼖鼓鼓军事'。角,说者云,蚩尤氏帅魑魅与黄帝战于涿鹿,帝乃始命吹角为龙鸣以御之。其后魏武北征乌丸,越沙漠而军士思归,于是减为中鸣,而尤更悲矣。"可见横吹乐悲怨的特点十分明显。《晋书》卷六十九《刘隗传》载,刘畴"曾避乱坞壁,贾胡百数欲害之,畴无惧色,援笳而吹之,为《出塞》、《入塞》之声,以动其游客之思。于是群胡皆垂泣而去之"。《晋书》卷六十二《刘琨传》曰:"在晋阳,常为胡骑所围数重,城中窘迫无计,琨乃乘月登楼清啸,贼闻之,皆凄然长叹。中夜奏胡笳，贼又流涕歔欷，有怀土之切。向晓复吹之，贼并弃围而走。"笳为鼓吹乐的主要乐器之一，其乐声哀感人心于此可见一斑。鼓吹乐与横吹乐的其他主要乐器还有箫、角，其乐声也具有哀怨凄切的特点，因此，由这些乐器合奏的鼓吹乐及横吹乐，具有凄切、哀怨、悲壮的特点就毫不奇怪。

　　大约正是由于这一点，鼓吹乐很早就被用于葬礼。《史记》卷五十七《绛侯周勃世家》曰："绛侯周勃者，沛人也。……常为人吹箫给丧事。"司马贞《史记索隐》曰："《左传》'歌虞殡'，犹今挽歌类也。歌者或有箫管。"这是箫用于丧礼的较早的记载。汉魏时代，丧礼中已普遍配备有鼓吹乐，《晋书》卷二十《礼志中》曰："汉魏故事，将葬，设吉凶卤簿，皆以鼓吹。"历代哀策文和诔文中也多提到鼓吹乐的音声特点：

　　　　笳箫寥唳，挽夫齐声。六骥踟蹰，萧萧悲鸣。(《全晋文》卷一百四十六阙名《康帝哀策文》)

　　　　飞漏急箭，鸣箫哀嗷。(《全宋文》卷三十三谢灵运《武帝诔》)

　　　　振哀笳于八极，响清跸于咸池。(《全齐文》卷十一王俭《高帝哀策文》)

　　　　伐金鼓以清道，扬悲笳而启路。(《全梁文》卷三十沈约《齐明帝哀策文》)

　　　　拟虚金而下欷，吟空箫而增绝。(《全梁文》卷三十九江淹《齐太祖高皇帝诔》)

　　　　混哀音于箫籁，变愁容于天日。(《全梁文》卷六十五王筠《昭明太子哀策文》)

　　　　旌旗飘飘而从风，笳管酸嘶而响谷。服马顾而不能行，挽夫悲而不成曲。(《全隋文》卷六杨广《隋秦孝王诔》)

　　　　出德阳之广殿，动繁笳之哀啭。(《全隋文》卷十一江总《陈宣帝哀策文》)

　　上述鼓吹乐皆用于葬礼，其音声一律为"酸嘶"的"悲鸣"，但这种特点并不仅仅是因为用于葬礼的缘故。陆机《鼓吹赋》有云："及其悲唱流音，怏惶依违。含欢嚼弄,乍数乍稀。音踯躅于唇吻,若将舒而复回。鼓砰砰以轻投,箫嘈嘈而微吟。咏悲翁之流恩,怨高台之难临。顾穹谷以含哀,仰归云而落音。节应气以舒卷,响随风而浮沉。马顿迹而增鸣,士嚬蹙而沾襟。"①此文并非专就葬礼发论,但同样指出了鼓吹乐悲哀的特点。如果我们进一步对鼓吹与横吹的四种主要乐器,即箫、笳、鼓、角作一番考察,可以进一步发现,这几种乐器的声音在悲怨凄切这一点上是具有共通性的。

　　武骑卫前后,鼓吹箫笳声。祖道魏东门,泪下沾冠缨。(《乐府诗集》卷五十三曹植《鼙舞歌·圣皇篇》)

　　箫管激悲音,羽毛扬华文。金石响高宇,弦歌动梁尘。(《乐府诗集》卷十九何承天《宋鼓吹铙歌·远期篇》)

　　琴羽张兮箫鼓陈,燕赵歌兮伤美人。(《全梁文》卷三十三江淹《别赋》)

　　金箫哀夜长。瑶琴怨暮多。(《先秦汉魏晋南北朝·梁诗》卷三江淹《秋夕纳凉奉和刑狱舅诗》)

　　长袖何靡靡,箫管清且哀。(《乐府诗集》卷六十四《杂曲歌辞四》王融《神仙篇》)

　　横笛短箫凄复切,谁知柏梁声不绝。(《乐府诗集》卷二十四江总《梅花落三首》其三)

　　箫声凤台曲,洞吹龙钟管。铿锵渔阳掺,怨抑胡笳断。(《乐府诗集》卷二十五江总《横吹曲》)

　　棹歌微吟彩鹢浮,箫鼓哀鸣白云秋。(《乐府诗集》卷九十三《新乐府辞四》李峤《汾阴行》)

　　箫鼓哀吟感鬼神,宾从杂沓实要津。(《乐府诗集》卷六十八杜甫《丽人行》)

---

① 《全晋文》,卷九十七,[清]严可均编:《全上古三代秦汉三国六朝文》,第2014页。

以上是文献中有关"箫"的音乐特点的描述,其中有些写的是箫、鼓,或箫、笳,或箫、鼓、笳三种乐器的合奏,其悲怨凄切的特点是非常显著的。古籍中关于"笳"的音乐特征的描述最多,现举一些有代表性的例子:

凉秋九月,塞外草衰,夜不能寐。侧耳远听,胡笳互动。牧马悲鸣,吟啸成群,边声四起,晨坐听之,不觉泪下。(《文选》卷四十一李陵《答苏武书》)

啼呼哭泣。如吹胡笳。(《先秦汉魏晋南北朝诗·汉诗》卷十二《古诗》)

胡笳动兮边马鸣,孤雁归兮声嘤嘤。乐人兴兮弹琴筝,音相和兮悲且清。(《后汉书》卷八十四《列女传·蔡琰传》载《悲愤诗》第二章)

朔风萧条白云飞,胡笳哀急边气寒。听此愁人兮奈何,登山远望得留颜。(《先秦汉魏晋南北朝诗·宋诗》卷七鲍照《拟行路难十八首》其十五)

切赵瑟以横涕,啥燕笳而坐悲。(《全梁文》卷三十三江淹《去故乡赋》)

闻羌笛之哀怨,听胡笳之凄切。惨余袂兮泪成行,攀余辕兮不忍别。(《全梁文》卷十五萧绎《玄览赋》)

霜戈曜垅日。哀笳断塞风。(《先秦汉魏晋南北朝诗·梁诗》卷二十三庾肩吾《登城北望诗》)

胡笳屡凄断,征蓬未肯还。(《先秦汉魏晋南北朝诗·梁诗》卷十一吴均《闺怨诗》)

寒笳将夜鹊。相乱晚声哀。(《先秦汉魏晋南北朝诗·陈诗》卷六阮卓《关山月》)

寒陇胡笳涩,空林汉鼓鸣。还听呜咽水,并切断肠声。(《乐府诗集》卷二十七张正见《度关山》)

胡笳落泪曲,羌笛断肠歌。(《先秦汉魏晋南北朝诗·北周诗》卷三庾信《咏怀二十七首其七》)

闻鹤唳而虚惊,听胡笳而泪下。(《全后周文》卷八庾信《哀江南赋》)

胡马哀吟,羌笳凄啭,(《全后周文》卷九庾信《竹杖赋》)

胡笳向暮使人泣,长望闺中空伫立。(《先秦汉魏晋南北朝诗·北周诗》卷一王褒《燕歌行》)

寒夜哀笳曲,霜天断雁声。(《乐府诗集》卷二十一薛道衡《出塞》)

上引诗文出自从汉代到隋代众多作家之手,他们对笳声的这种共同感受在两篇有关笳的赋作中也有类似的描述。孙楚《笳赋》序曰:"顷还北馆,遇华发人于润水之滨,向春风而吹长笳,音声寥亮,有感余情。爰作斯赋。"赋中亦有"衔长葭以泛吹,嗷啾啾之哀声。奏胡马之悲思,咏北狄之遐征"①。夏侯湛《夜听笳赋》曰:"南闾兮拊掌,北阎兮鸣笳;鸣笳兮协节,分唱兮相和;相和兮哀谐,惨激畅兮清哀。"②关于鼓、角的音乐特征魏晋南北朝时期的文人直接谈到的较少,而唐代文人则较多地表达了对鼓、角的审美体验,我们不妨引录一些,以资论述:

黄云断春色,画角起边愁。(《全唐诗》卷一百二十六王维《送菜澹然判官》)

润上春衣冷,声连暮角愁。(《全唐诗》卷一百四十八刘长卿《长沙馆中与郭夏对雨》)

寂寞山城暮,空闻画角悲。(《全唐诗》卷一百九十八岑参《虢中酬陕西甄判官见赠》)

清梵林中人转静,夕阳城上角偏愁。(《全唐诗》卷二百零七李嘉佑《同皇甫冉登重玄阁》)

江边踏青罢,回首见旌旗。风起春城暮,高楼鼓角悲。(《全唐诗》卷二百二十七杜甫《绝句》)

---

① 《全晋文》,卷六十,[清]严可均编:《全上古三代秦汉三国六朝文》,第 1800 页。

② 《全晋文》,卷六十八,[清]严可均编:《全上古三代秦汉三国六朝文》,第 1850 页。

永夜角声悲自语,中天月色好谁看?(《全唐诗》卷二百二十八杜甫《宿府》)

鼓角悲荒塞,星河落曙山。(《全唐诗》卷二百二十九杜甫《将晓二首》其一)

五更鼓角声悲壮,三峡星河影动摇。(《全唐诗》卷二百二十九杜甫《阁夜》)

沧波一望通千里,画角三声起百忧。(《全唐诗》卷二百五十皇甫冉《宿淮阴南楼酬常伯能》)

江城吹晓角,愁杀远行人。(《全唐诗》卷二百六十六顾况《别江南》)

塞鸿过尽残阳里,楼上凄凄暮角声。(《全唐诗》卷二百六十九耿沨《塞上曲》)

画角三声动客愁,晓霜如雪覆江楼。(《全唐诗》卷二百七十戎昱《桂州口号》)

旌旗愁落日,鼓角壮悲风。(《全唐诗》卷二百七十三戴叔伦《送耿十三复往辽海》)

江城吹角水茫茫,曲引边声怨思长。(《全唐诗》卷四百七十七李涉《润州听暮角》)

风送孤城临晚角,一声声入客心愁。(《全唐诗》卷五百二十五杜牧《边上晚秋》)

地寒乡思苦,天暮角声悲。(《全唐诗》卷七百二十四唐求《边将》)

上述诗句中所表达的均为唐人对鼓、角的审美感受,用来说明这两种乐器的音乐特征同样是有效的。因此我们可以肯定地说,以箫、笳、鼓、角为主要乐器的鼓吹乐与横吹乐,同时具备雄壮嘹亮与哀怨凄切的特征,它给人的审美感受是悲壮,这实际上正是鼓吹乐与横吹乐作为军乐而有别于清商乐的本质特征,也是它们进入歌舞消费领域并受到普遍欢迎的根本原因。

第四节 鼓吹乐和横吹乐对南朝文人创作的影响

求新求奇本是南朝贵族基本的文化审美追求,这在诗文、书画、歌舞、音乐等各个艺术领域均有表现,萧子显所谓"在乎文章,弥患凡旧。若无新变,不能代雄"①,所揭示的不仅是当时文学家普遍的审美追求,也可看作是各艺术门类共同的审美宣言。② 具体到音乐歌诗方面,早在宋代末年,就已出现了"民间竞造新声杂曲"③的歌诗追新盛况,而王僧虔于昇明二年(478)的上书中也提到:"又今之《清商》,实由铜爵,三祖风流,遗音盈耳,京洛相高,江左弥贵。谅以金石干羽,事绝私室,桑濮郑卫,训隔绅冕,中庸和雅,莫复于斯。而情变听移,稍复销落,十数年间,亡者将半。自顷家竞新哇,人尚谣俗,务在噍杀,不顾音纪,流宕无崖,未知所极,排斥正

---

① [梁]萧子显:《南齐书》,卷五十二《文学传》,第908页。
② 如[梁]萧纲:《答新渝侯和诗书》:"垂示三首,风云吐于行间,珠玉生于字里。……此皆性情卓绝,新致英奇。"(《全梁文》,卷十一,[清]严可均编:《全上古三代秦汉三国六朝文》,第3010页、第3011页)[梁]萧绎:《庄严寺僧旻法师碑》称这位法师"辞旨清新,置言闲远"。(《全梁文》,卷十八,《全上古三代秦汉三国六朝文》,第3057页)[梁]萧统:《答湘东王求〈文集〉及〈诗苑英华〉书》称湘东王书"清新卓尔,殊为佳作"。(《全梁文》,卷二十,《全上古三代秦汉三国六朝文》,第3064页)[梁]沈约:《报王筠书》:"览所示诗,实为丽则,……古情拙目,每伫新奇。"(《全梁文》,卷二十八,《全上古三代秦汉三国六朝文》,第3115页)[梁]任昉:《为萧扬州荐士表》称王暕"辞赋清新,属言玄远"。(《全梁文》,卷四十二,《全上古三代秦汉三国六朝文》,第3194页)[梁]钟嵘:《诗品序》说"近任昉、王元长等,词不贵奇,竟须新事,尔来作者,浸以成俗"。论谢灵运曰:"名章迥句,处处间起;丽典新声,络绎奔会。"(《全梁文》,卷五十五,《全上古三代秦汉三国六朝文》,第3277页)[陈]徐陵:《答族人梁东海太守长孺书》称自己的近作"既乏新声,全同古乐。正恐多惭于协律,致睡于文侯耳"。(《全陈文》,卷十,《全上古三代秦汉三国六朝文》,第3453页)[南朝宋]谢赫:《画品》第二品论顾骏之曰:"始变古则今,赋彩制形,皆创新意。"论袁蒨曰:"象人之妙,亚美前贤,但志守师法,更无新意。然和璧微玷,岂贬十城之价也。"第三品论张则曰:"意思横逸,动笔新奇,师心独见。"(《全齐文》,卷二十五,《全上古三代秦汉三国六朝文》,第2931页、第2932页)[陈]姚最:《续画品》论谢赫:"直眉曲鬓,与世争新。"论焦宝愿:"衣文树色,时表点新。"(《全陈文》,卷十二,《全上古三代秦汉三国六朝文》,第3470页)
③ [梁]萧子显:《南齐书》,卷三十三《王僧虔传》,第594页。

曲,崇长烦淫。士有等差,无故不可去乐,礼有攸序,长幼不可共闻。故喧丑之制,日盛于廛里;风味之响,独尽于衣冠。"①所谓"自顷家竞新哇,人尚谣俗"、"喧丑之制,日盛于廛里;风味之响,独尽于衣冠",以往多以为是指相和旧曲(清商三调曲)的衰落与清商新声的兴起,但从我们上文中对鼓吹曲和横吹曲进入娱乐领域之基本情况的考述来看,为时人所崇尚的"谣俗"中,恐怕也应当包括鼓吹乐与横吹乐在内。

如果说清商新声作为细腻、抒情的轻歌曼曲,满足了南朝贵族的内在需求,那么,鼓吹乐和横吹乐则以其沉雄威武的气概,给他们的日常生活带来了与清商新声完全不同的阳刚之美,从另一个方面满足了他们求新求奇的审美需求,使他们在沉湎于歌儿舞女的温柔缠绵之外,又多了一种对激越悲壮的豪气的品味。文人们对鼓吹曲辞与横吹曲辞的拟作,在很大程度上正是这种新的歌诗消费与娱乐需求刺激下的产物。如前所述,文人所作的清商曲辞主要集中于梁、陈两代,与之相应,鼓吹曲辞与横吹曲辞的文人拟作也基本上集中在这一时期,梁代以前非常少见。下面是我们根据《乐府诗集》所制的有关宋、齐、梁、陈文人拟作鼓吹曲辞和横吹曲辞的两份基本情况表。

表15—1 宋、齐、梁、陈文人拟作鼓吹曲辞基本情况表

朝代	数量 作者	朱鹭	艾如张	上之回	战城南	巫山高	将进酒	君马黄	芳树	有所思	雉子斑	临高台	远期	玄云	钓竿	钓竿篇	合计
合计	33人	5	1	2	2	9	1	3	10	18	5	6	2	1	2	2	69
齐代 4人 10首	虞羲					1											1
	王融				1			1	1		1						4
	刘绘					1											2
	谢朓								1	1		1					3
梁代 18人 32首	王僧孺	1															2
	裴宪伯	1															1
	萧纲			1						1		1					3
	吴均				1					1	1						3

---

① [梁]萧子显:《南齐书》,卷三十三《王僧虔传》,第595页。

续表

朝代	数量\作者	朱鹭	艾如张	上之回	战城南	巫山高	将进酒	君马黄	芳树	有所思	雉子斑	临高台	远期	玄云	钓竿	钓竿篇	合计
梁代 18人 32首	萧绎					1		1									2
	范云					1											1
	费昶					1			1	1							3
	王泰					1											1
	萧统						1		1								2
	萧衍							1	1								2
	沈约							1	1		1				1		4
	丘迟									1							1
	王筠									1							1
	庾肩吾									1							1
	张率												1	1			2
	庾成师													1			1
	戴暠														1		1
	刘孝绰															1	1
陈代 10人 27首	陈后主	1			1				3	1	1						7
	张正见	1		1	1		2	1	1	1	1				1		10
	苏子卿	1	1														2
	萧诠					1											1
	蔡君知						1										1
	李爽							1									1
	顾野王								1	1							2
	陆系							1									1
	毛处约										1						1
	江总										1						1

表15—2 宋、齐、梁、陈文人拟作横吹曲辞基本情况表

朝代	数量\作者	陇头	陇头水	入关	出塞	折杨柳	关山月	洛阳道	长安道	梅花落	紫骝马	骢马	骢马驱	雨雪	雨雪曲	刘生	合计
合计	44人	1	12	1	1	10	9	18	9	10	11	2	4	1	5	7	103
宋代	鲍照									1							1
梁代 9人 25首	萧绎		1			1	1	1	1		1					1	8
	萧纲							1		1	1		1				4
	刘孝威		1									1	1				3

续表

朝代	数量 作者	陇头	陇头水	入关	出塞	折杨柳	关山月	洛阳道	长安道	梅花落	紫骝马	骢马	骢马驱	雨雪	雨雪曲	刘生	合计
梁代 9人 25首	车敫	1					1				1						3
	吴均		1					1									2
	刘孝标			1													1
	刘邈					1											1
	沈约							1									1
	庾肩吾						1	1									2
陈代 19人 77首	陈后主	1	2			2	2	5	1	2	2		1			1	19
	徐陵		1			1	2	2	1	1	1		1			1	11
	顾野王		1					1									2
	谢燮		1											1			2
	张正见		2			1	1	1	1	1	1					1	9
	江总		2			1	1	2	1	3	1		1			1	14
	岑之敬					1		1									2
	王瑳					1		1									2
	陆琼						1										1
	贺力牧						1										1
	阮卓					1	1										2
	陈暄							1	1	1			1				4
	萧贲							1									1
	苏子卿									1							1
	李燮									1							1
	祖孙登									1							1
	独孤嗣宗									1							1
	江晖														1	1	2
	柳庄															1	1

从上面两份表格可以看出：其一，文人拟作的鼓吹曲中，以《有所思》最多(18首)，其余依次是《芳树》(10首)、《巫山高》(9首)、《临高台》(6首)、《雉子斑》和《朱鹭》(各5首)。其中张正见10首、陈后主7首、王融和沈约各4首、谢朓、萧纲、费昶、吴均各3首。文人拟作的横吹曲子以《洛阳道》最多(18首)，其余依次是《陇头水》(12首)、《紫骝马》(11首)、《梅花落》和《折杨柳》(各10首)、《关山月》和《长安道》(各9首)、《刘生》(7首)、《雨雪曲》(5首)、《骢马驱》(4首)。其中陈后主19首、江总14

首、徐陵 11 首、张正见 9 首、萧绎 8 首、萧纲、陈暄各 4 首、刘孝威、车敳各 3 首。两项合计:陈后主 26 首、张正见 19 首、江总 15 首、徐陵 11 首、萧绎 10 首、萧纲 7 首、沈约、吴均各 5 首。

其二,当时拟作鼓吹曲和横吹曲的主要有两个文人群体。一是以萧纲、萧绎兄弟为核心的梁代文人群体,沈约、吴均、庾肩吾、刘孝威等是其主要成员,一是以陈后主为核心的陈代文人群体,江总、张正见、徐陵、陈暄等是其主要成员。而张正见、徐陵活跃于梁、陈两代。

其三,齐代的王融、谢朓,包括历仕齐、梁两代的沈约等人的拟作,以鼓吹曲辞为主,除后来又活跃于梁代文坛的沈约有一首横吹曲辞外,其他人未创作过横吹曲辞。梁、陈两代的拟作重点也不尽相同。梁代作家群有 19 人拟作鼓吹曲辞 32 首,9 人拟作横吹曲辞 25 首;陈代作家群有 10 人拟作鼓吹曲辞 27 首,19 人拟作横吹曲辞 77 首。这说明,齐、梁两代是拟作鼓吹曲辞的高潮期,横吹曲辞的拟作始于梁而盛于陈,进入陈代以后,文人拟作的热点已由鼓吹曲辞转向了横吹曲辞。

其四,从现存拟作的内容来看,鼓吹曲辞中的《有所思》多写男女离别相思;《芳树》、《雉子斑》和《朱鹭》等多近于咏物诗而时带艳情;《巫山高》以敷衍巫山神女传说为主,偶有写巫山景物的句子;《临高台》则以登高远望、思归怀人为主。都明显地将最初作为军乐的鼓吹曲改造成了以艳情为主的诗篇,只有《战城南》、《君马黄》等少数鼓吹曲保留了与战争相关的内容。这与齐梁文学以艳情为主流的整体面貌是一致的。而横吹曲辞除《洛阳道》、《长安道》多写洛阳、长安的歌舞繁华外,《梅花落》和《折杨柳》20 曲,虽非专写边关与战争,但其中有一些篇章兼及塞外风物,全部横吹曲拟作有一半以上的诗篇"皆言关塞征戍之事"[1]。当然,征人与思妇的相思离别之情又是这些诗作的重要内容之一,这又标志着南朝艳情文学与边塞战争文学的合流。

其五,横吹曲在南朝的流行远远早于梁鼓角横吹曲的南传,故魏晋横吹曲曲辞和曲调应当是梁、陈文人拟作的重要依据。从表中可知,梁、陈文人所拟横吹曲各有 12 种,拟作篇目还不完全一样,如《陇头》、《雨雪》、

---

[1] [宋]郭茂倩编:《乐府诗集》,卷二十四《骢马》解题,第 355 页。

《刘生》三首梁代无拟作；《入关》、《出塞》、《骢马》三首陈代无拟作。将这些拟作与梁鼓角横吹曲相对照，可以发现，与前者大致相同的题目，在梁鼓角横吹曲中只有《陇头》(《陇头水》)、《紫骝马》、《折杨柳》、《刘生》四曲，而且这四曲在梁鼓角横吹曲分别作《陇头流水歌辞》(三曲，另有《陇头歌辞》三曲)、《紫骝马歌辞》(六曲，另有《紫骝马歌》一曲)、《折杨柳歌辞》(五曲，另有《折杨柳枝歌》四曲)、《东平刘生歌》(一曲)，其中《陇头流水歌辞》三曲和《陇头歌辞》三曲均为四言，《东平刘生歌》为杂言，注明解数的十余曲均以一句为一解，全部歌词以五言四句为主。与《乐府诗集》所收梁鼓角横吹曲66首的数量相比，这四曲也仅占百分之六，其比例是非常小的。而且梁鼓角横吹曲中的这四曲在语言形式上与梁、陈文人拟作均为五言、并以五言八句为主也有很大的不同。出现这样的差别，除了受到永明(483—493)以来新体诗的影响外，恐怕主要是魏晋横吹旧曲在起作用。虽然，魏晋横吹曲没有一首流传下来，对这一点我们还难以确证，但是从梁、陈文人拟作多用魏晋横吹曲旧题，而与梁鼓角横吹曲相同者较少这一点来看，这种可能性是很大的。此外，梁、陈文人拟作的鼓吹曲与横吹曲，凡是表现关塞征戍主题的作品，其中所提到的地名几乎全部是北方边塞，所描述的战争几乎都与作者的实际生活经历无关，如果再将五言八句的基本格式这一点也考虑进来，那么，这些拟作受到魏晋横吹曲影响的可能性就更大。

总之，鼓吹乐和横吹乐本是汉代的军乐，鼓吹乐可能在汉代就已传到南方，横吹乐的南传则在东晋南渡之后。这两种乐曲豪迈悲壮的音乐特征为南朝贵族文人提供了全新的音乐审美客体，受到了他们的喜爱。因此，自刘宋时代起，鼓吹乐和横吹乐便逐渐成为娱乐活动中的重要节目，而与之相配合的边塞征戍主题则为艳情诗盛行的南朝文坛吹进了一股清新的气息，在梁、陈文人拟作的鼓吹曲辞和横吹曲辞中，表现边塞征戍主题的作品也占了一定的比例。这些拟作与文人创作的清商曲辞相互辉映，构成了南朝歌诗的另一种美学风格，成为唐代边塞诗的先声，对中国歌诗和诗歌的发展产生了重要的影响。

第十六章 哀挽活动与挽歌的艺术特征

本章提要：挽歌与哀挽活动，尤其是送葬、拜墓等活动密切相关，并在其中发挥着区别等级、寄托哀思的作用。娱乐化的挽歌极为典型地体现了与哀挽活动息息相关的"以悲为美"的时代审美风尚。挽歌的兴衰与社会厚葬薄葬的风俗也有着不可忽视的关系。丧葬风俗与哀挽活动从根本上决定了挽歌的语言、情感和艺术表现特征。具体来说，葬礼的现场表演性和实用性，使葬礼挽歌大多具有内容单一、表达方式固定、哀而不伤等特点。非葬礼文人挽歌则基本摆脱了葬礼的限制，大多不再用于演唱，并具有对哀挽活动描述细致、使用三章联体的形式、突破"哀而不伤"的原则等特点，因而在艺术特征方面与葬礼挽歌具有明显的不同。但是其以抒发悲情为主、有描述葬礼过程的叙述习惯及普遍使用与葬礼相关的用词等特点的形成，仍然与哀挽活动有千丝万缕的联系。

哀挽活动，在这里是指与哀悼死者相关的送葬、拜墓等哀悼、追思、怀念逝者的活动。挽歌不仅与葬礼关系密切，也与其他哀挽活动有千丝万缕的联系。包括葬礼在内的哀挽活动，直接影响着葬礼挽歌的艺术特征。从哀挽活动中分离出来以抒发个人情感为主的非葬礼文人挽歌，虽然与葬礼挽歌有了明显的不同，但是，其情感内涵和艺术特征并非与哀挽活动毫不相干，二者之间依然有内在的关联。

第一节 哀挽活动与挽歌

挽歌用于送葬、拜墓等哀挽活动，发挥着重要的社会伦理功能，围绕着挽歌的使用，形成了一系列的礼制和习俗。同时，挽歌在汉魏以来也开始向娱乐领域延伸，出现了挽歌娱乐化的现象。这在中国歌诗史上比较特殊,也是哀挽活动与挽歌发展过程中一个值得关注的话题。

一、送葬与挽歌表演

送葬是丧葬礼仪的重要组成部分,也是最重要的哀挽活动之一,因而历来备受重视。送葬也是生者对逝者和逝者亲属表示尊敬的一种方式。送葬的规模有时非常宏大,如汉代的楼护,在他母亲去世时,"送葬者致车二三千两"①,参与者大约数以千计。送葬也有严格的、不可逾越的规定,不合规范的送葬是礼法所不允许的。如魏明帝的爱女夭折,他想亲自送葬,却遭到了大臣的反对:

> 帝爱女淑,未期而夭,帝痛之甚,追封平原公主,立庙洛阳,葬于南陵。将自临送,阜上疏曰:"文皇帝、武宣皇后崩,陛下皆不送葬,所以重社稷,备不虞也。何至孩抱之赤子而可送葬也哉?"帝不从。②

可见,送葬是有严格规定的。其中使用的挽歌自然也不得随意。正如我们在前文中所谈到的那样,挽歌表演与送葬活动紧密地结合在一起,是送葬活动中最引人注目的部分。为东汉阴太后送葬时,如果没有三百女侍史官身着素服以女性特有的哀婉凄美声调齐唱挽歌,葬礼肯定会失色许多,很难具备感人肺腑的艺术魅力。左棻《悼武元杨皇后诔》对送葬队伍与挽歌演唱均有形象生动的描述:

> 仲秋之晨,启明始出。星陈凤驾,灵舆结驷。其舆伊何?金根玉箱。其驷伊何?二骆双黄。习习容车,朱服凡章。隐隐辒辌,弁绖缞裳。华毂曜野,素盖被原。方相仡仡,旌旗翻翻。挽童引歌,白骥鸣辕。观者夹涂,士女涕涟。千乘万骑,迄彼峻山。峻山峨峨,曾阜重阿。③

---

① [东汉]班固:《汉书》,卷九十二《游侠列传·楼护传》,第 3706 页、第 3807 页。

② [晋]陈寿:《三国志》,卷二十五《魏书·杨阜传》,第 565 页。

③ [唐]房玄龄等:《晋书》,卷三十一《后妃传》,第 960 页。

文中较为详细地描述了送葬队伍的情况。杨皇后的送葬队伍在仲秋的清晨缓缓出发,从"千乘万骑,迄彼峻山"中可以看出,参与送葬活动人数众多。"挽童引歌"在送葬队伍中格外引人注目。其中的"引歌"是挽童牵引绋绳,边走边唱,也可能还起领唱的作用。从"观者夹涂,士女涕涟"来看,挽僮的表演,应当是相当感人的,以至于道路两旁观看的"士女",也深受感染而悲伤"涕涟"。送葬活动中挽歌表演的艺术魅力及送葬活动与挽歌之关系,于此可见一斑。

在其他民族中,唱挽歌也是送葬时的重要活动。如北魏的送葬活动与汉民族迥异,他们上自皇帝,下至百姓实行烧葬。"其俗以四月祀天,六月末率大众至阴山,谓之却霜。……死则潜埋,无坟垄处所,至于葬送,皆虚设棺柩,立冢椁,生时车马器用皆烧之以送亡者。"①"文成文明皇后冯氏,长乐信都人也。……高宗崩,故事:国有大丧,三日之后,御服器物一以烧焚,百官及中宫皆号泣而临之。后悲叫自投火中,左右救之,良久乃苏。"②虽然送葬方式不同,但是鲜卑族也有以挽歌寄托哀思的风俗,如北魏近臣冯诞死后,孝文帝就亲自为他"作碑文及挽歌词,皆穷美尽哀事"③。可知,北魏的丧葬活动中亦有挽歌。《魏书》中对孝文帝的挽歌没有著录,但是从"皆穷美尽哀事"的记载可以推知,挽歌和碑文的内容大体相似,即表现逝者生前功绩之"美",抒写痛失逝者之"哀"。冯诞死于太和十九年(495),当时北魏孝文帝的汉化改革已经取得了明显的效果,在哀挽活动中使用挽歌或许也是汉化改革的成果之一吧。

送葬队伍中的挽歌表演彰显着社会等级差异,统治阶层对送葬活动和挽歌的重视,实质上反映了他们对社会等级秩序和内在规范的重视。如前所述,皇帝和皇后、男性贵族与女性贵族葬礼所用挽歌都是有差别的,这本身就是社会尊卑等级差异的反映。由于挽歌的曲调和具体表演方式要受到礼制的约束,不可能经常改变,只有挽歌歌词可以具体表现逝

---

① [梁]沈约:《宋书》,卷九十五《索虏传》,第2322页。
② [北齐]魏收:《魏书》,卷十三《皇后列传》,第328页。
③ [唐]李延寿:《北史》,卷八十《外戚传·冯熙传附冯诞传》,第2680页。

者的平生功业,抒发生者的特殊情感,因此挽歌实际上是送葬活动中最具个性化,也最富于创造性的部分,它发挥的作用是哀挽活动的其他部分不能替代的。总之,送葬活动需要挽歌的参与,挽歌的参与,也使得送葬活动成为声乐俱全、极具艺术感染力的仪式,这也是挽歌后来溢出葬礼,获得独立发展的一个重要前提。

二、拜墓与挽歌创作

拜墓,又称墓祀,是逝者下葬一段时间之后,其亲友定时到墓地进行哀悼、祭拜的一种哀挽活动,在魏晋南北朝时期颇为盛行。祭拜者或为死者的亲人,或为死者的仰慕者。如东汉的李善就曾去祭拜过李元墓:

> 李善,字次孙,南阳淯阳人也,本同县李元苍头也。……善显宗时辟公府,以能理剧,再迁日南太守。从京师之官,道经淯阳,过李元家。未至一里,乃脱朝服,持锄去草。及拜墓,哭泣甚悲,身自炊爨,执鼎俎以修祭祀。垂泣曰:"君夫人,善在此。"尽哀,数日乃去。①

李善本是李元家的仆人,"建武中疫疾,元家相继死没,唯孤儿续始生数旬,而赀财千万,诸奴婢私共计议,欲谋杀续,分其财产。善深伤李氏而力不能制,乃潜负续逃去,……续年十岁,善与归本县,修理旧业。告奴婢于长吏,悉收杀之。时钟离意为瑕丘令,上书荐善行状。光武诏拜善及续并为太子舍人"②。此次拜墓,是在他完成了为李家抚孤、复仇的夙愿,得到朝廷重用,又因才能卓著被擢升为日南太守赴任的途中进行的,可谓历经沧桑,感慨万千。李善拜祭李元墓,是否创作挽歌,《后汉书》没有说明,但在拜墓活动中,赋诗以表达哀挽之思,却见于史籍记载:

> 顾恺之,字长康,晋陵无锡人也。……桓温引为大司马参军,甚

---

① [南朝宋]范晔:《后汉书》,卷八十一《独行列传·李善传》,第2679页、第2680页。
② [南朝宋]范晔:《后汉书》,卷八十一《独行列传·李善传》,第2679页。

见亲昵。温薨后,恺之拜温墓,赋诗云:"山崩溟海竭,鱼鸟将何依。"或问之曰:"卿凭重桓公乃尔,哭状其可见乎?"答曰:"声如振雷破山,泪如倾河注海。"[1]

顾恺之拜祭桓温墓所赋之诗,题为《拜宣武墓诗》,这是其中的两句。[2] 作者以拜墓诗表达了他对桓温的敬重、怀念和仰慕,从其使用场合和功用来看,该诗与挽歌非常接近。"声如振雷破山,泪如倾河注海"则表达了顾恺之对桓温去世的伤恸。也有人在拜墓时演唱挽歌。余嘉锡《世说新语笺疏》引程炎震云:

《御览》四百九十七《酣醉门》引《俗语》曰:"宋祎死后,葬在金城南山,对琅琊郡门。袁山松为琅邪太守,每醉,辄乘舆上宋祎冢,作《行路难歌》。"[3]

宋祎为西晋石崇侍婢绿珠弟子,善于吹笛,有国色,是晋代著名的女艺人。《世说新语·品藻》说她"曾为王大将军妾,后属谢镇西。镇西问祎:'我何如王?'答曰:'王比使君,田舍、贵人耳!'妖冶故也"。王大将军即王敦,谢镇西即谢尚。余嘉锡以为,宋祎称谢为"使君",必在建元二年(344)谢尚以南中郎将领江州刺史之后。上距石崇、绿珠之死已四十余年。因此他推测"因祎善吹笛,故尚取之,以教伎人"[4],这是很有道理的。据此也可推知,袁山松拜宋祎墓乃出于对她音乐才能的倾慕和敬佩。而他在拜墓时显然是把《行路难歌》当作挽歌来演唱的。又《晋书》卷八十三《袁山松

---

[1] [唐]房玄龄等:《晋书》,卷九十二《顾恺之传》,第2404页。《世说新语》记载此事文字与此稍异。

[2] 此诗为顾恺之《拜宣武墓诗》残句,还有两句为"远念羡昔存,抚坟哀今亡"。《文选》谢灵运《庐陵王墓下作一首》注亦作《拜宣武墓诗》,逯钦立辑校《先秦汉魏晋南北朝诗》归入《拜宣武墓诗》残句。然此二句与"山崩"两句并不押韵,《拜宣武墓诗》很可能不止一首。

[3] 余嘉锡:《世说新语笺疏》,第758页。

[4] 余嘉锡:《世说新语笺疏》,第516页。

传》记载：

> 旧歌有《行路难》曲，辞颇疏质，山松好之，乃文其辞句，婉其节制，每因酣醉纵歌之。听者莫不流涕。初羊昙善唱乐，桓伊能挽歌，及山松《行路难》继之，时人谓之"三绝"。时张湛好于斋前种松柏，而山松每出游，好令左右作挽歌，人谓"湛屋下陈尸，山松道上行殡"。

《晋书》所载，源于《世说新语·任诞》及刘孝标注："张湛好于斋前种松柏。时袁山松出游，每好令左右作挽歌。时人谓：'张屋下陈尸，袁道上行殡。'"刘孝标注称"《续晋阳秋》曰：'袁山松善音乐，北人旧歌有《行路难曲》，辞颇疏质。山松好之，乃为文其章句，婉其节制。每因酒酣，从而歌之，听者莫不流涕。初，羊昙善唱乐，桓伊能挽歌，及山松以《行路难》继之，时人谓之三绝。'今云挽歌，未详。"①说明刘孝标在作注时，对于《世说新语》将袁山松所善之《行路难曲》当作挽歌看待颇有疑问。而余嘉锡笺疏引清人孙志祖《读书脞录续编四》曰："山松既歌《行路难曲》，复于出游好令左右作挽歌也。自是二事，不当牵合，《晋书》本传两载之。"②郭茂倩《乐府诗集》卷四十一引《古今乐录》曰：

> 王僧虔《技录》有《梁甫吟行》，今不歌。谢希逸《琴论》曰：诸葛亮作《梁甫吟》。《陈武别传》曰：武常骑驴牧羊，诸家牧竖十数人，或有知歌谣者，武遂学《泰山梁甫吟》《幽州马客吟》及《行路难》之属。《蜀志》曰：诸葛亮好为《梁甫吟》。然则不起于亮矣。李勉《琴说》曰：《梁甫吟》，曾子撰。《琴操》曰：曾子耕泰山之下，天雨雪冻，旬月不得归，思其父母，作《梁山歌》。蔡邕《琴颂》曰：梁甫悲吟，周公越裳。按梁甫，山名，在泰山下。《梁甫吟》，盖言人死葬此山，亦葬歌也。又有《泰山梁甫吟》，与此颇同。③

---

① 余嘉锡：《世说新语笺疏》，第 758 页。
② 余嘉锡：《世说新语笺疏》，第 758 页。
③ [宋]郭茂倩编：《乐府诗集》，卷四十一诸葛亮《梁甫吟》解题，第 605 页、第 606 页。

据郭茂倩的说法,《梁甫吟》及陈武牧羊时所学的《泰山梁甫吟》均为挽歌,那么他同时学习的《行路难》到了东晋时期被当作挽歌来演唱,恐怕就不是出于偶然,而是有其特定的渊源了。袁山松所修改的《行路难》不仅在宋祎墓地演唱,还能令"听者莫不流涕",当也与其作为挽歌的特性有关。王小盾先生也认为:"关于《行路难》的性质及其音乐源流,现在已无直接资料稽考,但《泰山梁甫吟》却可以作为旁证。按《梁甫吟》原是一支挽歌,用于丧葬。……这说明《梁甫吟》是在挽歌制度的背景下成为乐府歌曲的。"他又说:"《行路难》是一支产生于汉代、流行于南北朝的歌调,经历了由乐府挽歌、民间歌谣而演变为说唱曲的发展过程。"①因此,《晋书》的说法可能并没有错。

而《晋书》所谓"羊昙善唱乐",具体情况已不可考。羊昙为谢安外甥,《晋书》卷七十九《谢安传》载:

> 羊昙者,太山人,知名士也,为安所爱重。安薨后,辍乐弥年,行不由西州路。尝因石头大醉,扶路唱乐,不觉至州门。左右白曰:"此西州门。"昙悲感不已,以马策扣扉,诵曹子建诗曰:"生存华屋处,零落归山丘。"恸哭而去。

谢安死于晋孝武帝太元十年(385),袁山松在孙恩之乱中被杀,事在隆安五年(401),而张湛也在晋孝武帝年间任中书侍郎、光禄勋。② 羊昙、袁山松与张湛,生活时代基本相同。《谢安传》所载羊昙悲悼谢安一事,颇为后代诗人所吟咏。羊昙所唱之乐,亦可能与挽歌有关。否则把它与张湛挽歌和袁山松《行路难》并称为"三绝",就有些不合适了。

退一步讲,即使《行路难》不是被时人普遍作为挽歌使用,从袁山松

---

① 王小盾:《行路难与魏晋南北朝的说唱艺术》,《清华大学学报》2002 年第 6 期,第 26 页。

② 《宋书》卷九十二《良吏传·王歆之传》:"祐祖父湛,晋孝武世,以才学为中书侍郎,光禄勋。"[梁]沈约:《宋书》,第 2271 页。

每次醉酒后到宋祎墓地演唱这支令"听者莫不流涕"的曲子也可以说明,最起码袁氏本人是有意识地把《行路难》作为挽歌用于拜墓活动中以表达对宋祎这位前辈艺人的哀悼的。当然,这里面肯定有他个人的感慨。

挽歌主要使用在送葬时,用于拜墓活动较为特殊。但是,在逝者下葬一段时间之后,再到逝者坟墓上来祭拜的人多与逝者关系亲密、感情真挚,所以,拜墓时的挽歌虽然是即兴创作或一人演唱,甚至可能根本没有配乐,却往往比送葬时的挽歌表演更加情真意切。

三、挽歌的娱乐化

挽歌主要用于哀挽活动中,汉魏以来,挽歌也出现在娱乐活动中。这种比较特殊的现象,与文人自我意识崛起、思想活跃以及以悲为美的时代风尚均有密切的关系。《后汉书·周举传》有大将军梁商在大宴宾客之际演唱《薤露》的记载:

> 六年三月上巳日,商大会宾客,燕于洛水,举时称疾不往。商与亲昵酣饮极欢,及酒阑倡罢,继以《薤露》之歌,坐中闻者,皆为掩涕。①

"大会宾客"本是喜庆的场合,但参加宴会者却在酒酣之后续以挽歌。挽歌的这种娱乐化倾向,说明挽歌的悲凉凄美与时人情感宣泄的需求具有某种特殊的契合。汉魏六朝时期,像这样在大会宾客或喜庆场合高唱挽歌的绝不只梁商一人,这是当时的一种社会风尚。晋人干宝在《搜神记》卷六中也说:

> 汉时,京师宾婚嘉会,皆作《魁儡》,酒酣之后,续以挽歌。《魁儡》,丧家之乐;挽歌,执绋相偶和之者。天戒若曰:"国家当急殄悴,诸贵乐皆死亡也。"自灵帝崩后,京师坏灭,户有兼尸虫而相食者。

---

① [南朝宋]范晔:《后汉书》,卷六十一《周举传》,第 2028 页。

《魁儡》、挽歌,斯之效乎?①

从中可以发现,在京城大会宾客、结婚庆典等活动中,酒后挽歌俨然成为一种风尚。挽歌本在哀挽活动中使用,是与个体生命死亡等悲伤的事件联系在一起的,反过来用于人生最喜庆的结婚仪式,的确是一种奇怪的现象。汉代的这种风尚,到了魏晋以后依然存在。《晋书》中记载:

> 海西公时,庾晞四五年中喜为挽歌,自摇大铃为唱,使左右齐和。又宴会辄令倡妓作新安人歌舞离别之辞,其声悲切。②

庾晞似乎特别偏爱挽歌,不仅自摇大铃歌唱挽歌,还让左右随从一起唱和。他偏爱带有悲凉意味的歌诗,所以"丝竹更相和"的挽歌满足了他的审美需要。前引《世说新语·任诞》袁山松出游"令左右作挽歌",就时代而言,大约与庾晞同时而稍晚。

当时的挽歌多与酒结缘,酒后挽歌更突出地表现了文人的审美选择,这在史书中有较多的记载:

> 张骥酒后挽歌甚凄苦,桓车骑曰:"卿非田横门人,何乃顿尔至致?"③
>
> 文帝尝召延之,传诏频不见,常日但酒店裸袒挽歌,了不应对,他日醉醒乃见。④
>
> 元嘉元年(424)冬,彭城太妃薨,将葬,祖夕,僚故并集东府。晔弟广渊,时为司徒祭酒,其日在直。晔与司徒左西属王深宿广渊许,夜中酣饮,开北牖听挽歌为乐。义康大怒,左迁晔宣城太守。⑤

---

① [晋]干宝:《搜神记》,卷六,中华书局1979年版,第88页。
② [唐]房玄龄等:《晋书》,卷二十八《五行志中》,第836页。
③ 余嘉锡:《世说新语笺疏》,第759页。
④ [唐]李延寿:《南史》,卷三十四《颜延之传》,第879页。
⑤ [梁]沈约:《宋书》,卷六十九《范晔传》,第1819页、第1820页。

> 普通六年(525),诏西昌侯藻督众军北侵,几卿启求行,擢为藻军师长史。……军至涡阳退败,几卿坐免官。居白杨石井宅,朝中交好者载酒从之,客恒满坐。时左丞庾仲容亦免归,二人意相得,并肆情诞纵,或乘露车历游郊野,醉则执铎挽歌,不屑物议。①

张骥即前文提到的张湛,他酒后挽歌非常凄苦,甚至招来别人异样的询问;身为朝廷官员的颜延之,竟然于酒肆裸袒挽歌,旁若无人,连皇帝传召也不管,颇有后来李白"天子呼来不上船"(杜甫《饮中八仙歌》)的风度;范晔诸人居然在彭城太妃下葬的前一天晚上,"开北牖听挽歌为乐",以致被贬官;谢几卿的挽歌演唱更是执铎伴奏,声乐俱全。这些酒后挽歌的士人,生活在从东晋到梁代的一百多年间,却都有相同的爱好。可见魏晋以来将饮酒作乐与挽歌悲吟融为一体的风尚,确实一直得到了继承和发扬。如果说酒可以让他们暂时忘却人世的苦难,那么,挽歌肯定为这苦难的宣泄提供了一种特殊有效的方式。而在酒酣之际挽歌,大约更能痛快淋漓地将胸中的块垒一倾而出吧。

从现有的史料来看,在整个中国诗歌历史上,在非葬礼场合歌唱挽歌,即挽歌的娱乐化主要集中在汉魏六朝。还没有哪个朝代像这一时期,上至皇室显贵,下至一般文士、平常百姓,有如此众多、身份各异的人都参与到挽歌的歌唱中。这些娱乐化的挽歌表面看来似乎与葬礼无关,事实上,无论是宴会挽歌、酒后挽歌,还是出游挽歌,所表达的感慨伤悲都无不与生命消逝、人生苦短的无限悲凉有关。从这个意义上说,娱乐化的挽歌与葬礼挽歌实有着深层的相通之处,它们都是汉末魏晋以来感伤主义思潮的表现方式之一。

综上所述,挽歌的发展与送葬、拜墓等哀挽活动密切相关,并在这些哀挽活动中发挥着区别等级、表达哀思等作用,而挽歌的娱乐化则既与以悲为美的时代审美风尚有关,也可看作是哀挽活动的一种变形。这也从侧面体现了哀挽活动对挽歌的影响。

---

① [唐]李延寿:《南史》,卷十九《谢灵运传附谢几卿传》,第545页。

第二节　丧葬风俗与挽歌

哀挽活动的兴衰与社会葬俗有着非常密切的关系,因而,挽歌也不可能与丧葬风俗无关。通常而言,厚葬风气兴盛时,哀挽活动就会比较隆重、讲究,对挽歌的需求也随之增加;而提倡薄葬的时代,哀挽活动简化,挽歌的发展也受到限制。

汉代非常重视丧葬仪式,厚葬之风比较流行。与此相应,挽歌的使用也非常广泛。汉代统治者,不仅在现实生活中奢侈享乐,还对死后世界的奢侈享乐也充满了向往和执著,他们梦想着把生前的尊荣带入冥界,在那里延续豪奢生活。因此,世俗的豪奢生活和汉代的宗教观念相融合,造成了汉代人对丧葬仪式特有的重视。《晋书》记载:

> 时三秦人尹桓、解武等数千人家,盗发汉霸、杜二陵,多获珍宝。帝问綝曰:"汉陵中物何乃多?"綝对曰:"汉天子即位一年而为陵,天下贡赋三分之,一供宗庙,一供宾客,一供山陵。汉武帝享年久长,比崩而茂陵不复容物,其树皆已可拱。赤眉取陵中物不能减半,于今犹朽帛委积,珠玉未尽。此二陵是俭者耳,亦百世之诫也。"①

霸陵是汉文帝陵,杜陵是汉宣帝陵。汉代的皇帝非常重视丧葬,天下贡赋竟然有三分之一用来"供山陵",即把赋税的三分之一花在了帝王陵墓的修建上,这实在是令人叹为观止的事情。汉文帝是提倡节俭的皇帝,尤其主张薄葬,曾下诏"治霸陵皆以瓦器,不得以金银铜锡为饰,不治坟,欲为省,勿烦民"②。然而就是这个以节俭著称的汉文帝,他的霸陵被盗掘出土的珍宝之多,连晋愍帝都惊讶地感叹"汉陵中葬品怎么这么多"!而作为臣子的索綝则显得较为平静,因为他很清楚,与汉武帝陵墓相比,霸陵和杜陵已是非常节俭的了。

---

① [唐]房玄龄等:《晋书》,卷六十《索靖传附索綝传》,第1651页。
② [汉]司马迁:《史记》,卷十《文帝本纪》,第433页。

从汉代的厚葬之风,也可以想见当时对丧葬仪式的重视。一个厚葬成风的时代必然重视哀挽活动,挽歌作为丧葬仪式中的一个组成部分,在这一时期必然备受重视,并大有用武之地。从相关的史料记载来看也的确如此。据前引崔豹《古今注》中的记载,挽歌就是在汉武帝时期开始固定地使用于不同阶层的葬礼中。武帝时的音乐家李延年将挽歌分为《薤露》、《蒿里》二曲,分别用于王公贵人和士大夫庶人的葬礼。

汉代厚葬之风遍及整个社会,因为汉人大多真诚地相信死后的生活如同生时。生享富贵、死极哀荣是统治者的梦想,而那些处于被统治阶层的普通民众也对死后能够改变生前的艰辛生活充满希望。事死如事生、事亡如事在的观念深深根植在他们的心中。在这种时代风气的影响之下,挽歌自然也备受重视,成为上至皇室宗亲、达官显贵,下至普通百姓葬礼的重要组成部分。挽歌的使用,必然涉及礼制问题,森严的等级制度不会允许不同等级的人混用相同的挽歌,这是挽歌制度化的前提。这种官方规定的出现,说明挽歌已经成了哀挽活动的重要组成部分。

自汉末起,风行一时的厚葬之风有所收敛。王充等思想家对谶纬神学的批判与人们对死后世界之信仰的降低,特别是汉末猖獗的掘墓丑行,都促进了薄葬的兴起。《后汉书·董卓传》记载:

> 及何后葬,开文陵,卓悉取藏中珍物……又使吕布发诸帝陵,及公卿以下冢墓,收其珍宝。[1]

董卓、吕布开掘汉代帝王及公卿以下陵墓,收取珍宝,手段恶劣,令人发指。这一时期有开掘坟墓的卑劣行径的绝非仅董卓、吕布,而是大有人在。偷坟掘墓在汉末非常猖獗,民间有大批以盗墓为生者,甚至连曹操也加入进来,他设置专门偷坟掘墓的官员,名之曰"发丘中郎将"、"摸金校尉"[2],专门从事挖掘坟墓、发掘宝物的行为,偷盗坟墓已经发展到正大光

---

[1] [南朝宋]范晔:《后汉书》,卷七十二《董卓传》,第 2325 页、第 2328 页。
[2] [南朝宋]范晔:《后汉书》,卷七十四《袁绍传》,第 2396 页。

明、堂而皇之的地步。在这样的形势之下,又有哪些人敢厚葬呢?弥漫着战火、饥荒、瘟疫的时代,百姓大都难以生存,没有可能去准备隆重的丧葬仪式。充满厌世情绪的魏晋名士们,对隆丧厚葬自然也不会有太大兴趣。帝王显贵惧怕死后遭到偷掘,也大都崇尚简约的殡葬仪式。于是薄葬之风兴起。曹操、曹丕都倡导薄葬,这种风气时断时续,在魏晋南北朝一直不乏响应者。其中就包括对挽歌在内的一系列哀挽活动的省略。《宋书》记载王微就主张废除挽歌:

> 元嘉三十年(453),卒,时年三十九。僧谦卒后四旬而微终。遗令薄葬,不设辒旐鼓挽之属,施五尺床,为灵二宿便毁。以尝所弹琴置床上,何长史来,以琴与之。①

王微遗令薄葬,辒车、旌旗、鼓吹、挽歌是简省的四项主要内容,由此可以推知这一时期的薄葬,挽歌当在简省之列。

表面看来,魏晋南北朝时期挽歌似乎没有了发展的空间。但历史的发展从来不会如此简单。虽然薄葬是魏晋六朝的一个趋势,也多被统治者所提倡,但是中国封建时代只要有几十年的太平,就会走向隆丧厚葬,即使在薄葬盛行之际,挽歌仍然被广泛使用。甚至有些人出于对歌诗的特殊爱好,虽然倡导薄葬,却对死后的歌舞享受念念不忘,比如曹操临终之时,就分赐所藏名香于诸侍妾,又命诸妾多居铜雀台中,每日设祭,必令女伎奏乐上食。②诸妾在铜雀台中每日设祭,无疑是一种哀挽活动,而女伎奏乐有类于哀挽活动中的挽歌表演。而所谓的薄葬,更多的是指减少坟墓中的随葬物品以免于盗掘,这并不意味着哀挽活动的停止,挽歌的使用也并不因为这些就完全走向式微。如傅畅《晋公卿礼秩》记载:

> 特进薨,遣谒者监护军丧事,赐东园秘器。五时朝服各一具,衣

---

① [梁]沈约:《宋书》,卷六十二《王微传》,第1672页。
② 参见《全三国文》,卷三,[清]严可均编:《全上古三代秦汉三国六朝文》,第1068页。

一袭,给青徘徊赤耳车,挽歌四十人。方相车,建七旒车,铭旌车。①

特进起于汉代,本为加官。晋代"加特进者,唯食其禄赐,位其班位而已,不别给特进吏卒车服。后定令,特进品秩第二,位次诸公,在开府骠骑上"②。按照晋代朝廷的规定,二品的特进,其葬礼挽歌可用四十人。这大约是史书中关于公卿葬礼挽歌人数规定较早的记载,也足以说明魏晋以来挽歌并没有走向没落。二品如此,其他品级的官员也当有相应的规定,只是不见于文献罢了。

总之,丧葬风气肯定会影响哀挽活动的规模,但由于哀挽活动是人们日常生活中必不可少的,作为哀挽活动组成部分的挽歌,在时代的发展中,也渗入到了世人的生活中。从现有的史料看,只有在提倡薄葬、丧葬礼仪被简化到相当程度时,挽歌才会从哀挽活动中被剔除出去。其他时候挽歌总是有生存和发展土壤的,何况很多的提倡薄葬者还并不一定拒绝挽歌。

第三节 哀挽活动与葬礼挽歌的艺术特征

所谓葬礼挽歌,就是实际使用于葬礼中的挽歌。挽歌之所以成为葬礼中不可或缺的要素,是由以下几个方面决定的。其一,生者需要一种表达自我情感的特殊方式。通往死亡的道路是单向的,没有人知道死后的世界是什么样子,但是人们清楚地知道死去的人不会再活过来。在各种哀挽活动中,生者心中的感情是复杂的、多重的,既哀悼死者也安慰自己的挽歌表演可能是他们表达内心情感最直接、最恰当的方式。其二,挽歌具有其他哀悼方式所不具备的功能。歌唱挽歌可以表达挽送者的复杂感情,这是哀挽活动其他组成部分没有的功能。再丰厚的陪葬也无法开口说话,再动情的哭泣也只会徒增心伤。而挽歌则可以表达更加复杂微妙的感情,肯定逝者生前的功绩,让逝者在另一个世界安息,同时也寄托生

---

① [唐]徐坚等:《初学记》,卷十四,第361页。
② [唐]房玄龄等:《晋书》,卷二十四《职官志》,第727页。

者的生活理想,表达他们对死亡和生命的体悟等等,挽歌将这种种感情融为一体,展现在哀挽活动中。其三,声情并茂的挽歌最容易打动人心。音乐与歌唱能够抒发人心灵深处的脆弱情感,感人至深的音乐能够使不同身份、地位、年龄的人产生共鸣。挽歌演唱还提升了哀挽活动的气氛,往往能将整个哀挽活动推向高潮。因此,哀挽活动与挽歌始终是相互制约的,现场表演对挽歌的内容、表达方式、语言等提出特殊的要求,葬礼挽歌的创作必须得体,必须考虑到现场表演的需要。正是哀挽活动从根本上决定了葬礼挽歌如下的一些艺术特征。

首先,哀挽活动决定了葬礼挽歌的基本内容。叙述亡者生平,对其举止言谈、仪容、出身和功绩等进行赞美,同时表达生者的悲痛。这是葬礼挽歌内容的两个主要方面。如祖珽《挽歌》:

> 昔日驱驷马,谒帝长杨宫。旌悬白云外,骑猎红尘中。今来向漳浦,素盖转悲风。荣华与歌笑,万事尽成空。

这首诗是典型的葬礼挽歌,篇幅短小、语言精练、结构规整。从内容上讲,前四句追述了亡者的生平事迹,写他生前经常出入皇宫,从"驱驷马"、"骑猎"可知,丧主可能是一位武将。后四句抒发哀情,挽歌却不直接写,"素盖转悲风"是借景寄托哀情。末二句"荣华与歌笑,万事尽成空",是颇带消极的议论,包括荣华与欢乐在内,生前所有的一切在生命个体消失之后,全都转眼成空。歌诗虽短,上述两方面的内容却都涉及了,也完全符合哀挽活动的要求。这诗为男性逝者而作。同样为女性所作的挽歌也包含这两方面的内容,如见于《北史》的卢询祖为赵郡王妃郑氏所作的挽歌:

> 君王盛海内,伉俪尽寰中。女仪掩郑国,嫔容映赵宫。春艳桃花水,秋度桂枝风。遂使丛台夜,明月满床空。[1]

这首用在王妃葬礼上的挽歌前四句盛赞君王与王妃的伉俪之情,写出了

---

[1] [唐]李百药:《北齐书》,卷二十二《卢文伟传附卢询祖传》,第321页。

逝者的女仪无双,对逝者的品德、容貌进行了赞扬。"春艳桃花水,秋度桂枝风",借春秋代序,时光飞转来写生命的短暂。末二句"遂使丛台夜,明月满床空",借明月照空床写王妃的逝世,尤其是其中的"空"字,让人感到失落与惆怅。这与上一首中的"荣华与歌笑,万事尽成空"异曲同工。与对王妃的赞美相比,对王妃去世的遗憾和伤悼以一种委婉、含蓄、优雅的方式的表达出来,是典型的贵族葬礼挽歌。

其次,葬礼挽歌往往将哀挽与写景融为一体。借景抒情是中国诗歌中较为常见的手法,葬礼预设的创作者主观情感使得挽歌中物色的描摹本身都带有浓郁伤悲色彩,比较容易打动和感染听者和观者。这种写法比一味地诉说哀情和单纯地描写景物更符合中国传统的哀而不伤的审美原则。尤其是献挽诗,对死者固然可以尽情赞美,但伤悼却需要把握好分寸。而借景物描写寄托哀情所造成的模糊含蓄正好满足了这一要求。也有些挽歌还通过写景来表现死者生前的生活,如卢思道《乐平长公主挽歌》:①

妆楼对驰道,吹台临景舍。风入上春朝,月满凉秋夜。未言歌笑毕,已觉生荣谢。何时洛水湄,芝田解龙驾。

"驰道",即大道,犹今日所谓国道。《汉书》卷五十一《贾山传》曰:"为驰道于天下,东穷燕、齐,南极吴、楚,江湖之上,濒海之观毕至。道广五十步,三丈而树,厚筑其外,隐以金椎,树以青松。"②"吹台",传说是春秋晋国乐师师旷学艺弹琴的地方,在今河南开封。这里应是借指奏乐欢娱之所。前四句是说公主生前居住的地方可遥见驰道,又近临吹台。她曾在春朝感受暖风拂面,秋夜欣赏满月清辉,生活得格外惬意。四句全是景物描

---

① 按:乐平长公主当为隋文帝长女、周宣帝皇后杨丽华。隋文帝禅代后,于开皇六年(586),改封为乐平公主。大业五年(609),殂于河西,年四十九。参见[唐]令狐德棻等:《周书》,卷九《皇后传·宣帝杨皇后传》,第 146 页。而卢思道卒年诸家多以为在开皇初,曹道衡、刘跃进《南北朝文学编年史》定为开皇六年(586),参见该书第 630 页。则此诗或非卢作,或卢思道卒年有误。存疑待考。

② [东汉]班固:《汉书》,卷五十一《贾山传》,第 2328 页。

写,非常委婉地反映了公主生前的尊荣。后四句先感叹人生苦短,生前的荣华如鲜花般转眼凋谢,再借洛神之典表达了对公主仙逝的无限怅惘。"芝田",种芝草的田地。曹植《洛神赋》有"尔乃税驾乎蘅皋,秣驷乎芝田",此处系化用。借洛神降临洛水湄暂停车驾,表达盼望公主仙驾归来之意,实际是以仙界景物的描写表达对公主的无限伤悼、怀念。全诗哀挽与写景结合的特点非常明显,表达委婉含蓄。又如宋孝武帝殷贵妃死后,丘灵鞠献挽歌三首,其中"云横广阶暗,霜深高殿寒"两句,甚得孝武帝的欣赏。这两句写光色之暗、霜露之寒,明写景物,实寓人心之悲。对仗工整,颇见功力。丘灵鞠也因此被任命为新安王北中郎参军。①

前引卢询祖所作的挽歌,在将哀挽与景物描写相互结合方面也有值得称道之处。说明这种手法带有很大的普遍性。当然,长期反复地使用同样的表现手法,挽歌肯定会逐步走向因袭,容易落入俗套而缺少新意。实际上葬礼挽歌在以后的发展中,也的确落入了这种陈陈相因的模式中。

再次,"哀而不伤"是葬礼挽歌受哀挽活动影响形成的另一特点。中和是中国古代重要的一个审美原则,孔子论《关雎》有所谓"乐而不淫,哀而不伤"(《论语·八佾》)的说法,宋人邢昺疏曰:"乐不至淫,哀不至伤,言其正乐之和也。"这是要求哀伤不可过度,因为过度的哀伤之情不符合"和"的原则。《礼记》曰:"丧礼,哀戚之至也。节哀,顺变也。"②因此,葬礼挽歌很少赤裸裸地表现死亡和悲伤,而常常通过使用具有悲凉氛围的词语,以唯美的手法达到这一目的。这是中国传统诗歌的"比兴"手法在挽歌中的体现。前面谈到的丘灵鞠的"云横广阶暗,霜深高殿寒"两句之所以得到皇帝的赏识,在很大程度上就因为这两句恰如其分地表达了帝王的情感诉求。又如温子昇的《相国清河王挽歌》:"高门讵改辙,曲沼尚余波。何言吹楼下,翻成《薤露》歌。"作者是借末句中的"《薤露》"点出挽歌的性质。读者从李延年分挽歌为二曲,以《薤露》送王公贵人的记载,及

---

① 《南齐书》卷五十二《文学传·丘灵鞠传》记载:"宋孝武殷贵妃亡,灵鞠献挽歌诗三首云:云横广阶暗,霜深高殿寒。帝摘句嗟赏,除新安王北中郎参军,出为剡乌程令。"[梁]萧子显:《南齐书》,第890页。

② 《礼记正义》,卷九《檀弓下》,[清]阮元校刻:《十三经注疏》,第1301页。

"相国清河王"的身份,才能对此作出进一步的印证,否则很难读出此诗隐含的哀伤的情感。

那么,葬礼挽歌是如何做到哀而不伤的呢?借景抒情固然是最重要的表达方式之一,这在前文中已经论及,但是仅靠借景抒情还是不够的,还须将景物与某些特定的词汇联系在一起。我们先列举一些葬礼挽歌中的例句:

送客风尘拥,寒郊霜露浓。(庾信《送灵法师葬诗》)
风入上春朝,月满凉秋夜。(卢思道《乐平长公主挽歌》)
容卫俨未归,空山照秋月。(卢思道《彭城王挽歌》)
今来向漳浦,素盖转悲风。荣华与歌笑,万事尽成空。(祖珽《挽歌》)
遂使丛台夜,明月满床空。(卢询祖《赵郡王王妃挽歌》)
云横广阶暗,霜深高殿寒。(丘灵鞠《殷贵妃挽歌》)

上述例句,有些在上文中已经论到。从这些句子中我们可以发现,挽歌写景多选取冷色调的景物,如"霜"、"露"、"月"、"风"、"水"、"松"、"云"等,与其搭配的词语也多是"寒"、"凉"、"空"、"暗"、"深"等属于冷色调的、有沉重感的词汇,两者结合在一起形成诸如"寒郊霜露浓"、"月满凉秋夜"、"明月满床空"、"霜深高殿寒"等充满悲凉意味的意境,这些精心营造的意象和意境,容易触发人们心中积淀已久的悲凉情愫,这样的写法虽然没有直接抒情,却比直接抒情更能够打动人心。更重要的是,哀挽活动需要这样的有意味的含蓄的表达方式,而不是赤裸裸的宣泄悲痛,这是挽歌形成"哀而不伤"特点的主要原因。

第四,哀挽活动也决定了葬礼挽歌的表达方式和语体色彩。哀挽活动作为一种仪式,具有一定的时间性,挽歌的表演不可能占据所有时间,只能是特定的一个环节。这就要求挽歌在限定的篇幅中表达相应的内容。同时,从事挽歌表演的人数不固定,考虑到群体性和表演性特点,挽歌不可能太长,更不能过于拗口,因为在表演中,往往反复吟咏同一旋律,甚至有时用固定的曲调依曲填词,这对挽歌的内容就有了更大的限制。

就现存的挽歌来看,五言占据绝对的主导地位,而五言八句又是其中较为普遍的,如江智渊《宣贵妃挽歌》、温子昇《相国清河王挽歌》是五言四句,卢询祖《赵郡王王妃挽歌》、卢思道《彭城王挽歌》、《乐平长公主挽歌》、祖珽《挽歌》都是五言八句。张正见《和杨侯送袁金紫葬诗》五言十句,庾信的《送灵法师葬诗》五言十四句,字数较多,这两首诗题为送葬诗,而不叫挽歌,也许与挽歌还有一定的差异。

最后,还需要指出的是,应用性是葬礼挽歌最本质的特征。因此,葬礼挽歌只能在相关的哀挽仪式中实现其价值,并表达其特定的内涵。离开特定哀挽活动的葬礼挽歌是不存在的,葬礼挽歌的艺术特征不受哀挽活动影响也是不可能的。这是因为挽歌作者写作时必须既考虑到逝者的身份,也要站在其亲友的立场上表达赞美和哀悼。这是挽歌能够进入到葬礼程序,在演唱者的现场表演和消费者的欣赏中实现其社会价值和审美价值的必要条件。换言之,哀挽活动虽然造成了对挽歌的需求,但是却没有给创作者留下多少自由发挥的余地。这从根本上限制了挽歌的发展。但是成千上万的作者创作了数量众多的挽歌这一现实,又不容这类特殊的作品在礼制的约束下僵死,这大约是非葬礼文人挽歌产生的一个必然契机吧。在那里文人们创作的灵性可以获得相应的解放,挽歌的艺术特点也必然会有新的变化。

第四节 哀挽活动与非葬礼文人挽歌的艺术特征

所谓非葬礼文人挽歌,在此特指摆脱了葬礼、自由抒情的挽歌。[①] 这类挽歌由于脱离了哀挽活动,部分或全部地与表演脱离了关系,成为文人的案头之作,因而与葬礼挽歌有了明显的不同。大多数研究者对这些作品进行考察时,更重视挽歌文本的考证和研究而忽略了哀挽活动与非葬礼挽歌之间的联系。实际上,非葬礼挽歌从葬礼挽歌发展而来,它虽然挣

---

① 从实际情形来看,这类挽歌大多已经不再用于实际的葬礼,应该从文本的角度称之为挽歌诗,但为避免概念的混乱,我们统一使用挽歌这一名称。同时为了与实用性的葬礼挽歌相区别,我们将这类挽歌称为非葬礼文人挽歌,除了说明它与葬礼已经分离外,也想突出它的案头性和纯抒情性。

脱了哀挽活动的直接制约,但并不等于说它与哀挽活动已经毫不相干,后者对其艺术特征的形成仍有或多或少的影响。

非葬礼文人挽歌部分地保留了适应哀挽活动表演需要而形成的特点。现存的非葬礼文人挽歌,有一些篇幅比较短小,题目中有较明确的分工。这类作品在创作的时候可能已经考虑到了入乐和表演的需要,体现了葬礼挽歌向文人挽歌过渡的特点。以陆机为例,他作有《庶人挽歌辞》和《王侯挽歌辞》:

死生各异方,昭晣非神色袭。贵贱礼有差,外相盛已集。魂衣何盈盈,旐旆何习习。父母拊棺号,兄弟扶筵泣。灵輀动轇辀,龙首矫崔嵬。挽歌挟毂唱,嘈嘈一何悲。浮云中容与,飘风不能回。渊鱼仰失梁,征鸟俯坠飞。念彼平生时,延宾陟此帏。宾阶有邻迹,我降无登辉。(《庶人挽歌辞》)

陶犬不知吠,瓦鸡焉能鸣。安寝重丘下,仰闻板筑声。(《庶人挽歌辞》残句)

埏埴为涂车,束薪作刍灵。(《庶人挽歌辞》残句)

辞孤魂虽有识,良接难为符。操心玄芒内,注血治鬼区。(《王侯挽歌辞》残句)

这些挽歌应该是陆机有意为之,他为不同等级的人撰写挽歌,一方面可能受李延年分类的影响,另一方面可能也是为适应王侯、庶人葬礼的实际需要。这样的挽歌,可以直接用在哀挽活动中。上引《庶人挽歌辞》和《王侯挽歌辞》在内容和表达手法上都有些不同,如前者继承《蒿里》的写法,直接写"陶犬不知吠,瓦鸡焉能鸣。安寝重丘下,仰闻板筑声",非常符合民间通俗歌曲的特点。而后者则婉曲表情,与贵族统治者"哀而不伤"的审美原则相吻合。陆机《庶人挽歌辞》"死生各异方"一首,其中的"挽歌挟毂唱,嘈嘈一何悲"两句,也写到了挽歌演唱的情形。这些都说明,陆机的这些挽歌处于葬礼挽歌向文人挽歌过渡的阶段,可能还更近于前者。而傅玄的《挽歌三首》就有了明显的变化:

人生鲜能百,哀情数万端。不幸婴笃病,凶候形素颜。衣衾为谁

施,束带就围棺。欲悲泪已竭,欲辞不能言。存亡自远近,长夜何漫漫。寿堂闲且长,祖载归不还。(其一)

人生鲜能百,哀情数万婴。路柳夹灵輀,旐旋随风征。车轮结不转,百驷齐悲鸣。(其二)

灵坐飞尘起,魂衣正委移。芒芒丘墓间,松柏郁参差。明器无用时,桐车不可驰。平生坐玉殿,没归都幽宫。地下无刻漏,安知夏与冬。(其三)

这三首挽歌,与之前的挽歌相比,字数明显增多,表现手法也更加多变,可以看出文人已经能够比较熟练地写作挽歌了。通常学者都从诗歌文本本身进行思考,忽略了其中体现挽歌可以配乐演唱的特点的因素,如其一、其二开头两句分别是"人生鲜能百,哀情数万端"、"人生鲜能百,哀情数万婴",这就很像演唱者为了抒发情感而反复吟唱。三首诗歌按照时间空间上的先后顺序进行排列,从"寿堂闲且长"写到"车轮结不转"再到"没归都幽宫",三首挽歌可以在三个不同地点——家里、送葬途中、墓穴分别进行演唱。当然,这首挽歌是否曾经用在哀挽活动中已经不可考证了,但是此诗文本可能有一些配乐演唱留下的痕迹。从葬礼上配乐演唱的挽歌到文人案头诵读的挽歌,虽然经历了诸多变化,但从不少文人创作的挽歌依稀可以看出配乐演唱的痕迹。在进一步的发展中,非葬礼文人挽歌更加注重对文字圆美流转的追求。

非葬礼文人挽歌与哀挽活动较为明显的联系,在于它伤悲的基调,这一点从来没有因为脱离哀挽活动而改变。挽歌最初是专门用于哀挽活动的歌诗,哀挽活动要求这种题材必须以表现悲情为主。文人挽歌脱离了哀挽活动,脱离了葬礼表演的现场,但仍然没有改变葬礼挽歌抒发悲情的特点。如张正见的《和杨侯送袁金紫葬诗》:

玄泉开隧道,白日照佳城。一朝嗟此路,千载几伤情。秋雨悲松色,凄风咽晚声。归云向谷晚,还柳背山轻。唯当三五夜,垄月暂时明。

"一朝嗟此路,千载几伤情"两句定下了全诗的基调。中间四句完全借景抒发作者的嗟叹和伤情,秋雨悲松、凄风咽晚、归云向谷、垄月暂明,无一不沾染着浓郁的悲色与凄伤。挽歌中不表现快乐,即使写到欢笑,也只是为了烘托悲伤,这与哀挽活动是一致的。再如阮瑀的《七哀诗》:

> 丁年难再遇,富贵不重来。良时忽一过,身体为土灰。冥冥九泉室,漫漫长夜台。身尽气力索,精魂靡所能。嘉肴设不御,旨酒肥觞杯。出圹望故乡,但见蒿与莱。

阮瑀的这首诗虽不是直接以挽歌命名,但是从内容分析应是挽歌无疑。诗作开篇便写"丁年难再遇,富贵不重来"的感慨,用"良时忽一过,身体为土灰"写出了生命的脆弱无常。阮瑀的时间观念非常强烈,他清醒地意识到生命个体的脆弱建立在时间流逝一去不返的基础上,所以通过写时光飞转流逝来竭力造哀,虽然诗作中没有直接写痛苦,但是读来给人的感受却是苦不堪言。"冥冥"、"漫漫"写出了时间的漫长,"身尽"、"力索"、"但见蒿与莱"写出了死后的凄凉无助与孤单。这些都体现了文人挽歌与葬礼挽歌在主题上的一致性。

非葬礼文人挽歌虽然脱离了哀挽活动,但是对悲情的表现可能比葬礼挽歌更加强烈。这在陆机的《挽歌诗》三首中体现得甚为明显。挽歌中写了送葬者"呼子子不闻,泣子子不知"的动人情景,写了"哀鸣兴殡宫,回迟悲野外"的下葬场面,也写到"振策指灵丘,驾言从此逝"的悲痛。他还代逝者发言,写其"侧听阴沟涌,卧观天井悬。圹宵何寥廓,大暮安可晨"的凄凉,可谓将葬礼挽歌的"悲情"发挥到了极致。

主悲是非葬礼文人挽歌与葬礼挽歌一脉相承的特色,也是挽歌的本质特点。几乎所有的非葬礼文人挽歌都具有"悲情"特色。虽然随着文人挽歌的发展,在某些作品中出现过所谓的豁达乐观的情调,如陶渊明的《拟挽歌辞》三首,但是这种豁达反而会让人更加悲伤。

非葬礼文人挽歌由于摆脱了葬礼挽歌现场表演的制约,在创作上有了更多的发展空间,因而其内容比葬礼挽歌更加丰富。非葬礼文人挽歌最具特色,也是与哀挽活动最直接的联系的表现就是直接将哀挽活动写

入歌诗,葬礼、挽歌,哀挽活动的场景、氛围,都成为他们写作的素材。如颜延之的《挽歌》就值得我们注意:

> 令龟告明兆,撒奠在方昏。戒徒赴幽壑,祖驾出高门。行行去城邑,遥遥首丘园。息镳竟平遂,税驾列岩根。

《南史·后妃传》记载袁皇后崩,文帝"甚悼之,诏前永嘉太守颜延之为哀策,文甚丽;及奏,上自益'抚存悼亡,感今怀昔'八字以致意焉"[1],可见颜延之非常擅长哀挽性质的文章。这首《挽歌》没有具体的哀悼对象,属于泛咏。诗作以较为平实简洁的语言,叙述了从占卜吉时到送葬再到下葬整个过程。"行行去城邑,遥遥首丘园",写出了送葬队伍之长,也写出了人的心理感受。但此诗似乎不完整。西晋陆机的《挽歌诗》三首,对哀挽活动的描写也非常细致:

> 卜择考休贞,嘉命咸在兹。凤驾警徒御,结辔顿重基。龙帷被广柳,前驱矫轻旗。殡宫何嘈嘈,哀响沸中闱。中闱且勿谨,听我薤露诗。死生各异伦,祖载当有时。舍爵两楹位,启殡进灵轜。饮饯觞莫举,出宿归无期。帷衽旷遗影,栋宇与子辞。周亲咸奔凑,友朋自远来。翼翼飞轻轩,骎骎策素骐。按辔遵长薄,送子长夜台。呼子子不闻,泣子子不知。叹息重榇侧,念我畴昔时。三秋犹足收,万世安可思。殉没身易亡,救子非所能。含言言哽咽,挥涕涕流离。(《其一》)
>
> 流离亲友思,惆怅神不泰。素骖伫轜轩,玄驷骛飞盖。哀鸣兴殡宫,回迟悲野外。魂舆寂无响,但见冠与带。备物象平生,长旌谁为旆。悲风徽行轨,倾云结流霭。振策指灵丘,驾言从此逝。(《其二》)
>
> 重阜何崔嵬,玄庐窜其间。磅礴立四极,穹隆放苍天。侧听阴沟涌,卧观天井悬。圹宵何寥廓,大暮安可晨。人往有返岁,我行无归年。昔居四民宅,今托万鬼邻。昔为七尺躯,今成灰与尘。金玉素所佩,鸿毛今不振。丰肌飨蝼蚁,妍姿永夷泯。寿堂延魑魅,虚无自相

---

[1] [唐]李延寿:《南史》,卷十一《后妃传上·文元袁皇后传》,第320页。

宾。蝼蚁尔何怨,魑魅我何亲。拊心痛荼毒,永叹莫为陈。(《其三》)

挽歌中所描述的哀挽活动,就是以他生平所见的哀挽活动为蓝本。三首挽歌将烦琐的哀挽活动事无巨细地进行了描摹。占卜吉时、送葬过程、下葬过程都在挽歌中得到了表现。这完全是非葬礼文人挽歌的写法。前面谈到,葬礼挽歌主要包括歌颂逝者生平事迹、表达生者哀思两个方面的内容。葬礼挽歌中基本上没有对哀挽活动的细致描述。这是判定葬礼挽歌与非葬礼文人挽歌的一个重要的标准,也是两者的重要区别。

值得注意的是,陆机的《挽歌诗》三首把整个哀挽活动分为三部分,将发丧、送葬途中、下葬三个环节的内容分别在三章中加以表现。三章联体,形成完整的一组挽歌。这也是非葬礼文人挽歌较为显著的一个特点。前述傅玄的《挽歌》三首,也具有这种三章联体的特点。非葬礼文人挽歌的这种特点,使它比葬礼挽歌有了更长的篇幅,因此也可以更加细致地描摹葬礼的各个细节,表现对死者的哀悼、对人生的感悟等等。如缪袭《挽歌》:

生时游国都,死没弃中野。朝发高堂上,暮宿黄泉下。白日入虞渊,悬车息驷马。造化虽神明,安能复我存?形容稍歇灭,齿发行当堕。自古皆有然,谁能离此者。(《文选》卷二十八)

《挽歌》中写出了作者的感悟,"自古皆有然,谁能离此者",人人都会走向死亡,没有任何人逃脱得了死亡的命运。面对这种"形容稍歇灭"、"齿发行当堕"的现实,缪袭只是一味地感叹,这种徒劳的感叹更增加了诗歌的悲情色彩,也使得诗歌本身染上了消极的情绪。作者并没有找到解决生死问题的办法,只是抒发了自己的感受。在诸多非葬礼文人挽歌中,对于生死问题体悟最深的是陶渊明的《拟挽歌辞》三首其三:[1]

---

[1] 《乐府诗集》卷二十七作"《挽歌》三首其一",此从逯钦立辑校:《先秦汉魏晋南北朝诗》。

荒草何茫茫,白杨亦萧萧。严霜九月中,送我出远郊。四面无人居,高坟正嶣峣。马为仰天鸣,风为自萧条。幽室一已闭,千年不复朝。千年不复朝,贤达无奈何。向来相送人,各自还其家。亲戚或余悲,他人亦已歌。死去何所道,托体同山阿。

陶渊明是一位豁达的智者,他的作品中也有关于死亡的悲恸,"荒草何茫茫,白杨亦萧萧",正是他内心悲情的再现。但是他悟得更为通透,直接点出了"亲戚或余悲,他人亦已歌"的现实,认为"死去何所道",何必一味地纠结在死亡的悲伤之中呢?直接将自己的肉身化为青山,同青山共存就是了。对陶渊明的这种体悟,学者们多认为是由陶渊明委命任化的自然观决定的,这固然有道理,但还应当看到的是,陶渊明的体悟与他参与和目睹的众多哀挽活动也可能有关系。

由于篇幅的增加,非葬礼文人挽歌已经不再满足于仅仅借景物描写表达哀情。作品中既有借景物抒悲情,也不乏赤裸裸地描写凄伤怨痛,甚至直接表现死亡之丑陋。哀挽仪式中"哀而不伤"的"中和"原则,在非葬礼文人挽歌中被打破了。如傅玄《挽歌》三首中的"欲悲泪已竭,欲辞不能言",阮瑀《七哀诗》中的"身尽气力索,精魂靡所能",缪袭《挽歌》中的"形容稍歇灭,齿发行当堕",陆机《挽歌诗》中的"父母拊棺号,兄弟扶筵泣"、"昔为七尺躯,今成灰与尘"、"丰肌飨蝼蚁,妍姿永夷泯"等,几乎将哀挽仪式"哀而不伤"的原则破坏殆尽,将死亡的丑陋和恐怖展现无余。这是非葬礼文人挽歌对葬礼挽歌的另一突破。

非葬礼文人挽歌中有一类非常特殊的作品就是自挽歌,它与文人赠挽歌有明显的不同。自挽歌假想自己是亡者,进行换位思考,产生了意想不到的结果。例如缪袭《挽歌》残句:

寿堂何冥冥,长夜永无期,欲呼舌无声,欲语口无辞。[1]

---

[1] 这首诗的残句《先秦汉魏晋南北朝诗》未收,见于[唐]虞世南:《北堂书钞》,卷第九十二,清光绪十四年南海孔氏三十三万卷堂刻本。参见骆玉明、陈尚君:《〈先秦汉魏晋南北朝诗〉补遗》,《文学遗产》1987年第1期,第124—129页。

作为挽歌创作者,缪袭想象自己就是死者,躺在寿堂中,"欲呼舌无声,欲语口无辞"。陶渊明《拟挽歌辞》三首的另外两首,也有这样的特点:

> 有生必有死,早终非命促。昨暮同为人,今旦在鬼录。魂气散何之,枯形寄空木。娇儿索父啼,良友抚我哭。得失不复知,是非安能觉。千秋万岁后,谁知荣与辱。但恨在世时,饮酒不得足。(其一)

> 在昔无酒饮,今但湛空觞。春醪生浮蚁,何时更能尝。肴案盈我前,亲旧哭我傍。欲语口无音,欲视眼无光。昔在高堂寝,今宿荒草乡。一朝出门去,归来夜未央。(其三)

作者也把自己假想为死者,运用全知全能的视角,将死者"我"的感受、经历、心态刻画得淋漓尽致。后一首尤能打动人心,"我"看到了"亲旧哭我傍",然而却"欲语口无音,欲视眼无光",何其悲哀,何其凄凉。这种换位思考能使读者更为深切地体会到其中的悲情。这也是非葬礼文人自挽歌与文人赠献挽歌的区别之一。

非葬礼文人自挽歌与文人赠挽歌大都有对哀挽活动的描述,主色调是"悲苦",但是两者的创作对象却截然不同:前者写给自己,后者赠献他人。这种不同决定了文人自挽歌中的"我"能够描写哀挽仪式的各个细节,既可写逝者的亲身体会,又可写观察他人的经历,既是参与者,又是旁观者,而这些是赠挽歌作者无法做到的。非葬礼文人自挽歌是文人在充分领悟哀挽仪式内涵和价值基础上的再创作,代表了挽歌发展的高级阶段,其创作水平和价值远在赠挽歌之上。在中古文人中,陆机的挽歌创作数量最多,陶渊明的《拟挽歌辞》三首则代表了非葬礼文人挽歌创作的最高水平。

小　结

　　以上我们从表演性、音乐性与歌诗语言艺术的关系入手，对魏晋南北朝不同阶段的歌诗与其他文体，以及哀挽活动与挽歌之间的关系进行了初步的探讨。视角的转换使得一些以往被忽略的问题开始凸现出来，我们从中发现：

　　建安风骨，或者说建安诗歌"慷慨悲凉"的美学特征的形成，除了受到建安士人建功立业的雄心和世积乱离的环境影响外，与清商乐的音乐特征的关系也是密不可分的。以此类推，其他时代诗歌风格特征的形成，到底在多大程度上受惠于音乐，自然也是值得探讨的话题。比如宋词的婉约之美，我们常常以为是男女之情的特定题材所决定的，对于音乐在其中起了多大的作用却似乎始终关注不够，以至于直到今天也不甚了了。

　　汉晋时期的故事体歌诗多取材于历史故事，多数可以看作是对历史故事的改编。这一方面反映出这些历史事件曲折诱人，本身就具有传奇性，适合于改编；另一方面也显示了歌诗表演需要以曲折的情节、传奇性的人物吸引听众。而后来的变文、诸宫调、弹词、子弟书等说唱文学及各种戏曲，也喜欢改编同类的历史故事，并在吸引观众和听众的手段上，与故事体歌诗有诸多的相似之处。因此，说唱文学与故事体歌诗之间的关系、代言体歌诗与戏曲代言体之渊源，均值得深究。

　　南朝清商曲辞的艺术特征是在创作背景与表演要求的双重影响下形成的。受音乐限制和民间情歌的影响，清商曲辞在形式体制上不同于汉魏歌诗，多是五言四句的短篇。这种歌诗语言形式，实际上是古绝的先声。我们讨论唐代成熟的绝句时，不能不上溯于此。而对于中国诗歌中长篇凤毛麟角、短篇终于成为大宗的现象，不论有多少解释，我们仍需对清商曲辞在其间所起的作用三致意焉。

　　受北方鼓吹曲、横吹曲影响，南朝出现了迥异于柔媚温软之宫体诗的另一种歌诗和诗歌。它以激越悲壮的声调和风格,展开想象的翅膀,描写边关风物,表现报国壮举,展示战争酷烈。作者也把写作宫体诗的经验用于拟乐府边塞诗的创作中,将征人思妇"蓟北"、"城南"相望的悱恻缠绵与边关将士"不破楼兰终不还"的浩气豪情融为一体,创造出一种柔情与壮采兼得的新的文学类型,不仅直接揭开了唐代边塞诗兴盛的序幕,也为盛唐诗论家殷璠"情来"、"气来"的理论总结提供了独特的例证。其间音乐与歌诗、诗歌及不同诗歌类型之间的相互影响和借鉴,不能不让人深思。

在哀挽活动与挽歌的艺术特征之间,我们发现送葬、拜墓等哀挽活动对葬礼挽歌有着直接的影响,后者诸多的艺术特征,正是在前者的制约和规范中产生的。而非葬礼文人挽歌看似已经摆脱了哀挽活动的限制,而实际上这类挽歌艺术特征的形成在深层次上依然受到哀挽活动的深刻模铸。因此,挽歌与哀挽活动之间的关系,其实也是社会礼制影响文学艺术特征的一个显例。所有这一切,对于传统的文学史研究来说都有着重要的学术价值和补充意义。

结语：魏晋南北朝歌诗研究的
理论意义和价值

　　本书从史料的爬梳到理论的探讨，所做的工作还比较粗疏，一些重要问题还没有展开。但在对某些问题初步的探究中，我们对魏晋南北朝歌诗研究所体现出来的特殊意义和价值，及其在中国文学史研究中的独特地位，有了一些新的发现和体会。意犹未尽之余，愿在对全书进行简要总结的同时，也借此话头谈一点题外的感发。

　　作为表演艺术的歌诗，首先是一种精神文化产品。依调作辞和选辞配乐，大约是它的两种主要生产方式。雅与俗则是它的两种不同类型。但无论依调作辞，还是选辞配乐，也无论是与雅乐相配，还是与俗乐结合的歌诗，都不仅仅是为了抒发或表现歌词创作者的某种情怀。与一般的诗歌相比，它所涉及的问题、诉求的对象和产生的艺术效果都要复杂得多。我们除了要关注作者和文本外，还必须考虑所配音乐的特点、接受者的自身修养、表演者的技艺水平、设计和指挥者的导演能力，乃至乐器、服饰、演出环境、当时欣赏习尚等多方面因素。各种条件都达到一流，且诸要素合理配合，是一场水平高、深受欣赏者欢迎的歌诗演出必备的前提。换言之，歌诗的艺术美是在歌诗消费活动及表演者和观赏者的互动中表现出来的，而绝不仅仅是依靠作为歌词的书面语言来实现的。因此，歌诗的语言表达艺术和语言所传达的内涵，只是我们衡量一首歌诗艺术水平的多种标准之一，而传统的研究恰恰把它当作了唯一的标准。这样的一种思路，对于歌诗研究来说显然是不合适的，也是亟待改变的。

　　就魏晋南北朝而言，乐府官署在雅乐生产及俗乐雅化的过程中居于至关重要的地位。而朝廷礼乐需求，帝王、贵族、文人、艺人的热爱和参与，胡乐的渗透等，又在其中发挥着重要的作用。这六个方面甚至可以说是影响歌诗艺术发展的六大要素。特别是前三个要素，在歌诗活动中所发挥的作用尤其不能忽视。因为作为一种精神消费产品，歌诗的发展在很大程度上受到市场需求的左右。而在把欣赏歌诗表演作为一种特权标志和人生享受的古代社会，帝王和贵族是政治权力和经济权力的双重垄断者，是最有资格享受声色之美，也是最有能力左右市场的人物。朝廷礼乐则是在国家意志的支配下进行的政治—艺术活动，财力、物力和人力都会根据它的需要而进行适当的配置。因此，在歌诗活动中，文人、艺人虽然是直接的创作和表演者，但是，他们与包括胡乐在内的后三个要素，在歌诗活动中却是处于从属地位的，他们是根据前三者的需求和好恶，对外来的胡乐进行相应的吸收和改造，从而完成创作和表演的。歌诗作者和表演者当然可以有个人的发挥和创造，但是这种艺术性的发挥和创造，只能在符合前三要素之要求的前提下进行，它与纯文本的文学创作有本质的不同。这意味着歌诗艺术发展的动力，绝不仅仅是作者的创作意愿。

从文体性质来说，歌诗是介于作为语言艺术的诗歌与作为表演艺术的说唱文学和戏曲之间的一种特殊的文学类型。它既兼有二者各自的一些特点，也是连接二者的一个枢纽，三者在文学发展史上始终存在着深层的潜转、交融和互动关系。比如汉晋故事体歌诗即是以诗歌的形式演述故事。其所演述的故事，不仅在之后的变文等说唱文学中得到更为细致的敷衍，在戏曲中有普遍的回响，还成为诗人们吟咏的常见题材。而汉晋故事体歌诗本来就不是很突出的叙事性，在南朝清商乐的影响之下，进一步向抒情化的方向发展。这对于中国文学抒情性民族特征的最后定型，无疑起到了重要的推动作用。

以往我们更多地把后起的说唱文学和戏曲的抒情特质归因于早熟的诗歌的影响，而从本书的研究中则可发现，歌诗向说唱文学和戏曲的直接辐射，是这种影响得以实现的另一个重要途径。因此，我们无论是讨论歌诗的影响还是探究说唱文学和戏曲的源头，都有必要对它们之间的相互渗透给予充分的考虑。这也启发我们，中国文学的不同门类和不同文体之间并没有那么森严的壁垒，回到原生态，在一个网状关联的前提下进行综合研究，在许多问题的研究上是非常必要的。

雅乐主要用于朝廷特定的礼仪。俗乐几乎与娱乐活动分不开，这无论在社会上层，还是在民间都不例外。从这个意义上来说，娱乐实际上就是魏晋南北朝俗乐歌诗主要的功能,或者说它们本是社会娱乐活动的产物。而源于娱乐需要,用于娱乐场合,最后在反复表演的娱乐节目中定型的俗乐歌诗,自始至终都是以娱乐为本质的。教化、劝世的崇高目的是它不愿担当,也担当不起的。大分裂的魏晋南北朝之所以成为歌诗发展的一个全盛期,与社会各阶层普遍的娱乐需求和俗乐的发展是分不开的。上至一代雄才曹操、亡国昏君陈后主,下至南方都邑的"歌声舞节"(《南齐书》卷五十三《良政传》)、北国街陌的"聚戏朋游"(《隋书》卷六十二《柳彧传》),都充分地显示出在这个战乱频仍的时代,人们对俗乐的需求依然达到了"何时节而不作此声"(《北齐书》卷四十七《酷吏传·宋游道传》),须臾不可暂离的地步。因此,离开娱乐二字,我们恐怕很难对魏晋南北朝的俗乐歌诗,甚至诗歌作出更合理的解释。如果硬要以儒家"诗教"作为唯一的标准,那我们只能像大多数的唐人一样给它以彻底的否定。而如果我们承认唐人的片面性,则势必需要对娱乐与文学的关系,及娱乐对文学的积极影响进行重新思考,同时,也在文学研究中引入重视娱乐的研究思路和方法。

上述数端,只是我们感受较深的几个方面,有些貌似题外话,其实不离本题。就我们粗浅的管见,魏晋南北朝歌诗研究的理论价值和意义当然远不止这些,然剧有终结,言不尽意,本书的思考只能就此打住。不当之处,还望读者诸君不吝赐教。

主要参考书目

[清]阮元校刻:《十三经注疏》,中华书局 1987 年版。
《诸子集成》,上海书店 1986 年版。
文渊阁《四库全书》,上海古籍出版社 2003 年版。
[三国]韦昭注:《国语》,上海古籍出版社 1988 年版。
[汉]司马迁:《史记》,中华书局 1992 年版。
[汉]班固等:《汉书》,中华书局 1992 年版。
[晋]陈寿:《三国志》,岳麓书社 1990 年版。
[南朝宋]范晔:《后汉书》,中华书局 1965 年版。
[唐]房玄龄等:《晋书》,中华书局 1974 年版。
[梁]沈约:《宋书》,中华书局 1974 年版。
[梁]萧子显:《南齐书》,中华书局 1972 年版。
[唐]姚思廉:《梁书》,中华书局 1973 年版。
[唐]姚思廉:《陈书》,中华书局 1972 年版。
[北齐]魏收:《魏书》,中华书局 1974 年版。
[唐]李百药:《北齐书》,中华书局 1972 年版。
[唐]令狐德棻等:《周书》,中华书局 1971 年版。
[唐]魏征等:《隋书》,中华书局 1973 年版。
[唐]李延寿:《南史》,中华书局 1975 年版。
[唐]李延寿:《北史》,中华书局 1983 年版。
[后晋]刘昫等:《旧唐书》,中华书局 1975 年版。
[宋]欧阳修、宋祁:《新唐书》,中华书局 1975 年版。
[宋]司马光:《资治通鉴》,中华书局 1987 年版。
[唐]杜佑:《通典》,中华书局 1988 年版。
[宋]郑樵:《通志》,中华书局 1987 年版。
[元]马端临:《文献通考》,中华书局 1986 年版。
[北魏]杨衒之撰,韩结根注:《洛阳伽蓝记》,山东友谊出版社 2001 年版。
[梁]萧统编、[唐]李善注:《文选》,上海古籍出版社 1986 年版。
[清]严可均编:《全上古三代秦汉三国六朝文》,中华书局 1958 年版。
逯钦立辑校:《先秦汉魏晋南北朝诗》,中华书局 1983 年版。
[宋]郭茂倩编:《乐府诗集》,中华书局 1979 年版。

［陈］徐陵编:《玉台新咏》,中华书局1985年版。
［清］彭定求等编:《全唐诗》,中华书局1992年版。
余嘉锡:《世说新语笺疏》,中华书局1983年版。
王利器:《颜氏家训集解》,中华书局1993年版。
［清］冯班:《钝吟杂录》,商务印书馆1937年版。
［清］赵翼撰,栾保群、吕宗力校点:《陔余丛考》,河北人民出版社1990年版。
［清］赵翼撰,王树民校证:《廿二史札记校证》(订补本),中华书局1984年版。
［清］钱大昕:《廿二史考异》,凤凰出版社2008年版。
［清］钱大昕:《潜研堂文集》,商务印书馆1935年版。
［清］王鸣盛:《十七史商榷》,凤凰出版社2008年版。
徐蜀编:《二十四史订补·魏晋南北朝正史订补文献汇编》,北京图书馆出版社2004年版。
钱穆:《中国学术思想史论丛》,台湾东大图书公司1981年版。
［梁］释慧皎撰,汤用彤校注:《高僧传》,中华书局1992年版。
陈寅恪:《隋唐制度渊源略论稿》,中华书局1977年版。
陈寅恪:《金明馆丛稿初编》,三联书店2001年版。
万绳楠整理:《陈寅恪魏晋南北朝史讲演录》,黄山书社2000年版。
胡寄窗:《中国经济思想史》,上海人民出版社1978年版。
缪钺:《读史存稿》,三联书店1982年版。
唐长孺:《魏晋南北朝论丛》,三联书店1955年版。
唐长孺:《魏晋南北朝史论丛续编》,三联书店1959年版。
唐长孺:《魏晋南北朝隋唐史三论》,武汉大学出版社1998年版。
周一良:《魏晋南北朝史札记》,中华书局1985年版。
武汉大学历史系魏晋南北朝隋唐史研究室编:《魏晋南北朝隋唐史资料》,武汉大学出版社1997年版。
朱自清:《诗言志辨》,古籍出版社1957年版。
闻一多:《闻一多全集·神话与诗》,三联书店1982年版。
罗根泽:《乐府文学史》,东方出版社1996年版。
萧涤非:《汉魏六朝乐府文学史》,人民文学出版社1998年版。
萧涤非:《乐府诗词论薮》,齐鲁书社1985年版。
王运熙:《乐府诗述论》,上海古籍出版社2006年版。
修海林:《古乐的沉浮》,山东文艺出版社1997年版。
修海林、李吉提:《中国音乐的历史与审美》,中国人民大学出版社1999年版。
冯文慈:《中外音乐交流史》,湖南教育出版社1999年版。
缪天瑞主编:《中国大百科全书·音乐舞蹈卷》,中国大百科全书出版社1989年版。
王昆吾:《隋唐五代燕乐杂言歌辞研究》,中华书局1996年版。
黄翔鹏:《乐问》,中央音乐学院学报杂志社2000年版。
丘琼荪:《历代乐志律志校释》,人民音乐出版社1999年版。

苏晋仁、萧炼子:《宋书乐志校注》,齐鲁书社1982年版。
任半塘:《唐声诗》,上海古籍出版社1982年版。
任半塘:《唐戏弄》,上海古籍出版社1984年版。
王子初:《荀勖笛律研究》,人民音乐出版社1995年版。
刘再生:《中国古代音乐史简述》,人民音乐出版社2000年版。
孙崇涛、徐宏图:《戏曲优伶史》,文化艺术出版社1995年版。
傅起凤、傅腾龙:《中国杂技史》,上海人民出版社1989年版。
王克芬:《中国舞蹈发展史》,上海人民出版社1991年版。
杨荫浏:《中国古代音乐史稿》,人民音乐出版社1981年版。
梁启超:《中国之美文及其历史》,东方出版社1996年版。
王瑶:《中古文学史论》,北京大学出版社1998年版。
刘师培:《中国中古文学史论文杂记》,人民文学出版社1984年版。
刘永济:《十四朝文学要略》,黑龙江人民出版社1984年版。
陆侃如:《中古文学系年》,人民文学出版社1998年版。
曹道衡、刘跃进:《南北朝文学编年史》,人民文学出版社2000年版。
曹道衡:《兰陵萧氏与南朝文学》,中华书局2004年版。
刘跃进:《门阀氏族与永明文学》,三联书店1996年版。
王钟陵:《中国中古诗歌史》,江苏教育出版社1988年版。
罗宗强:《魏晋南北朝文学思想史》,中华书局1996年版。
胡士莹:《话本小说概论》,中华书局1982年版。
葛晓音:《诗国高潮与盛唐文化》,北京大学出版社1998年版。
吴功正:《六朝美学史》,江苏美术出版社1996年版。
刘怀荣:《中国诗学论稿》,中国文联出版社1999年版。
黄征、张涌泉:《敦煌变文校注》,中华书局1997年版。
周绍良:《敦煌文学作品选》,中华书局1987年版。
高国藩:《敦煌俗文化学》,上海三联书店1999年版。
周振甫:《文心雕龙译注》,江苏教育出版社2006年版。
朱立元主编:《现代西方美学史》,上海文艺出版社1996年版。
《庆祝蔡元培先生六十五岁论文集》,《中央研究院历史语言研究所集刊》外编第一种,1935年版。
范文澜:《文心雕龙注》,人民文学出版社1958年版。
黄侃:《文心雕龙札记》,上海古籍出版社2000年版。
陆侃如、牟世金:《文心雕龙注译》,齐鲁书社1981年版。
周振甫:《文心雕龙注释》,人民文学出版社1981年版。
杨明照:《文心雕龙校注》,古典文学出版社1958年版。
启功:《诗文声律论稿》,中华书局2000年版。
郭绍虞:《中国文学批评史》,百花文艺出版社1999年版。
詹锳:《语言文学与心理学论集》,齐鲁书社1989年版。

曹道衡、沈玉成:《南北朝文学史》,人民文学出版社1991年版。
夏承焘:《月轮山词论集》,中华书局1979年版。
陈桥生:《刘宋诗歌研究》,中华书局2007年版。

后　　记

　　人生很多美好的东西，常常在一些偶然的机会与你结缘。1992年7月，我完成博士学业之后，告别古都西安，来到青岛大学中文系，有幸与赵敏俐老师成为同事。那时候学校人文学科的博士还很少，专业的相近和志趣的相投，使我们有了更多的交流机会。一起工作的几年里，很多次漫聊至今都有深刻的印象。现在想来，人在二十七八岁时能够遇到像赵老师这样的良师益友，真的是一种幸福。后来赵老师调到北京工作，随时聊天请教已经成为奢望。青岛是一个开放的城市，但学术硬件的不足，常常让人有事倍功半的感慨和无奈。这些年来，远在北京的赵老师，在信息、资料、学术思考等方面给予我的帮助，却又远远超过陋室聊天的时候。本书不仅是赵老师主持的教育部人文社会科学重点研究基地重大项目——《汉魏六朝乐府机构沿革与乐府诗关系研究》的子课题之一，也是受他歌诗生产和消费的学术思想影响而完成的。因此，在书稿付梓之际，首先要衷心地感谢赵老师的信任和关心。

　　本书由我和宋亚莉共同完成。第十章、第十六章由宋亚莉撰写，第十章由我做了较大幅度的修改，其余部分由我撰写。宋亚莉是我2006级的研究生，她好学深思，对学问有一种特殊的执著。本书中的这两章只是她硕士阶段研究成果的一小部分，从已经发表的论文和十几万字的毕业论文来看，在学术研究方面，她所做的工作比我熟悉的一些同龄人可能要稍多点。以她读书的勤勉和淳朴挚诚的品性，我相信她将来在学术方面必能有所成就，希望本书的出版能够成为她学术探索的另一个开端。

　　由于教学任务和行政杂务比较繁重，接受这个子课题的时间虽然已不算短了，但我深知，本书所做的工作还很有限，还有一些已经有所思考的题目，没有来得及写出来。希望在下一步的研究中能完成这些计划，并有更深入的拓展。本书的研究工作还得到了2007年度教育部"新世纪优秀人才支持计划"的资助,在此也向对这一研究工作给予关心和支持的各位师友表示衷心的感谢。

本书也是我们在商务印书馆出版的第一本书,我在此对这家有着良好声誉的出版社致以崇高的敬意。责任编辑田媛、陈洁老师高效而严谨的工作,使本书生色多多,谨向她们表示真诚的谢意。

本书最后一稿的修改补写工作主要是利用刚刚过去的寒假进行的。记得开始的时候天气还很冷,家里的暖气又只有14度,在电脑前几个小时坐下来,真的是腿脚冰凉。这期间我的妻子苑秀丽给予了全力的支持和细致的照顾,正如我以前出版的几部书一样,这本书里也有她的心血。在此讲感谢的话太肤浅了,但这些日子肯定是我最美好的回忆之一。当我写下这些文字的时候,很多地方早已春暖花开,青岛的花虽然还没有开,可终归是春意满眼了。在经过几个月冥想枯坐的紧张之后,现在我已能感觉到心中的愉悦正如青岛的春意一样缓缓地舒展开来。张弛之间,即是文武之道,我已经有一段时间没有坚持打拳了,就让杨式太极的悠然迎着朝阳,从明晨开始吧。

刘怀荣
2009年3月22日晚于青岛大学